墨染江山 上

李燕 / 著

重慶出版集團 重慶出版社

图书在版编目(CIP)数据

墨染江山 / 李燕著. —重庆：重庆出版社，2015.10
ISBN 978-7-229-09607-6

Ⅰ.①墨… Ⅱ.①李… Ⅲ.①长篇小说—中国—当代
.①I247.5

中国版本图书馆 CIP 数据核字(2015)第 051477 号

墨染江山
MORAN JIANGSHAN

李 燕 著

出 版 人：罗小卫
责任编辑：王 淋
责任校对：郑小石

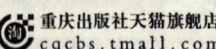
重庆出版集团
重庆出版社 出版

重庆市南岸区南滨路 162 号 1 幢　邮政编码：400061　http://www.cqph.com
重庆出版集团艺术设计有限公司制版
重庆市国丰印务有限责任公司印刷
重庆出版集团图书发行有限公司发行
E-MAIL:fxchu@cqph.com　邮购电话：023-61520646
重庆出版社天猫旗舰店
cqcbs.tmall.com
全国新华书店经销

开本：700 mm×1000mm　1/16　印张：38.5　字数：690 千
2015 年 10 月第 1 版　2015 年 10 月第 1 次印刷
ISBN 978-7-229-09607-6
定价：58.00 元

如有印装质量问题，请向本集团图书发行有限公司调换：023-61520678

版权所有　侵权必究

目 录

楔子 / 1
第1章　相遇幽情谷 / 3
第2章　青梅柳毓璃 / 15
第3章　心如小鹿撞 / 28
第4章　生死的抉择 / 40
第5章　是他害了她 / 50
第6章　拜访二王府 / 62
第7章　跟毓璃道歉 / 74
第8章　别把我送人 / 86
第9章　父子争夺战 / 98
第10章　幽禁毓璃阁 / 110
第11章　遗失的记忆 / 122
第12章　赠她鸳鸯倚 / 131
第13章　你先放了手 / 142
第14章　已今非昔比 / 154

第15章 不准她离开 / 165
第16章 真心被践踏 / 177
第17章 属于她的情 / 189
第18章 我怕失去你 / 201
第19章 必娶她为妻 / 212
第20章 替她绾青丝 / 224
第21章 当年的真相 / 235
第22章 玄帝亲赐婚 / 247
第23章 醉卧长春院 / 259
第24章 暗藏的杀机 / 270
第25章 洞房花烛夜 / 280

楔子

朝阳国玄帝十年

瑶华宫外锣鼓震天,漫天火光仿若鲜血将整个夜空染得通红,宫人们一个个慌乱地四处奔逃,叫喊声、哭闹声响彻整个瑶华宫。

"快救火!快来救火啊!习嫔娘娘和小公主还在里面!"

"快!快去禀报皇上!"

一声声叫喊将每一个人的心都提到了嗓子眼,谁都不敢怠慢,有的负责救火,有的负责叫人,有的则是连滚带爬地跑去找当今圣上。

当玄帝和德妃坐着龙辇急速而来之时,整个瑶华宫已经火势汹汹直逼云霄。

"习嫔……婉儿……"看着眼前的漫天火光,玄帝的脸色瞬间惨白,整个身子都随之踉跄,转身便拽住一个侍卫猩红着双眸怒吼,"还不快去救火,快去救习嫔,快去救朕的女儿!"

玄帝虽然子嗣颇多,可是女儿就这么一个,所以玄帝对这个女儿可谓是宠溺之至,所以对习嫔也恩宠备至,却谁知白天还在和他玩耍的小女儿,如今却被困火海。

思及此,他突然提步就要冲进去,一旁的太监总管冯德眼明手快立即伸手拉住他急得满头是汗:"皇上别进去,这火太大了,若是皇上进去就出不来了啊!"

"习嫔和婉儿还在里面!"玄帝近乎咆哮。

冯德死死地拉着他劝阻:"皇上,您是皇上啊,您是朝阳国子民的皇上啊,如今周边小国蠢蠢欲动,若是您有个好歹,咱们朝阳国就岌岌可危了呀皇上!"

就在这时,只听轰隆一声,瑶华宫的梁柱瞬间坍塌,玄帝身子骤然一晃。

"去给朕查清楚,究竟是谁放的火,朕要将此人碎尸万段!"玄帝满眼赤红,咆哮震天。

"皇上，此人方才鬼鬼祟祟欲往御花园而去，她身上还带着火折子。"两名侍卫就在这时押着一名穿着宫女服的女子，将其按倒在玄帝跟前。

"是你纵的火？"玄帝的目光冷得几乎要将她吞噬。

那女子身子一颤，抬眸望向玄帝身旁的德妃，而后急忙道："请皇上开恩，一切都是容妃娘娘指使奴婢所为，奴婢也是被逼的，若是奴婢不这么做，容妃娘娘就会让民妇死在宫中。"

"你……信口雌黄，容妃在宫中如何与你接洽？"玄帝大怒。

自从那件事情发生之后，容妃就被禁足在寝宫，她的话自是不可信的。

那女子目光一闪，伸手从袖中取出一只玉镯道："皇上，这是容妃娘娘给民妇的，说事成之后还会有更多。"

玄帝接过玉镯目光渐渐冷却，这玉镯是他赏赐给容妃的，平日里都不见她舍得戴，谁料竟是用于此处了，愤怒之下他伸手抽出侍卫的佩剑，一剑穿入那女子的心脏，只见那女子难以置信地望着勾唇浅笑的德妃，而后将视线落在某一处，最后咽了气。

不远处，一个小女孩看着眼前的一切浑身战栗，脑海中一片空白。

火依旧熊熊燃烧着，而她的世界似乎静止了。

明明让她在荷塘边等着，明明说完成了今天的任务便可以过上好日子了，明明说以后再也不怕居无定所了，为何此时此刻她所见到的是漫天的火光、满地的鲜血？

"娘……"刚一出口，嘴就被人从后捂住，而后便逐渐失去了知觉。

第1章　相遇幽情谷

朝阳国玄帝二十年

三王爷莫逸风此次挂帅带着身为副将的四王爷莫逸萧和十万皇家军浩浩荡荡得胜归朝。业城的百姓一路上欢欣鼓舞锣鼓震天，而莫逸风的脸上依旧是百年不变的从容与淡漠。

莫逸萧看着周围的百姓唇角上扬，这是他第一次出征，却没想到会这般顺利。

正当他得意之时，只听百姓中有人高呼"三王爷"，他骤然蹙眉望去，却发现"三王爷"的呼声此起彼伏。转眼看向莫逸风，他的神色淡漠如初，而莫逸萧的心却逐渐收紧。

金銮殿

玄帝下旨犒赏三军举国同庆，看着眼前的两个儿子，他浅浅勾唇沉声开口："老三老四，你们这次立了大功，不知要何赏赐？"

莫逸风刚要开口，莫逸萧却已先声夺人："父皇，儿臣斗胆想请父皇给儿臣和柳尚书之女柳毓璃赐婚。"

朝堂之上响起了抽气之声，毕竟莫逸萧是玄帝最受宠的儿子，他早有心将皇位传给他，而得了兵部尚书之女就等于拥有了兵权，皇位继承人之位更是指日可待，兵部尚书柳蔚更是唇角弧光点点。

就在众人皆以为此事已水到渠成，岂料莫逸风躬身抱拳缓声开了口，低沉的声音铿锵有力："父皇，儿臣不求别的，只求父皇将毓璃许配给儿臣。"

玄帝嘴角的笑容骤然一敛，眯眼打量着眼前的三子莫逸风。

都说三王爷骁勇善战，在战场上指挥若定，战无不胜攻无不克，他带领的将士更是将他的军令视如皇命，而他看似从来不争不抢，可是玄帝却总感觉他并非表面看起来的那般与世无争。再加上此次他提出要娶兵部尚书之女，这让玄帝对他的猜忌更甚。

整个金銮殿静得落针可闻，众人屏息静听。

原本信心满满的莫逸萧在玄帝听到莫逸风的话之后沉默不语之时心里开始没底，而柳蔚更是神色闪烁不安。

良久，金銮殿中突然传来玄帝的大笑声，众人疑惑抬眸，看似龙颜甚悦，却是让人满腹疑云。

"看来柳爱卿真是有个好女儿，朕的两个儿子都要为令千金抢破头了。"玄帝抚着龙椅上的龙头，幽深的黑眸凝向柳蔚。

柳蔚躬身上前抱拳一礼："微臣惶恐。"

玄帝转眸看向两个儿子满目慈祥："这手心手背都是肉，叫朕如何取舍？"沉吟了片刻，他声音微顿后又道，"也罢，柳千金年纪尚小还不急着指婚，此事往后再议。你二人平战有功，朕封四王爷莫逸萧为永王，赐永王府一座另加黄金百两，绫罗绸缎百匹。"

"谢父皇。"莫逸萧与玄帝对视一眼后冲他一笑。

玄帝又不着痕迹地敛住笑容看向莫逸风："朕就赐主帅……免死金牌一枚。"

众人闻言大惊，莫逸风苦涩一笑。

他终是看清了，这就是亲疏有别……

翌日清晨，莫逸风按约定匆匆赶去幽情谷，看见柳毓璃早已等在那里，他急忙奔了过去。

柳毓璃见他伸手而来，眸色一闪将手缩了回去，抿了抿唇紧紧捏着手中的锦帕："我……"

莫逸风一动不动地等着她的后话。

她深吸了一口气终于说出了今日前来的目的："逸风哥哥，从今日起我们还是不要再见面了。"

他闻言脸色一变，立刻伸手扣住她的双肩："为什么？"见她神色闪烁，他忽而看出了端倪，"是你父亲？"

柳毓璃咬唇点了点头："从来婚姻大事是父母之命媒妁之言，请逸风哥哥原谅毓璃不能两全。"

"我这就进宫请父皇下旨赐婚。"他扣着她的手紧了紧。

"不要！"柳毓璃急忙抬头制止，见他神色一惊，她立即开口解释，"若是皇上同意，昨日在大殿就已下旨，又何至于逸风哥哥再去请旨。"

莫逸风顿时了然，昨日在金銮殿上，明眼人都已明白了一切，精明如柳蔚又怎会不懂？他的父皇赏他一块免死金牌，并非是对他改观，而是莫逸萧根本不会有性命之忧，而他却最多只有一次生还的机会。

莫逸萧——永王,众皇子中首个有了封号的王爷。

从来皇家亲情多淡薄,作为皇子死在皇帝手上从古至今屡见不鲜,可是,她为何不能相信他若是只有一次生还机会,他定会选择保她无虞呢?

望着柳毓璃的身影在他视野中越来越小,他的心渐渐下沉。

她走得是那般匆忙,让他分不清她是怕他会强留,还是怕她自己会不忍心。

远处的背影消失,他也失了神……

此时就在他身后的大树上,一个娇俏的身子在树枝上微微动了动,蹙了蹙娥眉,她缓缓睁开亮如星辰的水眸。

眼前陌生的景象使得她满头雾水,动了动唇打量四周,她发现自己竟然躺在两根粗大的树枝上,离地面好几米,吓得她差点忘了呼吸。

正不知所措之时,视线中出现一名男子站在树下。

"喂……"她试探着小心翼翼地叫了一声。

莫逸风听到声音骤然拉回思绪,警觉地朝声音来源处望去。却见一个年轻女子趴在树枝上看着他,他目光微敛用感官试探着她的功力。

"你是何人?"莫逸风紧蹙剑眉上下打量着她,却丝毫感觉不到她身上的杀气。

若影紧紧抱着树枝不敢乱动,见他没有要解救她的意思顿时有着想哭的冲动:"能……能不能帮我下去?"

莫逸风见她不说实话,转身便要离去。

他不知道她是何时上去的,又是如何上去的,可是现在已经不重要了,因为他以后都不会来这个地方。

若影见他不仅不帮她下来还要顾自离开,急得差点摔下来:"喂!可不可以别走?"她的声音中带着哽咽,那语调全然是孩子般的恳求。

莫逸风骤然顿住了脚步,转眸望去,恍惚中他似乎看见了她的面容。

若影在三王府已经住了一段时间,而因为她的到来,三王府平添了几分热闹,时时都会传来欢笑声,莫逸风看着她欢快地穿梭在每个角落,思绪渐渐飘远。

一开始他将若影背回王府之时,众人都欣喜不已,以为莫逸风是要娶妻纳妾要办喜事了,却没想到长相出众性子古灵精怪的若影看似十七八岁的年纪,可是智力却停留在七八岁,实在是让人惋惜。

"逸风哥哥,为什么没有人到我们家来玩?"用午膳时,若影咬着筷子疑惑地问道。

莫逸风也习惯了她对他的这般称呼,甚至潜意识里希望她这般唤他,就如同"她"一样。不过对于她的这种将三王府当做自己家,完全不似寄人篱下的样子,他还是不由得冷哼了一句:"这是我家,不是你家。"

"你家……不就是我家？我们不是住在一起吗？"若影茫然地望着他。

莫逸风张了张嘴，竟是接不上一句话，每一次看见她那双无辜的水眸，他总是会不经意地软下心，可是面上却依旧没有一丝动容。

就在这时，周福上来禀报道："三爷，四爷求见。"

若是方才莫逸风的神色有些冷之外，那现在的神色便犹如寒冬腊月，而坐在一旁的若影则对这位四爷很是好奇，伸长脖子朝外张望。

"让他进来。"下一刻，莫逸风便不再带任何情绪地开口，平淡如水听不出喜怒，而且也没有要起身相迎的意思，就坐在膳桌前用着午膳。

当莫逸萧出现在若影的视线中时，她微微失神，本以为只有莫逸风是美男子，却没想到还有一个四爷同样俊美非凡，只不过莫逸萧给人一种说不出的傲慢，而莫逸风则是给人一种难以亲近的距离感。

"这么巧，三哥在用午膳。"莫逸萧勾唇而笑，目光犀利地落在莫逸风身上。

"永王突然造访有何贵干？"莫逸风放下筷子目光淡淡扫向他，伸手示意下人奉茶。

莫逸萧不以为意，顾自坐到他对面的座位上语带揶揄："三爷叫我四弟就成，你我虽生在皇家，可是也不能淡了兄弟之间的感情不是？理该多互相往来，难道三哥不这么认为吗？"

莫逸风静静地凝着他，好似在看他玩什么把戏，见他不再说下去，他才开口："才半天不见四弟便让为兄刮目相看了，竟是这般重情重义。"

莫逸萧并没有因为他的话而生怒，反倒心情更是愉悦："四弟从来都是重情之人，难道三哥还看不出来吗？否则毓璃又岂会决定嫁与本王？"

下一刻，莫逸风手中的茶杯骤然一晃，些许热茶洒在了他的手背上，下人急忙拿来锦帕给他擦拭。

见此景况，莫逸萧端起面前的茶杯笑容更甚。

若影见状目光渐渐转冷，感觉莫逸风在被莫逸萧欺负，她心里极度不舒服。气鼓鼓地咬了咬唇，一把将他手中的茶杯夺了过来。

莫逸萧一怔，这才发现坐在一旁的若影。只是手上突然一空，且茶水因她将杯子夺过去而溅到他手背上的那一刻他脸色骤然阴沉。

"要喝茶回自己家喝去。"岂料若影并未因他的情绪而惶恐，反而将茶杯"砰"的一声置在桌面上，周围的奴才丫鬟吓得屏息垂头，周福和秦铭难以置信地朝她看去，而莫逸风也是同样震惊地看向她。

"哪里来的野丫头，竟然敢对本王这般说话！"莫逸萧显然是觉得失了颜面，顿时怒火上蹿拍案而起。

若影不甘示弱，一拍桌仰首与他对峙："你才是野小子！这是我家，谁允许你在这里

大呼小叫的？"

莫逸风眉心一跳，对若影方才所说的"这是我家"而再次震惊。

莫逸萧被若影的无礼气得瞠目结舌："你、你……这是三王府，何时成了你家？这到底是哪里来的野丫头？"他转而看向莫逸风。

莫逸风闻声敛回思绪，张了张嘴却不知该如何解释，倒是若影冷哼一声："我是谁关你屁事，野小子！"

"反了反了！你也不管管，你家奴才都这般骑到主子头上。"莫逸萧将矛头指向莫逸风。

莫逸风抿唇淡笑，伸手将她拉下让她坐好，而后才缓声道："小丫头性子急，冲撞四弟的地方还请四弟别和她一般见识。"

他这句话分明是在袒护她，莫逸萧又岂会听不出来，也正因为如此，他心头怒火更甚。可是须臾之后，他渐渐平复了情绪，缓缓落座后扬眉唇角勾起一抹讥笑。

"我倒是不会跟一个奴才计较，打狗也要看主人不是吗？只不过俗话说'修身齐家治国平天下'，三哥你虽然文韬武略智勇双全，可是连一个小小的王府都管不好，若是被父皇知晓了……又怎放心将这朝阳国交到你的手上？四弟也是为了三哥着想。"

一旁的周福和秦铭偷偷抬眼看向莫逸风，莫逸萧的话中有话想必他听得十分明白。而此事是因为若影而起，他们不由得替她担了心。

出乎意料的是莫逸风并没有怒斥若影，而是将视线落向莫逸萧，唇角淡淡上扬："四弟有心了，竟对三哥府上如此关怀，只是……她并非是三哥的奴才，她也并未骑在本王这个主子头上不是吗？"

莫逸萧一噎，未曾想他会如此一说，一时间气得脸色发青，好半响才找到自己的声音："好！就当本王多管闲事了，只不过没想到三哥会这么快有了新人，莫非是早已暗度陈仓？若是让毓璃知道了……不知道她会怎么想？"

果然此话一出莫逸风脸色微微一变，虽是顷刻之间，却被莫逸萧看在眼里，不由地让他方才堵在心口的气松了些许。

若影并不清楚莫逸萧说的话中深层意思，可是能感觉他两个男人之间的波涛暗涌，不由地心头一紧，而在听到毓璃这个名字时，她感觉很不舒服。

莫逸风敛眸望向一脸得意的莫逸萧，突然轻笑，在众人的诧异目光中，他缓声道："是否是暗度陈仓那是本王的事，毓璃知道了会如何误会本王，那是毓璃和本王之间的事，四弟何须如此替三哥担忧？"

莫逸萧的笑容骤然僵在嘴角，看着莫逸风那笑得云淡风轻的模样，身侧的手渐渐收紧。

用膳厅中陷入一片寂静。

就在周福和秦铭想办法如何打破僵局时，莫逸萧突然站起身，犀利的目光扫过莫逸风和若影，而后者只是坐在膳桌前不动声色地看着他。

顷刻之后，莫逸萧突然一声轻笑："你是我三哥，如何让我不担忧？知道三哥在战场上伤得不轻，四弟可是特意为了三哥向父皇求来这瓶可快速治愈伤口的金合散，记得用上，伤好了才能再上场杀敌不是？"他转眸看向莫逸风从袖中取出一瓶药放在膳桌上。

莫逸风看着这瓶金合散目光越来越黯，众人只见他脸色仍是未见喜怒，只有若影看到他那只桌底下的手指尖渐渐收紧。

"三哥好好养伤，若是伤势严重无法上朝，四弟会帮三哥向父皇告假，四弟先行告辞。"他轻笑着转身离去。

若影看了看莫逸风，转头冲口而出："下次来蹭饭蹭水记得自己带碗。"

莫逸萧蓦地转眸朝她瞪去，若影却是撇了撇嘴道："大街上的那些蹭饭蹭水的人不都是这样的？"

闻言，莫逸萧差点就要上前拧断她的脖子，但见莫逸风转眸让若影不许再说，他便也没有再停留在这个让他不屑到访的三王府，衣袖一甩转身朝门口大步离去。

雅歌轩

莫逸风沐浴过后光着上身坐在凳子上，一旁的秦铭拿着药给他细细涂抹。看着他背上从右肩一直延伸到左腰的伤疤还泛着血渍，秦铭不由得倒抽了一口凉气。

虽然在战场上受伤是常有之事，可是这伤却是因为保护四王爷莫逸萧才被砍伤的。莫逸风顾念手足之情，可是莫逸萧却只顾着杀敌立功，完全不将莫逸风的军令放在眼里，导致枉送了许多将士的命。

"爷，皇上就没有因为爷在战场上护四爷周全而说些什么吗？"秦铭始终为莫逸风抱屈，至少也该加封不是吗？

莫逸风浅浅勾唇，却是透着无奈自嘲："你觉得皇上应该说些什么？"

"四爷在战场罔顾军令，导致那么多将士枉送了性命，皇上难道连句责备的话都没有？"秦铭咕哝道。

"本王不说，父皇即使听了旁人所言也定然不会相信不是吗？即使本王说了，你觉得皇上会信谁？"他语气淡淡听不出喜怒，只有秦铭知道他心底究竟承受了多少。

秦铭一边帮他上药一边愤懑："难道皇上不知道爷在战场上是如何保护四爷的吗？这么深的伤口，差点要了爷的一条命。"

回想起那日，秦铭依旧会倒抽一口凉气。

他以为那日眼前的这个男人终究会死在战场，毕竟那一刀原本是砍向莫逸萧的，而在千钧一发之际莫逸风却倾身迎上了刀刃。鲜血就从他的背脊上潺潺流出，而他却依旧手持

银戟同将士们出生入死奋勇杀敌。

若非有莫逸风,那日在战场上像莫逸萧那样的行为尚未等敌方强势进攻将士们早已尽数而亡。而莫逸萧在回头看到莫逸风为他挡下一刀时只是一瞬间的惊愕,很快便在两名大将的保护中连连进攻,只为了届时可以邀功。

莫逸风忍着身上药物浸透伤口传来的剧痛,随手拿起桌上的一杯茶轻抿了一口:"他不说,父皇又如何得知?即使知晓,对他而言本王这般做也是理所应当的。"

"难道当时若是爷面临险境,四爷给您挡刀也是理所应当的?"愤愤的一句话刚脱口而出,秦铭便不作声了,他不小心提了不该提的事。

试探地朝莫逸风看了看,所幸他并未动怒,只是他望着窗外夜色的眸色开始深邃起来。

秦铭知道他又在回忆过往了,那些不堪回首的记忆,于是故意岔开了这个话题:"爷,那位若影姑娘若是永远都寻不回记忆,爷会把她留在府中吗?"

"怎么,你想要将她留下?"他放下茶杯反问。

秦铭一怔,脸色骤然一红,心急着解释:"爷!属下只是……只是随便问问,她是爷的人,属下哪有这个胆子。"

莫逸风转眸睨向他:"谁说她是本王的人,以后不准再胡言乱语。"

"是!"秦铭耸了耸肩,心里却暗自揣测,这都把人亲自背回王府了,还不是他的人,而且……

忽然想到什么,他不由得笑问:"爷,今日大夫再次给若影姑娘诊治的时候说为了安全起见,让爷给若影姑娘检查身子,看是哪里受了伤,方能对症下药,爷准备何时检查?"

"你!"莫逸风瞪大着眸子盯着他,一时间竟是无言以对,好半晌才找到自己的声音愠怒道,"谁说本王要亲自检查她的身子了?本王已经让紫秋前去照顾。"

秦铭一怔,忽而又失声笑起:"紫秋?爷可真是有心了,紫秋可是府上做事最勤快人最聪明可靠的丫头,爷没有留着自己用,竟是给了才入府不久的若影姑娘,看来爷是准备让若影姑娘在咱们王府长住了。"

闻言,被看透了心思的莫逸风一下子恼羞成怒起来:"秦铭,你若再敢胡言,明日就从本王的眼前消失。"

秦铭急忙闭嘴,而后从唇缝中挤出一句话:"属下知错,下不为例。"

莫逸风这才没有继续追究,只是一颗心竟是烦躁得很。

"逸风哥哥!"就在这时,随着一声恍若黄莺出谷的清脆声音响起,雅歆轩的房门被突然推开。

莫逸风厉眸瞪去,见是若影,敛住眸中的锋芒微拧了眉:"做什么?"

他并未动怒,只是起身从床边拿起寝衣穿上。

若影见莫逸风果真在此，高兴地立刻扑了上去，莫逸风未曾想她的动作竟是如此迅速，等他反应过来时她已经扑进了他的怀里，而秦铭则是拿着药呆立在一旁。

这是……当他不存在吗？如此肆无忌惮。

"逸风哥哥，我以为你不要我了，为什么一个人在这里？"她抬眸看着他问，眸中带着浓浓的依赖。

莫逸风伸手将她推开，睨了她一眼后正要合上衣襟，岂料她拉开他的衣服吓得白了脸色："逸风哥哥！你……你受伤了？"

"小伤，上了药就没事了。"他沉声说道。

若影看了看周围，最后将视线定在仍呆立在一旁的秦铭手中，上前便从他手中夺过药瓶，而后拉着莫逸风让他坐在凳子上道："我帮逸风哥哥上药，我很会上药的。"

莫逸风与秦铭对视了一眼，而后试探地问道："哦？为何你很会上药？"

若影拿着药瓶想了想最后摇了摇头："我也不知道。"

记忆中，她的确是很会上药，好像一直会帮别人上药，又好像一直会给自己上药，可是又好像从未有过此事。

"算了，胸口本王自己会上药，你回去睡吧。"莫逸风起身想要接过药瓶，若影却紧紧地抓着不放："不嘛不嘛！"

她急得直跺脚，好似能为他做些事情哪怕是上药这种小事都会让她得到满足。

莫逸风看着她好似乞求的眼神甚是无奈，不由得看了看秦铭，而秦铭却耸肩一笑："那属下就不打扰王爷和若影姑娘了。"

莫逸风黑眸一瞪，有些不知所措，而秦铭走到门口处时突然探了探脑袋提醒道："爷，为了安全起见，记得给若影姑娘检查身子。"

不等莫逸风发作，秦铭早已溜之大吉，独留下若影和莫逸风在房间内，而若影趁莫逸风的注意力在秦铭身上时，已经开始给他的胸口上药。

莫逸风低头一看，她的神情极为认真，而她的气息在他胸口仿若轻羽般撩拨着他的每一根神经。一瞬间好似全身的血液在不停地沸腾。

"不用了。"他敛回思绪急忙退后一步合上衣襟背过身去，"早点睡吧。"

"哦。"若影将药放到桌上后一溜烟地爬到床上，踢掉了鞋子便往床上躺去。

莫逸风整理好寝衣抬眸一看，顿时傻眼。

他的床还从未有人敢如此大胆地躺上去过，即使他的卧房也只有秦铭、周福和特许的几个进来清扫的下人。可是现在，她竟是这般大咧咧地躺在他的床上，而且还……穿着那件白天摔过地上沾过尘土的衣服。

"起来！谁让你睡在本王的床上？"莫逸风反应过来后顿时暴怒。

若影揉了揉眼睛抬头看他："不是逸风哥哥让我早点睡的吗？"

莫逸风扯了扯唇脸色渐渐黑沉:"本王让你回房睡!回你自己的房!这是本王的床!"

他的情绪从来都没有像今日这般暴怒过,他甚至对任何人都不会表露他内心的喜怒哀乐,一切的情绪只会埋藏在心底,可是今夜他却失控了。

若影被他一吼吓得呆立在床上忘了动弹。

"紫秋!"莫逸风瞪着若影朝门外怒吼了一声。

一直徘徊在门外的紫秋一听莫逸风大怒,立刻推门走了进去,也因为匆忙,一下子绊住门槛扑倒在地。可是她不敢有丝毫懈怠,忍着膝盖和手心的疼痛,立刻从地上爬起来,而后小跑到莫逸风面前扑通跪倒在地。

"三爷,奴婢在。"她的声音因害怕而颤抖着。

莫逸风一看见慌慌张张的紫秋,便将气尽数撒在她身上:"本王让你好好伺候若影姑娘,你就是这般伺候的?"

紫秋瑟瑟发抖地转眸看向若影,一瞬间青白了脸色。

"若影姑娘……"她低低喊了若影一声,只想让她快些从床上下来。

若影看了看紫秋,又看了看莫逸风,这才意识到莫逸风似乎不希望她睡在床上,便只得慢慢地从他的床上下来了。

"还不快带若影姑娘沐浴更衣后就寝。"莫逸风看了看那张被若影睡过的床,眉心始终紧拧着。

"是,奴婢这就带若影姑娘回房。"紫秋见莫逸风的语气渐缓,这才颤抖着双腿从地上爬起。

月上半空

莫逸风沉沉地睡着,而他又做着十几年来的同一个梦……

夜幕下,荷塘中,那张漂亮的女孩的脸若隐若现,她眨着恍若星辰的水眸笑着柔声对抽泣中的莫逸风开口:"逸风哥哥,不要害怕孤单,我会一直陪着你的……"

"毓璃……毓璃……"

莫逸风再次从梦中惊醒,望着周围的一切,眸色渐渐暗淡。

当年的事情究竟是梦是真?

若是梦,为何会那般真实,而且几乎夜夜做着同样的梦。若是真,为何那个第一个叫他"逸风哥哥"的女孩如今也弃他而去?

不是说会一直陪着他的吗?

思及此,他再无睡意,起身披上衣服打开门,望着头顶的星空,脚步声在寂静的月夜中回荡。

或许是因为夜已深,周遭太过安静,脑海中不知不觉又回想起了往昔之事……

"莫逸风，你给我跪下！"七岁的莫逸萧带着一群奴才站在莫逸风面前鄙夷地看着他。

原本独自坐在荷塘边的莫逸风闻言站起身，见莫逸萧如此不分尊卑对他一再欺凌，便上前不悦地回道："四弟，我是你三哥，长幼有序，我怎能给你下跪。"

莫逸萧闻言像是听到了多好笑的笑话，带头与奴才们笑得前俯后仰，而后突然止住笑声，满脸狠戾："三哥？你也配，不过是一个贱婢的孩子，还想与我称兄道弟，真是自不量力。"

"不许你骂我母妃。"莫逸风骤然上前满身戾气。

莫逸萧为之一怔，不曾想他的反应如此激烈，可是很快便恢复如常的一脸讥笑："所有人都知道你那个不要脸的母妃趁我母妃生病了，借着帮我母妃送茶点的机会勾引我父皇，这才有了你，你还不承认你是贱婢的孩子。"

莫逸风气得浑身颤抖，突然上前朝莫逸萧扑了上去，两人很快便扭打在了一起。

周围的奴才这才发现大事不妙，急忙赶去通禀莫逸萧的母亲德妃，而德妃赶来之时正好是莫逸风骑在莫逸萧身上将他痛打的景象，而她的身边还站着那个万人之上的男人。

"混账东西！给朕住手！"玄帝沉着脸色怒吼了一声。

莫逸风心头一颤，他竟成了自己父亲口中的"混账东西"。

莫逸萧哭哭啼啼地被德妃抱在怀中，看着他满脸的瘀青，嘴角甚至有了血迹，抬眸恨恨地瞪了莫逸风一眼，但那狠戾稍纵即逝。

"两个皇子如此厮打，成何体统！"他虽是怒骂着，可是那抹寒芒却只是向着跪在地上的莫逸风。

莫逸萧哭着看向玄帝道："父皇，儿臣只是听说三哥喜欢这个荷塘，几乎每日都会前来，儿臣便想来看看，谁知三哥却说这是他的地方，让儿臣滚开，儿臣不愿离去，三哥便动手打了儿臣。"

莫逸风惊愕地看向莫逸萧，反应过来后急忙向玄帝解释："父皇，儿臣是喜欢这里，可是儿臣没有说那些话。"

"三哥，母妃说男子汉大丈夫要敢说敢做就敢当，你怎么可以不承认？你还打人。"莫逸萧往德妃的怀里缩了缩，感觉到德妃的手臂紧了紧，他这才安心了。

莫逸风闻言脸色一变，惊慌地看向莫逸萧母子，心头一惊，再抬眸看向玄帝，只见他的眼中充斥着叫作厌恶的神色。

"父皇，儿臣没有……"

"住口！"玄帝并没有给他解释的机会，而是当即下令，"既然你这么喜欢这里，以后别的地方你都不准去了，今夜也留在此处过夜吧！"

莫逸萧闻言止住了哭声，转眸看向玄帝轻问："那……南书房呢？"

玄帝冷哼一声："朽木不可雕。"

　　莫逸萧拧了拧眉不是太懂玄帝的深意,可是看着玄帝一脸的怒容,他难免心头欢喜,抬眼笑着看向德妃。

　　此时德妃只是轻抿樱唇搂了一下莫逸萧,转身看向玄帝道:"皇上莫要动气,风儿尚且年幼,想必是容妃疏于管教所致,他的本性并不坏……"

　　"住口,不许你们说我母妃。"莫逸风最无法忍受的便是那些说他母亲是非之人。

　　可是此时此刻他这般一说更是惹得玄帝怒火上涌,扬手便给了他一耳光。

　　"不分尊卑目中无人,这就是你那个母妃教你的?"见莫逸风捂着脸毫不知错,玄帝气得拂袖而去。

　　莫逸风感觉到脸上火辣辣的疼,看着那个毅然决然转身离去的背影,还有莫逸萧的窃喜,德妃若有似无的勾唇,他委屈地哭出了声。

　　直到夜里,他双手抱住自己,瑟瑟发抖地坐在荷塘边承受着刺骨的寒风,眼泪滴在荷塘内。

　　当今皇帝下了令,自然是无人敢来接近,更是无人敢给他带些吃的或者拿件披风,服侍他的宫人并不多,而且因为他是个不受宠的主子,更是不会蹚这个浑水。

　　而他的生母容妃想来定是知道他今日所遭遇之事,只是她在宫中地位低下,更是对玄帝唯命是从,胆小怯懦不敢造次,他从不指望她,更不希望她为了他而得罪了那个原本就不待见他们母子的男人。

　　此时此刻,莫逸风看着水中倒映出的身影,倍感凄凉。

　　月上高空,他瑟瑟发抖地抱着自己的身子坐在荷塘边,在漆黑的夜色中,承受着寒风刺骨。没有人给他送吃的,没有人给他送件衣服,只有那寂静的夜相伴。

　　"呜呜呜……"八岁的年纪被罚独自夜宿荷塘,终是抵不住心头的顾忌和恐慌。

　　也不知哭了多久,倦意袭来,他抽泣着轻轻阖上了眼眸。

　　"逸风哥哥,不要害怕。"突然一个声音柔柔传来,使得莫逸风止住了哭声。

　　"谁?"他抬头四处张望。

　　"逸风哥哥。"声音再次低低传来。

　　莫逸风心头一紧,可说来奇怪,原是害怕鬼怪的他却在听到这个声音时毫无惧意。

　　最后,他竟是在水中发现了一个小女孩的脸。只见她弯着眉眼浅笑盈盈,那眼眸恍若此刻天上的星辰耀眼夺目,让人不忍移开视线。

　　"你是何人?"他喃喃开口相问,声音中还带着刚哭完的沙哑。

　　水中的女孩没有回答,只是笑着说:"逸风哥哥,不要害怕孤单,我会一直陪着你的。"

　　"真的吗?你会一直陪着我?"他望着那水中的倒影渐渐进入了睡梦中。

　　朦胧中,有人将他的身子扶了起来,身上传来一阵暖意,他迷迷糊糊地睁开眼睛,看

第1章 相遇幽情谷 | 13

见一个穿着小太监衣服的陌生男孩，此刻正抱着他的身子满眼担忧："三皇子，你怎么样？你身上好烫。"

"你是……"他含糊不清地问着。

"我叫秦铭，我爹是宫中侍卫长，今晚偷偷跟着我爹进宫的，我爹还不知道呢。"心直口快的秦铭话一出口，才知闯了祸，急忙捂口，看着迷迷糊糊的莫逸风，他低声道，"三皇子，你要帮我保密哦，我去帮你找太医。"

说完，秦铭脱下自己身上的衣服盖在莫逸风身上，而后脚步匆匆渐行渐远。

待莫逸风醒来之后，发现已经在自己的寝宫，身边陪着的不是他的母妃，而是二皇子莫逸谨的母亲桐妃。

"桐妃娘娘？"莫逸风想要起身，却发现浑身没有气力。

"别动。"桐妃满目慈和地帮他坐起身靠在床上，"风儿烧了整整三日，可算是醒过来了。"

"我母妃呢？"他从来都不指望那个男人来看望他，可是他的母妃不见踪影倒是让他十分诧异，因为她从来都不舍得让他独自就寝，哪怕他如今已经八岁了，她依旧还是看着他睡下之后才会回去，而他也只有在母妃在时才能安睡。

桐妃闪了闪神，不忍告诉他真相。

就在这时，二皇子莫逸谨欢天喜地地跑进来叫道："母妃，听说父皇让三弟以后跟着母妃了，是真的吗？"

第2章　青梅柳毓璃

莫逸风瞳孔一缩，转眸看向桐妃，而桐妃则是对莫逸谨拧了拧眉示意他不要多言后便担忧地朝莫逸风望去。然而让她意外的是，他并没有哭着去找容妃，而是收回视线靠在床头静静地望着前方。

从那日起，莫逸风便性情大变，沉默寡言知进退，审时度势会隐忍。即使受了委屈也不再掉一滴眼泪，即使得到玄帝的首肯去见一见生母容妃，他也是反过来安慰她莫要担心，而他的眸中从醒来之后便透着让人难以近身的清冷。

也是从那日起，他天天夜里都会在荷塘边待上几个时辰，众人只道他那夜在荷塘昏迷是被鬼怪附身了，才会夜夜来到荷塘呆坐，只有他自己清楚，他只想再见见那夜说会永远陪着他的女孩。

莫逸风拉回往日的思绪看着如今的三王府，虽然已经离开了让他窒息的皇宫，可是他的身上还是流着那个万人之上的男人的血，或许连那个男人也恨不得他早些消失吧？无论他怎么努力，终究抵不过他的四子莫逸萧。

只是有一点让他到现在都弄不明白，即使当初他的父皇酒后乱性宠幸了他的母妃，后来也是因为她的母妃美貌与贤惠并存而集万千宠爱于一身，并没有因为她是宫女的身份而有所嫌弃，更是让她在生下他之后摇身一变为妃，可是后来究竟发生了何事会让那个男人一下子对他们母子如此厌恶？

他曾经多次问过容妃，可是连容妃自己都不明所以，只感觉那个男人不把她打进冷宫已经是厚待了。

厚待？莫逸风的嘴角泛起一丝嘲讽，若是连那样的日子也叫厚待，那么后来德妃和桐妃二人的日子岂不是叫天恩？

深吸了一口气，脑海纷乱，抬眸一看，他竟是来到了月影阁。

正准备转身离开，却看见房间内烛火通明，迟疑了顷刻，他还是走了进去。

"逸风哥哥。"若影眉开眼笑地从床上坐起。

"还不睡？"莫逸风轻叹一声走到她床边坐下，双眸紧紧看着她。

若影看见莫逸风时很是兴奋，便怎么都不愿意睡去，莫逸风伸手帮她提了提被子后言道："再不睡本王就走了。"

若影闻言吓得立刻合上双眸，可是她的手却依旧紧紧地握着不愿放开，这样的举动使得莫逸风心口一滞。

看着她如此模样，莫逸风的黑眸渐渐深邃起来。

若是她能像眼前的女子那般依赖他，该有多好……

抬手抚了抚若影的面容，明明两个人并不像，可是他却想要将这个世上最好的东西留给她，留给这个只愿意留在他身边的女子。

"留下是你自愿的，离开就由不得你了。"他反手握住渐渐沉睡的若影的手自顾自地提醒着她，眸色却渐渐涣散。

睡梦中的若影弯唇笑了笑，喃喃开口："逸风哥哥，我会一直陪着你的……"

"你说什么？"收回思绪，莫逸风似乎听到了她说了句什么，可当他细听之时，她已进入了熟睡状态，他只道她说了句梦话，并未放在心上。

一个月后，莫逸风因为若影的玩物丧志而恼火，虽说女子无才便是德，可是她竟是连大字都不识一个，所以他便决定要送她去书院。

见若影还拿着自己所折的纸鹤站在书房外偏要给他看，他没好气地冷冷睨了书房门一眼继续垂眸看着书卷。

若影拿着纸鹤看着紧闭的书房门有些不知所措，周福却在这时匆匆而来："三爷，二爷来了，现在正在前厅候着。"

"二爷？二爷是谁？"若影十分新奇，在这三王府里，她已经认识了所有人，可就是独独没有听说过这个被周福唤作"二爷"之人。

周福躬身上前回道："若影姑娘，二爷是当朝二王爷，是咱爷的二哥。"

"二哥？他是好人吗？"自从见到了莫逸萧，若影便对莫逸风的兄弟没什么好感。

周福原是一愣，而后想到了今日之事，不由得笑言："二爷当然是好人，好得很。"

"好耶，我去给二哥看看我的纸鹤。"说完，她欣喜地转身立刻向前厅奔去。

就在若影离开的那一刹那，书房门从内被打开，周福和秦铭从若影反常的反应中回过神来，但是一回头便看见莫逸风脸上阴云密布。

"三爷。"周福低声叫了一声，却见一袭墨蓝色的锦袍从眼前一闪，疾步朝前厅的方向而去。

秦铭和周福面面相觑，顷刻立即跟了上去。

一路上，莫逸风的心莫名堵得慌，若影一向不喜近身他人，包括相处了一段时间的周福、紫秋和秦铭，可是刚才听到周福说莫逸谨来了，她竟然亲切地直接叫他二哥！他们甚至从未谋面。

那种在若影心中唯一的依赖好似被掠夺走的感觉真是不好。

当若影来到前厅时，便看见一位身子卓越面色清秀，穿着一袭暗红色锦衣的男子坐在右侧的座位上饮着茶，可是那眉心却紧紧拧着，好似堵着一口气。

若影一动不动地看着眼前的莫逸谨，好似在她来到三王府之后除了莫逸风之外，他是她见过的第二个好看的男子。虽说是兄弟，可是莫逸谨和莫逸风长得并不那么像，给人的感觉也不像。

莫逸谨因为刚才周福的行为让他心头发堵，所以后知后觉地在若影看了他好半晌之后才发现门口有人注视着他。

"小丫头，本王知道自己长得玉树临风，可是你看得是否久了些？要不要擦擦你的口水？"莫逸谨放下茶杯挑眉看向呆立着的若影。

若影回过神来后眨了眨眼，抬起手背擦了擦下巴又擦了擦嘴角，并未发现什么水迹，这才走到他面前理直气壮道："我没有流口水。"

莫逸谨被她那好笑的举动惹得扑哧一笑，方才抑郁情绪竟是在一瞬间一扫而空。

看着他笑得弯起了眉眼，若影也跟着咧嘴笑了起来。

"你叫什么名字？"莫逸谨一边问一边打量着眼前的若影，而后又补充道，"看你的打扮也不像是王府中的丫头，莫非是三弟 金屋藏娇了？"

"金屋藏娇是什么？"若影歪着脑袋问。

莫逸谨起身绕着她走了一圈细细打量着她，虽然长的模样甚好，却不知是个脑子出了问题的姑娘，难道是他那三弟被柳毓璃伤得饥不择食了？

"二哥。"一声低沉的嗓音唤回了莫逸谨的思绪，也止住了他打量若影的动作。

"三弟，你这是从哪里拐骗来的小丫头？这俊俏模样可是二哥府中没有的，不如让给二哥如何？"莫逸谨笑着走上前，看到若影后也忘记了方才想要质问莫逸风的话。

莫逸谨的话音刚落，莫逸风的剑眉便不由得拧起，示意他入座后自己坐在他一旁的座位上，下人们奉上清茶，他才缓缓开口："多日不见，二哥还是这般爱说笑。"

虽说莫逸谨是莫逸风的兄长，可是那性子却不比莫逸风稳重，反倒是多了几分痞气。

"我可不是说笑，这小丫头虽然……是傻气了点，可是让人看了倒是喜欢得很，不如……"莫逸谨的话还没说完，莫逸风便放下茶杯就此打断："若是二哥也觉得自己该娶个王妃却不好意思向父皇开口，三弟倒是愿意替二哥向父皇说说。"

莫逸谨以为莫逸风是要把若影嫁给他，一时间倒是不知所措了，谁知莫逸风接下来的话确是让他哭笑不得。

"二哥府上可是美女如云,若是没一个看中的,听说北国有个昭阳公主,从她一出生便是打算嫁给我朝阳大国作为两国联姻,而且听说昭阳公主刚过及笄,年轻貌美冰雪聪明,二哥又甚得父皇欢心,若是你们能共结连理,倒是良配。"

"三弟,你就算舍不得这小丫头,也用不着这么害二哥啊,听说那洛昭阳刁蛮任性,连自己的兄长皇姐都不放在眼里,这若是嫁到我府上,这好好的王府岂不是闹得鸡犬不宁了?"莫逸谨苦涩地笑着撑着脑袋。

不是他平白担忧,而是玄帝的确也有此打算。北国虽然不比朝阳国强盛,但是也不是任人欺凌的小国,所以昭阳公主若是嫁给一般的朝臣公子又委屈了,可是如今尚未娶亲者除了他便只有莫逸风,昭阳公主自然是要做正室,莫逸风又不招玄帝待见,所以除了他莫逸谨之外,似乎没有更合适的人选了。

莫逸风看他这般惆怅的模样,顿时失笑。

站在他们面前的若影看着唉声叹气的莫逸谨眨着水眸试探地问道:"你也住王府?"

莫逸谨闻言抬眸看她,而后看了看微微错愕抬头的莫逸风后笑言:"你家王爷住王府,本王是他二哥,自然也是住王府。"

看着莫逸谨的柔和的笑,若影失去了往日对旁人的戒备,淡淡笑着问道:"你的王府好玩吗?"

莫逸风正要说什么,莫逸谨急忙上前道:"当然,可比这个沉闷的三王府好玩多了,要不要本王带你去玩?"

闻言,莫逸风眉心骤然一拧:"影儿一会儿要去书院,怕是没空去二王府玩了。"

"书院?"莫逸谨和若影异口同声。

而他们无端的默契惹得莫逸风心头甚是不快。

莫逸谨见若影的反应,也顿时失笑:"哈哈哈……原来连当事人都不知道要去书院一事,莫非是三弟为了搪塞二哥才想出的借口?二哥又不会吃了影儿,三弟又在担心什么?影儿,你说是吧?"

莫逸风扯了扯唇角,莫逸谨这"影儿影儿"的,还越叫越顺口了。

若影极其无辜地黑眸流转,最后想了想,将手中的纸鹤递到莫逸谨跟前小心翼翼地问道:"这是会飞的纸鹤,二哥要吗?"

莫逸谨止住方才肆意的笑,挑眉看向她手中用白纸折的纸鹤,伸手过去问道:"会飞的纸鹤?这用纸折的还能飞?"

"是真的。"若影十分肯定地点头,而后握着莫逸谨的手教他一手捏着一端扯动纸鹤的尾巴,"看,它真的会飞。"

莫逸谨看了看那双包裹他大手的小手呼吸一滞,抬眸看了看若影,轻咳一声掩饰住方

才失态的尴尬后附笑着道:"哟,还真能飞。"

莫逸风看着他们二人如此亲密的模样,顿时脸色沉了下来。

"影儿!"他沉声一斥,语气中带着警告。

若影被他吼得浑身一颤,急忙缩回了手,却不知自己做错了什么。

"三弟,你吓到影儿了。"莫逸谨回头提醒。

莫逸风看着莫逸谨小心翼翼地将那纸鹤放进胸口,视线也随之落在纸鹤所藏的位置,心口着实堵得慌。抿了抿唇转眸看向还处在惊吓中的若影沉声道:"影儿,你先下去,一会儿带你去书院见夫子。"

"那我可不可以先去二哥的王府?"若影走到莫逸风跟前问。

"二哥?你何时跟二王爷这般亲了?还要去他的王府?"对若影,莫逸风第一次用这般不悦的口吻,若影和莫逸谨不清楚内因,可是站在一旁的秦铭却看得一清二楚,不由得垂首勾起了唇角。

莫逸谨笑言:"三弟,影儿想去就随她去,何必这般严厉,怎么像是父亲训自家闺女?"

一旁的秦铭扑哧一笑,的确是像极了,而且也不是莫逸谨一人这么认为。

莫逸风没有理会莫逸谨的戏言,只是转眸看向若影问:"不听话了?"

若影鼓了鼓嘴低声回了一句:"没有。"而后看了看一旁的莫逸谨后沮丧地转身离开了前厅,门外的紫秋立刻跟了上去。

见莫逸谨的视线一直追随着若影,莫逸风再次干咳一声后道:"二哥今日前来所为何事?"

莫逸谨骤然敛回思绪,见莫逸风的视线若有似无地落在他的胸口,他突然间恍然大悟:"三弟,二哥这算是看明白了,难怪今日来你府上周福还要通报,还不允许我自行去你的书房,原来真是金屋藏娇了,若是被父皇知道了……"

"他知道又如何?除了用得上我这条命的时候会想起之外,平日里他的心里何曾有过我这个儿子?"莫逸风说这句话时语气淡淡,可是那眸中却充斥着无尽的落寞。

"三弟……"莫逸谨笑容一敛,不知该如何劝慰。

"二哥,说正事吧,这段时间父皇派二哥去锦溪镇处理公务,可有顺道查探当年越狱逃脱的证人?"莫逸风并不想多提及玄帝,只关心当年他母亲容妃的冤案。

莫逸谨点了点头,而后却又轻叹了一声:"查是查了,只是……"

"如何?"虽然已经查了这么多年都毫无头绪,可是他始终没有放弃,他不会让自己的母亲死了还背负冤屈。

莫逸谨起身来回踱步,不想让莫逸风失望,可是事实上他的确无能为力。

"我去锦溪镇的时候让人明察暗访,却始终没有找到当年被押解的老鸨秋娘,也不知道她是生是死，可是……我始终想不通，只不过一个老鸨，怎会有人为其劫狱？"

回想起当年之事，别说莫逸谨，连一旁的秦铭也觉事有蹊跷，正如莫逸谨所说，一个老鸨，即使有靠山，也不至于冒着杀头之罪劫狱不是吗？

莫逸风拧眉细想，觉得当年之事太过于蹊跷。

"的确，正如二哥所言此事很是蹊跷，一个远在锦溪镇的青楼老鸨成了我母妃身世之谜的重要证人，却在押解途中被人劫狱，至今生死不明，而提供此线索之人又无端送命，这究竟是何人所为？"莫逸风百思不得其解。

"可是……父皇真的是因为容妃娘娘的身世才这般对你们母子吗？"莫逸谨有点理不清头绪，记忆中，玄帝是极其宠爱容妃，哪怕是他的母妃桐妃也不及一二，众人也不知其因，只知道容妃的相貌生得并非极美，还透着清冷。

莫逸风摇了摇头，转头看向外面阴沉沉的天气，他那如鹰隼般的黑眸渐渐黯淡："不知道，可是事情总要抓住一个线头，或许慢慢抽丝剥茧后会看到真相。"

莫逸谨点了点头。

去往书院的路上，马车徐徐而走，原本还在和若影有一句没一句说着话的莫逸风，在看见自不远处慢慢拉近，直到掠过车窗外消失在马车后的那抹倩影时失了神。

"逸风哥哥……疼……"若影拧眉奋力从他怀中挣脱，揉了揉方才被他揽在怀中时扣住的手臂，感觉似是疼到了骨头。

莫逸风从恍惚中回过神来，方才还带着柔情的黑眸中此刻带着一丝清冷，见若影疼得苍白了脸色，他抿了抿唇低声问道："哪里疼？"

"这里……"若影幽怨地看着他，而后将他的手掌放在自己方才被他捏痛的手臂上。

莫逸风没有再开口，只是轻轻帮她揉着手臂，目光却不由自主地望向身后的纱窗，虽然马车已经离开很远，可是他依旧能看见柳毓璃站在那里遥遥望着他们，这一刻，他的心口还是难以言喻的刺痛。

而另一边，看着马车在自己的视线中渐行渐远，柳毓璃仍然不敢相信自己刚才所见，在这么短的时间内他的身边竟然有了可以近他身的女子。

他不是除了她之外从不碰任何女人吗？他不是除了她之外从不让任何女子近身的吗？他不是除了她之外不会对别的女子展眉的吗？可是刚才她看到了什么？他笑着将那女子拥入怀中，那眉间透着的分明就是当初只属于她的柔情。

虽然是她不得已离开了他，可是他怎么可以这么快就让别的女子代替她的位置？

而且那个女子又是何时出现的？她为何从未见过？

"小姐。"一旁的贴身丫鬟春兰担忧地看向柳毓璃，刚才的那一幕她也看得一清二楚，就连她也不敢相信，方才在马车内柔情似水的男人是三王爷莫逸风。

"方才马车内的女子是何人?"柳毓璃青白着脸色紧紧攒着手中的锦帕开口,声音中充斥着浓浓的妒恨。

春兰摇了摇头:"从未见过,也从未听三王府的人提及。"

"看他们如此亲昵,可不像是刚刚认识的,而那女子的衣着打扮,也不像是风尘女子,莫非他们早已相识?"意识到这个问题,柳毓璃胸口一堵,当初是她提出两人不再来往断绝关系,可是照这样的迹象,好似自己成了受害者,马车内的两人早已暗度陈仓。

"应该不会吧,三爷的心里从来都只有小姐啊,哪里容得下别的女子,说不定……说不定真是三爷一时之气,打探好了小姐今日会出门,而后便找了个青楼女子气气小姐的。"春兰绞尽了脑汁终是想出了这个可能性来安慰。

柳毓璃深吸了一口气目光一凝,一丝寒芒掠过:"稍后派人去查查,三爷带着那女子去哪儿。"

回去的马车上,秦铭一边驾着马车一边转头朝车厢内问道:"爷,这二爷一开始还说要与爷同行,怎么一转眼的功夫就不见了?"

莫逸风漫不经心地哼了声:"你何曾见他正经过一回?"

秦铭闻言笑起:"也是,二爷总是来无影去无踪的,此时也不知道在哪里逍遥了,若是让桐妃娘娘知道了,恐怕又要数落一番。"

莫逸风伸手撩开帘子浅浅勾唇,对于莫逸谨,桐妃算是没辙了,只要桐妃训斥几句,莫逸谨便是嬉皮笑脸地凑上去,哄女人的功夫怕是从桐妃处练得炉火纯青了。

一想到桐妃,莫逸风不由得想起自己的母妃,若是她如今仍在世……

思及此,他的眸色渐渐黯淡,又逐渐地被恨意淹没,他不会忘记自己的母亲是如何对那个男人绝望,就连死都没能见上他最后一面,那个她用生命去爱着的男人,最终让她含恨而终。

他以为他的心境已经再也激不起波澜,却不料仍是会一石激起千层浪。

春风拂面,却如腊月寒风般冷冽,将他整颗心都凝结。他的目光焰火熊熊,好似能将一切熔化。

就在他深吸了一口气准备将帘子放下之时,一抹倩影使得他胸口一滞。

"停车。"他似乎是下意识地骤然开口。

秦铭急忙勒住缰绳转眸问:"爷,何事?"

莫逸风欲伸出撩开帘子的手在听到秦铭的话时微微一僵,但只是停滞顷刻,最终还是俯身从马车内走了出去。

"为何独自在此处?"莫逸风疾步上前在她面前站定后问。

柳毓璃眸色猩红微微垂下了头,半晌,她语气略带哽咽:"我只是……我只是……想看看你。"

这样的她,让原本因她而受伤的莫逸风心头钝痛。

"上车吧,虽是初春,可是这几日有些冷,出门怎能只穿这点衣服,也不怕把自己弄病了。"他的眼底尽是心疼,伸手想要拉住她的手,可是突然想到什么,又硬生生缩了回去。

柳毓璃抿唇点头与他并肩同行,秦铭见她竟然没有拒绝上莫逸风的马车,不由得有些恼火,可是作为一个奴才,他又不便说什么,只得为其准备踏板。

可是刚上踏板几步,她突然踩了个空一下子朝前扑去,秦铭正要偷乐,谁料下一刻柳毓璃就被莫逸风揽进了怀中。

"小心,有没有伤到哪里?"莫逸风满脸的担忧,目光在她腿脚处扫了几圈,却仍是不放心。

"没有。"柳毓璃莞尔笑着摇头,手紧紧扣着他的手臂,莫逸风原本想放开她,却见她站不稳的模样便也没有松手,而是小心翼翼地将她扶了进去。

"秦铭,去柳府。"莫逸风将柳毓璃安置好后沉声开口,语气中听不出一丝异样情绪。

秦铭回头隔着帘子睨了柳毓璃一眼,脸色越发黑沉。

不远处,原本一路上在训斥婢女春兰不该将柳毓璃独自一人留在大街上的莫逸萧,在看见柳毓璃上了莫逸风的马车时骤然瞪大了眼眸。

马车内,莫逸风和柳毓璃谁都没有开口,柳毓璃转眸看向莫逸风,只见他轻阖双眸端坐在一旁,随着马车的颠簸,她的身子微微晃动,可是莫逸风却纹丝不动。

看着这样的莫逸风,柳毓璃实难想象玄帝会不喜欢这样的皇子,淡定自若沉静如水,好似世间万物都与他无关,可是他与生俱来的王者气息却是无论他如何韬光隐晦都无法隐去的。

想来玄帝也看出了端倪,否则又怎会如此防备?虽说莫逸风终年征战沙场,可是一旦功成便会被收回兵权。

然而再仔细一想,即使是帝王也始终还是要找最合适的人选做皇位继承人,而莫逸风不是最佳人选吗?玄帝为何会如此不待见他?而她的选择真的是正确的吗?莫逸萧——当今最受宠的皇子,真能在玄帝的庇护下顺利登上皇位?

柳毓璃望着莫逸风那犹如刀刻般的侧脸陷入了沉思。

突然一阵疾风吹进车帘,她浑身骤然一寒,目光一闪,她突然用锦帕捂口轻轻地打了个喷嚏,正待她抬眸看向莫逸风时,肩上一重,一件披风包裹在她的身上。

她惊愕地看向为她披上披风的莫逸风,而他却只是淡淡抿唇移开视线,声音从线条分明的唇中幽幽吐出:"你身子弱,小心着凉。"

"谢谢三爷。"她拢了拢身上的披风，心头一热，脑中却更是纷乱。

闻言，莫逸风眸色一黯，却稍纵即逝。

可是，当柳毓璃看清了身上的披风时，她原本红润的脸色青白交加，她身上的披风并非是莫逸风的，而是女子的披风。

"这披风……"她迟疑着终是没有问出后半句话，可是脑海中早已闪现了先前躺在莫逸风怀中的那个女子，一瞬间她心头百味杂陈。

莫逸风顿了顿，话到嘴边刚要解释，帘子外的秦铭突然开了口："这披风是咱们未来王妃的。"

柳毓璃那本就不太好的脸色更是苍白了几分，抬眼便朝莫逸风望过去。

"秦铭！"莫逸风低喝了一声。

秦铭扬了扬眉转头大声问道："爷，何事？"

莫逸风见他故意装傻充愣，一时间竟是不知该说些什么，看了看她身上的披风，张了张嘴后终是咽下了心头的话。

"原来是这样……"柳毓璃带着苦涩的笑容慢慢将披风从身上取下，而后轻轻地搁置一旁，"应该快到了吧，不如就在这里停下我自己回去就成。"

她话音刚落，原本就侧耳倾听的秦铭下一刻便勒住了马的缰绳，马车缓缓停了下来，莫逸风微微一怔，目光凝向帘子，一旁的柳毓璃在马车停下的那一刻脸色更是青白了几分。她刚才只不过是想试探莫逸风的心意，没想到好事的秦铭竟是这般迅速地停下了马车，而她当下便有种骑虎难下之感。

袖中的指尖微微紧了紧，目光流转间她轻轻提裙起身，心瞬间跌落谷底。

就在她打开帘子准备走出马车时，手臂上突然一紧，她惊愕转眸朝莫逸风望去，只见他薄唇轻抿目光闪过一丝她熟悉的情愫。

"秦铭，去柳府。"他朝秦铭交代的同时将她拉到一旁坐下。

"我……谢谢三爷。"柳毓璃咬了咬唇低声一语。

马车内一瞬间静寂无声。

可是须臾之后，莫逸风隐隐听到抽泣声，缓缓睁开眼眸，才发现柳毓璃正暗自抹泪。

他拧了拧眉后一声轻叹，从袖中取出汗巾递了过去。她红着双眸看向他，那神色依旧是那般楚楚动人我见犹怜。

接过他专属的汗巾，她轻轻拭去眼角的泪迹。

马车再次缓缓停下，外面传来秦铭的声音："柳姑娘，柳府到了。"

那语调分明带着催促的意味，莫逸风不由得拧了眉心。

柳毓璃紧了紧手中的汗巾，带着低哑的声音道："汗巾脏了，臣女洗干净了再还给三爷。"

莫逸风眸色一黯，讽刺一笑："臣女？三爷？"

就在柳毓璃俯身离开马车厢之时，她咬了咬唇柔柔出声："既然已经有人代替了毓璃的位置，毓璃怎敢逾矩？"

"究竟是有人现在代替了你的位置，还是有人先代替了本王的位置？"他开口反问。

柳毓璃背脊一僵，当初是她主动先离开他的，如今她又跟他说方才那番话是为了什么？

"毓璃心中没有旁人。"

"没有人能代替你的位置。"

两人竟是异口同声。

柳毓璃错愕转眸，瞬间泪光盈盈，莫逸风更是对柳毓璃方才的话心弦一动。就在这一刻，柳毓璃突然转身俯首将自己的樱唇印在他的沁凉薄唇之上，在他尚未反应过来之时转身离开。

秦铭正要开口催她，却见她带着慌乱的情愫从车厢内俯身而出，而后走下马车急急朝柳府而去。秦铭看着她的背影脸上带着浓浓不耐的情愫，看了看马车内，见莫逸风没有出来相送，便立刻坐上马车驾车回王府。

莫逸风抬手抚了抚唇，目光微微一闪。

柳毓璃直到回到自己闺房之时才松了口气，方才她是不是太冒险了？

不过仔细一想，莫逸风方才说没有人能代替她的位置不是吗？

嘴角划过浅浅弧度，从桌上拿起茶壶给自己倒了一杯香茶，感觉心里似乎畅快了许多。

皇宫，下朝后

莫逸萧挡住了莫逸风的去路，莫逸风脚步一滞，目光微移朝他凝视过去："不知今日四弟又找为兄何事？"

秦铭见状立刻迎上前站在莫逸风侧后方。

"三哥，今日你可是又出尽了风头。"莫逸萧语带讥讽毫不留情。

莫逸风脸色微变淡淡睨着他，须臾，他微微扬眉轻启薄唇："四弟一下朝便拦了三哥的去路，莫非就说这些？"

莫逸萧的笑容顿时僵在嘴角："有些东西不属于三哥的就不要再强求了，有些人不属于三哥的也不要再见了。"

他话中有话使得一旁的秦铭蹙起了浓眉，转眸看向莫逸风，却不料他只是淡淡一笑："哦？恕三哥愚昧，倒是不知何物是不属于三哥的，何人是三哥不能见的。"

莫逸萧从未想到莫逸风竟然还会有此装傻充愣的一面，一时间竟是不知该如何接上他

这句话。

"若是你不顾兄弟之情执意要与我相争，那我便不客气了。"气急之下，他也免去了三哥与四弟之间的称呼。

莫逸风看着他拂袖而去的背影眸色渐渐转冷，自小起，他何曾顾念手足之情兄弟之义，又何曾对他客气过？

"三弟。"正要转身离去，莫逸谨的声音自身后响起，两人便同乘马车出了宫。

莫逸风见他依旧是那般孩子心性不由暗叹，若是哪日他能活得如莫逸谨这般自在，倒也甚好。

"被父皇训完话了？"莫逸风嘴角含笑提步朝宫门口走去。

莫逸谨一怔，神色疑惑："三弟如何得知我是被父皇留下训话了？"

莫逸风转眸睨了他一眼，而后笑意更浓："莫不是父皇并非是训斥二哥不务正业放荡不羁，而是褒奖二哥时常光顾长春院，体恤百姓谋生不易？"

"三弟，你、你又是如何得知父皇知晓了我去长春院之事？"莫逸谨睁大了眼眸难以置信地望着他。

莫逸风见他一副担惊受怕的模样，不由得低笑，昨日他不过是碰巧看见一个出宫采办的小太监一瞬不瞬地望着长春院，他心头甚为疑惑，便顺着他的目光望去，这才发现偷偷进入长春院的莫逸谨。

小太监为了邀功，定会将此事告知玄帝，而玄帝对莫逸谨也抱有极大期望，训斥是难免的。原本莫逸风是要提醒他的，可是而后一想，让玄帝知道也好，也可让年纪不小的莫逸谨收敛些。

"二哥，你若当真想要成家，就让父皇赐婚，身为帝王家如何能出入烟花之地？"莫逸风好言相劝。

莫逸谨敛回思绪急忙解释："我可不是去寻花问柳，我是去看歌舞的，那长春院中的花魁苏幻儿不仅人长得极美，舞姿更是天下无双，若是收入皇宫，以后宴席上也不至于那般乏闷。"

莫逸风转眸睨了他一眼，而后轻笑一声："收入你王府岂不更好？日日都不愁寂寞。"

丢下这句话，他提步踏上马车坐了进去，莫逸谨一怔，急忙跟上坐进马车。

"二哥这是……"虽然心头有了想法，可是话到嘴边还是咽了下去。

莫逸谨坐在一旁一边似模似样地理着衣冠，一边冲他扬了扬眉："若想日日不愁寂寞，将影儿收入我府中岂不更好。"

果然此话一出莫逸风的目光微微一闪，而后却是淡然轻笑："二哥与影儿才见两次面，何故对她的好感如此之深？"

"听闻三弟与影儿可是才见面便将其带回府的不是吗？"见他哑然，莫逸谨摸着下巴一脸难以置信,"真是难以想象,三弟何时变得这般多情了?"

莫逸风仍是没有开口,只是静静地靠在车厢内若有所思。

幽情谷

莫逸风在那古树的不远处顿住了脚步,看着那一抹熟悉的倩影,他的心依旧会泛起涟漪。脑海中一闪而过莫逸萧的话,也不知她是否已经应允了其父柳蔚,将终身许给莫逸萧。

柳毓璃好似感觉到了他的存在,转眸朝他看去,却再也没有移开视线。

他目光一闪,负于身后的手微微一僵,两人对视良久,他终究难以抗拒她那双水眸,也无法忘却曾在梦中陪伴他度过难熬黑夜的女孩,下一刻,他脚步微沉地走上前去。

"三爷怎么来了?"她语气中难掩惊愕。

莫逸风神色更冷了几分。

柳毓璃抬眸看着他,一瞬间竟是泪光盈盈:"既然三爷已经让人代替毓璃,毓璃又怎敢逾矩?"

莫逸风心口一滞,未料她会如此一说。

两人沉默半晌,看着她默然转身离开,他想要伸手将她拉住,却生生止住了伸出去的手,而是蓦地开口:"我说过没有人能替代你的位置,可是,你和莫逸萧究竟进展到何种程度?你究竟还要瞒我到何时?"

柳毓璃脚步骤然凝住,心头微颤之际转眸朝他看去,只见他眸中划过一丝愤懑,使得人简直心头骤然生起一道寒凉。

未等她开口,他负手缓步上前,目光一瞬不瞬地绞着她:"如今莫逸萧是否隔三差五地就去柳府找你?你父亲已将其视如半子,那你呢?若是没有你的允许,他又如何能靠近你,如何会那般自信地站在我面前说你是他的人?"

柳毓璃身形一晃,脸色渐渐苍白,看着他渐渐漠然的神色,她心慌意乱,紧了紧手心泪如雨下:"你以为我愿意与你划清界限吗?你以为我柳毓璃是没有心的吗?你又知不知道被迫与你断绝往来的那几日我的心有多痛?难道我的心你不懂吗?"

闻言,他目光一闪,想要将她拥入怀中,却终是放下了手:"我如今是不招父皇待见,可是不代表会保护不了自己心爱之人,你又为何这般决绝?还迫不及待地投入他人……"怀中二字他终究还是没有说出口。

"我没有!"她抬手用锦帕拭去脸上的泪水,满目凄楚,"可是我一介女流又能如何?一个是我父亲,一个是堂堂四王爷,我如何能与之抗衡?"

"难道你就不能给我时间吗?假以时日,我定能让你成为这朝阳国最尊贵的女人。"他薄唇轻启,一字一句铿锵有力。

给他时间？假以时日？

柳毓璃不停地咀嚼着他的话，心底暗忖。顷刻后，她抬眼问他："那她呢？"

莫逸风微微一怔，须臾后才知她所指何人："她不过是我在此处捡回府的小丫头，只是觉得有缘便将她带回府照顾。"

"难道你要照顾她一辈子吗？"这也是她今日来此处的目的，但是听到他说是在此处捡到的，还是有些震惊。

"她……失忆了。"说到若影时，莫逸风还是有些犹豫，一想到她那天真无害的容颜，还有他们这段时间的相处，他便难以开口说将她送出王府。

他想，即使他无法照顾她一辈子，他也会给她找户好人家。

找户好人家……

思及此，他心里突然极其不痛快，却说不出一个所以然来。

柳毓璃总感觉他对她所言有所保留，可是她与若影并不相识，也无法断定她对莫逸风是何感情，只是都住到了他的府上，而且从平日里莫逸风对她的照顾，让她的心又再起了不甘。

"她失忆了，所以便让她住在王府？可是这世上失忆之人又何止她一人，三爷又为何偏偏将她带回府？"她猩红着眼眸质问。

莫逸风竟是哑然，怔怔地看着她，半晌才道："我说了因为在此处遇见了身处危难的她，所以觉得有缘便将她带回府，并无其他意思。"

"可是，我以为那样的称呼只有我有资格，没想到随便一个被三爷带回府的女子都可以这般叫三爷，我真不知道那女子在三爷的心中究竟有着怎样的位置。"

气氛再次凝结，风吹过耳畔发出呼呼的声响，让她的心更乱了几分。

"别忘了，当初是你先提出与我划清界限的。"他再沉得住气，此时面对她的质问他还是心头燃起怒火，可是当他看见楚楚可怜的柳毓璃时，心里终究还是不忍，"我还是那句话，只要你还愿意等，假以时日我定能让你成为这朝阳国最尊贵的女人。"

不过他始终没有正面回答她的问题，因为连他也不知道该如何回答。

当初若影那般叫他时他也有过阻止，可是后来她依旧那般叫他，他也没有太多抗拒，又似乎是发自内心地感觉她就该这样叫他，说不出个所以然来。

柳毓璃听他这么说，心头难免失望，却又问："假以时日？多久？"

莫逸风闻言蓦地转眸看她，好似看着一个陌生人。

她自知方才不该这么问，正如他所说，当初是她先提出了断绝往来，根本没有资格这么质问于他，但是几次看见他与别的女子那般亲密，她心头就像扎着一根刺，难受至极。方才她也该沉住气好言好语，谁料竟是脱口而出，覆水难收。而结果也如她预料，他的脸色黑沉至极。

第3章 心如小鹿撞

用晚膳时,莫逸风心事重重,满脑子都是白天柳毓璃说的话,回头看向吃得津津有味的若影,心头百味杂陈。

感觉到头顶似有目光在盘旋,若影回头望去,见莫逸风一瞬不瞬地看着她,而他碗中的饭却丝毫未动,她不由好奇道:"逸风哥哥,为什么不吃饭啊?小心一会儿饭菜都要被我吃完了。"

一旁的紫秋偷偷掩嘴一笑,瞧她那狼吞虎咽的架势,的确会有被她一人吃完的可能,也不知她是什么胃,身子娇弱饭量却不小,每天都能将盘底扫空,惹得厨房的师傅们暗地里连连赞叹,说若是她成了未来王妃,还真是好养得很,只可惜……

莫逸风看着若影拧了拧眉,动筷的同时沉声一语:"从今往后改了这个称呼。"

紫秋的笑容一僵,若影更是咬着筷子没反应过来,都说女人的脾气如六月的天气说变就变,怎么男人也如此善变?

"逸风哥哥……"若影小心翼翼地叫着他,也不知他因何恼怒,为了他,她已经很用心念书习字,甚至还背诗词,连莫逸谨都说她好学,刘文远都夸她知上进。

谁知若影话音刚落,只听啪的一声巨响,莫逸风的筷子重重地置在桌上,若影吓得整个人为之一颤,眼泪在眼眶中开始盘旋。

只见一袭蓝袍眼前一晃,待若影站起身时莫逸风已经离开了膳房。

"逸……"若影哽咽着止住了呼喊,眼泪夺眶而出,"你怎么了……"

紫秋连忙来到若影跟前,一边用锦帕给她拭泪一边宽慰:"若影姑娘别难过,或许爷是因为心情不好,没事的。"

"可是为什么不让我叫他'逸风哥哥'?"她抽泣着抬着泪眼问紫秋。

紫秋望着方才带着怒气离开的莫逸风的方向蹙了蹙黛眉,她又如何能告诉纯真的若

影,因为那个称呼是一个女子专属的,她能与那女子一般称呼莫逸风这么久已实属难得,看来今日他又想起了那女子吧。

若影看着眼前的山珍海味,却再也难以入口,推开面前的碗往外走去。

"若影姑娘……"紫秋一急,忙跟了上去。

夜凉如水

莫逸风一如往常地身披月光踏着自己的黑影从雅歆轩一路踱步向月影阁走去,硕大的王府中寂静无声,却也显得格外寂寥。

不知不觉脚步一顿,已经到了月影阁门口,出乎意料的是里面不如往日那般灯火通明。

他微微抿唇眉心一蹙,伸手将房门推开,房内漆黑一片,床上更是没有丝毫睡过的痕迹。

"来人!"走出房间他沉声一吼,语气中带着连他都未曾察觉的急切。

护卫闻声而来跪地抱拳:"王爷。"

"若影姑娘身在何处?"即使在寒凉的夜里,他的周身都让人清晰地感觉到寒气逼人。

护卫心头一慌忙说道:"回王爷,若影姑娘并未回房,属下不知。"

并未回房?这个时辰她平日里早该歇下了。

"王爷,在晚膳过后属下见若影姑娘和紫秋姑娘往府外去了,不知是不是至今尚未回府。"护卫突然想起了之前所见,忙向莫逸风禀报。

护卫话音刚落,眼前黑影一晃,早已不见了莫逸风的身影,吓得护卫额头沁汗瘫软在地。

莫逸风疾步向王府门口而去,一路上都在想今夜晚膳上他对她所说的话,想来是他的语气太重了,她并没有错不是吗?是他将她带回王府,是他默许了她这般叫他,根本与她无关,他怎能将气撒在她身上?

如此一想,他更是心头生出几分内疚。

正当他走向王府门口,门丁前来为其开门之时,若影和紫秋也恰好在此时赶回王府,紫秋的脸上还是一副担惊受怕的模样,倒是若影不知遇到了何事,满脸的欣喜,当她看见莫逸风站在门口处时,先是一怔,下一刻便不假思索地扑了上去。

"相公!"清澈明亮又欢快的叫声在整个三王府中回荡。

莫逸风被若影的这个称呼惊在了原地,怀中缠上了她绵软的身子,而他只是愣忡地垂眸看着她的发顶。

一旁的紫秋捂口立于一旁,待反应过来后慌忙跪在他跟前:"王爷。"

她想,她这次是闯了大祸了。

不料莫逸风并未震怒，而是迟疑着将若影轻轻推开低声问："这么晚去了哪儿？"

"去了夜市。"若影回答得倒也爽快，而一旁的紫秋却吓得不轻。

见她如此欢快的模样，莫逸风这才想起方才自己是因何急匆匆地要出门，下一刻便沉了脸："倒还有脸说，一个姑娘家深夜不待在闺房跑出去做什么？"

若影仰头眨了眨眼略显无辜："不是一个，是两个，我和紫秋一起去的。"

跪在地上的紫秋早已吓出了一身冷汗，闻此言更是觉得背脊传来阵阵凉意，苍白着面容神色慌张："三爷恕罪，奴婢下次不敢了。"

若影顿时感觉出了什么，拉着莫逸风解释道："相公，是我拉着紫秋出去的，不关紫秋的事。"

紫秋惊愕地抬眸看向若影，未料她会将责任往自己身上揽，其实方才她自己也玩得尽兴了，并非是若影一人想逛夜市。难得出去一次，她便也忘了时辰。

而此刻当莫逸风再次从若影口中听到"相公"二字时顿时拧了眉心。

"你叫我什么？"虽然方才已经听得真切，可是莫逸风想再次确定一下，因为这个称呼实在是让他愕然。

若影顿时眉开眼笑："相公啊！"

莫逸风瞪大了眼眸一瞬不瞬地望着她，一旁的门丁也早已从若影叫莫逸风"相公"开始没了睡意，而刚才若影的一句话更是让他们脑海一瞬间清明了。

"谁教你的？"莫逸风沉声一问，微凉的目光却是落在一旁的紫秋身上。

尚未等若影开口，紫秋满脸恐慌地解释："三爷，不是奴婢。是方才在夜市若影姑娘听见有人唤'相公、娘子'，就问奴婢什么是相公，奴婢不知道该如何解释，就说了一句'相公便是此生都会与你相伴，不离不弃之人'，若影姑娘便突然转身跑回府了，随后便是爷看见的这样。"

紫秋也不知道自己的这个解释莫逸风是否会信，可事实便是如此，她并未妄语。

府门口一瞬间陷入了死一般的沉静，莫逸风良久都未开口，吓得一旁的人大气不敢出。

也不知过了多久，若影茫然地看着莫逸风，只感觉他看了她好久好久，也不知道他在看些什么。

"回房。"莫逸风的沉声一语让周围的人皆为之一颤，只见他紧紧将若影的手裹在手心，似是怕她受凉，而他的另一只手也覆了上去。

跪在府门外的紫秋久久都未回神，眼前的景象让她感觉迷雾重重。

沐浴过后的若影显得更加神清气爽，躺在床上看着坐在她床边的莫逸风笑容更深了几分。

"相公真的会一直陪着影儿吗?"她那如墨青丝铺洒在软枕上,柔柔声音缓缓从樱唇中吐出。

明明是失忆了,明明停留在八岁,却仍能拨动他的心弦。

他这是有恋童癖吗?

莫逸风暗咒了自己一句。

见他失神,若影急急地起身抓着他的手臂唤他:"相公!相公!"

莫逸风猛然敛回思绪,看着近在咫尺的容颜一怔,肤若凝脂眸若星辰,说的不就是眼前的女子。

可下一瞬,莫逸风便被自己的想法给惊住了,脑海中闪过那熟悉的娇容,方才缓缓抬起欲抚上她面容的手僵在半空,随后落在她的肩头。

"夜深了,早些睡。"他微启薄唇,见她乖乖躺好,便帮她盖好了被子。

"相公。"若影似乎对这个称呼叫上了瘾,也感觉比"逸风哥哥"这个称呼亲近许多。

莫逸风本不愿与她计较,以为她只是闹着好玩,却不承想她越叫越起劲了,不由得沉着脸提醒:"不许乱叫。"

若影的笑容僵在嘴角,下一瞬便撇了撇嘴心头一酸:"为什么叫什么都不行?是不是影儿做错了什么?"

莫逸风目光微闪,蹙了蹙眉一声轻叹:"影儿没有错,只是……谁要是成了影儿的相公,影儿就是那个人的娘子,而那个人也必须要先娶了影儿才能做影儿的相公。"

若影想了想,突然伸手拉住莫逸风的手:"影儿不要那个人,影儿就要你做影儿相公。"

闻言,莫逸风倒抽了一口凉气,看着她殷切的目光,竟是生出一种手足无措感。

沉默顷刻,他才开口问道:"影儿,相公和娘子是夫妻,是一辈子的承诺。"

"一辈子?"若影咬唇想了想,眸中更亮了几分,"我要和相公一辈子在一起,影儿给相公一辈子的承诺。"

莫逸风微微一怔,随后却是轻笑摇头:"睡吧,别误了明日早课。"

若影点头合上双眸,手却一如往常紧紧拉着莫逸风不放,好似一放手他便会离去一般。可是这一次她并没有马上沉睡,才顷刻功夫便骤然睁开了眼眸。

"怎么了?"他从方才的沉思中回过神来。

"睡不着。"她的声音低低传来,尚未等他开口,她又道,"相公一起睡。"

饶是再淡定如水的莫逸风,在听到若影这般主动邀请时也顿时红了脸。

干咳了几声清了清嗓子,这才找到了自己的声音:"影儿,不可以叫相公,还有,姑娘家不能随便与男子同榻。"

"这也不能叫那也不能做,真是比女人还麻烦。"她哼哼了几声倒是说起了莫逸风,而后见他脸色微微一沉，她又补充道，"那我是不是叫别人相公，那个人就能陪我睡了？"

万籁俱静

莫逸风躺在床榻上转眸看向沉睡着的若影，忍不住微微苦笑，他竟是向这丫头妥协了。看着她窝在他怀中睡得恬静，原本想要趁她睡着时起身离开的他竟是不由自主地阖上了眼眸，手上却微微收力，将她揽得更紧了几分。

而这一夜的相拥而眠便也在翌日自三王府传开，莫逸风也不知出于什么心态，并未阻止谣言四起，对于若影，府中的奴才们原本明里便不敢有所怠慢，如今无论是明里暗里，都说她即使做不了三王妃也定是这三王府的主子，哪里还有人敢轻视她半分。

让紫秋意外的是，莫逸风直到翌日都未对她有任何惩处，只是吩咐了门丁入夜之后无论若影是否是一个人，都不得让其外出，她一颗悬着的心也算是放下了。

今日又是个阳光明媚的日子，莫逸风难得地一扫心头的阴郁，下朝后便往宫外而去。他记得在将若影送去书院时，她坐在马车上透过窗子看着外面捏面人的摊位转眸看他问了一句："这个被捏来捏去的人可以吃吗？"

思及此，他唇角微微上扬，这贪吃倒也成了她的本事，连面人都想要尝尝，也幸亏她不在这宫里。

秦铭看着他的侧颜，不由随他弯唇一笑，阳光洒在莫逸风身上像是镀了一层金，当真是俊美如谪仙。

"三爷请留步，三爷！"

就在这时，一道细声急促传来，众朝臣闻声纷纷将视线聚集过来，见是玄帝身旁的总管太监冯德，不由得又将视线落在莫逸风的身上，而柳蔚更是心头泛起浓浓的猜疑。

莫逸风微敛了笑容，负手转身看去，冯德行色匆匆地赶至莫逸风跟前，躬身道："三爷，皇上请三爷移步去御书房。"

"哦？"莫逸风微微诧异，这么多年来他何曾单独召见过他？今日又是为了哪般？

眸中的温度渐渐冷却，他也并未开口问些什么，只是淡淡启唇低应了一声，随后提步往御书房走去。

身后的冯德看着虽未多言却透着王者霸气的莫逸风微微愣神，也难怪当今圣上会如此提防着他，自从儿时那日高烧过后，他就像是变了个人，而如今更是让人有种未近身便生出一抹胆寒之感。

"冯总管。"一旁的秦铭见冯德良久未回神，便开口唤了一声。

"啊？"冯德这才敛回思绪，看向秦铭讪讪一笑后匆匆赶了上去。

御书房

莫逸风站在玄帝跟前并未入座，玄帝端坐在案几前看着眼前这个熟悉又陌生的儿子一时间有些走神，直到宫女给他和莫逸风上了茶，他方回过神，伸手拿起面前的茶盏在打开杯盖的同时淡声一语："赐座。"

"谢父皇。"莫逸风拱手一礼，不卑不亢恰到好处，但并未伸手去拿一旁的茶杯，视线始终落在前下方，从进御书房起便未曾看玄帝一眼。

"近日府上可好？"玄帝放下茶杯，浑厚的声音划破御书房的寂静。

莫逸风坐在座位上微微侧身颔首："多谢父皇关心，一切都好。"

一句话恭敬中不乏疏离。

玄帝微微敛了眸，此时此刻第一次这般细看眼前的这个儿子。

这么多年来他似乎未曾享受过身为皇子的安逸，日夜都在战场上度过。如今朝阳国一片繁荣，战事告一段落，他也不用再征战沙场，可是护国功臣却是他的儿子，他本该是为其感到骄傲，可是看着莫逸风疏离的模样还有那与生俱来的王者之气，让玄帝不由得拧了眉心。

伸手将面前的奏折放置一旁，玄帝扬手屏退了左右，御书房内只剩下他父子二人。

"你我是父子，无需这般拘束，这是北国近日进贡的新茶，你尝尝看如何。"玄帝缓声开口，唇角微微上扬，笑容不达眼底。

"谢父皇。"莫逸风端起茶杯掀起杯盖，轻轻吹了吹上方热气，一瞬间香气四溢，淡饮了一口香茶，他便搁置在一旁，微微侧身道，"的确是好茶。"

玄帝因莫逸风方才的饮茶举止和神色而微微愣怔，听他开口，这才回过神来。

这个儿子的神态倒是像极了他。

"这茶叫华顶云雾，听闻产茶处是'三伏暑天如寒秋，四季云雾泛浪头'，也难怪其色泽如此翠绿，香气纯正而持久。"玄帝的一番话让坐在一旁的莫逸风微微愣怔，然眼底的惊愕稍纵即逝。

见他只是牵扯了一下唇角，玄帝笑容微敛，声音沉沉传来："若是你喜欢，朕派人送些过去。"

"儿臣倒是更喜'鸳鸯红'。"莫逸风不假思索脱口而出。

玄帝闻言一瞬间变了脸色，却又极力隐忍着没有发作，不为他不识抬举，而是因为他提及了"鸳鸯红"。

此茶并非特别名贵，可是独特之处是此茶是当初莫逸风的生母容妃亲自为玄帝所制。茶香清淡却能悠长，色泽红润却比寻常的红茶更娇艳欲滴，茶味浓郁却清澈见底，除了容妃之外无人能煮此茶，玄帝曾问容妃这是如何做到的，容妃却只笑着说了一句："皇上只需知道这叫'鸳鸯红'便好。"

玄帝淡笑不语，他岂会不知容妃的用意。

往事历历在目，可终是物是人非。

敛回思绪，玄帝方才略显苍白的脸色渐渐好转，见莫逸风淡淡地朝他看来，眸中不带任何情绪，他抿了抿唇竟是转移了话题："既然你不喜这华顶云雾便罢了。"

莫逸风似是早料到他会如此，便也没有接话，可是他终究还是诧异玄帝今日的反常。

不过他心中的疑团并未持续多久，玄帝沉默顷刻后终是开口入了主题："老三，你可记得北国国主？"

"儿臣自是记得。"莫逸风也便顺着玄帝的话说了下去，"两年前北国国主来我朝阳国做客并签订了兄弟盟约，父皇还派了儿臣们前去接见。"

说话间，莫逸风脑海中已是百转千回。

玄帝点了点头："北国虽不及朝阳国国力鼎盛，可也不乏良将，更是其他小国难以抗衡之国，能与北国签订兄弟盟约也是朝阳国之幸。"

"父皇说得极是。"莫逸风淡淡一语，笑容仍只限于唇角。

玄帝又望了莫逸风一眼，而后沉沉一笑道："不过朕倒是听闻北国的昭阳公主刚过及笄，前段时日北国国主命人送来国书，有心想要将爱女嫁来我朝阳国。"

莫逸风不语，袖中的指尖不着痕迹地一颤。

见他如此，玄帝也不拐弯抹角，继而道："两年前北国国主来朝阳国，在众皇子中对你最为喜爱，当时便已有心将爱女嫁于你，如今你已是弱冠之年，尚无妻妾，若能与昭阳公主相配，倒也是一段良缘。"

莫逸风心中还是微微有些疑惑，若是能娶昭阳公主，岂不是增强了他的势力？

转眸看向玄帝，他依旧是淡淡地勾唇笑着。

须臾，莫逸风启唇浅笑一声："北国国主如此抬爱儿臣，是儿臣之幸，只是儿臣眼下并无心成家，还望父皇莫要怪罪才是。"

"哦？"玄帝微微扬眉，语调中不乏错愕，"莫不是你还念着柳尚书家的千金？可是朕听闻柳蔚如今与老四来往比往常频繁了许多。"

莫逸风的眼底暗暗掀起了波涛，果不其然，他们兄弟几人无论是谁的一举一动都在他的掌控之中。

然而莫逸风并未让玄帝看出心中的喜怒，脸上仍是波澜不惊，只是垂眸轻叹了一声："儿臣也不愿做强人所难之事，若本不属于儿臣，儿臣强求亦无用。"

玄帝本是玩味的笑意渐渐敛去，再次拿起茶杯饮了一口后方道："不愿娶昭阳公主，亦对柳毓璃放手，莫不是因为府上的那姑娘？"

莫逸风脸色微微一变，忽而想到了什么，又恢复如常："父皇，那只是儿臣看她可怜故而收留在府中的无关紧要之人罢了。"

"无关紧要？"玄帝低声一笑，"无关紧要也能让你像如今这般待她，朕倒是有些好

奇，下月正逢花灯节，不如带那'无关紧要'的姑娘一同出席，你看如何？"

两人视线相撞，莫逸风暗暗自嘲一笑。说什么让她娶昭阳公主，原来这才是他召他来此的目的所在。

清禄书院

散学之时，莫逸谨和若影有说有笑地拉着手从书院中走了出来，因为这段时间莫逸谨一直陪着若影，所以两人早已亲密无间，若说青梅竹马情并不为过，全然没有看见停在书院外的马车。

"二哥二哥！今天夫子教的我全懂了！"若影的口吻带着炫耀。

莫逸谨笑着揉了揉她的发顶满眼的宠溺："嗯，影儿真棒，二哥倒是尚有困惑之处。"

听到赞扬，若影笑得如沐春风。

"影儿！"

正说笑着的两人听到身后有人唤她，好奇地转身望去，竟是看见莫逸风坐在马车内看着她。若影先是一怔，而后拉着莫逸谨便跑了过去。

"咦？你怎么来了？"若影歪着脑袋看向莫逸风。

莫逸风脸色一沉，在王府中她可没少叫他"相公"，此时在外面和莫逸谨一起倒是直接说了"你"字，连个称呼都没了，明明不希望她像在府中那般叫他，可是现在真当如此，心里却有着隐隐失落。

"接你回府。"他低低传来，听不出喜怒。

原本以为她会欢天喜地地跳上马车，可是这一次竟是出乎他意料，只见她转眸看向莫逸谨，而后道："二哥，我们一起回府吧。"

莫逸风禁不住面部一阵抽搐。

莫逸谨看了看莫逸风，眸中染上一层得意，低眸却是故作委屈道："怕是三弟会不高兴。"

"怎么会？我们一起回去嘛，你刚才不是说夫子所言你尚有困惑之处吗？我教你啊！"若影仰头看向莫逸谨，眸中带着浓浓期待。

莫逸风没有开口，视线从若影和莫逸谨两手相牵处转移到了那双满含期待的水眸，脸色越发黑沉。

"这……"莫逸谨笑了笑，正要应声，莫逸风却突然开口，"二哥还有事要忙，影儿上车。"

"二哥……"若影看向莫逸谨，很是失落。

"影儿！"蓦地一声从马车内传出，不难听出说话人带着压抑的怒火，莫逸谨和秦铭都为之一怔，他们所认识的莫逸风何时这般失控过？

若影吓得浑身一颤，方发觉莫逸风的脸色较之方才更为铁青，隐隐的不安自四肢百骸处传来，下意识地缩了缩脖子依依不舍地与莫逸谨道别。

看着马车绝尘而去，莫逸谨嘴角抽搐，见色忘义莫不是指的就是现在的莫逸风这般？

而后的日子里莫逸风竟是每日都准时接送若影念书，几乎是风雨无阻，这让三王府中的下人们皆道若影飞上枝头变凤凰，王妃之位近在咫尺。只是眼见着带她入宫的日子临近，莫逸风心头开始忐忑，总觉得有什么事情将要发生，倒是若影仍是一副无忧无虑的模样。

"紫秋！"在三王府中，除了莫逸风之外便是紫秋最能让若影亲近，听到若影唤她，她疾步跟了上去，"若影姑娘，您慢点……"

见紫秋跑得气喘吁吁的模样，若影捧腹大笑："紫秋，看来你最近身子娇贵了，连跑这几步路都喘成这样。"

"若影姑娘……你就别笑话奴婢了……"紫秋在若影跟前站定后整张脸都涨得通红，"奴婢就算是……再投一次胎，也跑不过您啊！怎么能跑这么快？就跟会功夫似的。"这般一想，紫秋眸中一亮，"若影姑娘，你不会真的会功夫吧？"

"功夫？"若影突然感觉这个词好熟。

见她蹙眉沉思良久，紫秋拉了拉她衣袖："若影姑娘，是奴婢瞎说的，别想了，姑娘家又不用去从军杀敌，怎会学功夫，又不是人人都像文硕郡主那般为了爷……"

突然对上若影的目光，紫秋即刻止住了话。

"文硕郡主？"若影一怔，这个人倒是她从未听闻过。

紫秋目光一闪，捂唇暗叫不妙，见若影目光灼灼似在等她的答案，紫秋吐了吐舌道："奴婢也是道听途说的，文硕郡主不仅模样长得水灵，更有一身好武艺，性子虽然冷傲，却是男子们皆想娶为妻妾的女子。"

"她真有这般好？"见紫秋迟疑着点头，若影闷闷地冷哼，"那相公也喜欢她？"

"没有没有……"紫秋急忙摆手，吓出一身冷汗，若是此时说错了半句，她可是要闹翻天了。

若影勾唇一笑："我想也是，相公可是要娶我的，别人谁都不行。"

见她得意地转身往别处走去，紫秋这才长长松了口气，却也为她往后担忧。可是当紫秋看清若影所去的方向时，吓得脸色惨白。

"若影姑娘，那里不能去。"她急忙跟了上去，却直到毓璃阁门口才将她拦了下来。

若影看了看惊慌失措的紫秋，又看了看毓璃阁的牌匾，不悦地蹙了眉："这里究竟有什么？为何你们总不让我进去？"

虽然毓璃阁没有人把守，可是三王府上下无人敢擅闯，禁地二字深深地印在众人脑

海中。

紫秋不知道该如何与她解释，见她不死心，只得道："若影姑娘，咱们还是走吧，若是被三爷知道咱们又来此处，定会被责罚的。"

若影看着那紧闭的毓璃阁房门若有所思。

突然，她的眼底闪过一道促狭的笑意，就在紫秋以为她再次放弃之时，岂料她一个箭步冲向毓璃阁，而今日毓璃阁刚被打扫，尚未来得及上锁，她便那般闯了进去。

"若影姑娘……"紫秋惊呼一声后立刻噤声，四处张望见没人，急忙跟了进去，见若影打量着房间四周，她心急如焚，"若影姑娘，趁现在没人发现，咱们快走吧。"

若影看着房间内的一切，笑容僵在唇角，说不出为什么，心口无端疼痛起来。

房间内一片喜气，红色帐幔随着门口吹进来的风而轻轻拂动，桌上摆放着龙凤花烛，及各种果干，梳妆台上的铜镜映出她满是错愕的面容，一旁还摆放着首饰盒，里面装着各种珠宝首饰。

"紫秋，这个房间怎么会布置成这样？"若影喃喃开口问她。

紫秋也被眼前的一切给惊住了，目光打量着房间内的布置，脸上满是难以置信："这……三爷怎么会在几年前就准备了新房？难道三爷那个时候就准备娶柳小姐了？"

从莫逸风成年后玄帝赐他三王府，紫秋便在此为婢，也是在那一年他将此处题名为毓璃阁，却不准任何人踏入，连打扫的奴才都是周福挑选后得到莫逸风的首肯才得以负责此活。

"柳小姐？"若影骤然回头睁大了眼眸，"你说相公要娶柳小姐？柳小姐又是谁？"

紫秋慌忙捂口，却发觉已经来不及了，若影正要转身准备找莫逸风问清楚，却见莫逸风已经出现在了门口，颀长的身影背光而立，房内因被挡住了光线而一下子暗了下去。

"谁准你进来的！"

若影刚开口，便被莫逸风带着满腔的怒火堵住了接下去的话，吓得她浑身一颤，再也不敢出声，而一旁的紫秋早已吓得面无血色。

当柳毓璃来到三王府时，便听到东园内传来阵阵哭喊声，她自小在三王府就畅行无阻，今日也就没有让人通报，直接就往声音的来源处走去。

"三爷饶命，奴婢再也不敢了……"

听闻是下人受惩处，柳毓璃方收起眸中的疑惑，可是当她听到接下去的哭喊声时，脸色骤然惨白。

"相公！不要打影儿……好疼……相公救命……"

相公？这个称呼在柳毓璃脑海瞬间炸开，连一旁的春兰都忍不住回头朝她看去。

东园内，本是百花争艳的景象，配上了主仆痛哭嘶喊的画面，反差甚大，而莫逸风却

第3章　心如小鹿撞　| 37

背着身子站在若影跟前，一言不发。柳毓璃正要上前叫他，却看清了现在正在受杖责的人竟是那个被莫逸风带回府好生照顾的若影。

"相公救我……"若影哭得声泪俱下，嗓子已逐渐嘶哑，而她的那双水眸却紧紧地看着背着她站的莫逸风。

一旁的周福和秦铭看得心惊肉跳，在他们眼里，莫逸风对若影可谓是呵护备至，只要是她要的，他便应允，只要是他能做到的，他就能满足她，哪怕是她尚未出阁便让他陪着就寝，他虽未与她有夫妻之实，却是夜夜哄她入眠，比正常夫妻都亲密无间如胶似漆。

这一次若影私闯禁地，本以为莫逸风只是小惩大诫，谁知竟是使用了与紫秋一样的家法，看着她们主仆二人一棍子一棍子落下，秦铭不知该如何是好，与周福两人好言相劝良久，他依旧无动于衷。

"爷，若影姑娘毕竟是弱女子，再这样下去……说不定就残废了。"秦铭急得额头冒汗。

莫逸风身子微微一僵，口中却说着冷漠无情的话语："若是这样能让她长记性，本王倒也乐见。"

若影一瞬间苍白了脸色，心口的疼痛早已超出了身上的皮肉之痛，见他仍是背对着她，哭声更是凄惨了几分。

一声声撕心裂肺的哭喊自身后传来，莫逸风那负于身后的手渐渐收紧，正欲转身，却听见一旁的周福惊愕地喊了一声："柳小姐？"

莫逸风一怔，果然见柳毓璃向他走来，水绿色的衣裙裹着袅袅身姿，淡妆精容眉目如画。

"毓璃？"莫逸风也没成想柳毓璃竟然还会来三王府，还会来找他，伸手制止施刑之人，若影和紫秋的哭喊声也在这一刻渐渐轻了下去。

若影趴在长凳上抽泣着侧头看向莫逸风视线所落之处，瞬间脸色更白了几分。

柳小姐？毓璃？

脑海中一瞬间闪过先前紫秋的话，还有那禁地毓璃阁。

柳毓璃？毓璃阁……

好似与生俱来的敏捷思维，她竟是将这些画面全都串连到了一起。而当她再次看向柳毓璃时，莫逸风已经走到了她跟前，她看不见莫逸风看柳毓璃的眼神，可是柳毓璃抬眸看向莫逸风的眼神却是那般柔情似水含情脉脉。

也不知是因为方才的哭喊，还是身上传来的疼痛，若影感觉整个人像是被抽尽了力气，渐渐地瘫软下去，眼前越来越黑，最终失去了知觉。

月影阁内大夫为若影把脉过后轻声叹息，正欲告知莫逸风关于若影的病情，谁知若影

竟是噩梦连连。

"小心！"昏迷中的若影不知是在提醒谁，双手突然紧紧抓着床单娥眉紧蹙。

莫逸风目光一闪，看着眼前的若影，他仿若看见了一个陌路人，从认识她到现在，他何时见过她这般模样？虽是紧阖双眸，可是却让人感觉浑身充满着敌意与戒备。

"大夫，如何？"莫逸风虽是问着大夫，可是那目光却从未离开若影半分。

大夫从若影的脸上移开视线，转身面向莫逸风道："三爷，这位姑娘因为外伤而引起了高烧，这几日需要日夜好生照料直至退烧，否则若是稍有差池，别说会烧坏脑袋，恐怕连命都保不了。"

"真……这么严重？"莫逸风抿了抿唇放低了语气。

大夫轻叹道："三爷，照姑娘目前的情况来看很不乐观，作为练家子挨这几下都要躺上几日，更何况是像姑娘这般体质本就偏弱的。"

莫逸风听了大夫的话脸色略显尴尬，目光微闪看了大夫一眼。而大夫也是明白人，便也没有再多说什么。

让周福送走了大夫，莫逸风坐在床畔渐渐失神，大夫说这几日需日夜照料，否则稍有差池后果不堪设想，他从未想过会这般严重。看着若影因高烧而泛红的面容，他伸手将她的手握在手心。

"救我……"若影突然大力将他的手反握住，语气更是急切万分。

"影儿。"莫逸风低声唤了她一声，但是而后若影并未开口说任何话，只是身上越发滚烫起来。

第4章 生死的抉择

若影这一次整整烧了三日，莫逸风衣不解带地在旁照顾了三日，却始终不曾说过一句话。

昏迷中她总是在梦呓，可是她的表现却像是在被人追杀，可是她这般纤弱女子又能和谁结仇，竟然会到被人索命的地步。

第四日，当若影缓缓睁开眼眸时第一眼便看见了莫逸风，可是这一刻她不像先前那般欢天喜地地凑上去，而是满是戒备地想要往内侧躲，只是刚动了动身子便痛得她龇牙咧嘴。

"别动。"莫逸风伸手按住了她的肩。

若影全身发颤地望着他，眼泪瞬间落下，好似下一刻就要被他带出去痛打一般。

看着她这模样，莫逸风的心一下子软了下去，轻叹一声后端起一旁的药碗舀了一勺送到她唇边。

"紫秋……紫秋……"若影吓得脸色惨白，口中呢喃着紫秋。

莫逸风心口一缩，抿了抿唇将药碗搁置在一旁，而后转身走了出去。

看着他头也不回地离开，若影的眼泪更是汹涌而至，生怕他会再命人一棍子一棍子地打她。

可是不多时，两个小丫头便走了进来，说是伺候她喝药，可是她却蒙上被子没有理睬她们。

红玉和绿翠对视了一眼，无奈摇头暗叹，红玉凑上去轻轻拉了拉她的被子开口安慰道："若影姑娘，您别生三爷的气，三爷只是因为您闯了禁地才小惩大诫，但是三爷还是疼惜您的。"

若影闻言本是无声地落泪转变为呜咽起来："相公打我，他不疼我了，他去疼别人

了，他还打紫秋，我要紫秋。"

"紫秋已经醒了，正在养伤，大夫说只要躺上十来天便无碍了，若影姑娘放心。"绿翠小心翼翼地回道。

若影没有再说话，只是一个劲地呜咽着。

红玉拿起一旁的药碗好言相劝："若影姑娘别难过，三爷怎会不疼您呢？这几日姑娘昏迷不醒，都是三爷衣不解带地照顾姑娘，您昏迷不能进食，三爷就一口一口地亲自喂，姑娘平日怕药苦，可是三爷却眉头都不皱一下地含进口中，然后渡给姑娘，奴婢们可都是看在眼里的，除了姑娘之外，有谁能让三爷这般照顾？"

若影闻言慢慢从被子中探出脑袋，见绿翠也不住地点头，她才止住了哭声，可是下一刻，她嘶哑着声音开口："那个柳毓璃呢？相公是不是喜欢她？"

红玉和绿翠没成想她会问这个问题，一时间噤了声，可须臾功夫，红玉便笑言："这奴婢们可不知道，但是奴婢知道的是，姑娘这些待遇可是连柳小姐都不曾有过的。"

若影慢慢地恢复了伤势，可是还不能下床行走，所以每日只能靠旁人抱着背着才能起来用膳及大小解，虽然已经过去了几日，红玉和绿翠也不停劝说，可是她还是不敢见莫逸风。

莫逸风在月影阁外来回踱着步子，听到她逐渐好转的消息，这才松了口气转身离开。

不过今日他还没有走出月影阁，便听到若影的哭声从房内传出。

红玉和绿翠急忙转身进去，可是那哭声始终没有停歇。莫逸风垂眸思忖了顷刻，终是走了进去。

当他走到床前时，只见若影哭得上气不接下气，却紧紧裹着被子不让红玉和绿翠碰。

"怎么回事？"莫逸风沉声问她二人。

两人皆摇头："奴婢们也不知道，刚才若影姑娘还一个劲地说自己快死了。"

"还不快去叫大夫。"他低斥了一声后急忙坐到她床沿，"怎么了？什么快死了？"

可是无论莫逸风怎么问若影就是不说，还十分抗拒他的碰触，他当下立即命人去请了大夫，生怕她真有什么不测，而此生最让他尴尬的事情也在今日发生了。

大夫给若影把脉过后并未大惊，而是目光微闪着干咳了一声，见莫逸风神色异常紧张，不由得扯了扯唇笑言："三爷，姑娘已经退了烧，除了身上的外伤之外也没……没别的病。"

"没有？可是看她这样不像是没病的样子。"莫逸风从始至终都紧蹙着浓眉。

大夫迟疑了顷刻后只得道："这位姑娘是信期而至，难免会身子不适。"

信期？女人家的月信？

意识到这个问题，红玉和绿翠都绯红了面容，而莫逸风也同时尴尬地干咳了几声，转眸朝两个丫头递了一眼，她们这才红着脸走了出去。

送走了大夫，莫逸风看着哭得岔了气的若影简直不知该如何是好，沉思半响，终是道："好了，你不会死，也没事。"

若影止住哭泣后望着他小心翼翼地探出头："可是我在流血，好多血，相公！你是不是不要我了，然后把我打死后娶那个柳毓璃？"

莫逸风一怔，脸上骤然阴云密布，须臾之后却是轻哼一声："若是想娶，也不用非得把你打死。"

当红玉和绿翠再度进来之时若影已经喜笑颜开，两人对视一眼后摇了摇头轻笑，随后将月事布放在床上想要帮若影换上，可是若影再次闹起了脾气，说什么也不让她们二人碰她，更别说要掀开她的被子。

"影儿，别胡闹。"莫逸风想要拉开她的被子，可是若影却死死地拽着又是一副欲哭的模样，"不要，相公说的不让别人碰影儿的，影儿不能给别人看。"

莫逸风手上蓦地一僵。

若影沐浴过后见莫逸风转身要走，她急急地想要起身，却痛得无法动身，只得开口问道："相公去哪儿？"

莫逸风转眸看了看她，帮她盖好被子后道："你好好养伤，想吃什么就说，等紫秋好了之后再让她过来。"刚走了几步，他又道，"再过半个多月宫里举行花灯节，到时你跟我一起进宫。"

还没等若影高兴起来，莫逸风已经疾步走了出去。

"周福，这几日好生照料着，多指派几个丫头去服侍。"莫逸风吩咐道。

周福点头应声："是。"

莫逸风刚走了几步，却听到身后传来异样的动静，转头望去竟是周福和秦铭在捂嘴偷笑，见他回身，急忙止住了笑声，却因强忍着而憋红了脸。

莫逸风从他们的眼神中看懂了一切，顿时脸色黑红交织，立刻转身疾步离去。

他英明了二十来年，洁身自好了二十来年，终是毁在了这一日。

花灯节

在朝阳国除了除夕、元宵节之外最热闹的一个节日，无论是百姓家还是宫中各处，都悬挂着各式各样的花灯。御花园的树上也以花为灯，伴着婆娑月影，景色甚是怡人。

若影被莫逸风拉着手往御书房而去，可是目光却被周围的一切给吸引了。

莫逸风转头看了看她，唇角弧光点点。

御书房

莫逸风带着若影跪在中央,若影想要抬头看看,却被莫逸风摁下了脑袋。

"来了?"玄帝抬眸,视线落在莫逸风身旁的若影身上,打量了顷刻,淡声开口,"起来吧。"

若影看了看莫逸风,莫逸风伸手将她的手裹在手心,而后缓缓站起身。

虽然御书房只有玄帝和冯德二人,可是若影却感觉气氛极其压抑,而一旁的莫逸风也与往常有所不同,特别是他的眼神,带着她从未见过的疏离与陌生。

玄帝见莫逸风依旧是不冷不热的态度,脸上亦是染上一层冰霜,可是当他的视线落在若影的脸上时,顿时心口一滞,深不见底的黑眸中更是蕴藏着浓浓的惊愕,手一抖,热茶倾杯而出。

"皇上小心。"一旁的冯德急忙接过他手中的茶杯放到一旁,并取过锦帕小心翼翼地擦拭着玄帝的手背,见手背上已是通红一片,他急得转头便要宣御医,却被玄帝伸手制止,冯德虽是担忧,却也只得作罢。

莫逸风看向如此失态的玄帝,心头也生起一丝疑虑,顺着他的视线望去,见若影也是疑惑地朝他看来,更为纳闷。

若影见玄帝一瞬不瞬地看着她,吓得躲到了莫逸风身后,而后露出半个脑袋偷偷地瞧向玄帝。

莫逸风反手拍了拍若影,而后看向玄帝道:"父皇,这就是儿臣带回府的姑娘,若影。"

"若影?"玄帝这才敛回思绪,看向若影的眼神却更是深了几分。

"父皇。"见他这般看着若影,莫逸风心底生起一丝不安的情愫,拉住若影的手更是紧了几分。

玄帝的指尖不着痕迹地颤了颤,而后却是苦笑了一声:"若影,名字甚是好听,姓什么?"

莫逸风闻言一时间不知道该如何答话,谁知这时,若影探了探头对玄帝说道:"姓莫。"

"莫?你怎会姓莫?"玄帝的声音提高了几分,难以置信,转眸看向一旁的莫逸风,见他也是一脸诧异。

莫氏分明是皇家姓,怎会落在一个不知从何处冒出来的小丫头身上?

"你……记起来了?"莫逸风试探地问。

若影抬眸看向莫逸风眼底一抹狡黠:"紫秋说这叫冠夫姓。"

莫逸风扯了扯唇,他究竟给她安排了个什么丫鬟,专教她这些乱七八糟的东西,也难怪她爱与紫秋亲近,真是物以类聚人以群分。

莫逸风正暗暗想着，忽然听得玄帝沉声笑起。

"有趣，真是有趣，莫若影……"玄帝一边笑着一边思索着点头，一旁的冯德也看得云里雾里，却在下一刻听到他笑意更甚，"好，朕就赐莫姓给你这丫头，以后你就叫莫若影。"

冯德惊得瞠目结舌，赐皇家姓，这是何等的殊荣！见莫逸风和若影还怔在原地，他急忙上前道："三爷，若影姑娘，还不快叩谢皇恩。"

莫逸风这才回过神来拉着若影双膝跪地叩谢。

走出御书房时，若影兴奋不已，原本只是想要用同样的姓氏来拉近他们之间的距离，谁知道现在真的能与他同姓莫。

"莫若影，莫若影……"若影不停地念叨着，见莫逸风还在思忖着，她晃着他的手臂道："相公，我有姓了，以后我和相公一样姓莫。"

莫逸风敛回思绪看向若影，见她高兴得整张脸都泛起了红晕，不由得揉了揉她的发顶。

"看起来三哥真是对这位姑娘上心了。"

就在这时，一声不合时宜的声音打破了此时的美好，莫逸萧站在他二人跟前，眼底尽带嘲意。

若影见是莫逸萧，一瞬间变了脸色，整张脸都阴沉了起来，正要开口训斥他几句，却被莫逸风拉住了手："四弟来见父皇，怎么不带上永王妃？"

果然，莫逸萧的笑意僵在嘴角，脸色顿时一沉。

若影不知他们之间究竟发生了什么，只见莫逸萧冷哼一声拂袖绕过他们进了御书房。

太和殿

众嫔妃、皇子、王爷都已入座，忽听门口小太监通传三王爷到，纷纷将视线落在了门口处，而当他们看见传说中被莫逸风带回王府且百般呵护的若影时，顿时全场静寂，不仅仅是因为若影并非如传言所说的那般痴傻，反而眸中透着丝丝灵气，更是因为莫逸风是牵着她的手而入。

而太和殿中的一个角落内，有一个人看见这样的景象更是惨白了脸色。

若影被莫逸风带向了三王府的席位上，一旁是永王府的席位，而若影转头望去之时，只有一个装扮朴素娴静优雅的女子坐在席位上，见若影看着她，她转头对若影浅浅勾唇一笑，全然没有永王妃的架子，显得亲切极了。

若影看了看莫逸风，她并没有开口，他已知她心中所想，淡淡启唇言道："这是永王妃，四弟的王妃。"

"坏四弟的娘子吗？"她问，微蹙的娥眉带着明显的不悦。

莫逸风无奈一笑，伸手将她的碎发抚于耳后："永王妃是好人。"

若影这才舒展了眉心转眸看向永王妃萧贝月，而后也对她笑了笑。

萧贝月微微一怔，明明是再简单不过的动作，可是在他们二人之间显得那般柔情似水恩爱无双，目光一闪，她下意识地看向了对面脸色越发惨白的女子。

莫逸风是面向萧贝月，便十分清晰地看见她的神色变化，不由得顺着她的视线望去，这才发现了坐在对面的女子。他抿了抿唇极其自然地移开视线，见若影想要伸手吃面前的食物，轻笑了一声后拉住了她的手。

"等会儿再吃。"他低沉又浑厚的声音自若影的耳畔响起，动听极了。

若影虽是不情愿，但是在莫逸风这样的神色下也只得乖乖点头，转头望了望四周，都是她不认识的人，便也觉得无趣极了。可就当她要收回视线时，对面那双带着幽怨带着寒凉的双眸直直地朝他们望来，毫不掩饰心头的失落。

"相公，她是谁？"若影转眸问他。

莫逸风的视线淡淡掠过那女子，低声回道："她是文硕郡主。"

"文硕郡主？"若影又看了看对面的文硕郡主，总感觉她看莫逸风的神色十分怪异，对若影而言，这样的眼神让她十分不舒服。

"她是阙将军的女儿，阙将军为国捐躯后独留下一女，就是这位文硕郡主。"莫逸风好像在诉说着一件无关紧要的事情，一边擦去若影因为方才喝茶而流下的茶水，一边告诉她对方的身份。

若影将茶杯搁置一旁后又问："父皇是不是看她一个人可怜，所以册封她为文硕郡主？还有，她的名字就叫文硕吗？"

念了书果然是有差别的，如今若影说话时有条有理，全然能和莫逸风正常交谈。

而当若影说到"父皇"二字时，莫逸风已经习以为常，她一向都是跟着他去称呼别人，跟着他叫父皇也很是平常，只是一旁的永王妃萧贝月听到此称呼时难免心中揣测连连。

"文硕郡主闺名阙静柔，文硕二字只是封号而已。"莫逸风细细地解释着，可是后面的这个问题他却不知该如何对若影解释，不由得顿了顿，"至于册封她为文硕郡主的原因是……"

"父皇为何会册封阙小姐为文硕郡主，那还真是要问三弟了。"一声放荡不羁的笑声适时响起，若影抬头望去，发现莫逸谨已经站在了她身侧。

"二哥！"若影的声音带着难以掩饰的欢快，莫逸风不由得蹙了蹙眉，却没有说什么，只是转眸看向落座在他身侧的莫逸谨轻启薄唇："还以为你在哪个地方流连忘返，今日不来了。"

莫逸谨也不在意他这般说，反而绕过莫逸风看向对他弯眉笑着的若影道："今日影儿第一次进宫，我怎能不来。"

"二哥真好。"若影毫不吝啬对莫逸谨的赞美，然想起方才的话题，忍不住再次开口问他，"二哥刚才说册封阚静柔为文硕郡主这件事情要问相公？为什么？"

莫逸谨正要开口说什么，却被莫逸风瞪着眼警告，他抬了抬眉，透着挑衅："三弟怕什么，影儿知道了又无妨。"他故意忽略莫逸风脸上的黑沉之气，侧了侧身看向若影，"影儿，我跟你说……"

"永王到……柳姑娘到……"

就在这时，门口的小太监大声高呼，也宣示着莫逸萧独特的身份。

然而小太监的话音刚落，只听一声脆响，众人皆朝声音的来源处望去。

萧贝月脸上燥热不堪，慌忙欲捡起地上的碎片，而一旁的小宫女早已抢在了她前面收拾残局："永王妃小心伤着。"

"多谢。"萧贝月小心翼翼地看向莫逸萧，见他眼底毫不掩饰地蕴藏着厌恶之情，她指尖一颤，渐渐收紧。当她看见他身边的柳毓璃时，更是苍白了脸色。

只见莫逸萧将柳毓璃安排在了永王府的席位，果真是待遇非同一般人。

太和殿中异常静逸，周围的嫔妃们无不对萧贝月投去了怜悯的眼神，这也使得原本就胆怯的萧贝月更是不知该如何是好。

突然一只手覆在她的手背上，她心头一颤转眸望去，竟是若影。

"别理那两个坏人。"若影的这句话算是安慰。

萧贝月艰难地扯出一抹笑，余光看见自己的丈夫对别的女子关切至极，一会儿问是否冷了，一会儿问是否饿了，可自始至终没有与她说过一句话，满腹的委屈又岂是三言两语就能说清的？

就在众人因他们几人而窃窃私语之时，只听门口的小太监尖锐的嗓音响起，一袭明黄映入众人眼帘，而其身后紧跟着德妃和桐妃二人随之进入了太和殿。

众人起身跪在自己位置后高呼万岁，玄帝坐定后抬手让众人平身，视线掠过在场的大臣、嫔妃、皇子和家眷，最后竟是落在了若影身上，直到一旁的冯德提醒，他方敛回思绪。

"今日是一年一度的花灯节，难得与各位相聚，朕心甚悦，稍后大家开怀畅饮不醉不归，皆莫要拘束，谁若是清醒着回去，朕可不饶他。"玄帝笑着举杯，语气中透着难得的纯粹喜悦。

众人纷纷笑着举杯回敬。

助兴节目接二连三，玄帝的视线时不时落在若影身上，若影看得起劲也吃得起劲，根本没有注意到玄帝的眼神，可是一旁的莫逸风和莫逸谨却看得真切，不由得对视了一眼后心存不安。

就在两人猜度之时，玄帝开口道："影儿今年多大了？"

莫逸风呼吸一滞，就在若影想要摇头之际，他抢先开口道："回父皇，影儿刚满十八。"

"十八……"玄帝低声嘀咕了一句，而后笑言，"也是该婚配的年纪了。"

玄帝的话音落下，一旁的德妃脸色一变，目光不由得落向若影，仔仔细细地审度着她。而桐妃则是看了若影一眼，而后看向莫逸谨，见他抿唇蹙眉不作声，心头暗自思忖。

莫逸风的脸色不着痕迹地一白，顷刻间又恢复如常，只是转身面向玄帝淡淡勾起唇角："父皇，影儿虽满十八，可是父皇也知道她的情况，这婚配……"

他没有再往下说，而是将问题丢给了玄帝。

玄帝微眯双眸一瞬不瞬地看向面不改色的莫逸风，须臾，他沉声而笑："也是，等这丫头何时开了心智再论婚配也不迟，听说你一开始请了许多大夫给影儿医治，为何现在放弃了？"

听说？莫逸风暗嘲一笑，转眼眸中无波淡淡启唇："回父皇，大夫们都说影儿可能是受了刺激才导致如今这般，需要些时日自行恢复，儿臣便也没有勉强。"

玄帝却轻叹道："这民间的大夫怎一旦束手无策就如此不负责任地放任病人不管？"莫逸风正要说什么，玄帝却紧接着说道，"不如影儿从今日起便留在宫中，宫中御医的医术可是远胜于民间大夫千百倍，想必影儿定能早日康复。"

莫逸谨呼吸一滞，德妃和桐妃更是脸色越发难看起来。

"父皇。"莫逸谨牵扯出一抹笑道，"影儿若是留在宫里，恐怕是三天两头都要惹出祸事来，这丫头闯祸的本事可不小。"

"一个小丫头，能闯出什么祸事来，你自己其身不正别说得别人都与你一般。"玄帝的口吻虽是训斥，可是那脸上却又带着为人父母的无奈。

"父皇，影儿性子倔强，也已习惯了住在三王府，请父皇莫要怪罪。"莫逸风看了看若影，语气波澜不惊。

玄帝的脸色却渐渐难看起来："究竟是她住惯了三王府，还是你不愿她进宫？难道朕还会吃了她不成？"

许是他的声音因为愤怒而拔高了些，周围正开怀畅饮的众人皆噤了声。

阚静柔脸色苍白的视线在莫逸风和玄帝之间来回，紧紧地握着面前的酒杯几乎要将其捏碎。

柳毓璃越过好几人看向正紧紧握着若影的手的莫逸风，心头百味杂陈。

最后，就在父子二人僵持不下之时，若影不顾众人的目光，紧紧靠在莫逸风胸口看向玄帝："我要和相公在一起，不要住宫里。"

这一刻，心头刺痛的何止是柳毓璃一人。

所有人都以为玄帝定是会勃然大怒，谁知他在听到若影开口之后竟是沉声笑起，丝毫没有要为难的意思，只是让若影以后多进宫来玩玩，更是和若影闲聊了好久。

宴席过后，众人都在太和殿外看花灯，观焰火，放灯船，而一向不会将若影独自抛下的莫逸风竟是在此刻不知所终，任凭若影如何到处找寻都未发现他的身影，而她也越走越远，直到那些喧闹声渐渐离她而去。

荷塘边，柳毓璃独自坐在岸边，凉风吹起她的青丝拂过脸庞又带起了她的裙带，即使在夜里也不会减少她的美，反而增添了几分神秘之感。

夜，很静，静得微风吹动树叶发出嗖嗖的响声都能清晰入耳。

柳毓璃伸手取出一块男子的汗巾放在手中端详，眼底更添了几分悲戚。

"明知不能在一起，又何必心心念念？"声音好似黄莺出谷，撩人心神。

"你不是已经和他在一起了？"身后突然响起莫逸风的声音，柳毓璃一惊，起身回眸望去，眼底神色复杂。

"三爷怎么过来了？"她看了看手中的汗巾，急忙藏于身后。

莫逸风看着她藏于身后的汗巾，目光不由一闪，抬眼朝她看去，语气柔了几分："那你又来这里做什么？"

柳毓璃垂眸咬了咬唇，不作声。

他二人就这般对立着，谁都没有开口，仿若整个皇宫就只剩下他们二人。

也不知过了多久，柳毓璃轻启朱唇低声开口："先前我到宫里的时候碰到了四爷，原本我也不愿惹人误会，可是去太和殿的路也就一条，四爷执意要与我同行，我也不好说什么。本想去父亲那儿，可是四爷已经安排了席位，我……我应该拒绝的，可是又怕因为我而搅了宴席，我真的不是有心的。"

她在跟他解释？

莫逸风渐渐松了负于身后的手。

柳毓璃缓缓将身后的汗巾拿到眼前端详，唇角苦涩连连："其实无论是三爷还是四爷，毓璃都没有资格匹配，更何况三爷已经有了心爱之人，毓璃更是不敢痴心妄想，这个汗巾也该还给三爷了。"

莫逸风一瞬不瞬地看着眼前的人，而她的泪光盈盈更是一瞬间击垮了他的防线。

他没有伸手去接，而是开口问道："为何来这里？"

柳毓璃转身看向湖面，唇角弧光点点："因为这里是我第一次认识三爷的地方，也是第一次鼓起勇气叫三爷'逸风哥哥'的地方，想来以后必须要断了念想了，所以来缅怀一下。"

莫逸风睨着她的背影，听着熟悉的声音，感觉很熟悉，又好像很陌生。

等了许久，莫逸风都没有开口，柳毓璃紧了紧指尖转身望去，张了张嘴，目光一闪，

竟是突然间扑进了莫逸风怀里。

"逸风哥哥，对不起，是我不好，我不应该听爹的话离开你，不应该因为担心皇上会因我为难你而与你断绝往来，逸风哥哥不要生毓璃的气可以吗？"柳毓璃哽咽着近乎祈求。

莫逸风身子一僵，手停在半空良久，终是落在她的背脊。

"相公！"

突然的一声叫唤拉回了莫逸风的思绪，莫逸风像是被捉奸在场一般竟是心慌地想要与柳毓璃拉开距离。柳毓璃紧紧地抱着他，直到若影来到他们跟前之时才缓缓松手。

"谁让你碰我相公的，你这个坏女人！"若影气急，眼眸中甚至蒙上了一层雾气。

莫逸风正要训斥她，谁知若影脚步一闪，在莫逸风尚未反应过来之时伸手用力一推，只听扑通一声骤响划破夜的宁静。

"若影！你做什么？"莫逸风见柳毓璃被若影推入了荷塘，霎时猩红了眼眸，正要跳入水中去救，却被若影突然伸手拉住："相公，不许你对别人好！你不让别人碰我，为什么要和她抱在一起？"

莫逸风听着她的质问，看着她眸中泪光盈盈，霎时脸色铁青，见她死不放手，伸手一扬将她甩向一旁。

他力道之大让若影始料未及，就在莫逸风想要入水救人时，只听嘭的一声巨响自身后响起。他心头一紧转眸一看，若影已经倒在了地上一动不动，而她的头磕在地上的石头上，借着月光，他清晰地看到有液体自她额头流出。

"影儿……"他睁大了眼眸变了脸色，转身欲奔向若影，却听到水中柳毓璃呼喊："逸风哥哥……救我……逸风哥哥……"

一向做事果断的莫逸风在此时竟是慌乱起来。

他以为他会毫不犹豫地跳入荷塘中救柳毓璃，可是看着若影一动不动地躺在地上，他的心凌乱不堪。寂静的夜里，冷风吹起他的万千墨发，原本轮廓分明的俊颜此时因为难以抉择而骤显僵硬。

"逸风哥哥……"柳毓璃望着站在岸边看向若影的莫逸风心头惶恐至极。

第4章 生死的抉择 | 49

第5章 是他害了她

听到柳毓璃的呼救声,莫逸风身子一僵敛回思绪,急忙转身跃入水中。

"毓璃。"莫逸风将柳毓璃放在岸上之后轻拍她的脸颊,见她已经昏迷,立刻伸手将她抱起,可是当他站起身时看见躺在面前的若影,脚步又戛然而止。

一阵风袭来,将浑身湿透的柳毓璃冷得浑身一僵,春夜里本是寒凉,更何况此时的他们从头到脚无一干处。

"逸风哥哥,冷。"微弱的声音响起,带着浓浓的委屈和央求,而后又缓缓闭上了双眸。

莫逸风垂头看了看她苍白的容颜,沉声安慰:"毓璃,醒醒,马上带你去找太医,别睡。"听不到柳毓璃的声音,莫逸风更是慌乱不堪,顾不得其他,立刻抬腿离开,独留下若影一人满头鲜血躺在地上。

柳毓璃缓缓睁开双眸,看着若影的身影越来越远,唇角弧光点点。

而他们的身后,若影无力地睁开双眼想要伸手唤住莫逸风,可是看着莫逸风抱着柳毓璃疾步离开,她的视线越来越朦胧,最终失去了知觉。只有那眼角的泪滴落在冷硬的石头上,感受到了此刻的苍凉。

莫逸风的脚步有些急促,几次都差点摔倒,直到有人发现了疾步而来的莫逸风,这才引来了所有人的目光。

"怎么回事?"玄帝蹙眉上前问。

"毓璃……不小心失足落水,请父皇即刻宣太医给毓璃诊治。"莫逸风脸色苍白语气急促。

柳毓璃最后被安排在了德妃的宫里,当放下柳毓璃后莫逸风正要转身离开,却被柳毓璃伸手拉住:"疼。"

众人原是一怔，可转眸望去时却发现她并未苏醒，方才好似梦呓。

莫逸风抿了抿唇，伸手拍了拍她的手背安慰："太医就快来了。"而后轻轻将她的手拉开放于被中。

一旁的德妃见状面露不悦，轻咳一声后轻声道："三王爷还是先出去吧，男子留在女子房中始终不便，毓璃也不是那些无身份的女子，得顾忌着女儿家的清白。"

德妃一番含沙射影的话深深刺入莫逸风的心口，她说的不是若影还是谁？

额头的青筋根根凸起，紧了紧拳心，他始终没有说什么，只是起身道："如此就有劳德妃娘娘照顾毓璃了。"

德妃勾唇浅笑道："都是自家人，说什么有劳，本宫照顾毓璃也是理所应当的。三王爷浑身都湿透了，还是去换身衣服吧，否则被朝臣看见了岂不有失体统？"

莫逸风的脸色有些难看，但终究还是走了出去。

正当他急急跑去荷花池时，只见不远处跑来了莫逸谨，而他怀中还抱着满头是血的若影，银白的月光下她的脸色更是毫无血色，透着死一般的沉静。

他的心头突突跳个不停，疾步迎了上去。

"三弟，快叫太医，影儿受伤了。"莫逸谨的脸色因为极度担忧也同样失了血色。

若影被莫逸谨抱去了桐妃的宫里，将她在床上安置好后桐妃想让他二人出去，可是莫逸谨却怎么都不愿意离开。

"母妃，儿臣要看着影儿醒过来。"莫逸谨坐在床边紧紧地拉着若影的手不放。

桐妃看了莫逸风一眼，轻斥道："说什么胡话，快把手放开。男女授受不亲，你怎能这般没有分寸？"

莫逸谨这才缓缓坐起身，可是依旧没有离开寝殿。

"风儿，你怎么全身都湿透了？"桐妃打量着他惊呼，"来人，给三爷去拿套二爷的衣服来。"

莫逸风从小就被桐妃照顾着，所以他与莫逸谨的感情也极好，若是玄帝赏赐了进贡的锦缎，莫逸谨有的莫逸风也定不会少，所以宫人们也不诧异桐妃让莫逸风穿莫逸谨的衣服。

莫逸谨的心思全在若影身上，也没有注意莫逸风全身早已湿透，只是静静地看着躺在床榻上一动不动的若影，心紧紧揪起。

似乎从来没有一个人能让他如此，一旁的桐妃也看在眼里。

莫逸风换好衣服后看着昏迷中的若影失了神，脑海中始终纷乱不堪，直到太医来给若影把脉，莫逸谨的声音自耳畔响起，他这才回过神来。

"影儿怎么会去那里？若不是我见她不知去了哪里随后四处找她，也不知道她何时才会被人发现。"莫逸谨的语气中带着浓浓的心疼。

莫逸风目光一闪，却没有说话。莫逸谨看了他一眼，只道是他也在担忧，便也没有多想什么。

太医把脉过后抿了抿唇，似乎情况并不乐观。

"如何？"莫逸风上前沉声开口，负于身后的手紧紧地握着拳。

太医俯首抱拳道："三爷，这位姑娘虽然没有性命之忧，可是伤到了头部严重失血，且因为没有及时医治，所以今后可能会落下头疾。"

莫逸风的脸色骤然一变，转眸看向若影，她依旧是静静地阖着双眸，失去了往日的灵动，此时就像是失去了生命力一般躺在床上。

莫逸谨闻言立刻上前拉住太医问："头疾？那要如何根治？"

"谨儿！"桐妃上前睇了他一眼，见他松开了太医，这才柔声道，"太医，若是需要用什么药材尽管说。"

太医垂眸："娘娘，头疾之症向来难医治，更何况这位姑娘不但是因为失血过多，还因为强烈的撞击而导致头部受重创落下的头疾。"

"强烈撞击？好端端的怎么会头部受到强烈撞击？"莫逸谨一怔，转头看向莫逸风，"三弟，难道你没有和影儿在一起吗？"

莫逸风目光微闪，薄唇抿成一条线，却仍是没有开口，只是负于身后的指尖攒得更紧。

桐妃看了看莫逸风，须臾后开口道："许是影儿不小心摔倒所致，太医，真的不能根除吗？"

太医看向躺在床上面色苍白的若影，轻叹一声后转眸看向他三人回道："臣只能尽力而为。"

太医离开后桐妃也遣了莫逸风和莫逸谨出去。

宫院内，莫逸谨始终紧蹙着眉心，转眸看向莫逸风，见他亦是心事重重，轻叹一声伸手拍了拍他的肩："你也别担心，影儿会没事的，宫里什么名贵药材没有，定能治好影儿的。若是连宫里都没有，我就派人去宫外找。"

莫逸风的心七上八下，感觉从未有过的凌乱。

可是，若是时光逆转，他又会如何抉择？

轻阖双眸，月光洒下，浓长的睫毛投下一片阴影。莫逸谨不知他心中所想，轻叹一声坐在宫院中的石凳上。

过往的几年他都是在宫外过如此热闹的花灯节，可是今年因为有她，所以他也进宫了，却没想到她初入宫廷竟是这般结果，只希望她不会留下太医所说的头疾之症才好。

两人静静地等在宫院中，只等若影醒来。桐妃前来相劝，可是他们二人始终一动不动地等在原地，桐妃无奈，只得吩咐宫人给他们一人一件披风御寒。

就在这时，宫人来报说柳毓璃的贴身丫鬟春兰要见莫逸风，莫逸谨眉心一蹙正要赶她回去，岂料莫逸风竟是先一步走了出去。

莫逸谨总觉得今夜莫逸风的表现极为异常，垂眸一想，随后立即跟了过去。

春兰一看见莫逸风，立刻上前低声道："三爷，奴婢是偷偷跑出来的，小姐已经醒了，可是因为见不得三爷心里难过着。"

"太医怎么说？"他问，语气中听不出任何情绪。

春兰垂眸，绞了绞手中的锦帕神色有些不安："情况似乎不太好，具体奴婢也不清楚，只知道小姐看不到三爷情绪很不稳定。"

莫逸风闻言眸色一沉，一阵风扬起，春兰抬眸，他已疾步离开往德阳宫而去，她也立刻跟了上去。

莫逸谨看着莫逸风匆匆离开的身影，心底生起了不安，总觉得今夜的事情没这么简单。若只是若影不慎摔倒导致昏迷不醒，为何莫逸风的神色如此异常？而且怎会这般巧，柳毓璃也请了太医，还刚醒？

心思一动，他看了看若影的寝殿，而后抬步跟了上去。

德阳宫

柳毓璃醒来后靠在床头脸色微微发白，太医说是受惊所致并无大碍，莫逸萧却担忧不已，守在床边亲自伺候着汤药。

看着莫逸萧对柳毓璃照顾得如此无微不至，萧贝月的心头紧了又紧。

不知道的人都说永王夫妇成婚两年相敬如宾，虽然永王妃至今无子嗣，可是永王始终不离不弃，哪怕是侧妃侍妾貌美如花且青春年华，可是永王对永王妃依旧如初，甚是令人羡慕。

可是萧贝月却暗自苦笑，的确是相敬如宾，成婚两年连房事都少之又少，即使偶尔他血气方刚要了她，幽深的双眸始终是透着她在看另一个女子。

曾记得她因病卧床好几日，他也只是吩咐下人好生照料，第一天还进房来看过一次，可是而后几日便不见踪影，直至她病愈他也未关心一句，哪像现在他对着柳毓璃这般谨小慎微。

"好点了吗？还有没有哪里不舒服？"担忧的神色在莫逸萧的眼眸中毫不掩饰。

柳毓璃垂眸摇了摇头，始终没有开口说一句话。

"冷不冷？我让人再去拿床被子。"他伸手小心翼翼地将她的发捋到耳后，语调温柔。

萧贝月感觉心口像是被一只无形的手在慢慢攥紧。眼前的景象是那般熟悉，不久前莫逸风就是这般看着那个叫若影的女子，细细地帮她将碎发捋到耳后，而这般深情却是她从未经历过的。

"毓璃，有什么不舒服尽管跟本宫说。"德妃和颜悦色上前轻语。

柳毓璃微微颔首："多谢娘娘关爱，毓璃没事，有劳娘娘王爷了。"

莫逸萧眉心一蹙："怎说这种见外的话。"

见柳毓璃微微一怔，德妃笑言："萧儿说得对，都是自家人，何必这般客气。"

萧贝月脸色一僵，转眸看向德妃，而德妃也同样给了她一个眼色，她深吸了一口气，转身走了出去。

走出寝殿，她轻轻闭上了眼，一阵风吹来，她感觉自己清醒了许多，可是心头的疼痛却重了几分。

睁开眼，见阚静柔走了过来，眸中不乏对她的同情，可是更多的是同病相怜。

"文硕郡主。"萧贝月整理了一下思绪走了上去，脸上重又带上淡淡的笑。

阚静柔浅浅勾唇："我只是听说柳姑娘在宫里落水了，便替皇上来看看是否无恙。"

"太医说只是受了惊吓，并无外伤，只要好好休息一两日便可。"萧贝月见她微微探了探寝殿内，便道，"三王爷不在，听说若影姑娘也受了伤，三爷便赶去景仁宫了。"

"哦，是吗……"在听到莫逸风不在时，阚静柔显得有些诧异，可是当她听了下半句，不由得苦涩一笑。他在德阳宫看完了柳毓璃，便赶去景仁宫看若影，可是他何曾正眼看过她一下？哪怕连一句问候都没有。

"里面四爷和母妃照顾着柳姑娘，文硕郡主要进去吗？"说出此话时，萧贝月感觉心口一刺，连笑容都有些僵硬。

阚静柔抬眸看向她时眸中带着些许惊愕，可须臾便明白什么，不由得垂眸暗叹："既然德妃娘娘和永王爷都在，我就不进去了。"

萧贝月闻言浅浅勾唇，心知她并非是为了替玄帝来看望柳毓璃，只是为了见一见朝思暮想之人罢了。

"一年一度花灯节，也不知外面热闹成何样，不如你我同去瞧瞧如何？"明明自己也是一个需要安慰的人，此时萧贝月却借此名义安慰着阚静柔。

阚静柔点了点头，随之两人并肩走了出去。

可当她们刚走到宫门口，便看见莫逸风匆匆而来，身后还跟着柳毓璃的贴身侍婢春兰。阚静柔心口突突直跳，脸上泛起了一道喜色，立刻上前几步迎了上去。

"三爷……"

"毓璃情况如何？"

阚静柔脸色一僵，感觉一盆冷水当头浇下。

萧贝月看了看阚静柔，上前道："柳姑娘无碍，只是受了惊吓……"

莫逸风抿了抿唇，未等她把话说完便立刻走了进去。

阚静柔被撞得脚步一趔趄，萧贝月急忙将她扶住，眼底神色复杂，而阚静柔只是眼泛

泪光地看向莫逸风匆匆消失的背影，心一点点地被掏空。

"究竟发生了何事？柳姑娘怎么了？"莫逸谨紧跟其后，见莫逸风走了进去，他方开口问。

阚静柔的脸色依旧苍白，抿唇垂眸未语，萧贝月看向莫逸谨缓声道："我也不是太清楚，只听说柳姑娘不小心落水了，我与母妃正陪父皇看花灯，而后三爷就抱着柳姑娘急匆匆地过来找御医，母妃就安排柳姑娘来了德阳宫。"

莫逸谨听了萧贝月的话，眉心渐渐蹙起。

同一时间柳毓璃落水，若影受伤昏迷，究竟是巧合还是……

他转眸看向寝殿，忽然想起方才他抱着昏迷的若影回来时，正碰到莫逸风急匆匆迎面而来，看到他带若影回来时，惊愕的同时好似又松了一口气，随后太医给若影把脉，他始终没有言语，若是换成平时，他怎会如此？

就在他暗自揣度之际，寝殿内传来了莫逸萧的质问声和柳毓璃及德妃的劝阻声。

"莫逸风！我早就警告过你离毓璃远一点，你看看你把毓璃害成了什么样？你是不是要让她丢了性命才甘心？"莫逸萧伸手拽着莫逸风的衣襟，赤红的双眸透着浓浓杀气，显然愤怒至极。

莫逸风紧蹙着眉心伸手扣住莫逸萧的手腕，而后微微施力，一点一点地将他拉开距离。

"三爷四爷，你们别因为我伤了和气。四爷，此事与三爷无关。"柳毓璃想要下床，却在起身的那一刻身子一软跌靠在床头。

"别动。"莫逸风和莫逸萧同一时间冲了过去，而莫逸萧始终没有莫逸风迅速，终是被他抢了先。

看着他们二人四目相接，一旁的德妃脸上明显不悦，但始终站在一旁静观其变。而莫逸萧感觉周身被怒火充斥，紧握着拳心浑身发颤。

"毓璃！都到这个时候了你还在帮他说话！是不是他把你推入水中的？"虽然是一句问话，可是他的语气却十分笃定。

"四爷误会了。"柳毓璃看向莫逸萧摇了摇头。

莫逸风见她无恙，不由得轻叹了一声，可一想起尚在昏迷的若影，不由得又拧了眉心。感受到周围传来的异样气息，他抿了抿唇开口，"要不要现在出宫回府？"

"你……"莫逸萧刚要阻止，德妃去伸手拉住他摇了摇头给他使了一个眼色，他只得暂且吞下这口气看柳毓璃如何回应。

莫逸风只是看着她，对莫逸萧的愤怒置若罔闻。

柳毓璃目光微闪，淡淡勾唇："一会儿我与爹一起回去，否则他老人家该担心了。"

"那你好好休息。"莫逸风也并未强人所难。

见他转身，柳毓璃心头一沉，却见他看向德妃微微颔首道："德妃娘娘，毓璃就有劳娘娘照顾了。"

德妃勾唇轻笑："都说了是自家人，三王爷无需如此客气。"

莫逸风的目光没有多停留，转身便要离开，柳毓璃突然开口："她没事吧？"

"没事。"他脚步一顿，没有回头，言语中听不出任何情绪。

柳毓璃目光一黯，稍纵即逝，转眸看向他莞尔一笑："那就好，否则我会内疚的，毕竟你是为了我才把她推倒的。"

莫逸风紧了紧身侧的手，缓缓负于身后，没有开口说任何话，提步朝外走去。

莫逸谨在门口处听得此言浑身一僵，缓缓转身离开了德阳宫，一想到昏迷在景仁宫的若影，浓浓的心疼一涌而上。

当莫逸风出来时，莫逸谨已经离开。

回到景仁宫时，一个小宫女疾步而来差点撞到他，莫逸谨气恼地大喝一声："走路也不看着点，这么急做什么？"平日里莫逸谨一向放荡不羁且不发脾气，可是今夜却异常清冷。

小宫女一怔，被这样的莫逸谨吓得扑通跪倒在地："回二爷的话，是姑娘突然不停梦呓却怎么也叫不醒，所以桐妃娘娘让奴婢去请太医前来给姑娘医治。"

莫逸谨脸色一变，绕过小宫女疾步向若影的寝殿奔去。

"谨儿你来了正好，母妃可真是束手无策了。"桐妃从床畔上起身走向莫逸谨，神色慌张。

莫逸谨上前看向若影，只见她脸色比原先更是苍白，双手紧紧攥着被子，口中呢喃着什么话。

"影儿！影儿醒醒。"莫逸谨接过宫女手中的锦帕轻轻替她拭汗。

桐妃看着莫逸谨如此小心翼翼的模样，微微愣忡。

"救命……我不是叛徒……我不认识你们……"

"影儿，你怎么了？醒醒。"莫逸谨急得满头是汗，看着她如此手足无措的模样，他更是慌乱不已。

"啊！"若影骤然睁开双眼，一双水眸望着前方却一片空洞。

"影儿你醒了？"莫逸谨拉着她的手微微发颤。

桐妃看向莫逸谨紧紧拉着若影的手，想要上前阻止，终是顿住了脚步，看向失神的若影，她满是担忧："若影姑娘，你没事吧？"

"影儿，你看看我，我是二哥啊！"见她依旧一动不动，莫逸谨再次慌了神。

耳畔有些嘈杂，头部传来剧痛，若影蹙眉伸手摸了摸头，发现头部被缠绕着一圈又一圈，而后脑处的疼痛越发清晰，好似要整个裂开。

刚才究竟发生了何事？为什么会有两个人想要杀她？为什么那两个人说她是叛徒？而他们口中的飞鹰门又是什么？

脑海中的记忆零零碎碎，却怎么都拼不出一个完整的景象，而后脑传来的疼痛让她根本无法去思考。

"好疼……"她抱着头颤抖着唇呢喃。

莫逸谨心口一刺，拉着她的手更是紧了紧。

"太医！太医怎么还没来？再去传！"莫逸谨有些失了分寸地大吼。

"谨儿，太医马上就来了，你别紧张，风儿去了哪儿？怎么不见人影？"桐妃望了望窗外道。

"三弟正忙着呢。"莫逸谨脸色更是阴沉，看着若影这副模样，他恨不得找莫逸风去拼命，可是那个又是莫逸风，是他从小一起长大的兄弟，所以说出这句话时，他咬牙切齿忍住了冲动。

桐妃转头看向莫逸谨，总感觉方才这段时间似乎发生了什么她不知道的事情。

若影摸着涨痛的头，渐渐从梦境中回到现实，目光扫向周围，最后落在眼前的莫逸谨身上，看着他紧张的模样，昏迷前的记忆渐渐清晰，也让她瞬间湿了眼眶，终是止不住呜咽起来。

"这是怎么了？是不是头疼啊？太医很快就来了，别急。"桐妃不明情况，见她伤心难过便上前安慰。

若影突然将手从莫逸谨手中抽出，而后拿被子蒙住头，哭声更让人揪心。

莫逸谨竟也红了眼眶，声音带着低哑拉着她的被子轻声安慰："影儿别哭了，二哥在呢，有什么不开心的跟二哥说。"

桐妃不明所以地朝莫逸谨看了看，发觉他此时的神色是少有的认真，可以说这么多年来还真是头一回看见。

若影回想起昏迷前的景象，心口像被一只无形的手揪起，好似再怎么哭都无法让自己痛快一些。

在莫逸谨的劝说下，她慢慢探出了头，看着莫逸谨如此紧张她，她蓦地起身抱住了他。

"二哥……我好难过。"她紧紧地抱着他依旧哭个不停，桐妃见状难免动容，却不知如何安慰。

"告诉二哥，究竟发生了何事？"虽然对莫逸风将若影弄成这样他十分愤怒，可是他也清楚，莫逸风不会轻易伤害她，除非是为了保护柳毓璃，但是他不明白，若影怎会去伤柳毓璃？她们并不相熟不是吗？

若影慢慢松开莫逸谨，而后抬起泪眼看着他道："我只是看见那个柳毓璃抱着相公，所以就推了她一下，可是……我也不知道怎么的她就掉水里了，然后相公他……他就把我推在地上，我撞到了大石头……"

原来如此，也难怪他会伤了她，柳毓璃对他而言或许比他的命还重要，而若影伤了他的至爱，他能如此无情地将她丢在外面也是他会做出的事情。莫逸风从来不是心软之人，能这般对若影已是奇迹，但是一旦触碰了他的底线，对方定然非死即伤。

莫逸谨轻叹一声，抬眸一瞬不瞬地看着眼前的女子，若是当初是他先认识的她，他一定不会让她受这般委屈，而莫逸风为何会将素不相识的若影带回府，他也无法理解。

"三爷。"随着宫人开口，莫逸谨和若影的视线都落在了走向床边的莫逸风身上。

"风儿，你刚才去哪里了，若影姑娘伤得不轻，不但噩梦连连，还一直头痛。"桐妃看着眼前的三个孩子很是无奈。

莫逸风闻言目光再次黯然，正要开口，莫逸谨突然冷哼一声："三弟那么忙就不用过来看影儿了，我会将影儿照顾好，你大可忙自己的事去。"

他是在为若影打抱不平，即使知道柳毓璃是莫逸风的软肋，他依旧无法接受莫逸风先将柳毓璃送来医治而把若影丢在荷塘边。

莫逸风是聪明人，自然听出了莫逸谨说的话是何意，猜想着他是因为他在看望柳毓璃才会如此忿忿不平。

"影儿醒了，有服药吗？"莫逸风也没有与莫逸谨计较，只是看向坐在床上满眼泪水的若影低声开口相问。

若影听到他的声音，撇了撇嘴后突然扯了被子盖在脸上躺了下去，可是当头一接触枕头时，她痛得哀嚎出声，而后便是再次痛哭起来。

"影儿！"几乎是同一时间，莫逸风和莫逸谨开口上前。

莫逸风将若影从床上扶起，见被包扎的后脑又渗出了血，而她的表情也异常痛苦，他手上的青筋根根暴起。

幸而此时太医及时赶到，检查了她的伤势并为她换了药之后交代要好生照顾，这几日都不能碰水且不能有任何磕碰，否则伤口再裂开后果不堪设想。

"太医，这头疾……真的不能治吗？"莫逸风走到太医跟前，语气中带着难得的恳求。

太医摇了摇头："受了这么重的伤，能活着便是万幸，这头疾目前是难以根治了。不过只要不受刺激和外力损伤且按时服药，便不会祸及性命。"

莫逸风抿唇紧拧了眉心，转身看向床榻，莫逸谨正哄着她躺下，而她因为刚才的磕碰说什么都不愿意躺下休息。

"娘娘，药煎好了。"小宫女端着一碗药进来放在了桌上，见桐妃扬了扬手，她便退了下去。

"还是把药喝了吧，今夜也晚了，不如就在此住下，而且宫里有太医也方便随时医

治。"桐妃端起药碗亲自拿了过去。

莫逸风伸手接过药碗，坐到床头舀了一勺递过去，可若影却说什么都不喝，他的脸色也更为难看起来。

"把药喝了。"他的声音蓦地响起，吓得若影浑身一颤，原本已经干了的眼泪再次盈满了眼眶。

"明明是你不对，凶影儿做什么？"莫逸谨没好气地从他手中取过药碗，而后亲自给她喂药，"影儿乖，把药喝了之后很快就会好起来的。"

一大颗眼泪从脸颊上滑落下来，她看了看莫逸风，又看向莫逸谨，委屈至极。

"谨儿！"桐妃无奈地唤了他一声。

莫逸风紧抿着薄唇，看着莫逸谨一勺一勺小心翼翼地喂着若影喝药，突然感觉呼吸渐渐变沉。也不知出于什么心态，他突然一把接过莫逸谨手中的药碗，而后挡住了他坐在若影面前。

"你……"莫逸谨被莫逸风突然的举动惊了一下，等他反应过来时，自己已经被挤了出去。

"谨儿，跟母妃出去。"桐妃见莫逸谨正要上前与莫逸风起争执，不管他如何不愿离开，依旧拉着他走出了寝殿。也因为莫逸谨了解若影和莫逸风，所以最后并未强留下来。

寝殿内，若影紧紧攥着被子看着莫逸风冷漠的神色，手心渐渐冒汗，虽然是害怕的，可是心底的委屈也因为脑海中的一幕而越发浓烈，又好似一瞬间空荡荡的。

两人僵持良久，若影微微动了动，他以为她妥协了，谁知她再度看向他时神色异常认真，轻启朱唇声音带着沙哑："你刚才是不是先给她喂药了？"

莫逸风闻言一怔，不料她会这么一说，手依然没有收回，只是沉声开了口："胡说什么？"

若影咬了咬唇，因为委屈唇角有些颤抖："相公之前先抱她走了不是吗？把我一个人丢在那里不管。"

莫逸风再次背脊一僵。

明明她当时昏迷不醒，又怎会知道他先抱柳毓璃去找太医？究竟是她当时又醒了，还是有人跟她说了什么？

"谁跟你说的？"他微眯双眸，寒芒乍现。

思及那一刻，若影眼泪夺眶而出。

"是我看见的。"她抬手擦拭着脸上的泪迹，身子因哭泣而微微颤抖，未注意到莫逸风眸中的震惊，她移开视线哽咽着说道，"我看见相公丢下我抱着柳毓璃走了，我想追上去，可是……我走不动，头很晕，然后就没有知觉了。"

莫逸风眼神闪烁，慢慢收回手中的小勺放进碗里。沉默顷刻，他抿了抿唇，再次舀了一勺药送到她唇边:"把药喝了。"

她并没有如他的愿,睁着大大的水眸望着他:"相公,我和她,谁重要?"

明明是已明显不过的答案,可是她依旧想听他亲口说。若是出于旁人之口,这分明就是个愚蠢的问题,可偏偏她这般泪眼蒙眬楚楚可怜地看着他问,显得那般让人揪心。

他的手指渐渐收紧,手臂上的青筋根根凸起,双唇抿成了一条线,眸中带着从未出现过的异样情愫。

小勺终究还是送进了她口中,在她吞下的那一刻,她的眼泪再次滑落。

这是一种什么感觉?她无法言明,可是她知道,左心房是极痛的,连简单的吞咽都让她觉得痛苦万分。

看着她这个样子,他再也无法面对她,将药碗往一旁搁置后转身面向床外坐着。

寝殿内静逸良久,直到红烛过半,他的声音犹如从远处飘来:"不要去比。"

若影转眸看向他的侧颜,即使是侧颜都那般俊美无瑕,线条分明挑不出一丝瑕疵。而他方才的话对于此时的若影来说并不能很好地诠释,直到后来她恢复了记忆,方知道这句话的深层意思是什么。

她以为他气恼了,或许一会儿就真的离开此处再也不管她了,她急忙伸手擦干脸上的泪迹,而后抽搐的身子伸手拉了拉他的衣袖。

他转眸朝她看去,她忍住想哭的冲动小心翼翼地开口问他:"那如果下一次我和她都有危险的时候,相公能不能先救我?"莫逸风一怔,她急忙补充道,"这次相公救了她丢下了影儿,影儿原谅相公了,那下次可不可以先救影儿?相公……"

莫逸风感觉呼吸一滞,眼眶逐渐泛红,一瞬间感觉连最平常的呼吸都是这般困难。蓦地,他伸手过去揽住她的肩将她拉到自己怀中,紧紧地贴在他的胸口。

没有任何话,只是紧紧地将她抱在怀中。

柳毓璃半倚在床上,迟迟都没有回过神来。

她之前只不过是试探地问莫逸风那个女子如何了,而他也很快回答了她,也就是说,在送她来此后他急急走出去并非有其他要事,而是去救那女子去了。

她何曾见过他这般慌乱过?唯有今夜。而且不是为了她,而是为了那个叫莫若影的女子。

玄帝今夜下了口谕,赐给那女子莫姓,莫若影……

皇家的姓何其尊贵,而她却能这般轻而易举地得到,究竟她给莫逸风和玄帝吃了什么迷药,能让他们都这般护着她?

才多久,一切都似乎变了,变得太快,让她一时间承受不住。

她也似乎后悔了,不应该这么轻易地与他断绝关系,而让别的女子有可乘之机。

不过有一点倒是让她欣慰，她与莫若影同时昏迷，而莫逸风始终是选择先救她不是吗？在她看向身后时，清清楚楚看见莫若影睁开眼朝他们看过来，而后又昏迷了过去。

看了看时辰，该是子时了，可是她毫无睡意，就这么静静地靠在床头，眸中却满是冷芒。原先打算和自己的父亲出宫回府，可是她临时改变了主意，终是留在了德阳宫。

莫逸萧披了衣服来到她的寝宫，见里面灯火通明不由得心头诧异，敲了敲门见没有回应，便直接推门走了进去。

因为柳毓璃，他也选择今夜留在宫里，并得到了玄帝的恩准。

"四爷？"柳毓璃见到莫逸萧进来顿了顿后眸中带着些许惊色。

莫逸萧随手带上门，走到她的床榻边坐下，面色微沉地问她："睡不着？"

柳毓璃低垂了眼帘点了点头："许是认床，一时间难以入睡。"

他苦笑着摇了摇头："是吗？是因为他吧？"

柳毓璃错愕抬眸，而后勾了勾唇角。若说了解，不得不说莫逸萧是最了解她的人，无论她心里想什么他都知道，而莫逸风虽然对她呵护备至，可是似乎缺少了什么。例如她仅仅一个眼神，莫逸萧就知道她想要什么，然后无论用什么方法都会去得到而后送给她，可是莫逸风却总是问她想要什么，而他从来不去想她心里所想。

究竟是他不了解她，还是她不了解他？

十多年的青梅竹马，当真要被几个月的相处击败了吗？

思及此，柳毓璃的指尖骤然一紧。

莫逸萧见她不语，也知他言中了，可是他并没有因为每次都能看穿她心思而高兴，相反觉得悲哀。

"毓璃，究竟要怎样你才能忘了他？"莫逸萧的语气带着浓浓的苦涩。

柳毓璃敛回思绪心弦一动，而后却是摇了摇头："人非草木，十多年的感情岂是说放下就能放下？"

莫逸萧心口一紧，这样的话应该让他生气不是吗？可是他当下的情愫却是无可奈何，因为他喜欢的就是她这种从一而终重情重义的性子。她是这么美好，不仅仅因为她的容貌，还因为她秀外慧中，琴棋书画诗词歌赋无一不精，对感情亦是那般执着。

"毓璃……"他轻叹一声伸手抚上她的面容，"要怎样才能让你心里有我的存在？"

此时此刻门外的身影骤然一僵，寒冷的感觉在顷刻间蔓延至四肢百骸。

第6章 拜访二王府

她只是试探着来到这里,只因为夜半三更他不在旁边,想不到他果然在此。明明是已经可以肯定的事实,她偏偏要自己看个明白,可是,即使看明白了又能如何?

萧贝月觉得很是悲哀。

当初她的父皇让她前来和亲,她虽是心中不愿却因为身为东篱国长公主别无选择,但是心中仍是怕嫁入朝阳国皇室会不受待见。她从未见过莫逸萧,也不知他是何样貌是何性子,担心自己不招他喜欢。

新婚夜,当她被揭下红盖头的那一刻,她紧张之余心中一阵错愕,因为莫逸萧不但长得俊朗不凡,看起来也十分儒雅,对她更是相敬如宾。当初她是窃喜的,可是自从她知道了柳毓璃,看见了莫逸萧如何对柳毓璃后,心里的感觉一落千丈,那个时候她才知道这才是真感情。

但是他也算没有亏待她不是吗?无论他是否是介于她的身份,又或者她自从嫁给他从未有过错,他并没有欺凌她不是吗?而且男人又怎会没有个三妻四妾,只要她在他心里有个一席之地,她也认了。

深吸了一口气,她正准备离去,岂料柳毓璃的声音在此时响起,也因为而后的几句话,让萧贝月寒透了心。

"四爷不是还有永王妃吗?除了永王妃还有那些妾室不是吗?"柳毓璃弯了弯唇角,泛起了一丝苦笑。

莫逸萧未料她会说这些,可是也没多想,下一刻便拉起她的手信誓旦旦:"只要你愿意嫁给我,我保证心里只有你柳毓璃一人,绝不会容下第二人。"

"可是……毓璃不会做人妾室,不会让我将来的孩子成为庶出。"柳毓璃缓缓将手抽出,视线落在一处。

莫逸萧却立刻将她的手再次握住，似乎生怕她会离他而去，并且向其保证："我会向父皇请求，让你成为本王的永王妃。"

一滴热泪从眼角处滑落，萧贝月再也没有听下去，疾步转身离开。

一道曙光透过窗子又穿过屏风照了进来，若影颤了颤浓长的睫毛，抬手揉了揉眼睛。当她睁开眼时环顾了一下四周，发现周围的景象十分熟悉，才发现自己是躺在了三王府的月影阁。

"紫秋……"她沙哑着嗓子唤了一声。

"姑娘醒了？"紫秋端着热水走了进来，见她还是一副迷茫的样子不由笑言，"姑娘昨夜睡得可真沉，王爷将姑娘从马车上抱下又一路抱到月影阁姑娘都没醒。"

"我昨夜就回来了？"若影按了按太阳穴，却怎么都记不起路上之事，只知道她是在桐妃的景仁宫睡下的，而莫逸风就在她旁边守着。

"姑娘别动。"紫秋见她的手按在头部，吓得放下手中的锦帕急忙跑了过来，"姑娘的头部受伤了，可不能随便动，万一碰到了伤口如何是好。"

若影摸了摸头上缠着的纱布，一脸神伤地将手放下。

"若影姑娘这是怎么了？好端端地入宫却带着一身伤回来，都说一入宫门深似海，可没说一入宫门定受伤啊。"紫秋一边说着一边从一旁的小丫头手里拿来茶水送到她唇边让她漱口。

可是对于昨夜之事若影并没有对紫秋说，也不想提，更不愿想，只要一想头就痛，心就疼。紫秋见她不愿说也就没有问下去，只是在一旁伺候她梳洗。

"若影姑娘，这两天伤口不能碰水，伤口处的头发虽然被剪去了，但是以后奴婢会帮姑娘用发髻遮了的，等姑娘长出了头发就没事了。"紫秋在一旁安慰着。

若影倒不是很在意地点了点头，看着镜中的自己微微失神。

也不知过了多久，紫秋的声音在耳畔渐渐响起，等她回过神来时，紫秋已是满脸惊慌。

"怎么了？"她疑惑地看着紫秋惊慌的模样。

紫秋伸手探了探她的额头，确定她没有发烧的迹象后更是慌乱："若影姑娘刚才是怎么了？奴婢喊了你好久，可是您却看着镜子一动不动，那眼神……"

"眼神？我眼神怎么了？"若影狐疑地站起身。

紫秋支吾道："刚才若影姑娘的眼神吓到奴婢了，好像透过镜子看到了什么奴婢没有看到的东西，可是又好像没看镜子。"

若影身子一颤，回想刚才，她似乎真的想到了什么，可是现在想想又什么记忆都没有。回头见紫秋一直盯着她看，她伸手戳了戳她的脑袋："你才见鬼了，我只是还想睡觉，好困。"

"那姑娘还是再睡一会儿吧。"紫秋还是有些担心。

"我才不要。"若影一溜烟地跑到了房门外，见天气晴好感觉心情也极为舒畅，伸了个懒腰笑言，"二哥说要教我做纸鸢的。"

见她如此模样紫秋松了口气。

"是去二王府吗？还是二爷来咱们三王府？"紫秋走上前问。

若影想了想，目光一亮："去二哥府上，我还没去过二哥的王府呢，你去过吗？"

紫秋摇了摇头："奴婢哪有资格去别的王爷府上啊，就算咱们爷有事找二爷，那也是让秦护卫或者周叔去。"

"那……我今天就带你去看看二王府如何？"她得意地挑了挑眉。

紫秋吓得急忙摆手："若影姑娘还是饶了奴婢吧，上次偷偷出府已经把奴婢打得现在还在屁股疼，奴婢可不敢了。"

若影却不以为意："怕什么，这次咱们又不用偷偷出府，让周叔准备马车，光明正大地去二王府不就行了。"

"这……能成吗？"紫秋表示怀疑。

可事实上也是，当周福得知若影要去二王府时说什么都不同意，毕竟若影现在还带着伤，若是有个闪失他可担当不起。而且现在莫逸风也不在府上，凡事还得等他回来再定夺。

不过若影这急性子可等不到莫逸风回来，对周福可谓是威逼利诱，最后在她的苦肉计下总算是说服了周福，而周福也不敢掉以轻心，在安排了马车并交代只准送去二王府并且让他们必须守在门口后便心急火燎地赶去通知莫逸风。

马车内若影显得极为激动，一想到能马上去看看除了三王府以外的王府就喜不自胜。

"若影姑娘小心点，头上还带着伤呢，可不能这么活蹦乱跳的了。"紫秋拉着她坐好，有了上一次的教训，她对出府已经有了阴影。

"没事儿，临出门不是喝了药嘛。"她笑呵呵地看着紫秋道。

其实现在说实话这头还真的有点疼，虽然在宫里已经用了最好的药，玄帝还让莫逸风将好药都带了回来，可是毕竟伤在头部，还是昨夜新伤，说不痛是假的，她不过是因为太兴奋而忘了疼痛而已。

莫逸谨回到王府时管家迎面而来，未等管家开口，他便道："让你准备的东西都准备好了吗？"

"回爷的话，都准备好了。"管家急忙回话。

"嗯。"莫逸谨点了点头也没打算入府，"去把那些东西都拿出来放上马车，去一趟三

王府。"

三王府？管家一怔，立刻走上前试探地看向他："爷，有位自称是来自三王府的姑娘在等着爷，说爷是她的二哥。"

莫逸谨眉峰一扬："哦？三王府的姑娘？她在哪儿？"在宫外能叫他二哥的姑娘除了若影还有谁？而且还是出自三王府，更是让他心头一喜。

管家本是有些担心，见他如此模样倒是心中生疑，迟疑着回道："奴才见她疯疯癫癫的，也不敢安排她去别处，就让她等在花园中，也让人好生看着。"

莫逸谨闻言立刻提步朝府中走去，可是没走几步突然顿住了脚步，身后的管家差点就撞了个满怀。

"你才疯疯癫癫的，以后若是她再过来，记得好生招待，若是怠慢了唯你是问。"莫逸谨丢下一句话后便疾步走去花园，只留下管家愣怔在原地。

"影儿。"莫逸谨人还没到便喊了过去。

"二哥！"若影笑着朝他奔过来，可是没跑两步就感觉头一阵晕眩。莫逸谨脸色一变，急忙上前将她抱住，才不至于让她晕倒在地。

"影儿，你没事吧？"他吓得立刻将她抱去凳子上坐好。

若影缓了缓后才没了晕眩的感觉，这才看着他莞尔一笑："没事！只是刚才有些晕，等我的伤好了就不会晕了。"

看着她如此天真地以为着，莫逸谨的心里不好受，可是脸上却扯出了一抹笑容："嗯，等你伤好了就没事了。"

若影笑着点头，这才问他："二哥去书院了吗？怎么现在才回来？"

莫逸谨闪了闪神移开视线。她都不去书院他还去做什么？难不成他真这般好学去和那些人一起摇头晃脑念诗词？

转眸见她还在等他回答，他将丫头奉上的热茶递给她道："先喝杯茶暖暖身子。"见她听话地喝了一口，他才道，"二哥也不去了，等影儿把病养好了再一起去。"

"二哥真好，二哥喝茶。"若影笑着将自己手中的茶杯送到莫逸谨唇边。

莫逸谨和紫秋同时一怔，紫秋正欲阻止，却见莫逸谨竟是就着杯口也饮了一口，脸上的笑意更浓了几分，她也只好又退至一旁，心里却总是因为他们越发亲近的关系而担忧。

莫逸谨看着若影清澈的眼眸感觉心口一瞬间跳动得厉害，脸上渐渐烫了起来。

明明她现在是孩子心性不是吗？她根本没有做什么，只是做了一个七八岁孩子会做的事情而已，可是他似乎想多了……

"二哥！你怎么脸红了？"若影见他失神地看着他，伸手在他面前挥了挥。

莫逸谨敛回思绪后面色更是红得厉害，尴尬地轻咳了一声后道："可、可能喝了茶热了……"

"哦……"若影也没有放在心上，突然想到来此的目的，转头问他，"二哥说要教我做纸鸢的，为什么没来三王府？我还以为二哥一早就会来的。"

她的声音如娇似嗔，听得莫逸谨心神荡漾。

就在这时，管家走了过来说道："二爷，东西已经放上马车了。"

莫逸谨急忙道："快拿过来。"

"啊？"管家呆立在原地。

"叫你拿就拿，傻呆在这里做什么？"他低斥了一句。

"二哥让他去拿什么？"若影的好奇心一下子上来了。

莫逸谨揉了揉她的发顶："好东西，一会儿就看见了。"突然想起了什么，他伸手从衣襟处取出了方才在路上买的一包麦芽糖递给她，"这是买给你的。"

"给我的？"她看了看他手中的油纸包伸手接了过去，打开一看脸上的笑意伴着阳光更显灿烂，"麦芽糖！是麦芽糖！"

她像是得到了什么稀世珍宝一般捧在手里欢呼着，取了两颗放在口中，眉眼一弯含糊不清地对莫逸谨开口："谢谢二哥。"

"贪心鬼，一次两颗小心把牙吃坏了。"话虽是这么说着，可是他的眼中全是宠溺。

若影一边吃着忽然想到了什么，一边将视线落在他胸口，而后又在袋子里闻了闻，一副难以想通的模样。

"做什么呢？"莫逸谨被她看得有些不自在，端起方才她给他的茶杯暖了暖手又继续饮着，明明自己的茶杯就在面前，可他偏偏就喝她的。

"嗯……"若影支吾了一声后朝紫秋看了看，而后才回头对上莫逸谨的视线道，"二哥把东西藏在胸口，怎么没有奶香呢？"

"噗……咳咳咳……"莫逸谨呛得不轻，整张脸都通红起来，好不容易才止住了咳嗽，这才哭笑不得地看向若影，"你……刚才说什么？什么没有……那个香，你这脑袋里想什么呢？"

"你把东西放在那里，不是应该有奶香的吗？"她还伸手指了指他的胸口，惹得一旁的小丫头掩嘴而笑。

紫秋尴尬地上前解释道："二爷，是这样的，若影姑娘方才在路上看见一个妇人抱着小娃，便好奇地下去看，然后闻到孩子身上有香气，便问奴婢小孩子身上为何这般香，奴婢就解释说孩子喝了奶，便有奶香。然后若影姑娘问奴婢是哪里……然后……"

紫秋面色通红，是怎么都无法说下去了，在马车上的时候单独相处还能跟她解释清楚，可是现在这么多人，而且还有莫逸谨这个男人在，她如何说得出口。

虽然紫秋没有再说下去，可是莫逸谨自然已经听明白了一切，可也正因为如此，他更是局促起来，下意识地看了看自己的胸口，还伸手抚了抚。他这个最放荡不羁还出入青楼

的王爷在一个小丫头面前竟是害羞起来，还真是头一遭。

"我又不是女人，哪里来的那种香气。"见她瞪大了眸子还盯着他胸口瞧，他伸手屏退了除紫秋外的所有奴才，没好气地指了指她手中的麦芽糖，"有得吃就多吃点，一会儿回到三弟府上他就不给你吃了。"

若影撇了撇嘴又取了一颗麦芽糖塞入口中，而后竟蓦地伸手拉开衣领处低头对着自己衣领内闻了闻。

"影、影儿你做什么。"莫逸谨手忙脚乱地伸手过去压住她的手，虽然她没有将衣服扯开，可是单单刚才这个动作就已经够让他惊魂未定了。

紫秋也吓得不轻，立刻帮若影整理好衣服。

若影却像个没事人一样弯着眉眼道："我和二哥一样也没有。"

莫逸谨扯了扯唇："我跟你才不一样。"

"可是我也没有奶香啊。"她拧了拧眉很不理解。

"等你生了孩子就有了。"若是换成别人恐怕早已落荒而逃，而莫逸谨也已经鼓足了勇气才说出这样的话来。

岂料若影语不惊人死不休，凑到他跟前低问："那要怎样才能生孩子啊？"

莫逸谨差点被自己的口水噎死，看了看若影后急忙移开视线，而后又将视线落在别处，满面赤红。

"若影姑娘！"紫秋也拿她没辙，真是什么问题都不忌讳。

"二哥！告诉我嘛！二哥……"若影却伸手拉着他的衣袖不停地晃动着。

就在这时，管家走了过来，手里还拿着一个包裹来到莫逸谨跟前："爷，您要的东西。"

"拿个东西都拿这么久，你是爬着去的吗？"他如此厉声斥责了一句。

管家很是无辜地看着他，而后低垂了眉眼。

"下去下去。"莫逸谨朝他挥了挥手，刚才的那句话不过是为了阻断若影的恳求而已，见若影不再问他如何才能生孩子一事，他也就让管家下去了。

"二哥……"

"影儿，你不是要学做纸鸢吗？看这是什么？"莫逸谨急忙打断了她的话，感觉背后一阵阵冒汗。若说他此生的克星，看来非她莫属了。

当布包被打开的那一瞬间，若影满眼的惊愕，看眼前又是竹签又是白纸的，全然吸引了她的注意力。

见她看得出神，莫逸谨长长松了口气。一旁的紫秋见他这般模样，不由得掩嘴暗笑。

当莫逸风来到二王府时，眼前便是从未见过的融洽气氛，莫逸谨正提着毛笔画着，若影突然之间抢了过去说要自己画，可是一不小心便将颜料甩在了莫逸谨脸上，两人皆是一怔，静抑顷刻之后若影脆声笑起，莫逸谨也跟着笑得如沐春风。

他阴沉着脸走上前，管家立刻先一步去通报，莫逸谨和若影同时回了头，当看见莫逸风时，若影放下笔便跑了过去。

"相公怎么来了？"她仰起头看着他笑着。

莫逸风的唇角泛起淡淡弧光："那你怎么伤还没好就跑出来了？"

若影拉着她走到脸色微沉的莫逸谨跟前道："二哥说好了要教我做纸鸢的，可是二哥没来找我，我就来找二哥了。"

"哦？"莫逸风的唇角虽然是向上微扬着，可是眼底却毫无笑意，看着莫逸谨一动不动地坐在凳子上没有理睬他，他上前道，"二哥是不认得三弟了吗？"

莫逸谨依旧没有理会，只是抬手拿起石桌上的茶杯淡淡饮起茶来。

"二哥不认识相公？是失忆了吗？"若影眨着一双水眸歪着脑袋看向莫逸谨。

莫逸谨扯了扯唇没好气地瞪了若影一眼，而后在她愣忡中站起身看向莫逸风："三弟还真是会说笑，不长记性的是影儿又不是我，怎会不认识。"

"我哪有不长记性。"若影鼓了鼓嘴表示反抗。

莫逸谨睨了她一眼冷哼一声："谁对你好都不记得，你说你有没有记性。"

"谁说我不记得，我当然记得！"她扬起头一脸的挑衅。

"那你倒是说说，谁对你最好。"与若影在一起，莫逸谨发现自己也变得幼稚了起来。

若影闻言立刻咧嘴一笑："当然……"

就在若影故意延长语调的时候，莫逸谨和莫逸风的注意力全都集中在了她身上，莫逸风忽然发现自己竟是在屏息静听。

"二哥对影儿最好。"若影的声调拉高了几分，乐得莫逸谨弯起了眉眼一扫先前的阴霾，而莫逸风则脸色顿时一沉，负于身后的手渐渐收起了指尖。

"哦？影儿觉得是二哥对影儿最好吗？"莫逸风的脸上笑意渐浓，可是眼底却全是警告。

若影闻言回头看向一旁的莫逸风，顿时止住了笑声，视线在莫逸风和莫逸谨之间几个来回，而后眼眸一转咕哝道："本来就是二哥对影儿最好，教影儿做纸鸢，还给影儿买麦芽糖吃。"

莫逸风看向石桌，果然一只栩栩如生的纸鸢已经完工，而一旁还放着一袋东西，不是麦芽糖是什么？

见他一直盯着麦芽糖看，若影伸手从石桌上拿起那包麦芽糖，而后从中取了一颗出来递给他："相公要不要吃？很好吃的。"

莫逸风微微侧头避开了她递过来的那颗糖。

若影鼓了鼓嘴，转眸看向一脸笑意的莫逸谨，试探着将手移过去：:"二哥……很好吃的……"

莫逸谨看了看莫逸风，缓缓俯身凑过去张开了嘴，若影一喜，亲自将糖送入他口中。待莫逸谨直起身子时果然看见莫逸风气得七窍生烟却又故作镇定，他不由得心情大好，一边吃着若影喂给他的麦芽糖，一边哼起了小曲儿。

"哇！二哥，你还会唱小曲儿啊？"若影一惊一咋地跳了过去，却突然头一晕脸色顿时苍白。

"影儿！"莫逸谨和莫逸风异口同声，莫逸风急忙将她揽进怀中。

所幸她只一瞬间头晕并无大碍，很快就清醒了过来，却在第一时间挣脱莫逸风来到莫逸谨跟前："二哥，我要听小曲儿！"

"影儿你没事吧？来人，快去请大夫。"莫逸谨将她扶到凳子上坐好，侧着头检查她的伤势。

若影摆了摆手："我没事，只是有点头晕。"

莫逸风心头一紧，抿了抿唇道："既然头晕就快回去吧。"

莫逸谨正要开口，若影急忙拉住莫逸谨的衣袖转眸对莫逸风说道："我不要回去，我要听二哥唱小曲儿，相公你又不会唱。"

莫逸风不由得面部抽搐了一下，见他们如此亲昵，闷声道："回去找人唱给你听。"

"我不要，我要听二哥唱，还要听着二哥的小曲儿睡觉。"若影满目憧憬。

听着二哥的小曲儿睡觉？言下之意……

"影儿要住在此处？"莫逸谨双眼放光。

若影看着莫逸谨连连点头笑言："二哥可以陪影儿睡吗？然后唱着小曲儿哄影儿睡觉。"

"啊！"莫逸谨张着嘴难以置信。

原本看她愿意留下已经是让他喜不处胜了，突然间要与他同床而眠……这个惊喜好像已经超出了他的承受范围，而且似乎惊大于喜了。

"不行！"莫逸风沉声一语吓得若影身子一颤，而莫逸谨也是从白日梦中清醒过来，见莫逸风怒火中烧却又极力隐忍的模样，他开始故意与他唱起了反调："为何不行？"

莫逸风语噎，好半晌都说不出一句话来，见莫逸谨正欲带若影离开，他急忙扣住了他的手低语了一句："二哥……"声音中带着些许愠怒些许恳求也带着浓浓的无奈。

见他如此模样，莫逸谨也不再逗他，既然若影都原谅了他，他这个亲哥哥又有什么不能原谅的呢？

最后若影带着莫逸谨陪她做的纸鸢和买给她的麦芽糖三步一回头地被莫逸风带出了二王府，直到坐到马车上，若影还舍不得放下这两样东西。莫逸风没有说什么，只是那目光时不时地冷眼扫向她小心翼翼的模样。

看着马车离开，莫逸谨唇角的笑容渐渐消失，若不是念在兄弟多年感情甚深，也念在身为皇室能有这份兄弟情不易，更是念在他这个三弟认识若影在先，他岂会轻易放手？

也罢，缘分强求不得，只希望莫逸风往后能好好珍惜。

认识若影的人都觉得她无法与莫逸风匹配，可是他知道，若影在失忆前定是极聪明的女子，从她的眼睛和方才不经意流露出来的狡黠便可知，她若能恢复记忆定然睿智无双。

入夜，若影在紫秋的帮助下沐浴完毕，躺在床上半天都不见莫逸风前来，她又按捺不住想要去找他，而紫秋也自知拦不住便也由着她去了，只是在她出门时给她裹了一件厚厚的披风。更何况若影和莫逸风同寝已不是新鲜事，三王府上下所有人都心知肚明，只是都绝口不提罢了。不过紫秋知道，他们虽然同寝却并未圆房。

来到雅歆轩，若影没想到莫逸风当真已经睡下，她小心翼翼地走了进去而后朝紫秋挥手让她回去，紫秋点了点头帮她带上了房门。

"相公……"她低声叫着他，一边脱了鞋爬上床，而意外也就在此时发生了……

"啊！"只听一声闷哼，莫逸风龇牙咧嘴地从床上弹坐而起，抬首一双黑眸带着一丝寒芒瞪向吓得呆坐在床上的若影。

原本他早已听到她进房，只是因为今日她的表现让他气恼而假装已熟睡，谁知她竟然爬上了他的床。这还不算，方才她爬向他的时候竟然一只手用力按在他的某个地方，他丝毫没有防备，此时痛得额头沁汗。

"相、相公……你怎么了？"若影看了看他，又看了看自己的手，这才意识到方才她似乎按到了什么，可是……有这么痛吗？她也没用多大力气不是吗？

"相公你好弱哦，我也只是不小心而且是轻轻地压了一下，相公的身子还真像豆腐做的。"她做了"好事"还反过来埋怨起他来，气得莫逸风瞪大了眼眸。

好不容易缓了过来，他瞪着她从齿缝中挤出一句话来："三更半夜不睡觉，来我房间做什么？"

"我睡不着，相公……"她正欲上前，莫逸风急忙往旁边一避，低斥出声："滚！"

今夜怕是难以消气了，他也不再看她一眼，拉起被子自顾自睡了下去。

若影等了半响都不见他有回应，试探着朝他的侧颜看了看，借着窗口透进来的月光，只见他的脸绷得极紧。

她一点一点地挪动过去，而后在他身旁躺了下去，见他又往内侧移了移，她便跟着往他身上贴去。

呼吸沉沉却不均匀，透着他余怒未消的讯息。

她干脆支起身子趴到他的身上，谁知他手肘一顶，竟是将她甩在一旁，而若影倒在床上的那一刻发出了痛苦的哀嚎。莫逸风心头一紧，急忙转过身去，而若影晃了晃脑袋蹙了

蹙眉，见莫逸风转身急忙朝他怀中扑去。

"相公，我睡不着嘛。"她整个人都压在他身上，也不知她刚才的晕眩是真是假，可是见她现在强行趴在他身上的模样，他想他是着了她的道了，下一刻便寒着脸欲将她推开："你是没断奶吗？"

谁知若影竟是死死地抱着他不放，闻言更是大胆地伸手扯了扯他的衣襟，在他尚未及时反应时一把拉开了他的寝衣，一双水眸直勾勾地盯着他的胸口良久。

"你……做什么？"莫逸风一惊，一丝不祥的预感冉冉升起，眸中一闪急忙伸手欲将寝衣拉上，可是一个脑袋却比他的手更为迅速地来到他胸口，而后一口咬住了他的胸口……

"松、松、松口！快松口！"莫逸风简直要疯了，他也不知道她何时会有这般连他都不及的速度，就好似那一夜，他根本来不及抓着柳毓璃她就一把将她推下水，就好像会武功一般。

他伸手抵住她的脑袋往一旁推去，可是一碰触她头上的纱布，他又像被针扎般收回了手。

"影儿！松口！"他低声而斥，声音却如同紧绷的弦。

若影这才放开他，而后趴在他的身上得逞免笑着。

莫逸风气恼地一把将她推开，掀起被子看向胸口，他满脸阴沉，这么深的牙齿印怕是这辈子都难以消除了。他气得咬牙切齿，转眸瞪向若影，谁知眼前的景象吓得他慌了神。

"来人！请大夫！快请大夫！"他慌乱地动了动昏迷的若影，手向她脑后一探，满手的鲜血。

月挂高空，三王府里乱作一团，已入梦的大夫被秦铭快马加鞭带了过来，一路上颠簸得睡意尽失，当他来到三王府对上莫逸风布满血丝的黑眸时，吓得浑身一颤。

在大夫来之前莫逸风已经亲自给若影简单包扎了一下，虽然止住了血，可是她依旧昏迷不醒，他坐在床边一瞬不瞬地望着她，生怕有个闪失。

"三爷，姑娘是因为今日没有好生静养，所以才导致头部再次流血，睡觉时要避免碰触伤口，更不能有……激烈的动作……"说这句话时大夫下意识地看向只着一件寝衣的莫逸风。

莫逸风一心只在若影身上，也没在意大夫所言，待他注意到大夫的闪烁眼神和周福的尴尬轻咳声时，这才意识到方才大夫说了什么，一瞬间百口莫辩。

"不是你想的那样……"原本想要还自己一个清白，却在看到周围人的眼神时发现自己是越描越黑，更让他郁闷的是，大夫还补上了一句话："三爷，这……姑娘过了这十日便好……在这十日内还是小心为上……"

莫逸风感觉唇角止不住地抽搐，想要开口教训，却发现大夫一语双关，他再责备反倒

第6章 拜访二王府 | 71

是承认自己如饥似渴了，这憋屈还真是头一回。

翌日

莫逸风一早换上了朝服，虽然胸口不再疼痛，可是那感觉却比昨夜更为清晰。若不是因为她有伤在身，他岂能这般轻易饶了她。

看样子即使在战场上也不能光着膀子了，否则被人瞧见他胸口的牙印岂不让人笑话？

一想起这个就心口发堵，可是又发现对她根本无可奈何。

转眸看向若影，她还没醒，他终是担心的。转身又坐于床沿，伸手探了探她的额头，烧总算是退了。昨夜整个身子都像个暖炉，还出了一身的汗，大夫说不能将她移动，他便命人打来热水亲自给她擦身。也不知出于什么目的，很多时候照顾她这件事情上，他总是不愿假手于人。

虽然她并未委身于他，可是她往日总是腻在他身边，玩得一身是汗时也就趴在他身上睡着了，他也只得亲自给她沐浴，久而久之也就没了忌讳，原本等在门外手足无措的紫秋也逐渐地习以为常。

收回手轻叹一声，他沉声唤入紫秋后吩咐：“好生照顾，昨夜大夫的话你也听到了，若是醒了也不可让她跑动更不能出府，若有差池唯你是问。”

紫秋低眉垂手毕恭毕敬：“是，奴婢一定好好照顾若影姑娘。”

他点了点头站起身，正欲出门之时忽然想起了什么，转身走到了一旁的桌前打开置于上方的精致木盒，顿了顿后缓声道：“若是她嫌药苦，就给她吃些这个。”说出这句话时，他的脸上闪过一丝局促，而后便头也不回地离开了雅歆轩。

紫秋见他走出了房门，便上前往木盒中探去，当她打开里面的油纸之时，满眼难以置信地望向匆匆离去的背影，而后又看向昏迷中的若影，须臾，唇边生起了一层笑意。

莫逸风走在去往金銮殿的路上，伸手抚了抚胸口，真不知道她是不是属狗的，咬得还真是不轻。

正这般想着，莫逸谨突然走上前唤了他一声，莫逸风拧眉回头见是他，这才稍稍松了松浓眉。

"下朝后宝玉轩一聚。"莫逸谨看了看周围低声道。

莫逸风抿唇点头。

他们两兄弟之间从来不需要更多言语，更不需要多问，这似乎是十几年来的默契，所以被其他弟兄说他们虽然不是亲兄弟却胜似亲兄弟，也因此在莫逸风遭受众兄弟排挤之时莫逸谨也遭受连累，只不过莫逸谨有玄帝宠着，更有桐妃这个宠妃为母，所以其他弟兄也就不敢太过放肆。

"方才一直见你捂着胸口，莫不是受伤了？"说话时莫逸谨还打量了一下他的胸口。

"没、没事。"莫逸风目光一闪以拳抵唇干咳了一声,被他这么一问他倒是有些浑身不自在。

莫逸谨有些怀疑地又看了他一眼,正要追问,他突然抢先开了口:"快走吧,小心上朝迟了又要落人口舌了。"

见他疾步朝金銮殿而去,莫逸谨有些纳闷。他何时这般在意是否落人口舌?往常他可是从来都不在意别人说些什么或者做些什么不是吗?看着他这般匆忙的模样,倒是有种做贼心虚之感。

莫逸谨摇了摇头不再多想,见不远处莫逸萧朝他望来,他挑眉一笑。莫逸萧抿了抿唇又看向前方的莫逸风,冷哼一声也朝金銮殿而去。

宝玉轩茶楼

莫逸风和莫逸谨坐在靠窗的雅间内,窗外是熙熙攘攘的街道,小贩的吆喝声时不时地传来,好一片繁华景象。

两人独坐在雅间内闻着淡淡的茶香倒是让人心旷神怡,只是莫逸风此时并无心饮茶,放下茶杯看向莫逸谨问道:"是不是有消息了?"

莫逸谨点了点头:"听说那老鸨秋娘出现在了江雁镇,不过只是相像,还不知道是不是。"

"我马上派人去把她抓回来。"莫逸风蓦地站起身。

莫逸谨立刻扣住了手腕:"急什么,我早就派人秘密去抓人了,免得打草惊蛇。"见他心绪不宁地缓缓落座,忍不住轻笑,"三弟何时这般沉不住气了?"

"眼看着德妃势力越来越大,我只是担心……"他深深吸了一口气,抬手端起面前的茶杯放到唇边,目光落在窗外的天际。

"这可不像你,是不是发生了什么事?"莫逸谨有些担心地看向他,见他不语,他又试探着问,"今日下朝后父皇找你说了什么?"

莫逸风缓缓敛回思绪,转头看向莫逸谨时眸中带着浓浓的担忧,将茶杯置于桌上的同时抿唇蹙眉:"父皇让我带影儿入宫。"

"哦?父皇与影儿不过是见了两次面,怎会……"莫逸谨满腹疑云,低眸思忖,一个念头一闪而过,惊得打翻了面前的茶杯,"下个月宫里就要选秀女,不会是父皇他……看上了影儿吧?"

第7章 跟毓璃道歉

即使尚未证实，莫逸谨想到这个可能还是倒抽了一口凉气。

莫逸风指尖一紧，抬眸看向莫逸谨时眸中尽是担忧。

"应该……不会吧？"他端起茶杯递到唇边，却发现杯中已空，又将茶杯置于桌上，心头却阵阵发紧，双唇抿成了一条线。

窗外的喧闹声像是戛然而止，两人皆只听得自己沉沉的心跳声，而莫逸谨早已变了脸色："怎么不会！一个皇帝要一个女人还不容易？更何况宫里即将选秀女，而影儿现在生性就像个孩子，又只听你的话，父皇想要得到影儿还不先把影儿哄得服服帖帖的，到时候才能让影儿自愿入宫不是吗？否则为何几次三番让你带影儿入宫？"

莫逸风抬眸看向莫逸谨，突然一声轻哼："似乎这个做法是属于二哥的。"

将若影哄得服服帖帖，而后自愿离开他去二王府，不就是他的行为？

莫逸谨本是担忧不已，可是一听莫逸风这般说，顿时扰乱了方才的思绪，一瞬间噤了声。两人对视顷刻，他突然移开视线望着外处轻声嘀咕："有吗？"

浑然一副心虚的模样，听得莫逸风的再次冷哼，他急忙道："哎呀，现在不是说这个事的时候，先想想怎样才能阻止父皇把影儿纳入宫中才是。"

"还是想想如何才能抓到人吧。"莫逸风淡然出声。

"难道那老鸨还比影儿重要？"莫逸谨有些气恼，若是若影真的成了玄帝的女人——他的长辈，他不疯才怪。

虽然找那老鸨至关重要，可是对莫逸谨而言，眼下不让若影入宫才是最重要的，他可不想到时候若影做了皇后，他见到若影还要自称"儿臣"。

虽然……这个可能微乎其微……

"影儿暂时不会入宫。"莫逸风的声音依旧低沉有力，浑然不像方才那般带着浓浓的担

忧，甚是笃定。

"为何这般肯定？"莫逸谨疑惑地看向他，眸中带着一丝窥探。

莫逸风也不瞒他，直言道："影儿昨夜伤口处又流血还昏迷了。"

"昏迷？"莫逸谨拔高了音，"那你还气定神闲地坐在这里？"

莫逸风拧眉看向他，见莫逸谨这般超乎寻常的在意，虽然心里不舒坦，但是也没有前段时日那般激烈。他从来都是个心思缜密之人，自然明白莫逸谨并无心与他相争，否则用他平日里那种哄女人的手段，若影早已成了他的女人也说不定。虽然他总是开口闭口影儿影儿地叫唤着且对若影极好，但他也知分寸，并未做出逾矩之事，这也是莫逸风为何会这般信任莫逸谨的原因。

"大夫说没事，只要这段时日好生静养在府中即可。"他道。

莫逸谨想了想，依旧不放心，蓦地站起身："不行，我要去看看，别又是被你打了才昏迷的。"

看着他匆匆离去的背影，莫逸风扯了扯唇角，他何时成了个易对若影动粗之人？上次也只是为了教训她不听他的告诫硬闯禁地而已，倒是没想到若影把状告到了莫逸谨处，现在只要若影有个风寒脑热，莫逸谨全都怪到了他的头上。

有了莫逸谨这个大靠山，那丫头往后还真是要骑到他头上了。

思及此，他无奈轻摇了头，事实上对于若影的包容他早已没了界限，只要她不碰触他的底线。

雅歆轩门口，莫逸谨被红玉和绿翠两个丫头拦在了门外，气得他一下子没了往日的好脾气，对着这两个丫头就是一顿教训："影儿不是住在月影阁吗？为何跑到你们三爷的雅歆轩来了？"

"这个……"红玉和绿翠咬了咬唇不知该如何解释。

"还不让开。"他低吼了一声。

"二爷，这……不太方便吧，若影姑娘刚才醒了之后喝完药又躺下了。"红玉小心翼翼地回道。

莫逸谨一听瞪大了眼眸："躺、躺下了？你是说……她昨夜就住在这里？"见她们对视了一眼后点了点头，他难以置信地又问，"和你们三爷一起住在这里？"

红玉一怔，随后又点了点头。

莫逸谨差点就要眼前一黑晕过去。都说他风流，莫逸风洁身自好，可是这个现象是洁身自好的表现吗？虽然若影暂居三王府，可是他二人并未成亲，若影也不是青楼女子，他怎能如此随意地就与若影同居一室？

他的影儿！他的影儿的清白啊！就这么毁在所谓的正人君子手里了！

"二哥。"就在这时，莫逸风终于也回到了府中，方才想要赶上莫逸谨，谁知他早已不见了人影，直至回到这里才看见他。

　　"莫逸风！"莫逸谨正为若影抱不平，莫逸风适时出现了，也就成了他教训的对象，拉着他的衣领咬牙切齿，"你、你这个风流鬼！"

　　"风流鬼？这似乎是二哥的称呼。"莫逸风不咸不淡地拉开他的手。

　　莫逸谨气得火冒三丈："你还狡辩！你居然把纯洁的影儿骗到了你的卧房你的床上！你明知道影儿什么都不懂还这么骗她，你这是乘人之危！"

　　一旁的红玉和绿翠偷偷对视了一眼后皆退至一旁垂眸不敢吱声。

　　"二哥说的什么话，我何时成这样的人了？"莫逸风备感冤枉，从第一次他与若影同榻开始便不是他所强求的，而他不睡在她旁边时她便整夜都不安生，如今却成了莫逸谨口中的乘人之危夺人清白的小人。

　　"事实都摆在眼前了，你还不承认！"莫逸谨气得语调渐高。

　　紫秋听到外面的吵闹声，便从房内走了出来，看见莫逸风和莫逸谨站在门口，而一旁的红玉和绿翠局促地站在一旁，心中顿生疑惑，顷刻犹豫后提步上前行了个礼。

　　"影儿可醒？"莫逸风避开莫逸谨眼底迸发的锋芒看向紫秋。

　　紫秋看了看怒火冲天的莫逸谨，回眸对莫逸风道："醒过了，服了药又睡下了。"

　　"无缘无故怎会突然又一病不起了？什么时候的事？"莫逸谨见在莫逸风身上问不出一个所以然来，便转头问紫秋，脸上同时染了一层寒霜。

　　紫秋转眸看向莫逸风，见他没有阻止便一五一十地回道："回二爷的话，若影姑娘是昨夜头部大出血所以晕倒了，那时奴婢们都睡下了，还是三爷让人去请的大夫，大夫说……"

　　莫逸谨也不等紫秋说完，蓦地转头瞪向莫逸风，再次拉着他的衣襟一字一句从齿缝中挤出："莫逸风！你这个禽兽！影儿都这样了，你居然还能欲火焚身地把她害得大出血！"

　　莫逸风一瞬间面色通红，这句话没头没尾的听来简直太惹人遐想了。

　　"放手！"莫逸风简直气不打一处来。

　　"二爷二爷！"紫秋急忙上前劝阻，"二爷别误会了三爷，大夫说若影姑娘之所以突然大出血，是因为白天没有好生静养，马车颠簸再加上玩得过于兴奋，便导致了原本就未愈的伤口再次出血了，只要这几日好好躺在床上休息便可恢复了。"

　　莫逸谨闻言这才松开了莫逸风，见他用一副冤枉好人的眼神看着他，不由得冷哼："若是原本就没有受伤，又怎会再次大出血？罪魁祸首还是你。"

　　莫逸风暗暗吸了一口气，气愤又无奈地看着他满眼的责备，最终还是忍了下去。

　　"我去看看影儿，你们让开！"伸手将挡在门口的几人推开，莫逸谨大摇大摆地走了进去。

莫逸风轻叹一声，便也提步跟了上去。

走到床榻边，莫逸谨看着毫无生气的若影心里难受至极，方才的愤懑在看见若影的那一刻已转为百味杂陈。

两人静静地站在床边，谁都没有说话，而莫逸风则是低垂了眉眼紧抿了双唇。

若影似乎是又梦到了什么，突然间睁开了眼眸，满眼的惶恐。

"影儿！"两人异口同声。

若影渐渐敛回思绪，艰难地转头看向床边，顷刻之后淡淡勾起了一抹笑："二哥……"

莫逸风眼底一黯，心头微空，转眸看向欣喜若狂的莫逸谨越过他又上前了一步，见他正欲将她扶起，也不知出于什么心态，莫逸风突然大步上前扣住莫逸谨的肩，在莫逸谨的疑惑目光中，他坐到床头小心翼翼地将若影从床上扶起，随后让她靠在他的胸口。

也顾不得莫逸谨的冷哼再次响起，他垂眸看向若影低问："感觉怎么样？还有没有头痛？"

若影刚摇了摇头，却突然一阵晕眩，也痛得她更是苍白了脸色。

"别动，这几日都不要乱动，好好在床上养伤。"莫逸风急忙覆上她的脸，不让她动弹。

若影抬手覆上自己头上的纱布，好像又厚了几层。

昨夜在来找莫逸风时，她便觉得头有些晕眩，但是她也没有在意，可是在与莫逸风闹腾之后被他伸手一推，她便没了意识，醒来时才知自己又昏迷了一夜。不过再次睁开眼时能看见莫逸风和莫逸谨，还是让她欣喜的。

"影儿，是不是头痛啊？"见她不说话，莫逸谨很是担忧。

若影不敢再摇头，只是弯眸笑言："不痛了，看到二哥就不痛了。"

莫逸谨闻言一扫之前的阴霾，脸上堆满了笑意："瞧嘴甜得，二哥的心都要融化了。"

而此时正抱着若影的莫逸风脸色一阵比一阵阴沉，若不是念在她有伤在身，估计他早已将她推开。

"好了，你这几日都乖乖躺着，否则伤口再出血我可不管你。"莫逸风沉声一语正要将她放倒，她却死死地拉着她不放，目光却落在莫逸谨身上，"可是二哥说要陪我放纸鸢的。"

"放什么纸鸢，等伤好了再说。"莫逸风的语气带着一丝怒意，可是在旁人听来却是醋意更多些。

见若影失望地看向莫逸谨，莫逸谨笑着安慰道："影儿听话好好养伤，等你伤好了之后别说放纸鸢，做什么都行。"

"做什么都行？"若影目光一亮，见莫逸谨连连点头，她急忙道，"那我可以再见见父皇吗？"

第7章 跟毓璃道歉 | 77

莫逸谨和莫逸风二人脸色均是一变，对视了一眼后均朝她看去。若影不知他们心中所想，只是讪讪一笑道："父皇跟我说，若是我下次再进宫的话，她就让人给我做好多好多我爱吃的东西。"

闻言，他们均是长长松了口气。

"你要吃什么我让人去做，也不是非得要进宫才行。"莫逸风将她放倒后替她盖上了被子。

莫逸谨急忙接上了话："是啊，若是三王府的东西你不喜欢，还有二哥府上呢，一定会让影儿满意的，若是影儿还不喜欢，二哥就去外面找，做什么进宫呢？"

若影却撇了撇嘴道："可是我只是想见父皇啊……"

"什么？"二人惊愕出声，满眼的难以置信。

"你们怎么了？"若影眨了眨眼看向他们二人。

两人面面相觑没有开口，心中却只盼自己想多了，她并没有其他意思。

更何况她如今不过是八岁孩童的心智，又能有什么意思呢？或许她只是想在他们的父皇身上找寻父爱而已。

他们这般想着，倒也稍微放宽了心。

若影养伤几日，莫逸风终于肯让她自己在府中的花园内走动了，只是每一次他都要陪在她身边，下雨天便是怎么都不让她出房门，为了方便照顾她，若影也暂时没有从莫逸风的卧房搬出去。

雨后的天气带着一丝丝青草和鲜花的清香，站在庭院中闭眸深吸了一口气，心情也异常的舒畅。雨后的百花上依旧带着雨水，因为府上下人的精心照料，一花一草都没有被雨水伤害到一丝一毫，反倒是更娇艳了几分。

"若影姑娘，外面凉，把披风披上吧。"紫秋拿着一件火红色的披风披在若影的肩上并为她系上了带子，虽然若影不喜这般累赘，可是她心里清楚，若是她不依从的话，那位现坐在院中正看着兵书却时不时偷看她的男人，定然会马上放下书拉着她回房不让她出来了。

拢了拢身上的披风，她故意面向莫逸风在不远处站着，而后者终于装不下去了，暗暗瞥了她几眼后终是将目光朝她递来。对上他的视线的同时，她弯起眉眼盈盈一笑，一副得逞的模样。

"看什么？"伴着带有生命气息的清香，他那醇厚的声音更为动听。

"那相公又看什么？都偷看了我好久了。"若影一身月色锦衣披着一件火红色披风，头上挽着简单的发髻，上面插着莫逸风给她买的玉兔发簪，此时正盈盈笑着缓步朝莫逸风走去，虽然头上依旧缠着一圈纱布，可是完全掩盖不住她倾城之姿。

莫逸风看得失了神，每当若影靠近他一步，他的心竟是跳动得越发激烈。

"相公！"直到若影来到他跟前在他面前挥了挥手，他才如梦惊醒。

可即使是清醒了，心口的强烈撞击感却依旧存在。

深吸了一口气，他伸手拉她坐于他对面，见她今日心情格外好，不由得也跟着愉悦起来，随手拿起一块点心放入她口中提醒道："记住，在伤好之前不要乱跑，要是不听话，就罚你待在房间不准出来。"

若影一边吃着一边还不满地拧眉："相公为什么一直罚我？秦铭都没有被相公罚过。"

久站于旁的秦铭原本差点要打盹儿，听若影这么一说一下子精神一振，睁大了眼眸看向她与莫逸风，却见一旁的紫秋抿唇强忍着笑意。

莫逸风被她的样子和语调给逗乐了，可也只是低低一笑，宠溺地笑着睨了她一眼："秦铭又没犯错，我罚他做什么？"

若影扬了扬眉看向秦铭："他刚才站着都梦周公去了。"

秦铭心头一慌，这丫头怎能这般没有良心，平日里他可没少护着她，如今她与莫逸风雨过天晴了，她倒是用她的火眼金睛出卖他了。

莫逸风转眸睨了秦铭一眼，见秦铭满脸红透干笑着不知该如何解释，又见若影一副小人得志的模样，不由得暗笑，而后却道："我可没看到。"

秦铭满眼的难以置信，莫逸风竟然会在若影跟前帮他说话。而若影显然是失望至极，全然一副吃瘪的模样。

"相公真偏心。"若影趴在院中的石桌上生起了闷气。

莫逸风轻笑着摇了摇头，取过一旁的茶杯送到她面前，若影则慢慢扬起头也不动手，就着杯沿喝了几口，而后又趴在石桌上。

"想睡了？"莫逸风放下茶杯语气轻柔，转眸对紫秋道，"送姑娘回房休息。"

"我不要回房。"若影突然直起身表示抗议。

"桌上凉，既然你想休息，不如回房躺床上去。"莫逸风故意道。

若影看着他眼底的笑意，这才知道自己又上当受骗了，气呼呼地哼了一声，可只是须臾功夫，她眸中突然精光一闪并站起了身，而后站在莫逸风跟前眉目含笑地望着他。

就在莫逸风的疑惑中，若影突然一个转身，随后身子朝他怀中一躺并伸手勾住了他的脖子。

众目睽睽之下这样的举动未免大胆，可偏偏发生在若影身上却是这般自然。

"唉！"若影闭眸坐在他腿上靠在他胸口闻了闻之后长叹一声，"这里虽然比不得床上，但比石桌强一些，也暖和。"

一旁传来紫秋和秦铭的窃窃低笑，莫逸风却是唇角一扯。躺在他怀里竟然还嫌东嫌西，而他的身子竟是和那石桌拿来比较了。

想了想，又觉好笑，便也没有与她计较，只是任凭她躺在他的怀中渐渐入睡。

伤了头部的这几日，她总比常人嗜睡，可是大夫说这样能尽早让她痊愈，他便也放心了许多。

不远处，柳毓璃站在树下迟迟没有迈开步子朝莫逸风走去，心头像被无数根银针扎着，难受至极。袖中的指尖渐渐收紧，脸色从刚入府的红润变为了苍白如纸。

方才在踏入三王府的大门时，她因为自己依旧能在三王府自由出入而欣喜，可是看到眼前的景象，她宁愿自己是被通报后再过来，至少不会看到这般刺眼的一幕。

一旁的贴身丫鬟春兰不敢多言半句，偷偷看了她几眼后转眸朝不远处正要过来的周福递了个眼色，周福慌忙朝莫逸风走去。

方才听到家丁来报说柳毓璃来府上了，他已经立刻赶了过来，可终究还是迟了一步。

周福走到莫逸风身边低语了几句，莫逸风脸色一变，立刻欲站起身，可因为若影而又坐了下去，低眸见她似乎已经睡了，他将她打横抱起转身往卧房走去，临走朝周福吩咐了一句，周福躬身点头应声。

不远处的柳毓璃见莫逸风竟然将若影抱去了身后的卧房，原本苍白的脸色更是沉了几分。他竟然让她留在雅歆轩，而且还让她睡在他房间。即使他们是已经相识十多年的青梅竹马，她都未曾去过他的房间，而那个叫若影的女子竟然还能睡他的床。

她怔怔地失了神，指甲深深嵌入掌心，直到感觉有人在叫她，她才发现周福已经来到了她的跟前，并且退身一旁让她过去，说是莫逸风的话。

过去？看他们如何相爱吗？

苦涩自心底蔓延开，直到看见莫逸风从房间里出来并关上了房门后朝她看来，她才缓缓迈开步子朝他走去。

紫秋原本想要离开，可终究还是留了下来，秀眉紧锁透着一丝不悦。

"身子可好些了？"莫逸风缓缓提步在她面前站定后问道。

柳毓璃浅浅勾唇带着一丝苦涩："都这么多天了怎会不好。"

莫逸风眼底划过一丝不自在，终是轻叹一声拉着她坐下："原本是要去看看你，可是担心令父会因为我而迁怒于你，便也打消了念头。"

"哦？是吗？"柳毓璃没有再说什么，只是眼底的苦涩更浓了几分。

"毓璃。"她的柔弱是他难以抗拒的，也是他对她不忍的地方，伸手拉住她的手置于自己掌中，用自己的热度表达着他的心之所向。

一旁的紫秋看得心急，真恨不得立刻跑去房间把若影叫醒，否则她的相公可就要被别人抢走了。

柳毓璃犹豫了一下，终是缓缓将自己的手从他掌中抽出："逸风哥哥曾经的话可还当真？"

莫逸风一怔，而后才想起他曾对她说"谁都无法取代你在我心中的位置"，如今她这般问他倒是让他错愕不已，愣怔半晌，他心头一抹悸动："自是当真，只要毓璃的心里还有我。"

柳毓璃凝眸看他，眼底带着一丝探究，而后看向紧闭的房门低低开口："那她呢？"

顺着她的视线望去，莫逸风的欣喜情绪渐渐转为为难，转眸看向柳毓璃后再次拉住她的手解释："她是因为我才落下头疾……"

"逸风哥哥是因为愧疚，还是因为已经……日久生情了？"柳毓璃再次看向他，眸底染上沉痛与低落。

莫逸风手上一僵，眼底闪过一丝震惊，稍纵即逝，紧了紧她柔若无骨的手，淡淡笑言："说什么傻话，我说过从你第一个开口叫本王'逸风哥哥'的那一日起，你便是我一生要守护的女子，谁都替代不了。这是命中注定，你我必结良缘。"

柳毓璃目光一闪，手心沁出了汗，抬眼已湿了眼眶，带着点点惶恐缓声开口："只是因为我是第一个叫你'逸风哥哥'，所以成了谁都无法替代在逸风哥哥心中地位的人？若是当初毓璃没有这么叫呢？逸风哥哥还会不会喜欢上毓璃？"

莫逸风再次眸底升起一瞬的惊愕，因为这个问题他似乎没有想过。

若是当初她没有这么叫他，他还会爱上她吗？若是第一个这么叫他的是别的女子，他同样会这般呵护那个女子吗？似乎他也找不到答案。凝眸看向眼前带着期盼的柳毓璃，沉默半晌，他淡淡勾唇："那当初毓璃为何会从'三皇子'改叫'逸风哥哥'了？"

他的声音低沉充满了磁性，可是他的话却让柳毓璃浑身一僵。低垂了眉眼目光微闪，却怎么都无法说出个所以然来。

"看，你也不知道为何不是吗？既然如此就不要想了，事实摆在眼前，我定会遵守承诺护你一生。"莫逸风抬手将低垂眉眼心思沉沉的柳毓璃的额前碎发捋到耳后。

柳毓璃抬眼莞尔一笑，便不再说什么。

紫秋站在一旁看着眼前"恩爱"的一幕气得快拧烂了自己的衣服，抬眸看向对面的秦铭，只见他对她抿唇摇了摇头，紫秋咬了咬唇蹙眉暗哼。

"来，吃些点心，新请的厨子手艺倒是不错。"莫逸风伸手从玉盘中取来一块糕点递给柳毓璃。

柳毓璃闻到味道后脸色一变，咬了咬唇低声道："逸风哥哥忘了吗？毓璃不喜欢桂花的味道。"

莫逸风身子一僵，手中拿着的桂花糕顿在半空。

紫秋暗暗一笑，立刻上前端起玉盘道："爷，这是若影姑娘最爱的桂花糕，奴婢还是拿去房中等若影姑娘醒了之后再吃吧，若是被若影姑娘看见少了一块，想必又要跟爷生气了。"

紫秋一口一句若影姑娘听得柳毓璃心口像扎了刺，而她的话分明就是影射着什么，柳毓璃岂会听不出。

　　莫逸风现在只觉得手中的桂花糕扎手，紫秋上前说要撤走桂花糕，他便也没有细想她所言深意，将手中的桂花糕放进盘中之后点了点头："拿进去吧。"

　　柳毓璃脸色再次一白。

　　拿进去？他的房间？然后等若影醒来再吃？

　　待莫逸风转眸看向柳毓璃时，心头一紧，紧了紧指尖沉声解释："刚才她睡着了，她有自己的房间，不是住这里。"话音落，他又觉得越说越乱，又急忙补充道，"你也知道她现在失忆了，根本就是个孩子心性。"

　　"逸风哥哥对她当真是好。"柳毓璃唇角笑着，可是眼底却苦味浓浓。

　　"毓璃，我说过，没有人会胜于你。"莫逸风的语气似乎带着一抹急切。

　　柳毓璃再次扯了扯唇角点头。

　　即便是普通人家，男人也不可能只有一妻，莫逸萧他已经有了萧贝月这个永王妃，而且是玄帝赐婚，她要当正王妃是绝对不可能的，可是她堂堂兵部尚书千金，怎能做人侧室小妾？

　　抬眼看向莫逸风，脑海中盘旋着他方才所言，眼底渐渐染了笑意。

　　若影醒来之时已经是酉时，下了床之后朝外喊了一声，紫秋急忙应声走了进来。

　　"姑娘可醒了。"紫秋满脸的担忧，看得若影满腹疑云，在紫秋帮她梳妆之时忍不住问："怎么了？"

　　听她这般问着，紫秋沉吟了顷刻终是开口道："柳小姐来找三爷了，现在正与三爷一同用膳呢。"

　　若影一听，就好似自己的东西要被人抢走了，立刻朝门口跑去，紫秋一看急忙将她拉住："若影姑娘，您若是这样过去，三爷会生气的。"

　　闻言，她脚下一顿，强忍着心口的怒气让紫秋迅速为其梳妆，而后疾步朝用膳房而去。

　　当她踏入用膳房的那一刻，满腔的怒火熊熊燃烧，若是若影现在能看到自己的模样，定是清晰地看到自己原本的一双水眸都已赤红。

　　"做什么跑这么急？"见若影急匆匆而来，原本正与柳毓璃说话的莫逸风拧了眉。

　　若影也没有回答他的话，一步一步朝柳毓璃走去，而身后的紫秋则是垂着头不敢多看莫逸风一眼，静静地退至一旁。

　　周福已经命人取来了碗筷盛了饭放在莫逸风右侧的位置，见若影满脸怒气，立刻上前小心翼翼地笑着开口："若影姑娘，快用晚膳吧，爷等了姑娘许久，见姑娘睡得沉便先行

用膳了。"

柳毓璃见周福对若影毕恭毕敬的模样脸色微微一变，放下筷子的同时唇角微微上扬，缓缓起身面向若影柔声开口："若影姑娘可好些了？我今日是特来看望你的。"

"谁要你看！"若影瞪大了眸子满身的寒凉，"谁让你坐我位子的？"

柳毓璃的笑容一僵，下意识地退后了一步："我……我不知道这是若影姑娘的位子，对不起，我……"

"影儿！"莫逸风坐在位子上没有动，只是骤然怒目冷斥，"不准胡闹，坐下！"

周福也急忙拉开莫逸风右侧的座位，示意她过去坐。

可是若影又岂会妥协，仍是站在柳毓璃跟前紧握着拳警告她："马上走！我不想看见你！不准你坐我位子，不准你来三王府，滚出去！"

"啪！"一声巨响，莫逸风从位子上站起身走到若影跟前，见若影越来越无法无天，他心口的怒气一下子蹿了上来："跟毓璃道歉。"

若影难以置信地看向对她怒目冷言的莫逸风，因为愤怒和委屈，身子都开始微微发颤。

柳毓璃转头拉住莫逸风的手臂，双眸含泪却牵扯出一抹笑容好言相劝："逸风哥哥，不要为了我伤了和气，我坐别处就是了。"

"谁让你叫'逸风哥哥'的，不准你叫！"若影一听柳毓璃这般叫着莫逸风，心里难受至极，怒气上来也忘了头上的伤是因何而来，不管不顾地冲上前拉开她的手，"放开你的脏手！"

柳毓璃身子一踉跄，差点就要摔下去，莫逸风急忙伸臂将她拥入怀中，才免得她摔到地上去，转眸瞪向若影伸手欲将她推开，可是当他看见她额头的伤时，不由得手上一顿，可语气却更生冷了几分："不想用膳就回房去。"

若影正要反驳，身后的紫秋上前暗暗扯了扯她的衣袖，她回头看了紫秋一眼，见她对自己使了个眼色，这才咬了咬唇强忍下来，可是眸中已是一片湿润。

柳毓璃依旧站在原地，方才还以为莫逸风会将若影推开，谁知道关键时刻还是收了手，虽然心底还是有些失望，可是当莫逸风将她护在怀中时还是让她欣喜的。

莫逸风看着若影这模样，无奈地紧抿了双唇，转眸示意周福，周福点了点头，同其他奴才一起将原本柳毓璃面前的碗筷和欲安排在若影所坐位子前的碗筷换了换。

柳毓璃眸中闪过震惊，转眸看向莫逸风，而莫逸风则松开了她之后低声道："委屈你了……是我没有管教好她。"

莫逸风的话音刚落，柳毓璃莞尔一笑："逸风哥哥哪儿的话，只不过一个用膳的位子而已，只要毓璃在逸风哥哥心里的位置不变，其他的委屈算得了什么？"

她淡笑着绕过瞪着她的若影走到另一侧的位子上，款款落座。

莫逸风满含歉意地看着柳毓璃，见她并不介怀，心底的歉意更浓，蓦地转头看向若影，脸上的柔情消失殆尽："还不快坐下好好用膳。"

若影只感觉心头堵得慌，恨不得将桌子掀了。低头看了看方才被柳毓璃坐过的凳子，抬起脚便将它踢倒在一旁。

莫逸风真感觉平日里是将她宠坏了，才导致她这般无法无天，若不是念在她现在有伤在身，他定是会家法伺候。

紫秋和周福见状急忙将被踢倒的凳子拿开，而后将另一个未被柳毓璃坐过的凳子放置在她身侧，若影深吸了一口气，这才觉得心里好受了许多，而莫逸风则沉着脸想要发火却又隐忍了下来。

柳毓璃见莫逸风竟是任由若影胡闹，再次震惊的同时心头浓浓酸意，放在腿上的指尖渐渐收紧，而脸上却是云淡风轻。可是当周福还命人将她面前的菜调换了位置时，她的脸色微微一变。今日莫逸风留她在此用晚膳，她以为桌上的菜都是为她所准备，难道……

思及此，心头的酸意越发浓烈起来。

直到面前有人给她夹菜，她才回过神来看向给她夹菜之人。

"尝尝看，是不是你喜欢的口味。"莫逸风淡笑着将菜放入她碗中。

她弯眸一笑："谢谢逸风哥哥。"

"不准你叫'逸风哥哥'！听到没?!"若影只感觉这个称呼自柳毓璃口中叫出时格外刺耳，恨不得拿东西堵上她的嘴。

"够了！再胡闹就不准吃了。"莫逸风对若影的忍耐在今日似乎到了极限，平日里她怎么无理取闹他都是一笑置之，可是今日她这般对柳毓璃，让他难以控制地怒火上蹿。

若影也看出了今夜的莫逸风和平日里似乎截然不同，平时他从来都不会大声吼她，即使她犯了错他也是笑着拿戒尺打她，可是一旦碰到柳毓璃他就像变了个人。

她撇了撇嘴眼泪充盈了眼眶，很想忍住，可是终究还是没能阻止豆大的眼泪滑落下来。

紫秋见状慌了神，早知道就不告诉她柳毓璃在这里了，只是她始终担心柳毓璃再与莫逸风走近的话，若影便会没了位置。见她如此模样，紫秋急忙上前用锦帕擦拭着若影的泪水："若影姑娘别哭，太医说了不能情绪激动，否则后果不堪设想，别哭了……"

紫秋虽是安慰着若影，可是每一句每一字都是说给一旁的莫逸风听的，一旁的周福见状也急忙附和："是啊是啊，可不能再流血晕倒了，否则神医都难医了。"

莫逸风听了他们二人的话，顿时脸色一变，抿了抿唇眸中闪过一丝慌乱，伸手拿起筷子夹了菜到她碗中，语气低柔了几分："快吃，吃完了才有力气哭。"

原本正担心着若影的紫秋和周福听到莫逸风这么一说顿时惊愕在原地，而正哭着的若影也是怔怔地看着他，半天都没有回过神来。

这是在安慰人吗？还真没见过这么安慰人的。

柳毓璃也因震惊而愣住了，手中拿着筷子夹着方才莫逸风给她的菜顿在半空。

一瞬间用膳房内静寂无声。

莫逸风也意识到了自己方才所言有些让人汗颜，不由得局促起来。

"相公……"就在这时，若影带着沙哑的声音自他耳畔响起，转眸对上她的泪眼，只见她依旧楚楚可怜地看着他，却没有动饭菜一下。

莫逸风看着她头缠纱布拧眉泪眼横秋的模样，不由得轻叹一声，放下筷子拿起她的碗筷，而后夹了一小筷子菜送到她唇边。若影抽泣着缓缓张开嘴，那菜便被送入口中。

看着莫逸风亲自给若影喂食，一旁的柳毓璃呆滞在原地，若不是她亲眼所见，她怎能相信眼前的人就是众人口中喜怒不形于色、冷血无情的三王爷莫逸风？

时间恍若静止，可是她心头的闷堵感却越发清晰。看着他一口一口地喂着她吃饭，她已然没了胃口。缓缓放下筷子看向莫逸风，他却根本没有注意到她，仿若她只是无关紧要的存在。

而莫逸风显然是完全知道若影喜欢吃什么，那一碗红烧肉，每一次夹到她碗里都是精挑的连着骨头的肉，她吐出了骨头，一旁的紫秋便用盘子接住，哪里像个寄住在王府之人，分明就是像公主一般被捧在手里。

若影一碗饭吃完后，莫逸风自己都没有吃上一口，放下碗筷，他还细细地帮她用锦帕擦嘴，这般细心，谁曾有过这样的待遇？

直到手心处传来刺痛，柳毓璃低头一看，指甲近乎嵌入掌心。

"回房早点睡觉。"莫逸风将锦帕给了紫秋之后对若影说道。

若影这才觉得心里好受了些，见他碗中丝毫未动，她摇了摇头："等相公吃完一起回房睡觉。"

只听"啪嗒"一声，众人遁声望去，柳毓璃的贴身丫鬟春兰正慌忙捡起柳毓璃掉落在地上的筷子，莫逸风这才意识到问题，想要解释却不知如何开口，立刻吩咐周福重新准备一副筷子。

第8章　别把我送人

"不用了。"柳毓璃从位子上起身对莫逸风福了福身子,"时候不早了,我该回去了。"

莫逸风看了看她碗中未动过的饭菜,心头顿时一紧,慌忙拉住她的手臂:"毓璃,不是你想的那样。"

"相公!"见莫逸风拉着柳毓璃不放,若影顿时急了。

听到若影的声音,莫逸风更觉若影是故意添乱,正要训斥她,柳毓璃抢先开了口:"相公?毓璃一直好奇……若影姑娘为何会叫逸风哥哥相公呢?"

"因为……"莫逸风百口莫辩。

若不是得到他的默许,若影又岂能这般叫他,柳毓璃又岂会不懂这个道理。

就在柳毓璃要挣脱他的手时,莫逸风立刻道:"你也知道,她就是孩子心性,等她恢复了记忆就不会了。"

"恢复记忆?若是她一辈子都不恢复记忆呢?"柳毓璃转眸看他,目光灼灼带着丝丝质问。

莫逸风凝眸看着她缓缓拧了眉心,双唇抿成了一条线,久久未语。柳毓璃原本很是不甘,却在看到莫逸风的脸色时心头渐渐绞紧,升起一抹慌乱。

若影看着眼前的景象顿时噤了声,一瞬间感觉莫逸风周身骤寒,吓得她连想将毓璃赶出去的念头都抛诸在脑后。

一旁的紫秋和周福互看了一眼,主子没有说话他们都不敢开口,低垂了眉眼看着地面,却发现被这个气氛搅得心慌意乱,大气都不敢出一下。

柳毓璃移开视线目光渐渐转为失落,抬眼已是湿润一片,强自挤出一抹笑意,却更显苦涩。莫逸风心头一怔,这才意识到自己方才竟是对柳毓璃动了怒,就连他自己都有些难以置信。

"周福。"他转头朝周福沉声开口。

"爷。"周福不敢怠慢,急忙上前一步走到莫逸风跟前。

莫逸风看了看若影,最后将视线落在柳毓璃身上,话却是对周福说着:"将雅歆轩内所有属于若影姑娘的东西都撤回月影阁。"

周福一怔,顷刻后立刻躬身点头:"是,奴才这就去。"

柳毓璃与莫逸风视线相撞,沉默半晌,终是意识到了方才他说了什么,一时间竟是心头雀跃不已。

若影撇了撇嘴看向莫逸风,见他始终都看着柳毓璃,心头失落万分,拉着他的衣袖便问:"相公,那我今晚睡哪儿?"

虽是一句极其普通的话,可是在柳毓璃听来是那般暧昧不清,不由得再次蹙了娥眉。

"回你自己房间。"莫逸风没有理会她拉着他衣袖的手,只是淡淡回了一句,丝毫没了平日里对她的软言细语。

"那她睡哪里?"若影不服气,骤然起身指向柳毓璃。

莫逸风对她的无礼很是不满,瞪了他一眼后怒声开口:"莫若影!不要得寸进尺。"

他竟是连名带姓地叫她,这是第一次。若影不由得再次泪眼蒙眬,见他一直呵护着柳毓璃,她一气之下便转身跑了出去。莫逸风眸中闪过一丝慌乱,却稍纵即逝,紫秋见状急忙追了上去。

柳毓璃看向若影的背影,低低问道:"会不会出什么事?"

莫逸风抿了抿唇:"就是耍小孩子脾气,过一会儿就好了。"

柳毓璃转身看向她莞尔一笑:"莫若影?不知道的还以为她是公主,不知道皇上会不会给她找个驸马呢?"

柳毓璃话音刚落,莫逸风身子骤然一僵,回头朝她看去,见她冲他柔柔一笑,他抿了抿唇沉默顷刻后扯了扯唇角,而当他再次将视线落在门外之时,眸底染上一抹忧虑的情愫。

若是他的父皇当真给她找个驸马,她会如何?莫逸风自己也无法想象。若影从来都只愿黏着他,对旁人都心存防备之心,他虽然因为她这一点而放心,可也因为这一点而担忧。

当初他将她接回府的原因他心里清楚,如今他的毓璃终于决定不顾父母之命与他共同面对将来的一切,他也该对若影放手了不是吗?更何况无论是他父皇还是莫逸谨,都十分喜欢若影,她将来也定会有好归宿。可是……为何心里还是不安?因为他们相处了这段时间,他已经习惯了她的存在?还是因为她如今记忆尚未恢复,所以他才不放心?

"逸风哥哥,在想什么?"柳毓璃拉了拉莫逸风的衣袖,眼底带着一丝揣测。

莫逸风骤然敛回思绪,看着柳毓璃纯净的眼眸,反手拉住她的手勾了勾唇角。如今他真正需要的人在他眼前，还有什么好多虑的？若影只不过是他捡回府的一个小丫头，他也没有亏待过她，若是她愿意，他会给她准备丰厚的嫁妆让她风风光光地自三王府出嫁，若是她不愿意……那么为了毓璃，他也不会留情。

月上高空，星光满天

两道身影在花前月下缓缓走着，柳毓璃抬眸看向一旁的莫逸风，心里竟是满足的。她以为只有得到太子妃之位才能让她高兴，可是今夜她的心情无比的舒畅，她心里很清楚原因所在。

原本想要问莫逸风让若影在三王府住到几时，可是而后一想又觉得不妥，终是将话咽了下去，而且若影离开三王府也是迟早之事，她也不急于一时。

一阵风吹来，柳毓璃身子一抖。

"很晚了，我让人送你回柳府。"他的声音幽幽传来，使得正心有打算的柳毓璃愣怔地抬眸看着他，她以为他会留她在府中，她以为……

见柳毓璃神色，莫逸风伸臂将其揽进怀中："我不想让人误会你，只要你愿意，等过段时间我会让父皇赐婚，八抬大轿娶你过门，无论父皇是否同意，我莫逸风定会娶你柳毓璃为妻，到时候我们就能日夜不分离。"

娶她为妻？正王妃？

柳毓璃听着他的心跳唇角渐渐上扬，只是……若是让他知道了她当初会叫他"逸风哥哥"的真相，他还会娶她吗？还会让她做三王妃吗？

思及此，她心头难免担忧，可是而后一想，到时候她已名正言顺做了三王妃，成了他名副其实的妻子，人都是他的了，他又怎会计较这些？只是一个称呼而已不是吗？

这般想着，她再次展露了笑颜。

可在他将她放开的那一刻，她的眼底染上一抹哀怨："怕人家误会毓璃？那逸风哥哥怎么不怕人家误会若影姑娘？"

莫逸风一怔，转瞬笑言："她怎能跟你比？"

柳毓璃闻言再次笑开，抬手给他一记粉拳："刚才说什么'日夜不分离'，哪有这样说的。"

"难道不是吗？你到时候嫁给我，白天我下了朝，便可以陪你去咱们的幽情谷，到了夜里……"见柳毓璃脸色绯红地捂住他的口，莫逸风失笑，那笑声在三王府幽幽蔓延，直刺一个人的心口，痛得鲜血淋漓。

"若影姑娘，回房吧，这里风大。"紫秋不忍若影难过，也怕她因为冲动而惹怒了莫逸风，伸手帮她拢了拢身上的披风扯过她的身子。

出乎意料的是，若影并没有闹腾，只是静静地转身离开了。

月影阁

若影静静地躺在床上,眼角的一丝温热无声地划过脸颊,紫秋心疼她,伸手为其拭泪,就在她要落下帐幔之时,若影突然扯住了她的衣角,她转头望去,只见若影的一双水眸已经红肿,却仍不失明亮。

"姑娘要什么?"紫秋俯身问她。

若影摇了摇头,却不放开她的衣角,低哑着声音问她:"紫秋,相公是不是准备不要我了?"

紫秋心口一撞,慌忙蹲下身子拉着她的手安慰:"若影姑娘放心,三爷不会不要你的。"

"可是相公不喜欢我,他喜欢柳毓璃对吗?"她喃喃开口,满含浓浓凄楚。

紫秋扯出一抹笑拍了拍她的手:"怎么会,三爷即使再喜欢那个柳毓璃,也不会不喜欢若影姑娘的。"

若影闻言移开了视线,看着帐顶愣忡,口中呢喃自语:"喜欢柳毓璃……也喜欢我?那喜欢谁多一点呢?"忽然想起了什么,若影骤然转头看她,"紫秋,你不是说相公是一辈子都会陪着我的吗?那他现在陪柳毓璃了怎么能陪我呢?为什么相公喜欢两个人?"

紫秋被问得哑口无言,而她如今也不确定莫逸风是否还喜欢若影,就算是喜欢,也定是比不过对柳毓璃的爱。可是这么残忍的话,她如何对若影说出口?

深吸了一口气,她弯眸笑言:"姑娘想多了,只要若影姑娘乖乖听三爷的话,三爷一定不会不要姑娘的。"

"如果我不听话,相公就会不要我是吗?"她一瞬不瞬地看着紫秋想寻求一个答案。

紫秋倒抽了一口凉气,隐约间觉得现在的若影比刚来三王府时对事更有判断力了,思维也越发清晰。思及此,她惊愕地抬眸看向若影,半晌,她苦笑着勾了勾唇角。大夫也说这样的失忆难医,她又怎可能现在恢复了记忆?

"早点睡吧,尽管放心,相信三爷不会将若影姑娘弃之不顾……"紫秋还想说什么,可是话到嘴边又咽了下去。也所幸若影并没有问她莫逸风什么时候来。不过若影的安静也让紫秋很是担心,在落下帐幔前看了她好几眼,终是转身走了出去。

丑时

紫秋被一阵阵呼痛声惊醒,披上衣服急忙朝若影奔去,发现她正抱着头痛苦不堪地在床上打滚。

"若影姑娘,这是怎么了?"紫秋拉起帐幔将若影抱在怀中。

"疼,头好疼!紫秋,我是不是快死了?"若影呻吟着吐出一句话,却似用尽了全身的力气。

第 8 章 别把我送人 | 89

紫秋吓得不知所措，苍白着脸色朝外呼救。红玉和绿翠自紫秋那次受杖责之刑后便拨给了若影，此时听到紫秋的呼喊声立刻从睡梦中惊醒，连鞋子都忘了穿便疾步奔了过来。

"若影姑娘怎么了？"看着若影痛得像是去掉了半条命，吓得脸色苍白手足无措地站在原地。

"快！快去请大夫！快去通知三爷！"紫秋也慌了神，一边吩咐这红玉和绿翠，一边抱着若影环住她的手，生怕她会伤了自己。

当莫逸风来到月影阁时，眼前的景象让他呼吸一滞。

紫秋抱着不停挣扎的若影泣不成声，哽咽着不停安慰"三爷快来了，别怕！"，就这般反反复复，而若影已是青丝凌乱面色惨白如纸，有些许发丝还粘在满是汗水的脸上。因为紫秋用手困着她不能让她用手敲头，她只得紧握着拳心不停挣扎，指甲深深嵌入肉中，有鲜血从指缝中流出。

"影儿。"莫逸风带着慌乱的脚步难以置信地跑到她的床边坐在床沿，转头问紫秋，"怎么回事？"

好端端的头怎会痛成这样？而且大夫说过这几日只要不下雨就不会发病，可是如今她却痛得好像恨不得一头撞在床柱上。

紫秋已经用尽了全身的力气才能抱住若影，听见莫逸风问话，只得抱着拼命挣扎的若影看向他反问："难道爷不知道若影姑娘为何会突发头疾吗？"见莫逸风寒芒射来，她心头一悸，却鼓起勇气继续道，"大夫说过姑娘不能再受刺激了，否则后果不堪设想，三爷忘了吗？"

莫逸风敛住寒芒微微一怔。

受刺激？她受什么刺激？最多就是在用膳时说了她几句而已。

就在这时，若影痛得突然挣脱紫秋一头朝床柱撞去，莫逸风一惊，瞬间扣住她的肩朝自己胸口一带，她整个人撞入他的怀中。让莫逸风意外的是，即使是这样，她从头到尾都没有喊一句痛。

"大夫很快就会来了，你再忍一下。"莫逸风紧紧地将她揽在怀中，让她的双手环住他的身子，尽管她因为剧痛而让指甲深深嵌入他的皮肉，他竟是眉头都不曾皱一下，只是心口一点一点收紧。

若影似乎意识到了自己伤了他，急忙收回手，而后紧紧攥着拳头，仍旧选择伤害自己的方式减轻痛苦。

莫逸风同样感觉到了她的这个动作，急忙将她的一只手拉到眼前，瞳孔一缩，痛楚在他眼底蔓延。

"不要伤害自己，你可以抓着我。"莫逸风贴着她的额头沉声开口。

谁知若影摇了摇头，想要再次自己握拳减轻痛苦，莫逸风急忙将她的手握在掌心。

紫秋取来锦帕用水浸湿后拧干走上前,眼眸红着哽咽道:"若影姑娘不会伤害三爷半分,她宁愿伤害自己。"

莫逸风呼吸一滞,垂头看向若影,她已痛得连半点血色都没有,却始终咬着唇不吭声,唇畔已被她咬得鲜血从嘴角流淌而下,她却丝毫没有减轻因头部传来的疼痛。他立即接过紫秋手中的锦帕擦了擦她的嘴角和满脸的汗水,而后缠绕在她的手上,即使她握拳也不会伤到自己的手。

"影儿,不要睡,听得见我说话吗?"看着她渐渐减弱的生命力,莫逸风竟是慌乱得失了分寸,"如果痛就哭出来,不要憋着。"

虽然他不知道她头痛的程度究竟如何,可是看她的样子都不会好到哪里去,定然是极痛的,可是她竟然不吭一声。

若影听到莫逸风依旧疼惜着她,忍着疼痛艰难地抬起头朝他看去,见到他一脸的担忧,她无声地掉着眼泪,而后艰难地挤出一句话:"不疼。"

"都这样了怎么可能不疼?"莫逸风心头刺痛。

若影闻言眼泪止不住地流淌着,撇了撇嘴气若游丝地开口:"相公……我可以忍的……不会给相公添麻烦的……"莫逸风一怔,却听她再次开口,"相公不要丢下影儿一个人……不要把影儿送给别人……好不好……"

莫逸风目光微闪,转头朝紫秋看去,紫秋也不瞒着,直言道:"今夜若影姑娘等不到爷过来,便要去找爷,谁知看见爷与柳小姐在……谈话。"

难怪……若是换作以前,她受了伤定是会哭着跑来找他,而后又以受伤为由腻着他不放,可是这一次,她痛成这样竟是一声不吭,只因为担心他会觉得她是个麻烦而将她抛弃。

他的眸色蓦地染上一层疼惜,伸手将她紧紧拥在怀中,却不知如何安慰,只知道自己此时的心骤然剧痛起来。

之前他的确是想过要为她寻一个好归宿,可是每一次一想到将她送走,他会没来由地心里不舒服。而且他许诺过,一定会娶她不是吗?他们虽然没有夫妻之实,可是他们到底还是在旁人眼中同床共枕了。

但是若不将她送走,毓璃那里又该如何交代?

垂眸看向若影,她见他看向她,立刻扯出一抹笑,即使因为疼痛的缘故而笑得痛苦,可她还是努力做了。

莫逸风指尖一僵,深吸了一口气将她更紧地拥住,让她的头紧贴在他的心口。

"好!"没有更多语言,只是简简单单一个字,仿若是说给自己听的,又仿若是说给她听。

紫秋尚未明了他话中之意,若影却已听懂了他的话,唇角的笑容更甚,却在下一刻晕了过去。

翌日

明亮的光线透过窗口洒了进来，照在莫逸风略显疲惫的侧颜。

又是个阳光明媚的日子，可是心却更为沉重了几分。若影从昨夜开始便一直昏睡到现在，大夫诊治过后说是因为受到刺激而导致头疾发作，若是说先前还有可能治愈的话，这一次在伤口未痊愈之时受刺激导致头疾发作，恐怕再无良药可医治了，除非有奇迹。

莫逸风心里是极其内疚的，可是这样的事情又难以避免，他终究是要娶柳毓璃为他的三王妃，这也是他的承诺。

看着躺在床上昏迷不醒的若影，他的眼前仿若出现了小时候如梦似真时在荷塘中出现的女孩倒影，她的一颦一笑一言一语都深深地印在他的脑海，此生都难以忘记。他更加不会忘记，在不久的日子里，柳毓璃突然改口叫他"逸风哥哥"，他惊喜地发现原来那个荷塘中的女孩真的存在，而且近在眼前。

若影迷迷糊糊地伸手朝外探了探，碰触到他冰凉的手背，她浅浅勾唇又沉沉睡去。莫逸风恍然惊醒，看着自己手背上白净的小手，再将视线落在她清秀的容颜上，他身子猛然一僵。

刚才的那一瞬间，他突然将若影看成了梦中的女孩。可那个女孩明明是柳毓璃，明明是他的毓璃不是吗？

甩了甩头伸手捏了捏鼻梁，想必他是彻夜未眠而神色恍惚了。

可是顷刻之后他又是一怔，再将视线落在手背上的小手，他才惊觉她方才已经醒了。伸手探了探她的额头，烧已经全退了。

将她的手放入被子中，又帮她提了提被子，见她总算是安稳地睡了，他也就放心了。

走到门口打开房门，秦铭和紫秋已在门口候着。

"爷，现在若是快马加鞭还赶得及上朝。"秦铭上前道。

莫逸风抿唇轻叹了一声，随后缓声开口道："不去了。"

秦铭一怔，而后视线朝他身后一扫，心里顿时明朗。

"药煎好了吗？"他转头看向紫秋。

紫秋原本就因为莫逸风因若影而没有去上朝心头欢喜着，如今听他这么一问，更是回答得爽快："回爷的话，都煎好了。"

"嗯。"莫逸风点了点头又道，"先热着，别一会儿凉了，另外命膳房准备些姑娘爱吃的膳食。"

紫秋听了立刻点头如捣蒜，嘴角的笑意更浓。

若影养伤好几日，总算是拆了头上的纱布，大夫检查后说只要没有受外力所伤便没有大碍，只是犯头疾是难免的。莫逸风虽然心存内疚，但是事实已经造成，也没有挽回的余地，只能今后尽量让人多照顾着点。

明日就是选秀女的日子，玄帝又找了他，说让若影进宫。虽然心里不愿，可终究是圣命难违。

日光下，莫逸风站在荷塘边失神，自皇宫搬出来后，他便在自己的王府内让人开了与皇宫内一模一样的荷塘，就连里面鱼的品种都一模一样，每日都有人悉心照料着，而他更是会在心烦意乱之时来到此处静立良久。

"相公！"若影那清脆的声音悠悠传来，也让莫逸风敛回了思绪，转头见她跑得急，他拧了拧眉走上前。

"不是让你别跑吗？"他的话音落下，她身子猛然一僵，脸上的笑容也消失殆尽，站在原地手足无措地捏着衣角颤颤地望着他。

见她如此模样，莫逸风也是一怔，意识到了她的惊慌，他走上前朝她伸出了手，而她则乖顺地将手放入他的手心。

"跑得这么急，头有没有疼？"他又上前一步侧头检查她后脑的伤势。

若影恍然如梦，唇角的笑容又渐渐恢复。原来他是担心她的伤势，并不是因为她不听话而生气。

"不疼，已经好了。"她抬眸咯咯笑着。

莫逸风浅浅勾唇，真不知道她为何会这般容易满足，可是须臾功夫，他又敛住了笑容："既然好了，一会儿去书院。"

他以为她会不愿意，毕竟念书总是枯燥乏味的，对于好动的她来说要乖乖坐在书院内一整天是极为不易的，可是若影的反应出乎他的意料，她竟是点了点头答应了下来。

人就是这么奇怪，原本还以为她会不同意而准备好了责备的话，在她同意之后他又不高兴了，因为他不知道她是因为怕他生气而乖顺地听从，还是因为书院内有莫逸谨而让她愿意天天去书院。

这几天莫逸谨也时常来看望她，见她伤势严重，总是会将他先数落一通，也不管旁边有多少人，对若影的关心和心疼毫不掩饰。

看看这个时辰，想必莫逸谨又要来了，莫逸风一想到便有些心口发堵。

"别去了。"他沉声开口转身面向荷塘，也不知心里在想些什么，只是那眉心越发紧蹙起来。

若影被他惹得满腹疑云，方才不是他让她去书院吗？即使不喜欢去书院念书，可是她还是答应了，他又气恼些什么？

"相公是在担心吗？不用担心的，二哥在呢，影儿会好好的。"若影不说还好，一说这

第8章 别把我送人 | 93

句话莫逸风的脸色更是阴沉，蓦地转眸瞪大了眼眸看着她，也不掩饰心里的不快，蹙眉开口语气微冷："是啊，有二哥，你会好好的，在我身边你就不好是吗？"

虽然……这是事实，可是自若影口中说出后还是让他极为恼火。

若影很是无辜地看着他，缓缓上前低声道："相公生气了吗？那影儿不去便是了。"

"没有生气。"他依旧铁青着脸看着面前的荷塘。

她侧头看了看他："不生气为什么绷着脸呢？"

莫逸风没有理会她，只是觉得心烦意乱。不是单纯因为她方才的话，而是因为她说了那些话之后他竟是满腹酸意，他这是在跟自己生着气。

不远处的秦铭听到了她的话，忍着笑上前道："若影姑娘，爷没有生气，他天生就如此，你不要放在心上。"

"哦。"若影想了想也是，莫逸风的脸上要看到笑容还真是不易之事，垂眸想了想，她又问向莫逸风，"那我们什么时候进宫啊。"

莫逸风的俊颜再次阴云密布，而一旁的秦铭看着简直想要捧腹大笑，可偏偏他只能忍着想笑的冲动。

"明日。"说完，他转身离开了荷塘。

看着莫逸风疾步离开的背影，若影心头的疑虑更甚，看向秦铭，他依旧抿唇笑着，似是忍了许久，尚未等她开口问他，他已经一溜烟地离开了，只留下若影和紫秋主仆二人。

选秀之日，皇宫里一片喜气，若影跟随着莫逸风再次踏入皇宫，感觉与前次全然不同。虽然一样的大地方，一样有宫女和太监在忙碌地穿梭，可是她终究觉得白天更能让她看清楚皇宫的每个角落，包括身后的角楼、几道城门，还有那金光闪闪的琉璃瓦。

看着若影兴奋地环顾着四周，莫逸风无奈地摇头轻笑，前段时日还以为她当真是恢复记忆了，谁知还是这般孩子心性。

"相公，我们现在去哪儿？"她拉着他的手问。

"去找父皇。"他反手握住她的手回道。

"父皇？真的吗？"她高兴得又蹦又跳。

莫逸风扯了扯唇角，用得着这么高兴吗，若不是知道她如今还像个孩子，他定是以为她看上了他的父皇了。

而让他更为惊愕的是，当他们来到御书房时，玄帝见到若影当真前来同样欣喜不已。

"影儿来啦！快到父皇这边来。"他朝若影招了招手。

莫逸风身子一僵，立刻拉紧了她的手不放，而若影在这样的情况下自然也是不敢上前。

父皇？他对影儿自称父皇？这让莫逸风错愕不已。

玄帝将视线落向莫逸风，方知刚才失了分寸，收回手时讪讪一笑。而莫逸风也没有让他难堪，微微躬身抿了抿唇道："父皇，儿臣管教无方，影儿总是没大没小，若是儿臣不看着，恐怕会给父皇添麻烦。"

若影听着莫逸风的话心里不服气，可是在转眸看向他的神色时，终究还是将话吞了回去。

玄帝得到了莫逸风给的台阶，便顺势而下，轻笑着赐座。

其实今日玄帝召见若影并无要事，只不过是想看看若影。可是也正因为如此，让莫逸风百思不得其解。若影与他并不相识，最多也就是上次见了一面而已，怎会对她如此上心？而今日也是选秀女之日，莫不是……

莫逸风越想越担心，即使将来若影选择嫁给别人离开他，他也不愿意她嫁给玄帝。

不过而后的时间玄帝只是询问了若影的伤势，还有她平日的饮食起居，未看出玄帝的真正意图，莫逸风便也如实说了。若影在一旁听着他们父子二人你一言我一语地说着，倦意袭来忍不住打哈欠，忽见站于玄帝身旁的冯德公公惊愕地看着她，她吓得立刻用手捂唇。

玄帝见状轻笑了一声，并且朝冯德睇了一眼，那公公急忙低眉垂首不敢再抬头。

"影儿困了？"玄帝笑问，那脸上是莫逸风极少见到的祥和之色。

若影点了点头，突然想到莫逸风对她的交代，又急忙摇头，最后她竟是连自己也糊涂是否困了，反正现在已经被吓得精神百倍。

玄帝再次笑开，手撑案几站起身，虽然已经人到中年，可是身为帝王的他依旧难掩王者之气，只是他的脚……

"父皇的脚……"莫逸风看着玄帝微微有些跛的脚一怔，也随之站起身走上前扶住他。难怪刚才他站起身时有些吃力，并非因为他年岁大了，而是因为脚受了伤。

玄帝淡淡勾唇："人老了就容易受伤了，前些天与几个皇儿一起狩猎，谁知道从马上摔了下来。"

莫逸风原本担忧的神色为之一怔，仅仅几句话便让他犹如被冷水灌顶。

前些天他与几个皇子一起狩猎，可唯独没有让他一同前去，他甚至没有得到一星半点的消息。可是莫逸谨去了吗？若是他也被召去，怎会不与他说？还是因为怕他心里会不舒坦？

扶着玄帝的手渐渐收紧，莫逸风的脸色越发难看，他以为他早已做到了喜怒不形于色，可是终究还是在玄帝面前败下阵来，又或者说，他根本就没有真正做到极致的隐忍。

"父皇，我也扶你。"一声清脆的嗓音响起，带着几分甜腻，几分调皮，几分讨好。

玄帝转眸看向扶着他另一只手的若影，脸上的笑意渐浓，而莫逸风也骤然回过神来，下意识地松了松手上的力道。

刚才因为情绪波动，他竟然收紧了指尖，而他……定然是感觉到了，可是他的情绪却没有起任何波澜。果然姜还是老的辣，莫逸风自叹不如，只得泛起一抹苦笑。

玄帝又岂会不知莫逸风心中所想，不动声色地朝前走着，眼眸始终向着前方，直到走出御书房他才深吸了一口气道："那日下朝后听老四他们几个说宫中那片红枫林竟是有麒麟出现，朕抵不住心中的好奇便同他们前去一探，也不知道是不是太久没有骑马的缘故，骑得快了竟从马上摔了下来。"

莫逸风目光微动，心头更是一悸，他是在跟他解释为何那日没有叫他一同前去？

每一次下朝后，若是玄帝没有召见他，他从来都是立即离开，绝不停留半刻，所以莫逸萧等几个王爷提议去红枫林时他已经出了宫，而莫逸谨也总是与他同行，想来他也不知此事。

莫逸风正要开口说些什么，可是话到嘴边却又不知该说些什么。

若影好奇心甚重，睁着水眸便开口问："真的有麒麟吗？"

玄帝笑道："父皇都摔成这样了，即使有麒麟也该乖乖逃走了。"

若影满脸遗憾地轻叹："真是可惜，若是相公在的话一定能抓到麒麟的。"

"影儿！不得胡言。"莫逸风微沉着脸警告。方才那句话可是大不敬，无疑是在说玄帝不如他。虽然若影无心，可是若让有心人听了去，再添油加醋的话后果不堪设想。

若影不知道自己说错了什么，却抵不住好奇心，仍是抬眸问玄帝："父皇，下次还去抓麒麟吗？"

莫逸风蹙了蹙眉再次沉声开口提醒："影儿！叫皇上。"

若影再次一怔，看了看莫逸风又看了看玄帝，张了张嘴却终是抿唇垂眸不语，脸上更是失落尽现。

玄帝从莫逸风处抽出手拍了拍扶住他手臂的小手，满脸的慈祥："朕都赐给影儿'莫'姓了，难道还受不起影儿的一声父皇吗？影儿就叫父皇，朕喜欢听。"

若影闻言咧嘴笑开："真的吗？儿臣真的可以和相公一样叫父皇吗？"

玄帝点了点头。

莫逸风这才知道，原来若影只不过是想跟他一样而已，他叫什么她便叫什么，他做什么她也做什么，就比如他自称儿臣，她也自称儿臣，又比如现在她扶着脚受伤的玄帝。而让他更为诧异的是，玄帝第一次在他面前说自己喜欢什么，难道他现在不担心他知道他的软肋吗？还是觉得若影也是他的人，所以不会利用她来达到自己的目的？

"下次一起去吧。"玄帝的一句话敛回了莫逸风的思绪，转眸朝他看去，见他收回了视线，这才知道他方才的这句话是在对他说。

今天的玄帝似乎与往日不同，太过不同，甚至让他有种不真实的感觉。若是换作以前，他绝对不会用这样的口吻与他说话。

见玄帝在若影的搀扶下坐上龙辇，玄帝又伸手将若影拉上龙辇，莫逸风浑然一惊，立刻疾步上前。

"影儿，下来，你怎能坐父皇的龙辇？"他在龙辇前站定，朝若影伸出手。

若影看了看一旁的玄帝，起身便要下去，谁知她的手尚未放入莫逸风的手中，玄帝便伸手扣住她的手臂轻轻往后一带，她重又坐回了龙辇。

"是朕让她坐的，若是你有要事可先行出宫，朕带影儿去看看选秀女。"玄帝没有说过多的话，却带着一丝不容人抗拒的威严，抬了抬手，龙辇缓缓前行。

莫逸风睁大了眼眸看着龙辇从他身侧离开，猜不透玄帝究竟想要做什么。若是他对若影有意，为何会允许她叫他父皇？若非如此，又为何允许她坐上他的龙辇，又让她出席选秀女典礼？即使是后宫嫔妃也没有这样的殊荣。

愣怔顷刻，他回过神来之后立刻跟上玄帝的龙辇。

"父皇，相公好像生气了，儿臣还是下去吧。"若影心里有些急，却发现在玄帝面前她丝毫不敢造次，更因为莫逸风曾对她说，她一旦有差池，就会祸及整个三王府。

玄帝笑着拍了拍她的手："难道影儿不喜欢陪父皇？"

若影为难地拧了拧眉，如果让她在他和莫逸风之间选择，她一定会选择莫逸风。又或者说，即使让她在所有人中选择，她还是会选择莫逸风，可是她又怕自己任意妄为会连累莫逸风或者三王府。

咬了咬唇她回头看去，只见莫逸风已经赶到了龙辇旁，而后在她身侧步行，看起来好似在陪圣驾，可是若影知道他是不放心她。她长长松了一口气，转身趴在龙辇的扶手上笑看莫逸风："相公，我就知道你不会丢下影儿的。"

莫逸风没有说话也没有看她，只是顾自前行。若影见他不理自己，也就没有再说什么，可是心底还是高兴得很。

"坐好。"玄帝伸手将她从扶手上拉起让她坐端正，若影因为心里高兴，也就听话地乖乖坐好了。

莫逸风原本扬在嘴角的点点弧光在玄帝开口之时消失殆尽，微微侧头看了看他二人，心里极其不舒坦。

第9章 父子争夺战

当若影和玄帝同坐龙辇到达南天殿外的选秀女场地时，已经到选秀场的德妃和桐妃脸色一僵，而当桐妃看向陪同在旁的莫逸风时脸上的惊愕缓缓逝去，随后只是协同仍处于愣忡中的德妃上前接驾。

"臣妾参见皇上。"两人款款行礼。

"都免礼。"玄帝没有上前，只是微微抬了抬手，转头看向正满眼好奇看着站在太阳底下的秀女们的若影，拍了拍她的背脊对她二人道，"这是影儿，你们都见过的，今日是朕请她一同前来，你们好生照顾着。"

德妃心底百味杂陈忘了反应，桐妃上前莞尔一笑："臣妾遵旨。"

听到桐妃的声音，德妃也急忙上前扯出一抹笑："臣妾接旨。"

选秀女无非是看她们琴棋书画的造诣，可是让若影惊喜的是，竟然有人还会舞剑，若影忘乎所以地连连叫好。而整个过程中，玄帝虽然也扫视过众秀女，可是他更多的还是将注意力放在若影身上，这让一旁的莫逸风、桐妃和德妃很是担忧，可是他们的担忧都有所不同。

冯德看着一众秀女，个个出类拔萃，特别是有几个可谓人中龙凤，琴棋书画样样精通，他以为依照玄帝的性子，定是会选择那几个温婉可人的女子，可是出乎冯德意料的是，这一次玄帝所留下的都不是冯德心中预料的，而让他更觉惊愕的是，那些留下的都是若影拍手叫好的。

就连冯德都能看出这些端倪，睿智如莫逸风又岂会看不出？原本这样的场合他不宜出席，可是因为若影的关系，他一直陪同在旁，在意识到这个问题后，他那搁置在腿上的手渐渐收紧，手背上青筋毕露。

选秀结束之后，若影还意犹未尽，玄帝弯眸看着若影，笑容直达眼底，伸手取来糕点

递给她问道:"今日可高兴?"

若影接过糕点尝了一口欣喜地回道:"高兴!特别高兴!不但东西好吃茶好喝,就连表演都好看。"

玄帝闻言笑意更浓,她是全程都当成表演来看了。

"喜欢宫里吗?"

当玄帝问出这句话时,莫逸风呼吸一滞,一旁的德妃更是脸色煞白。

若影毫无心机地点了点头:"喜欢。"

"既然喜欢,不如留在宫里几日,朕让她们天天表演给影儿看。"玄帝上前伸手擦了擦她嘴角的残渣,温柔备至。就连一旁的冯德都看得傻了眼,即使是最得宠的德妃恐怕也没有这样的待遇。

莫逸风正要上前阻止,却见桐妃朝他摇了摇头,他只得紧抿了薄唇收紧了指尖不发一言。

若影看了看抿唇不语的莫逸风,又看了看满是期冀的玄帝,一时间竟是难以抉择。转眸看向方才自己所食的点心,忍不住吞了吞口水。若是出了宫,恐怕再也吃不到这般人间极品了。虽然三王府里不缺吃穿,可是要吃到这些显然是不可能的。

莫逸风看着若影犹豫不决地盯着那盘点心,忍不住扯了扯唇角。以她现在的心性,为了点心而愿意留在府中显然是极可能的。可是他又忍不住担忧,以方才玄帝对若影的表现,哪里是对寻常姑娘家的行为。

再次看向若影,他眸中升起浓浓的惧意。他竟是怕了,怕她点头,怕她笑着答应。

心控制不住地渐渐缩紧,就连指尖也开始微凉起来。

就在这时,若影终于与莫逸风视线相撞,只见她咬了咬唇小心翼翼地绕过玄帝走向莫逸风,而后拉着他的手臂看向玄帝问:"那相公也住下吗?"

玄帝先是一怔,旋即轻笑着摇头:"当然不行。"

宫中皇子一旦成年必须迁出皇宫另赐府邸,这是祖制。

若影失望地垂眸,沉思顷刻,轻叹一声终是做了决定:"相公住哪儿我就住哪儿。"

莫逸风心头一撞,看着现在紧靠着他的若影,竟是勾起了一抹浅笑,回头看向玄帝,见他眸中不乏失落,随即又敛了嘴角的笑容。

"影儿……"玄帝还想说些什么,谁知下一刻就被莫逸风打断了话:"父皇,影儿怕生也认床,陌生的地方会难以安寝,还请父皇莫要怪罪才是。"

玄帝拧眉冷哼,可声音极轻,见若影一瞬不瞬地缩在莫逸风怀中望着他,他随即又勾起了一抹淡笑,满是慈祥:"既然如此,影儿就随你回去吧,若是下次影儿想要来宫里了,记得派人告诉父皇,父皇会派人去接你。"

若影乖顺地点了点头,弯眸浅笑,果然是像极了。

第9章 父子争夺战 | 99

玄帝看得失了神。

德妃越听越糊涂，走到玄帝身侧柔声开口，带着一抹庆幸："皇上莫不是认了若影姑娘作女儿？"

就在玄帝欲开口之际，莫逸风再次抢先开了口："德妃娘娘说笑了，影儿无亲无故又无功绩，怎能做公主？"

桐妃一语不发却是看着莫逸风暗自摇头，今日他是失态了，先后截了玄帝两次话，可每一次都是为了眼前的女子，究竟是福是祸？

德妃脸色微微一僵，转身看向莫逸风之时脸部僵硬，可是唇角却是扬着一抹笑意："三王爷，本宫方才是在问皇上，难道三王爷还能代替皇上口出圣言？还是三王爷在害怕什么？"

好不容易逮住了将一军的机会，德妃自是不会放过。

莫逸风一怔，见桐妃满脸的无奈，方意识到先前的失态，可下一刻他依旧淡定自若地站在她面前，目光淡淡扫向德妃，唇角勾起一抹弧度："德妃娘娘言重了，本王只是见德妃娘娘竟是不知基本的祖制，方好心提醒娘娘，若是德妃娘娘执意让父皇冒着被群臣质疑的风险收影儿作女儿，本王自是无权干涉，至于害怕……若是父皇不收影儿作女儿，德妃娘娘又在害怕什么？"

德妃被莫逸风反问得脸色青白交加，一时间竟是难以接上话来。

"够了！"玄帝一声低斥使得众人心头一颤。

在回三王府的路上，若影仍处在方才玄帝怒斥的惊恐中，一直对她和颜悦色的人竟是会发这么大的脾气，让她一时间难以回过神来。转眸看向若有所思的莫逸风，忽然觉得他们父子还真是极像，发起火来即使声音不大，可是那低沉的嗓音更是让人惧怕。

"相公，你怎么了？"若影小心翼翼地拉着他的手开口。方才玄帝并没有责备他顶撞德妃，反而数落了德妃一顿，而她也没有答应玄帝留在宫里不是吗？他又为何浓眉深锁？

莫逸风从方才的事情中敛回思绪，回眸见若影一脸的担忧，他浅浅勾唇反手将她的手握住。

她见他松了眉心，一颗悬起的心也总算是落下了。身子一斜，将自己的头靠在他的肩上，只要在他身边，她便能安心地睡去。

莫逸风看了看轻阖眼眸的若影，方才嘴角的笑意渐渐消失，抬手将她的碎发捋到耳后，眼前不由得浮现出玄帝带着别样情愫的眼眸看着她的景象，心再次不安。

待若影再度醒来之际，已是酉时，最近也不知道怎么了，总是感觉昏昏沉沉，而脑中又纷乱不堪，许多陌生的人陌生的场景会在她的脑海中出现，那里有让人叹为观止的高楼，有东西在天上飞却不是鸟，有东西在地上疾驰却不是马车，还有那个与莫逸风长得一模一样的男子被许多人伏击。每次醒来她都是满头细汗，可是她不想给莫逸风增添麻烦，

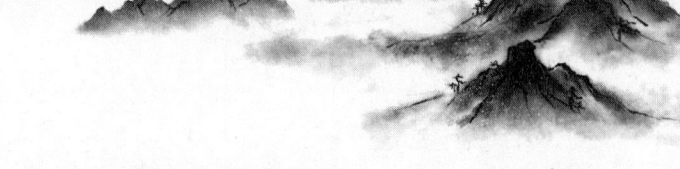

所以并未提及只字片语。她以为，只有这样她才能留在他身边，只有这样，他才不会觉得她是个麻烦。

这几日都没有看见柳毓璃，若影感觉心情极好，就连吃饭时都是笑着的。每当莫逸风问她为何这般高兴，她总是笑着摇头，又哪里敢说是因为没有柳毓璃的存在。即使她如今的智力只停留在八岁，也看得清柳毓璃对于莫逸风来说比她更重要，她唯有听话才能不被他所弃。

转眼入夏，知了在树上鸣叫个不停，若影手捧书籍却一直不停打瞌睡，那知了声声仿若是催眠曲，让她没一会儿便入了梦。

"影儿！"一个低沉浑厚的嗓音自她头顶响起，她浑身一怔，睡眼蒙眬地从桌上支撑起身子，揉了揉眼睛，只见莫逸风双手负于身后立于她身侧微眯了目光看着她。

"相公，怎么这么快跟二哥谈完事了？"她打了个哈欠哑着声音仰头问他。

莫逸风低哼了一声，随手拿起方才被她压在脸下的书本，脸色一沉。

"快？你都睡了两个时辰了还快？"他手指一转，将方才打开的那一页呈现到她面前，而后眯眯看着她。

看着书本上被她的口水浸湿的一些字已经晕染开，若影脸色一红不知所措。

他无奈地摇了摇头，若说她有念书的天赋，为何每次一沾书本就能去梦周公？若说她没有念书的天赋，可是那些看过的书她只需看过一遍就能跟他讲出一堆歪理，也不知道她是从哪里学来的，想来想去也只有莫逸谨会这般教坏她。而且莫逸谨总是无事献殷勤，虽然他知道莫逸谨不会与他争夺什么，可是总是让他心里极为不适，如今将她放在王府中他亲自教学，他也安心许多。

不过现在她不去书院在王府念书，似乎成效不大，就如同现在，才片刻功夫她又睡着了。可是让他再将她送去清禄书院，他显然是不放心的。

轻叹一声，他坐到她身侧，而后亲自给她研墨。若影了看他，急忙从一旁拿出一张宣纸，摊到自己面前，这似乎成了他们之间的默契。

莫逸风回头看着她睁着一双无辜的大眼睛望着他，浓长的睫毛像两片蝶翼灵动万分，不由得一扫先前与莫逸谨所谈之事的阴霾。

将墨条搁置一旁，伸手取了一支毛笔，将笔头用墨水蘸湿而后放入她手中，握着她的手一笔一笔地写着她的名字。

"莫若影？"看着纸上的三个字，若影脸上一喜。回眸带着疑惑的眼神望着他。

莫逸风松开她的手道："别总是写我的名字，你也要会写自己的名字。"

若影弯唇笑开，又在纸上她的名字下方写上了"莫逸风"三个字。

其实她并非不会写自己的名字，而是她只想写他的名字，她只想将他的名字深深印入脑海中，否则她每一次睡着总是会在梦中出现"莫三少"这几个字，也不知道这个人和她有什么关系，可每一次想到便会让她心里难受不已。

"影儿，你……"莫逸风的声音将神游的若影拉回，她看了看莫逸风下方的三个字，顿时惊住了。

莫三少……

她为何会突然写莫三少这几个字？刚才她只是想了想自己的梦境而已，为何那个人的名字会出现在纸上？

看着眼前的三个名字，若影感觉指尖越发冰凉，就连脸色都煞白了。

莫逸风伸手将她手中的笔拿了过去，见她吓成这样无奈轻叹："我又没说你什么，干吗吓成这样。"抚了抚她毫无血色的面容，他轻笑道，"即使觉得'莫逸风'三个字难写，也不能写成'莫三少'了，怎么偷懒成这样？"

若影怔怔地看着他，脑海中盘旋着他方才的话。

她真的是因为觉得"莫逸风"三个字难写，所以才偷懒写成了"莫三少"吗？可是……她好似不知道那三个字是怎么写上去的，又是何时写上去的，就连半点印象都没有，只知道等她听到莫逸风的声音回过神来时，这三个字已经出现在她眼前了。

"好了，别发傻了，既然累了就别写了，女子无才未免不是好事，省得你总是跟我说一堆没听过的歪理。"莫逸风伸手揽住她的腰扶起她，而后一同走出了书房，外面阳光明媚，虽是景色宜人却过于燥热。

"相公，好热，为什么整个朝阳国都没有让人凉快的东西？"若影用手扇了扇风，感觉连吸入的空气都是热的。

"若影姑娘，怎么会没有呢，这不就是吗？"紫秋立刻上前用扇子帮她扇风，可是周围都是热气，即使扇出来的风都是热的。而且见紫秋自己都是一身的汗，她无奈伸手将她的扇子推开："还是好热，你回去吧。"

紫秋收回扇子耸了耸肩，也不知她为何这般怕热又怕冷。对他们二人福了福身子，转身带着红玉和绿翠退了下去。

莫逸风与她并肩走在回廊上，看着周围的一切，好似与几年前没有变，可唯一变的就是他身边多了一个若影，这个整日里让他不得安生的人，却也让他的生活增添乐趣的女子。

走在回廊上，莫逸风勾唇浅笑，并没有回答她的话，可是忽然听见身旁传来窸窸窣窣的声音，他回头一看，顿时傻了眼，急忙伸手制住她扯着自己腰带的手："做什么？光天化日之下怎能乱解衣带？"

若影伸手擦了擦汗，满脸的痛苦："这么热的天，为什么要穿这么多？"

莫逸风打量了她一圈，不由得苦笑："你身上也就一件纱裙，若是再脱了去，难不成

就穿着里面那件到处逛?"

"不可以吗?"若影很是不解,又不是脱光了,里面不还有一件肚兜吗?

"不可以!"莫逸风一脸严肃,此风绝不能长。

"哦……"既然他已经这么说了,她也就心不甘情不愿地收回了手,而莫逸风则伸手为其系好方才被她解开的衣带。

就在这时,周福急匆匆赶来,刚一抬头便看见莫逸风拉着若影的衣带,老脸一红"哎哟"一声后急忙转过身去。想不到他们的王爷这般饥不择地,这光天化日的就要把人家姑娘给办了。

听到声响,莫逸风和若影同时转过头去,若影原本就没有把此行为放在心上,而莫逸风则有些慌乱地帮她系好之后轻咳一声开了口:"何事?"显然语气中也有些不自然。

周福低着头转身面向莫逸风,抱拳回禀:"爷,有位公公前来传皇上口谕,请爷移步去前厅。"

莫逸风应了一声,周福不敢抬头,依旧涨红了脸色站在一旁。

"皇上口谕是什么?"若影抬眸问。

莫逸风浅浅勾唇:"就是皇上的话,有公公替父皇前来传话。"

若影一喜:"好耶!父皇说如果我想去宫里玩,就让人带话给他。"

莫逸风闻言笑容一僵,也不知道若影喜欢他那父皇什么,不就是赐了皇家姓,上次给她吃了点心,难不成这些东西就把她给收买了?

收买?

突然想到这个词,莫逸风心头一紧,再回头看向若影,见她因为他的情绪波动而愣忡在原地,不由得拧眉深思。

前厅内,宣旨公公正被好生招待着,突然门口处的光线一暗,他饮茶的动作为之一顿,转眸望去,急忙放下手中的茶杯上前行礼:"参见三王爷。"

"公公不必多礼。"莫逸风颔了颔首。

宣旨公公起身之际朝他身侧看去,果然见到了玄帝所提及的莫若影姑娘。一个民间女子能够用上皇家姓,还真是她的造化。不过看她眉宇间倒是有几分故人的影子,莫非这才是她能用皇家姓的原因所在?

"公公不是说传父皇口谕?"莫逸风见他一瞬不瞬地看着他身侧的若影,不由得出声打断了他的猜疑。

宣旨公公因为方才神游了一番,此时听到莫逸风沉声一句经不住身子一颤,抬眸看向莫逸风,扯了扯唇角讪讪一笑。深吸了一口气后他又清了清嗓门大声开口:"传——皇上口谕。"

莫逸风抿了抿唇,伸手拉过若影一同跪了下去。

树荫下，若影的心情有些低落，忍了许久终究还是停住脚步转头开口问他："相公！为什么不让我进宫嘛？父皇都答应让我进宫了。"

莫逸风看向她语气淡淡："明日父皇是命几个皇子一同陪他狩猎，你去做什么？"

若影闻言立刻抗议："可是那个公公都说了，父皇让我跟你一起去，而且那个叫什么文硕郡主也去的。"

"她爹本是武将出身，而她也自幼习武，马术精湛，她去不会出事。"他低眸看她，听着像是跟她解释，可是他不让她进宫的心却没有丝毫动摇过。

在若影听来，那文硕郡主在他心里还真是百般的好，又是会武功，又是会马术，而且保证不会出事，她在文硕郡主面前就显得一无是处了。

"相公！你是不是喜欢文硕郡主？就是那个阙静柔。"她鼓着嘴满眼质问。

莫逸风却突然沉了脸色，转头望向不远处，眸中情绪万千。

看他这般模样，若影也就不敢再闹下去，就这般站在他身侧一声不吭，方才的燥热感在这一瞬间消失殆尽。

两人静逸了良久，莫逸风垂眸朝她看去，见她始终看着自己的脚尖，手指绞着自己的衣带。

"过去看看。"莫逸风拉住她的手朝前走去，原本在不安中的若影错愕地抬眸，却见他的脸色又恢复如常，她这才松了口气。

还没等她反应过来，眼前的一物已经完全吸引了她的注意。

"哇！秋千？"她拉着他的手疾步走上前，最后在秋千前站定，惊叹了顷刻，立刻转身一屁股坐了上去。

可是还没等若影屁股坐热，莫逸风朝树旁躬身取了一物，而后负手立于她跟前，就在若影仰头愣忡中，莫逸风轻启薄唇："趴下。"

若影看了看周围，而后又抬眸睁着一双无辜的水眸望着他。

莫逸风冷哼一声从背后取出一把戒尺，轻轻地扣在左手的手掌心上。看着他手中的戒尺，若影眸中一慌："相公……为什么又要打我？"

她也不知道他是何时取来的戒尺，又是从何地取来的，果然是有她的地方就有戒尺的存在，貌似在这王府中，她与戒尺是同生死共患难了。

"我记得上次跟你说过，若是再提进宫就戒尺伺候，你今日提了几回了？从这一路又说了几遍？嗯？"戒尺还在他手心轻叩，伴随着他那低沉的语气，若影心头骤紧，不怒而威想来就是形容他的。

若影委屈地看了看周围，也只有这秋千可以让她趴着了，还以为是给她玩的，没想到是要用来接受惩罚的。

思及此，她心里的委屈更是浓了几分，转眼已是泪眼汪汪："相公轻点啊。"莫逸风一怔，却又听她说道，"屁股上也是很疼的，上次疼了好久。"

莫逸风唇角的笑意一闪而过。

谁知这时，若影突然撩起长裙，伸手到腰间，就在裤子要被她褪下之时，莫逸风脸色陡然一变，而后立刻伸手阻止，转头看了看周围，幸亏此处没人，否则真是被看光了。

"谁让你脱裤子的！"莫逸风暴怒。

若影微微一怔，眨了眨水眸歪着脑袋问："不用脱吗？"

"我何时让你脱了？"若是让人知道今日之事，或者让人误以为他借由惩罚之名要对她做些什么，他一世英名便要毁于她手了。

若影想了想，他的确没有她他脱过裤子，于是弯眸一笑："我前几日在集市上看见一个妇人打她儿子屁股是脱裤子的，我不用脱吗？"

不脱更好，多一层布料会减轻一些疼痛。

莫逸风赤红的脸慢慢黑沉，看来他要教她的不仅仅是诗词歌赋，还有男女之事，比如她的身子不能随便给人瞧了去。

不过这么一来，他惩处她的欲望已消失殆尽，随手将戒尺放于一旁没好气地瞪了她一眼。

若影看着他将戒尺放好了，心里长长舒了一口气，看来她刚才那一招还挺管用，早听秦铭说他容易害羞了，果然一点都不假，她忍不住暗暗窃喜。

"坐好。"莫逸风这一次便放过她了，待她坐上去之后轻轻推了她一把，秋千随之前后摇摆起来，"此处阴凉，你坐在上面让奴才给你推，就不会燥热了。"

若影坐在秋千上一扫之前的阴霾，清润的笑声在树荫下散开。

莫逸风看着她玩得开心，心情也明朗起来。

她玩了好一会儿，才意犹未尽地停了下来，可是兴奋劲却依旧没有过去，坐在秋千上转头笑着问他："怎么会有秋千，以前没看见啊。"

"今日才命人装上去的。"他见她玩得高兴，自己也忍不住勾起了唇角。

今日陪同玄帝去御花园时，见那里有个秋千架，几个妃嫔玩得尽兴，也就在那一瞬间他想到了若影，一个人在府中定然是会烦闷，而且她又是好动的性子，便在回府之后命人给她做了一个，而且这段时日天气燥热，在此处倒是可以一边乘凉一边玩耍。

"谢谢相公！真好！"若影高兴得直夸赞。

莫逸风弯眸笑开，竟是脱口而出："真好？那是秋千好还是相公好？"

第一次，他自称相公，话音刚落，他自己也为之一怔，莫不是他自己也承认了这个身份？

若影却不以为意，只是看着莫逸风脚尖一踮又缓缓荡了起来。

第9章 父子争夺战 | 105

"相公怎么跟个孩子似的？秋千是秋千，相公是相公，怎么能相提并论。"她反倒是笑话起他来。

莫逸风见她没有在意，也随之释然，看着她玩得尽兴，不由得与她开起了玩笑："两个都喜欢，为什么不能比较？总有一样是更喜欢的吧？"

若影笑言："当然是喜欢相公多许多，没有相公怎么能有这个秋千呢？"

莫逸风随之笑开。

可是下一刻，若影停下秋千反问："那相公呢？是喜欢影儿多一点，还是喜欢柳毓璃多一点？"

莫逸风一怔，未料她会如此一问。看着她殷殷的目光，他便那样呆立在旁。

喜欢若影多一点还是喜欢柳毓璃多一点？

两人再次沉默，周围除了知了声便再无其他声响，她殷切地望着他，而他则移开视线不知在看何处，紧拧的眉心和负于身后紧攥的指尖告诉她，她又问了一个不该问的问题。

莫逸风望着远处的天际，思绪又飘回到了柳毓璃与他在幽情谷的那日，若是没有柳毓璃相约，他那日便不会去幽情谷，也就不会遇见若影，若是柳毓璃没有决定与他断绝往来，他便不会带她回府，将一切好的都留给她。

没有她就没有这个秋千，而没有柳毓璃也同样没有若影出现在他生命中，答案似乎已经再明显不过，可是他心里又觉得好似并非那么回事。

正如柳毓璃那日质问他那般，如果若影换成了别人，他是否依旧如此宠溺着被带回府的女子？

可是，若不是若影，那个人没有她那双眼睛，没有叫他一声"逸风哥哥"，没有央求他别走，他又怎会随便带女子回王府？

或许一切都已注定了，注定他会遇见她，注定他会将她带回府，注定她是他的女人。

翌日巳时，莫逸风交代了若影不能随意出府，即使要出府也必须让府中的护卫跟随之后便准备进宫，谁知在门口碰到了柳毓璃。虽然以前她也经常出入三王府，可是近日她已是极少过来，谁知刚来便是他要入宫的时辰。

"这……是要进宫吗？"她看他一身宝蓝色骑马装，英姿勃发器宇轩昂，一时间竟是看得愣神，似乎好久都没有看见他穿这身衣服了。

记得第一次她看见他穿这身骑马装的时候，他的身边还跟随着那个叫阚静柔的女子，只因那女子会马术，所以她只能看着他们陪同玄帝骑马射箭。也是在那一日，他骑马到她跟前，伸手问她要不要学，她受宠若惊地将手放进他手心，被他轻轻一带与他同坐一骑。即使后来被父亲责骂有伤风化，可她一想起阚静柔那瞬间煞白的脸，心里就十分舒坦。

莫逸风点了点头："父皇昨日命人传口谕，让我与众兄弟陪同狩猎。"他看了看特意来看他的柳毓璃，难免心存歉意，不由得开口道，"不如……你与我同行？听说永王妃和文

硕郡主也会去。"

柳毓璃眼眸扫了一下他身后莞尔一笑："若是你我同去了，若影姑娘怎么办？你就放心她一个人留在府里？"

莫逸风不料她会如此想，可是回头看了看王府内，方才他出门时她还在生着闷气，不由得有些担忧。

"若是逸风哥哥相信毓璃，就把若影姑娘交给毓璃吧。"她柔声开口，就连一旁的春兰都为之一惊。

莫逸风难以置信地看着她："交给你？可是……"

柳毓璃垂眸苦笑，再次看向他时眸中闪耀着妥协的光芒："其实逸风哥哥并不舍得她，到最后毓璃还是要与她生活在同一屋檐下不是吗？"

"毓璃，我……"莫逸风正要解释，却又发现无从解释。

也幸好柳毓璃并未要他解释些什么，反而伸手制止他继续说下去："毓璃明白，人非草木孰能无情，更何况逸风哥哥是王爷，只要逸风哥哥的心里有我，我心足矣。我也知道若影姑娘并不喜欢我，所以我想趁今日这个机会单独与她相处一下，希望她能接受我，以后能和睦相处。"

莫逸风震惊地看着眼前的柳毓璃，完全不敢相信自己的耳朵。她是兵部尚书的女儿，身份何其尊贵，可是她竟然愿意帮他照顾若影，还愿意将来与若影和平相处。

莫逸风一瞬间百感交集，伸手将她带入自己的怀中，紧紧地将她拥住："谢谢。"

她的大度，她的贤德，使得他更觉有愧于她。

而他们身后，原本想要来给莫逸风送行的若影站在不远处看着相拥的二人，一瞬间脸色煞白指尖发凉。

直到莫逸风跨上马，方看到站在不远处的若影，本想说些什么，却最终还是没有开口，只是垂眸看向站在她一旁的柳毓璃低声一语："辛苦你了。"

柳毓璃脸色一变，却很快恢复如常，直到他带着秦铭绝尘而去，她眸中才闪过一道寒芒。

春兰见莫逸风已经离开，转头疑惑地问她："小姐为何要请缨照顾若影姑娘？小姐你……愿意与她共侍一夫？"

柳毓璃转眸睇了她一眼后冷哼："照顾她？你觉得可能吗？"就在春兰还想问的时候，却见她转身看向王府中仍杵在原地的若影勾起一抹淡薄的笑，微启朱唇挤出一句话，"共侍一夫……你觉得她也配？"

未等春兰再度开口，她已轻提罗裙起身走向若影，就要走到她跟前时，岂料若影一个转身便跑回了月影阁。

"胆小如鼠，还敢与我相争。"柳毓璃再度冷嘲一笑。

月影阁

若影趴在桌上不言不语急坏了一旁的紫秋，她也没有料到柳毓璃会在今日造访，而且他们的三爷竟是同意了在他不在的情况下让柳毓璃留下，难道他不怕柳毓璃伤害若影吗？

"妹妹这是生气了吗？"随着一声讥笑声响起，若影拧眉朝门口望去，果然是柳毓璃堂而皇之地踏入了她的房间。

"出去！"她低斥一声满含厌恶。

可是柳毓璃非但没有出去，反而带着春兰走到她跟前且坐了下来。

"谁让你进来的？谁让你坐下的？你给我滚出去！"若影再也忍受不了柳毓璃傲慢的态度，骤然起身朝她身上推搡。

柳毓璃突然伸手一握，竟是死死扣住了若影的手腕，这力气之大岂是一个寻常大家闺秀的劲道。

若影痛得低吟，丝毫动弹不得。

紫秋见了吓得急忙上前帮衬："请柳小姐放手，你伤到若影姑娘了。"

春兰见她们主仆二人对付她主子一人，自然也不甘示弱，上前扬手便扇了紫秋一耳光："好你个贱婢，敢动我家小姐，小心三爷回来扒了你的皮。"

若影未成想春兰竟是下了狠手，那一记耳光响彻了整个房间。也不管自己是否是柳毓璃主仆的对手，她俯首便朝柳毓璃的手背咬了下去。

"啊！"柳毓璃未曾留意她有此一举，立刻松开了她的手腕，可是当她将若影推开之际，发现手背上已有了深深的牙印，还渗着血。

"小姐，你受伤了！"春兰惊得拉住柳毓璃的手不知所措。

见春兰想要去找药，柳毓璃却伸手将她拉住，就在春兰疑惑的目光中，她将手背呈现在若影面前，唇角微扬带着一抹冷厉："你说……若是让三爷知道我手背受伤的原因，他会怎么对待罪魁祸首？"

原本处在气愤中的若影闻言身子一颤，就连一旁委屈得猩红了眼眸的紫秋也怔住了。下一刻，紫秋扑通一声跪在柳毓璃跟前苦苦哀求："柳小姐，请您高抬贵手不要告诉三爷，若影姑娘除了三王府无处可去了。"

若影虽是心中害怕，可是见紫秋为了她下跪，心里难受至极，伸手便要将她扶起，可是紫秋却不停地朝柳毓璃磕头："柳小姐，一切都是奴婢的错，请柳小姐惩罚奴婢，不要怪罪若影姑娘。"

春兰见状满脸的不屑，柳毓璃却朝紫秋伸出了手，脸上依旧是那温婉的笑："好一个忠心的奴婢。"见紫秋依旧不敢起身，她扬了扬眉笑言，"也不是什么大事，我不说便是了。"

紫秋有些惊愕，没想到她会这般轻易地放过若影。

"其实我这次来就是为了和若影姑娘好好谈谈，将来也能和平共处在三王府，只要若影姑娘愿意，即使三爷让你走，我也会极力保你留下。"在将紫秋扶起之际，柳毓璃一瞬不瞬地看着若影，浑然一副女主人的架势。

若影始终紧咬着唇不开口，而柳毓璃每一句都戳中她的要害，使得她根本无力相抗。

柳毓璃转头看向紫秋，弯着眉眼满是柔和之色："春兰，你可是逾矩了，回去自己领罚。"

春兰心头一惊，可当接触到柳毓璃的目光时，她才随之含笑垂眸："是，奴婢回去会自己领罚。"

"紫秋被你打成这样，还不快带她去大夫那里看看。"她又吩咐道。

"不用了。"紫秋一口拒绝，她可不能将若影留在此处与柳毓璃独处。虽然柳毓璃脸上笑着，却让紫秋看得心底发毛，若是她一走她对若影不利可如何是好？她会内疚一生的。

柳毓璃见紫秋不合作，也不气恼，反而伸手抚了抚她的面容，还故意用手背去抚，让紫秋清清楚楚地看见她手背上被若影咬下的伤口。

"你说你伤得这么重，若是有个内伤什么的可如何是好？"她话音刚落，手突然被若影一打，立刻脱离了紫秋的脸。可是她却轻笑着抚弄着自己的手背道，"虽然我可以不告诉三爷，可是这伤口这么明显，若是我不好好隐藏起来的话……你觉得三爷可能会看不见吗？"

"柳小姐……"紫秋又要下跪，却被柳毓璃眼明手快地用手扶住："我说了，今日只是要和若影姑娘单独谈谈，无非是想日后好相处，所以你无需顾忌些什么。"

她又随即看了看春兰道："另外……听说若影姑娘喜欢吃糖葫芦、麦芽糖这些小孩子的东西，你也顺便买些过来，就当是小小见面礼，下次若是看见好看的面人，也买一个。"

紫秋难以置信地看着柳毓璃，她竟是将若影的喜好都掌控在手心。垂眸心里挣扎了顷刻，终是选择走出了月影阁。

当房中只有她和若影的那一刻，柳毓璃微眯了目光打量着眼前这个不但失忆还脑部受损的女子，这样的女子也不知道莫逸风为何会舍不得她，难道图她长得美？

哼，倒是有几分姿色。可是除了这个她还有什么？简直一无是处。

第9章 父子争夺战 | 109

第10章　幽禁毓璃阁

见她满含敌意地站在她跟前瞪着她，柳毓璃轻叹一声坐了下来，就在她面前用丝帕擦拭着上面的血迹。看着那深深的牙齿印，若影倒是有几分后怕，不是怕柳毓璃，而是怕莫逸风。

"你放心，只要你乖乖听话，我便不会告诉他。"垂眸间，她的眸中一片冰冷，这般深的牙印，若不是用上好的金疮药，恐怕是会留疤的。

若影因为她方才的话，便也不敢轻举妄动，只是站在原地拧眉望着她手背上的伤口。"知道我和三爷是何时相识的吗？"柳毓璃轻扫了若影一眼淡淡开口。

若影不吭声，只希望她立刻离开，可是又因为方才自己闯了祸，怕被莫逸风知道后在三王府无立足之地，所以只是抿唇凝视着她。

柳毓璃也不恼，一声长叹过后示意她跟随她走出房间。若影虽然不情愿，可是想来在三王府她也不敢做什么，而且紫秋现在也在她手上，她只得忍下这口气跟了上去。

还是这个天气，还是这个环境，可是若影却发现完全没了先前难耐的燥热，走在柳毓璃身旁只觉得周身骤寒，更多的是厌恶盖过了一切的情绪。

"我与三爷相识是在我八岁的时候，一次我受德妃所邀去宫里游玩，谁知因为好奇心重而没有听从父亲的话在宫里乱逛，终是迷失了方向，也就在那一日认识了三爷，是他带我回到了父亲身边，若不是三爷，我定逃不过重罚。随后三爷和四爷他们也几次来我家小坐，三爷更是每次都不愿意回宫，这原因想必我不说你也清楚。"

若影越听越生气，突然顿住脚步怒视着她："你跟我说这些做什么？"

柳毓璃见她一副沉不住气的模样，掩嘴一笑微微扬眉："其实也没什么，只是想告诉你，我与三爷是青梅竹马，无论是谁都不可能代替我与三爷之间十年的感情，不过你放心，三王府这么大不可能没有你容身之处，你若想留下我便让你留下，这点权利我还是有

的，你说呢？"

"我……"若影紧咬着双唇，本想有骨气地说一句"才不稀罕留在这里"，可是一想，除了三王府她还能去哪儿？

柳毓璃再次轻笑而起，那声音本是悦耳动听的，可是在若影听来却是那般刺耳。

"既然将来你我会同住一屋檐下，我觉得很多事情也不必瞒你。"说到此处，柳毓璃目光微闪，午时了，奴才们都去用膳了，周围除了个别下人经过之外倒是安静。

若影对她所说的话一点都没有兴趣，而且听得心里发堵，正要转身走人，手腕突然被柳毓璃扣住，而后又缓缓顺着回廊走着，在别人看来画面倒是极为和谐，恐怕没有一个王府中的女人能这般"和睦相处"的。

周福正巧经过，看见柳毓璃牵着若影的手在散步，震惊之下也松了口气，若是她们能和平共处，还真是三王府的幸事。

他笑着点了点头转身朝膳堂而去。

柳毓璃眼波流转，见周福离开方让若影挣脱了手，随后转身问道："你知道三王府的秘密吗？你知道三爷的秘密吗？"

若影顿了顿，而后立即冷哼一声："我才不要知道别人的秘密，而且相公才没有秘密，他要是有秘密一定会跟我说的。"

"你确定吗？"柳毓璃浅浅勾唇，见若影微微一怔，她又道，"那毓璃阁呢？你上次不是因为闯了毓璃阁而受罚了？"

若影拧了拧眉无从接话。

"想知道毓璃阁的秘密吗？"柳毓璃看了看周围，而后凑到她耳边轻声道。

"我……不想！"若影一下别过头去，坚决不再去毓璃阁。

"你怕了？"柳毓璃轻笑，随即又十分认真地说道，"今后你我都要伺候三爷，所以我只是想把我知道的秘密跟你分享，希望我们以后能好好相处，不要给三爷徒添烦忧。"

若影想了想，还是摇了摇头："我不去，也不想知道。"

柳毓璃倒是没想到她会这般犟脾气，指尖一紧，面上笑意更浓："那好吧，以后三爷若是跟我分享秘密我就不告诉你了，反正你也不想知道，而且那个毓璃阁对三爷很重要，只有知道了毓璃阁秘密的人才能成为三爷的人，三爷不让你知道难不成根本没想过要将你留下？"

若影心里一慌，她如今最怕的无非是被莫逸风抛弃，而她则无处可去，似乎她从未想过其实她还有一个莫逸谨。

"走吧！不管三爷是不是愿意把你留下，只要你知道了毓璃阁的秘密就是他的人，到时候我再帮你说几句好话，三爷一定不会让你离开三王府的。"对付一个只有八岁心智的人，柳毓璃还是觉得绰绰有余。

"你为什么帮我？"若影始终怀疑她的动机。

柳毓璃低声一笑，转头看向她时神色极其认真："与其让别的女人入府与我共侍一夫，倒不如让你继续留下，那些女人只会害人，可是你不会害人不是吗？"

若影想想也对，她怎么可能会害人，谁对她好她就对谁好。

等到若影回过神来时，她们已经站在了毓璃阁外，而方才她们所走的路好似与她之前的有所不同，也因为她一直都在思忖着柳毓璃的话，所以根本没注意刚才究竟是绕着哪些路而来的。

"这里一直锁着，进不去的。"若影看着门上的锁言道。

柳毓璃淡淡扫了她一眼，随后从香囊中取出了一把钥匙，若影满眼震惊，却见她轻轻一开便将锁给打开了。

"你怎么会有这里的钥匙？"震惊之余她心里泛起了酸楚，可柳毓璃而后的话再次让她心头堵得慌。

"都说了三爷的秘密我都知道，他从来都不瞒我，所以这把钥匙自然是三爷给的。"她颇为得意地勾唇浅笑。

若影不再说什么，只是闷声随她走进了毓璃阁。

柳毓璃轻轻带上房门，若影心头一颤，转头看她，幸好她还在，她以为柳毓璃会把她关在这里。

"你是想告诉我这里是三爷为你准备的新房是吗？"若影酸溜溜地开口，眼眸依旧没有离开那张喜床半分。

柳毓璃扬了扬眉："这倒是事实，不过，真正的秘密在那里。"她指着床边的梳妆台说道。

若影走过去看了看，并未看出有什么不同，只不过盒子里有许多发钗首饰而已。

谁知这时，梳妆台突然间开始往一边移动起来，她吓得倒退了几步，回头看向柳毓璃，只见她在床头轻轻扭动着，而梳妆台也随着她的动作往一边移动，直到露出了一个深洞。

"这里是空的。"若影惊呼。

柳毓璃示意她噤声，而后走到她跟前低声道："这里才是毓璃阁的秘密所在，你去看看。"

若影点了点头走到洞口。

柳毓璃本以为她会毫不犹豫地走进去，谁知她刚要踏出一步却又收回了脚："我不去，相公会生气的。"

柳毓璃目光一寒，每一次听到她叫莫逸风相公就好似一把刀在她心口割着，见她坚决不再踏入，她指尖一紧心一横，突然一个用力将她推了下去。

而在她进去的那一瞬间，梳妆台缓缓合上，直到回归原位。

"有些东西不属于你的就别觊觎，否则……我会让你死得很难看。"柳毓璃站在毓璃阁门口看着梳妆台的方向冷冷一语，一想到她饿死在密道中只剩一副皮包骨的样子，她心情便无比舒畅。

看着手中的钥匙，唇角的笑意渐渐冷却，转身头也不回地朝月影阁而去。

周围一片漆黑，身子疼得像散了架，方才被柳毓璃一推，她整个人从阶梯上滚落下来，浑身已经多处受伤，可是更让她害怕的是周围的黑暗，仿若整个人都被吞噬了一般。

若影惊恐地睁着水眸望着周围的一切，可是因为没有适应里面的环境所以一点都看不出身处何地。她顺着阶梯颤抖着身子往上爬去，感觉碰到了石壁。

她记得打开的明明是梳妆台，为何此时碰触到的是石板？难道说梳妆台后面还有一块厚厚的石板阻隔着？

来不及多想，她伸手用力地拍着石壁大喊："放我出去！柳毓璃！为什么要把我关在这里？放我出去！"

可是无论是外面还是里面，除了她的呼救声阵阵回荡之外没有丝毫回应。

这里是禁地，平日里根本没有人进来，而且即使有人进来，这厚厚的石壁早已阻隔了她的声音。

"相公！救我！相公……呜呜呜……"她近乎绝望地一边哭着一边拍着石壁，可任凭她将自己的手拍得麻痹了，也没有任何人回应。

一道冷风灌入她的衣领，她吓得浑身一颤，整个人都好似掉入了无底深渊。

"相公！影儿在这里！相公救我！"她时不时地朝后方的黑暗看着，感觉那下面就好似地狱。有忽明忽灭的橙色火光在不远处飘动，她惊得满身冷汗。

然而她越不想靠近那里偏偏脚下一滑，整个人再次顺着阶梯滚落下去。这一次她看清楚了眼前的一切，有供桌，有食物，有白蜡烛，还有……牌位。

"啊！"她骤然抱着头惊叫起来，脸上毫无血色，眼睛睁得硕大，整个人在惊叫过后靠着墙根呆滞在原地。她好像看见有人朝她走来，是个女子。她想逃，可是逃无可逃。

在这一刻，她似乎连呼吸都瞬间停止了，眼前零星的记忆渐渐组合，那混乱的场面再次浮现，原本已经受到惊吓的若影在结合不远处所看到的灵位时，她终于承受不住地渐渐阖上眼眸倒了下去。

红风林

玄帝和众皇子英姿飒爽举着弓箭各显神通，只可惜他们只射到了野兔野鸡，就是没有看见那日莫逸萧所说的麒麟，年纪最小的十四皇子莫逸宏坐在马上失望地看向一旁的莫逸萧问："四哥，真的有麒麟吗？都好几个时辰了怎么连个影子都没看见？"

莫逸萧拉满弓射向高空，下一刻一只鹰被射落，众人拍手叫好，他收回弓箭勾唇一笑："能这么容易被抓到的话还有什么可稀罕的？"

莫逸宏想想也是，便也不再追问，却听得一旁喝彩声此起彼伏，不由得升起了好奇心，缰绳一拉调转马头往声音的来源处而去，莫逸萧本不想跟去，却听到莫逸宏叫了一声"三哥"，他目光一闪，便也跟了去。

"哇！三哥好厉害，猎到这么多。"莫逸宏止不住地赞叹，再看看自己所猎到的一只野兔，不免觉得太过惨淡。

莫逸风对他淡淡勾唇，却没有说什么，调转马头往回而去。

"三哥怎么了？"莫逸宏歪着脑袋不明所以。

莫逸萧行至莫逸宏身侧看着莫逸风离开的背影冷哼："装什么清高。"

闻言，莫逸宏朝莫逸萧看了一眼，无奈耸了耸肩，他们二人的不和是朝野上下都知道的事情。

莫逸谨见莫逸风欲离开，立刻跟了上去："三弟，今天怎么心事重重的？"

莫逸风抿了抿唇，紧蹙着眉心转眸看向他："我也不知道怎么回事，觉得有些心慌，不知道是不是府里出事了，影儿她……"

"影儿？影儿怎么了？"一听到若影，莫逸谨整个人都谨慎起来。

"不知道，应该不会有事，可能是我多虑了。"莫逸风收起了弓箭下了马，小太监将他所猎到的野物尽数取下收好。

莫逸谨随之下了马，见他一副心不在焉的样子，不由得轻哼："若是不放心影儿在王府，为何不带她一起过来，父皇原本就想让影儿前来，你却偏说影儿身子不适，这种推托之词也不知父皇信不信。"

莫逸风看着他微眯了眼眸："那你认为父皇为何会这般喜欢影儿？还带着她去看选秀女？"

莫逸谨一怔，这才想起莫逸风先前与他说过的事情，他一时间倒是忘了，若是他们的父皇当真看上了他们的影儿，他们岂不成了影儿的儿子？更何况原本不与莫逸风争夺也就罢了，若是影儿落到了他们父皇手里，他们二人岂能罢休？

"嗯！你做得对，还是少带她来宫里。"莫逸谨不由得庆幸莫逸风如此决定。

"两位爷不去狩猎了？"一声清润的嗓音响起，阚静柔一身水蓝色骑马装出现在他们眼前，而她身旁坐在马背上的便是莫逸萧的永王妃萧贝月。

见她们二人都下了马，莫逸谨看着阚静柔所穿的骑马装，忍不住以拳抵唇轻咳一声，随即若有似无地凑到莫逸风跟前轻语道："不知道的还以为你们是夫妻呢。"

莫逸风没好气地瞥了他一眼，所有皇子中就属他最不正经。可是当他注意到朝他而来的阚静柔时，薄唇抿成了一条线。他穿的是一身宝蓝色骑马装，而她穿的是一身水蓝色骑

马装，虽然不是一模一样的颜色，可终究是属于蓝色，在外人眼中的确会惹人误会。

"也几个时辰了，父皇龙马精神，儿臣等望尘莫及。"莫逸风避开了莫逸谨的话，也没有去接阚静柔投来的别有深意的眼神。

他的回答难免让阚静柔失落，而一旁的莫逸谨则适时地打了圆场："永王妃也不玩了？四弟似乎还玩得未尽兴。"

萧贝月牵强地笑了笑，却不失礼仪："有些累了，所以回来休息一下。"

事实上是阚静柔见莫逸风回来了，也就拉着她一同回来了。不过不跟着阚静柔回来又能如何？而从始至终，身为她夫君的莫逸萧根本没有照顾她丝毫，明知她前几日得了风寒，今日身子尚未完全复原，可是他却依旧让她同行，原本她还以为莫逸萧是想要与她夫唱妇随，谁知道她的侍婢说是因为柳毓璃不来，所以他才退而求其次。

可是这些真相她只能烂在肚子里，她无从选择。

几人坐下后宫人奉上了茶水，莫逸谨见四人坐下谁都没有开口甚是无趣，便转头朝一直偷看莫逸风的阚静柔笑着开了口："哎？文硕郡主何时喜欢这颜色了？"

阚静柔闻言偷偷睨了莫逸风一眼，而后勾唇浅笑："不好看吗？"

莫逸谨扬了扬眉看向身旁的正偷偷瞪他的莫逸风笑得意味深长："好看……这蓝色特别好看，你说是吧，三弟。"

莫逸风没有说话，淡淡移开视线看向不远处的玄帝，眉心微蹙。

阚静柔见他如此反应，难免心里失落，见一旁的萧贝月握了握她的手，她扯了扯唇角勉强一笑。

玄帝见他们四人都在休息，于是掉转了马头，而莫逸萧和莫逸宏等人也跟着回到了休息处。

"你们几个都累了？"玄帝下了马之后率先开了口。

莫逸风上前本要准备先行出宫，却被莫逸谨突然拉住了衣袖，而后先一步上前走到玄帝跟前："父皇龙马精神，儿臣几人可比不得，才没一会儿骨头都像散了架，恨不得现在就回床上躺着。"

莫逸风收回了脚步未曾言语，他知道莫逸谨是怕玄帝听到他说提前回宫的话会责备于他，所以就以自己的名义替他说了。

"哦？"玄帝轻笑，笑达眼底，"朕倒是见你生龙活虎的很是精神。"

莫逸谨讪讪一笑："这不是在父皇面前不能失了面子嘛。"

玄帝也没有与他计较，看着他低低一笑坐到龙椅上端起了冯德奉上的香茶。

萧贝月端着茶盏走到莫逸萧跟前笑着将茶递了过去："四爷累了吧，快喝杯茶歇一歇。"

莫逸萧未看她一眼，越过她坐到了座椅上。

第10章 幽禁毓璃阁 | 115

捧着茶盏的手微微一紧，此处本是阴凉之地，应是感觉凉爽才对，可是她的心却犹如掉入万丈深渊，热茶依旧暖不到她的心。见他端坐在那儿，她深吸了一口气后终是再次走了过去将茶送到他面前。

莫逸萧抬眸看了看她，伸手将茶盏接过，眸中闪过一道诧异的光，稍纵即逝。

阙静柔亲眼看着这一幕，忍不住低头轻叹。

此时冯德命小太监们将猎物一一摆好在众人面前，而后低眉垂手地来到玄帝跟前笑言："皇上，所有人所猎之物都已在此了。"

玄帝浅浅勾唇，而后低声吩咐："朕让你准备好的东西都拿来了吗？"

冯德道："回皇上的话，都已经拿来了，就在桌上摆着呢。"

众人面面相觑，随之将视线落在了不远处的被红布所遮盖的桌上。

就在众人的猜度之中，玄帝放下茶杯缓声开口："大家都不必猜测，这是今日给你们的赏赐，谁猎到的猎物多就先挑选。"

闻言，最小的十四皇子莫逸宏鼓着嘴泄气地倒在椅子上："哎……那儿臣肯定是什么都没有的。"

看着眼前可怜巴巴的一只小野兔，怎可能与一旁堆积如山的猎物相比。

玄帝笑着看他，满眼宠溺："有，所有人都有。"

"真的？"莫逸宏满眼放光，可是才顷刻，他便又放弃了希望，"那是不是如果第一名得一只大公鸡，儿臣只能得到一根鸡毛？"

他话音刚落，众人扑哧笑开，这个比喻倒是独特。

"哈哈哈……"玄帝的笑声感染了众人，所有宫人全都喜笑颜开，"十四，父皇有这么小气吗？放心，若是第一名得一只大公鸡，你能得到两根鸡毛。"

这句话更是惹得全场众人捧腹大笑，而此时的莫逸宏因为玄帝的一句话心情大起大落，更是错愕他那父皇，他竟是会与他说笑了。

不过所有人在笑过之后都开始关心那红布之下所藏何物，如此神秘想来都是宝贝。宫人们心痒难耐，都伸长了脖子去瞧，虽然得不到，但是只要看上一眼，回去也可与别人炫耀一番。

莫逸风在听到玄帝的说笑后也怔了怔，可随即又心头不安起来，只想快些出宫回府。虽然有毓璃帮他照看着若影他应该放心，可是心里总是空落落的，总觉得要亲眼去看了才放心。

冯德奉命确认着面前众人的战绩，一番清点之后他弯眸躬身上前道："回皇上，此次在众人之中是皇上和三王爷所猎之物最多。"

众人皆为之一怔，就连莫逸风的眼底都闪过一抹惊愕。

竟是这般巧合。

"哦？朕与老三竟是所猎之物数量相同？"玄帝起身走到猎物跟前，果然是一样的数量。

莫逸萧脸色一变，指关节森白。

莫逸宏探着脑袋看了看两堆猎物，而后转眸看向玄帝："哇！父皇，果然一样，那父皇和三哥一起选吗？"

玄帝敛回思绪看向莫逸宏，而后笑言："既然是赏赐给你们的，父皇便不参与了。"

莫逸宏很是单纯，一听他这般说，立刻欢欣鼓舞起来，毕竟少了一个与他争礼品之人。

而屈于莫逸风之下的是莫逸萧，虽是第二名，他始终是阴沉着脸，对于他来说，无论输于谁之手，他都不想输给莫逸风。

众人走到赏赐物品之前，当冯德揭开红布之时，所有人都为之惊叹，这桌上之物全是今年他国所进贡的贡品，每一样都价值不菲，且独一无二。

放在最中间的是玄冰剑，是所有赏赐物品之魁首，剑鞘上镶嵌着各种宝石，每一颗都价值连城。可正因为它的名字带着一个"玄"字，所以无人敢觊觎半分，否则后果不堪设想。

而玄冰剑的右侧是一整套的琉璃碗筷，在太阳光的照射下晶莹剔透，拿着碗身可以将碗底之手一览无余。玄冰剑的左侧是鸳鸯倚，那是天蚕丝所制，若是做成衣服则是冬暖夏凉。不仅如此，关键在于据说若是夫妻同用此料制成锦衣，能让人相濡以沫同携手，鸳鸯同寝白首不相离。

听着冯德绘声绘色的介绍，萧贝月看着面前的鸳鸯倚失了神。

"三哥，你选哪个？"莫逸宏仰头望着他问。

莫逸谨看着那把玄冰剑本是眼前一亮，可是再一想，又开始为他担忧，正准备提醒他，谁料莫逸风头一转看向莫逸萧："四弟，还是你先选吧。"

众人为之一怔，就连玄帝眸中也闪过惊愕之色。

"三哥让我先选？"莫逸萧打量着他，不知道他心里打的什么主意。

莫逸风点了点头，目光不着痕迹地掠过玄帝，微勾唇角："让四弟先选有何不妥？又有何所奇？"

言语虽然平淡无奇，可是当事人却能听出他话中深意，莫逸萧抿了抿唇看向玄帝，而玄帝同样抿了薄唇。莫逸风虽然没有言明，可是玄帝心里清楚，自小只要有好东西他便会留给这个老四。可是当他看向莫逸风那波澜不惊的俊颜之时，不由得开始揣测眼下他究竟是在试探，还是在怨恨，又或者并无别的意思，只是单纯地想要让莫逸萧先选而已。

意识到这个问题，玄帝自己也为之一怔，他竟然在揣测自己儿子的心思，从来最难懂的是帝王之心，可是他发现在众皇子中最难让人捉摸的是这个老三的心思。

玄帝没有开口，众人皆不敢出声，莫逸萧见玄帝没有反应，看向莫逸风时唇角带着一抹嘲讽，而后上前一步勾唇一笑："好，既然三哥让四弟先选，那我就不客气了。"

萧贝月原本觉得莫逸萧这般轻易地答应似有不妥，在外人眼里倒显得他恃宠生骄目中无人，可是她从来都劝不了他任何事，他凡事也不会与她商议，所以再为他担心都是徒劳。而当莫逸萧走向那一匹鸳鸯绮时，她顿时呼吸一滞。

难道他方才看出了她喜欢这个鸳鸯绮？难道他的心里是有她存在的？夫妻多年，她多么希望他的眼里心里有她一点点的存在，如今当真即刻要摆在眼前，她仿佛身在梦中。

莫逸风见莫逸萧走向鸳鸯绮，眉心不着痕迹地一蹙，很快恢复如常，在众人眼里，无论莫逸萧做什么他都显得那般云淡风轻。

"父皇，儿臣就选这个了。"莫逸萧拿起那一套用锦盒所装的琉璃碗筷看向玄帝。

玄帝微微一怔，还以为他会选玄冰剑，若当真是他所选，他倒也不会多想什么。

"老四怎么会选这个？"玄帝笑问。

一旁的萧贝月脸色苍白一片，她怎会不知他为何会选这套，无非是因为那个叫"毓璃"的女子，琉璃碗配柳毓璃……

她终是高估了自己，她以为这一次他会选择与她做一对不离不弃的鸳鸯，却没想到他终是选择了与那个女子将来同桌共食，双宿双栖。

而后莫逸萧说了什么她并没有听进去，也不想去听，恨不得立刻离开此处。耳边突然响起玄帝的低笑，她这才敛回思绪故作镇定地站在一旁。

"老三，该你了。"玄帝看向莫逸风。

莫逸风应了一声，未作任何犹豫便选择了那一匹鸳鸯绮。

尚未等玄帝开口，莫逸宏急着问："三哥怎么不选宝剑选一匹衣料？"

莫逸风淡笑："衣食住行，这衣为首，三哥自然是要先选这匹冬暖夏凉的衣料才对。"

莫逸宏疑惑着点头，而莫逸谨则着实替他捏了一把汗，不过他的选择也的确让他疑惑不解，可当场也终究没有再追问下去。

阙静柔以为他不选玄冰剑是为了防止落人口舌，可是当她发现莫逸风自从拿到那匹鸳鸯绮之后唇角情不自禁流露的笑意，她知道事情并非她所想。

这鸳鸯绮虽然男女都可制衣，可是她也清楚莫逸风绝非喜欢这些外在之物。而柳毓璃并不喜欢湖蓝色，她自己也不喜欢，今日穿这套水蓝色无非是想要与他穿得相似罢了。那么算来算去也只有那个被赐了皇家姓的莫若影了，因为除了她，她想不出莫逸风身边还有哪个需要他这般用心的女子。

指关节阵阵泛白，掌心传来痛意，终不及心口的钝痛。

在回三王府的马车上，莫逸风将那匹鸳鸯绮放在腿上，阵阵凉意传来，果然如传言所

说能冬暖夏凉，是上等衣料。唇角勾起一抹弧度，似乎并未因为没有得到玄冰剑而失落。

"爷，听二爷说皇上赏赐之物中除了玄冰剑之外还有其他兵器，爷怎么没要？"秦铭开口问。

莫逸风轻笑摇头，这莫逸谨和秦铭还真是无话不谈。不过对于他来说，也从未将秦铭当下人，他父亲是禁卫军统领，而他却甘愿当他的左膀右臂，做一个小小的三王府护卫，他的父亲更是没有半点怨言，这个恩他记在心里。而且小时候的那次若是没有秦铭相救，恐怕他也可能丧命了。

"要兵器做什么，这鸳鸯倚是天蚕丝所制，如今正值盛夏，制成衣服岂不更实在？"莫逸风看着鸳鸯倚上面的花样淡淡开口。

秦铭扑哧一笑："实在？这可真不像爷会说出的话。"

莫逸风也不再与他说这些，撩开帘子朝外看去，马车也随之停了下来，看着三王府的大门，似乎今日很想早些进去。

下了马车，他抬头看了看时辰，应该是申时。

"爷！不好了！"周福见莫逸风回府，立刻急匆匆赶了出来，一边喊一边跑，差点就绊上了门槛。

"何事如此惊慌？"莫逸风见周福脸色不对，不由得望向府内。

秦铭接过他手中的鸳鸯倚看向周福："难不成若影姑娘闯祸了？"

周福闻言扑通一声跪在莫逸风跟前："爷，是奴才没有看好若影姑娘。"

"究竟发生了何事？"莫逸风脸色一变。

"若影姑娘她……她不见了……"周福颤巍巍地开口，话未说完眼前人影一闪，待他抬起头来，哪里还有莫逸风的身影。

待莫逸风疾步入府，一个娇小的身影突然扑进了他的怀中，语带哽咽："逸风哥哥，都是我不好，是我没有看好若影姑娘。"

莫逸风扶着她的肩将她拉开一段距离，却见她已是泪眼蒙眬，张了张嘴，终是放低了语气："好端端的怎么会不见了？"

柳毓璃伸手抹了抹眼泪摇头："我也不知道，原本是好好的，她还与我一同散步，而后她突然说要与我玩捉迷藏，我想与她亲近，便答应了下来，谁知道等我觉得不对劲的时候若影姑娘已经不见了人影。对不起，都是我不好，如果不是我，若影姑娘应该不会因为生气离开了吧？"

"离开？"原本见他二人相拥时移开视线的秦铭在听到柳毓璃这句话时微微一怔。

柳毓璃点了点头："都找了好几个时辰了，王府中里里外外都找遍了，就是找不到，定是出府了。"

"爷，我立刻派人出去找。"秦铭将手上的鸳鸯倚交给走来的周福后躬身抱拳。

第10章 幽禁毓璃阁 | 119

柳毓璃在看到那匹鸳鸯绮时目光一亮，这就是天蚕丝所织的鸳鸯绮，她听她父亲提及过，没想到如今竟然到了莫逸风手上。可是此时她定然是不能提出让他送予她的，咬了咬唇垂眸移开视线，悄悄看了莫逸风一眼，满脸自责。

莫逸风抬手本要同意，可是突然觉得脑海中一闪，立即道："立刻派人在府中搜寻。"

柳毓璃一惊，支吾道："我与周叔已经派人在府中搜寻遍了，就是不见人影，可能真的是出府了。"

"不会。"他说得斩钉截铁，见柳毓璃一脸惊愕，他沉声回道，"影儿那次答应过我，以后不会独自出府，即使真要出府，必定会告知府中之人。"

"或许……她因为恼我来府上所以才擅自悄悄溜出去了呢？"她试探地问。

"不会。"莫逸风始终坚信她不会言而无信。他记得在她开口叫他"相公"之日，他便与她约法三章，即便她如同孩子心性，她仍是会坚守承诺。

柳毓璃闻言呼吸一滞，指尖不由得发颤，他竟是如此信那个女子，似乎已远胜于对她的信任。

"秦铭，还不快去找，若是再找不到天都要黑了，到时候就更难找了。"莫逸风的担忧都写在了脸上，也正因为如此，使得柳毓璃的脸色越发苍白。

秦铭领命立刻转身派人去四处寻找，而莫逸风也不耽搁，竟是忘记了柳毓璃还站在那里，转身便朝安置秋千架的地方而去。

柳毓璃见莫逸风离开，实在难以置信，可她也不能就此出府，便疾步跟上了莫逸风。

当他们来到秋千架前，柳毓璃的脸色更是难看至极，在三王府出入这么多年，她从来没有见过这里有秋千架的存在，不用想也知道是为了莫若影新安置在此处的，而且这秋千架就连两边的绳子都细心地用丝绸缠绕，想必是怕她玩得尽兴时扎了手。而她认识莫逸风这么多年，从未想到他会有这样的一面，为了讨一个女子欢心而费尽心思，而那个女子却不是她。

莫逸风在四处喊着若影的名字，每一句"影儿"都像利刃刺入她心口。不经意间看见树旁放置着一个长盒，打开一看，果然是戒尺。他对她的用心还真不是一点点，只要是有若影的地方就有戒尺的存在。对于若影来说是极其无奈之时，可是对于柳毓璃来说却是心中百味杂陈。

见莫逸风要离开往别处去，她急忙跟了上去。

似乎这才发现柳毓璃的存在，莫逸风停住脚步看着她气喘吁吁的模样抿了抿唇拧眉轻叹："我派人先送你回去吧。"

柳毓璃摇了摇头："是我没有照顾好若影姑娘才会有现在的情况，如果没有亲眼看见她平安无事，我会不安心的。"

莫逸风见她十分坚持，便也由着她去了。

一个时辰后，秦铭疾步迎面而来，莫逸风立刻上前急问："怎么样？找到人了吗？"

虽然夏季日长夜短，可是如今是酉时末，天边也只剩下晚霞，每过去一个时辰莫逸风心头的不安感越发强烈。

"不如去府外找找，或许真的已经出府了。"柳毓璃再次开口建议。

虽然平日里秦铭不太喜欢柳毓璃，可是方才她的话他倒是赞同，就是不知莫逸风为何这般肯定她在府中。

莫逸风望着远处的红云凝眸沉思了顷刻，突然想到了什么，竟是立即转身去往月影阁。

柳毓璃目光一闪，也疾步跟了上去。

推开月影阁的卧房门，莫逸风将每一处都找寻了个遍，无论是床底下、衣橱内、梳妆台下，甚至连房梁上都没有放过。

看着他如此模样，柳毓璃近乎觉得眼前的不是莫逸风本人，因为莫逸风在她心里从来都是淡定自若沉着冷静之人，哪里会像现在这般手足无措。

咬了咬唇，她也跟着找寻起来，可是当她走到梳妆台边时，见莫逸风背对着她，她抬手一挥，首饰盒随之坠地，里面的首饰散落了一地。

莫逸风身子一震立刻转身看过来，却见柳毓璃手足无措地看着他，反应过来后立刻蹲下身子去拾起掉落在地上的首饰。

"对不起，都是我笨手笨脚的，什么事情都做不好。"她蹲在地上不停自责，眼泪如断线的珍珠汹涌而下。

莫逸风走上前蹲下身子帮她将首饰一样样拾起，可就在这时，眼前的一个东西引起了他的注意。

"这是什么？"柳毓璃开口问道。

第11章 遗失的记忆

莫逸风也满腹疑云:"面人?怎么会放在这里?"

他诧异的不仅仅是那面人被放在首饰盒中,还有面人被捏得变了原来的形状。他记得几个月前他送过她面人,后来她不知为何又要吵着要,还说自己也要做一个,他也不与她闹腾,便给她买了,谁知道被丢弃在首饰盒内。

"这是什么?"柳毓璃追问。

"那日她要面人就给她买了,可是……怎么会放在首饰盒里?"莫逸风带着疑问伸手去拾。

柳毓璃柔声开口:"是不是她想要珍藏,也就不分是首饰盒还是锦盒了?"

莫逸风眸色一冷:"她是失忆并非失智。"

柳毓璃闻言骤然心口一撞,抬眸惊愕地看向他,莫逸风微微一怔,这才发现自己方才是失言了。

"我刚才……"他迟疑着开口,柳毓璃急忙打断了他的话:"我知道,你是紧张她。"唇角泛起一抹苦笑,垂眸之际满是不甘。

莫逸风抿了抿唇不再说什么,若是她不打断她的话,想来他也不知道该如何解释。

"哎?面人上好像沾着东西。"柳毓璃伸手指了指面人。

莫逸风将面人翻了个身,果然见另一侧有个凹槽,而凹槽内和周围都有点点铜渣。

看着那上面的印记,他拿着面人沉思顷刻,突然目光一闪,丢下东西立刻朝外奔去。

柳毓璃缓缓站起身,看着他很快消失的背影眸中寒光粼粼,再看地上的面人,她淡淡勾起了唇角,而后走出了月影阁。

"小姐。"春兰迎上前看着她手中的面人疑惑道,"小姐为何要暗示三爷若影姑娘所在?"

柳毓璃的目光朝四周打量了一圈，见周围没人，这才冷哼一声缓缓开口："若是我不说，你觉得三爷会查不出她在那里吗？"

"可是……若是三天查不出，她就去见阎王了，到时候三爷心里还是小姐一人。"见柳毓璃目光一黯，春兰低问，"小姐是不是不忍心？"

不忍心？她是不忍心那女子香消玉殒吗？

思及此，她突然低笑一声："对她不忍心？那岂不是对自己太残忍了？"

春兰愣了愣，却又听她继续道："你觉得三爷在王府中查一个人能用得了三日吗？到时候她人无恙，我不就有事了？"

原本她是不想说，可是后来想想却是极为不妥的，也让她觉得有些后患。

"就算是三爷知道是小姐所为，相信三爷不会对小姐怎样，这么多年来小姐说什么做什么三爷绝不会说二话不是吗？"

"那是以前……"她的声音幽幽传来，带着不愿承认的落寞。须臾，她又勾唇一笑，"不过她若是去了那里，看到了一些不该看的，想必三爷不会那么轻易放过她，不付出小命就是她的造化。我们还是在这里等着吧，想必三爷很快会回来。"

春兰对她的话一知半解，只知道毓璃阁是三王府的禁地，可是为何又会让人丢了小命，最多也就是惩处一下不是吗？不过她也没有多问，见柳毓璃不说她便与她一同站在此处等着莫逸风回来。

约莫一炷香的工夫，莫逸风抱着若影匆匆而回，而若影仍是沉睡着，脸上还有多处瘀伤。

柳毓璃朝春兰睇了一眼，两人急忙迎了上去："若影姑娘没事吧？"

莫逸风没有回答，只是抱着若影闪进了卧房。

直到戌时，大夫才开了药方离开了三王府，说是身上多处受伤，但并没有伤到骨头，头部也没有受伤，可是脉象却极其紊乱，想必是受了刺激，一切还是要等她醒来再说。

"逸风哥哥别担心，若影姑娘吉人自有天相。"柳毓璃低声开口，好似生怕惊扰到了昏睡中的若影。

莫逸风没有回头，只是微微动了动唇："周福，派人护送柳小姐回去。"

一旁的周福怔了怔，见柳毓璃脸色一变，又见莫逸风神色，只得低回一声："是，奴才这就安排马车。"

"逸风哥哥，我想等若影姑娘醒来再回去，否则我不放心，毕竟是我的过失。"她整理了一下情绪坚持要留下。

莫逸风没有再说什么，只是静静地坐在若影床前等着她醒来。

"三爷，还是先用晚膳吧，现在都戌时了。"周福小心翼翼地开口。

第II章 遗失的记忆 | 123

莫逸风朝他挥了挥手，示意他退下，而周福有些茫然了，他究竟是要去准备还是不准备？可是眼下终是不敢多说一句，躬了躬身子退身出去了，而整个月影阁的卧房内便只剩下站着的柳毓璃，坐着的莫逸风，还有躺着的若影。

柳毓璃原本是要坐下，可是又觉得不妥，转眸看向莫逸风，他也没有说什么，心头不由得有些恼火。

烛火过半，柳毓璃有些支撑不住了，原本是担心若影醒来后会乱说话，她不在场会失去了让莫逸风相信她的机会，可是现在看来她是杞人忧天了，说不定这昏睡就要睡上几日，又说不定她醒来再次失忆了，到最后连怎么去的毓璃阁都不清楚。

她正这般想着，突然听到莫逸风激动地开了口："影儿，你醒了？"

柳毓璃身子一僵，立刻走上前去。

若影感觉整个人就像被抽尽了所有的力气，就连抬一抬眼皮都极为吃力。好不容易看清楚了眼前的一切，可是脑海中又突然闪过在那伸手不见五指之处若隐若现的人影和白烛、牌位。

"啊……"若影突然睁大眼睛捂着头大叫一声从床上坐起身。

站在一旁的柳毓璃倒是被她这个反应吓了一跳，可是很快恢复如常，唇角弧光点点。然而下一刻，她唇角的笑容便消失殆尽，紧接着脸色越发苍白，指尖渐渐收紧。

莫逸风见若影受了极度惊吓，未作任何犹豫便将其拥入怀中，一边轻抚着她的背脊，一边柔声宽慰："影儿别怕，没事了，已经没事了，别怕。"

先前他在毓璃阁的密室中找到她时，她已经昏迷在内，可是整个身子还吓得不停抽搐，直到他在她耳边开口，她才慢慢放宽了心，蜷缩在他的怀中。看着她这般模样，他的脸色难看至极，紧紧地将她拥在怀中好久。

柳毓璃设想过千百种他会惩罚她的可能，就是没有想到他不但没有一丝责备，还这般柔声细语地宽慰。看着他们现在相拥在一起的景象，她的心像被猫抓般难受。

"若影姑娘，你没事就好了，我和逸风哥哥都快担心死了。"柳毓璃挤出一抹笑打破了他们的宁静。

一听到柳毓璃的声音，若影这才恍然回神，渐渐松开莫逸风转头看向满脸笑意的柳毓璃，她紧咬着牙浑身笼罩着一层难以亲近的寒气。

"担心？一切还不是拜你所赐？"若影寒着脸沉默了良久，死死地瞪着她，终是理清了思绪。

莫逸风震惊地看着眼前的若影，而后又看向一旁满脸错愕的柳毓璃，最后又将视线落在若影身上。

眼前的若影好似哪里不一样了，细观她的眼神，哪里是平日里调皮的神色，似水的双眸此时好似带着千万把银针直直刺向柳毓璃。

难道是寻回了记忆？

正想要开口相问，柳毓璃反应过来后急急向莫逸风解释："逸风哥哥，我……"为自己辩解的话正要出口，突然发现若影根本没有说什么，刚才差点就不打自招了。

思及此，她沉住气看向若影，紧了紧指尖满脸的无辜："若影姑娘，我……真的不知道你会去毓璃阁，若是知道的话，一定会在逸风哥哥找到你之前先找到你的。那下次咱们不玩捉迷藏，玩别的好不好？"

若影为柳毓璃颠倒是非黑白的能力所折服，可是柳毓璃并没有想到，她已经找回了记忆，即使不够全，也足以知道她的真面目，也不会再像先前那么单纯。

她看着柳毓璃满脸的委屈，不由得轻笑，笑意中带着浓浓的讽刺："想不到一个堂堂尚书千金竟然敢做不敢当，如果不是你骗我去毓璃阁，我怎么会无端过去？如果不是你开的门，我又怎么可能进得去？如果不是你打开密道推我下去，我怎么可能被困在里面求救无门？"

"你……"柳毓璃和莫逸风异口同声，看着若影难以置信。这般有条理的话，这般铿锵有力的语气，哪里是往日里一味撒娇的若影？

"影儿，你……恢复记忆了？"莫逸风略显激动地扣住她的肩问。

若影轻蹙娥眉望着他，脸上没有一丝笑容，也不回答他的话，只是转头看向柳毓璃。

柳毓璃被她那一道寒芒吓得浑身一颤，呆立半响方找回了思绪，转身看向莫逸风泪眼蒙眬："逸风哥哥，我真的没有，你相信我，是她污蔑我。"

闻言，若影也同时看向莫逸风，目光咄咄逼人。

莫逸风缓缓松开她的肩，却始终没有开口说话，房中静寂无声，落针可闻。柳毓璃满脸惊慌地看着莫逸风，一点都不敢遗漏他的每一个神情变化。

若影也紧紧凝望着他，是要看看他心里还有没有个是非黑白。

其实她多么希望自己找回记忆的同时不要记得在这里发生的一切，这样她便不会因为他对她这段时间的好而动心，也不会因为他心里只有柳毓璃而难受得窒息，更不会在这样的情况下还抱着一丝丝希望他会替她出头。

她记得自小从母亲那里首先学会的就是临危不乱，不被任何人的眼神或态度影响自己的情绪，可是现在，她竟然因为他的迟疑而心慌意乱，因为他的迟疑而心中刺痛。

也不知过了多久，在柳毓璃和若影的注视中，莫逸风终是开了口："毓璃，很晚了，你先回去吧。"

若影呼吸一滞，手渐渐攥紧了盖在身上的被子。

柳毓璃咬了咬唇伸手抹了抹眼泪："逸风哥哥，真的对不起，都是我不好。"

若影紧咬着牙瞪着一副楚楚可怜模样的柳毓璃，恨不得将她碎尸万段。

莫逸风气息沉沉，抿了薄唇半响，黑眸睨向若影："是她自己不长记性，跟你没关系。"

"你！"若影气结。

"难道不是吗？"莫逸风打断了她的话，"若是我没记错，那一次是你自己闯入毓璃阁的不是吗？难道你也要说是毓璃唆使你去的？不要自己做错了还将责任归咎到别人身上。"

"你相信她？"她睁大了眼睛满眼怒气。

莫逸风冷哼："不相信她难道相信你吗？"

虽然心里早已有了准备，可是真的亲耳听到他这么说出口，心就好似被钝刀一点一点划开。

为什么要让她恢复记忆？她恨不得此时将记忆全部忘去，这样才不会陷入如今这般两难的境地。

若不是那日他将她背回府，她还不知道自己现在是生是死，所以她不能恨他。若不是他将她养在府中好生照顾，她还不知道自己会过上什么样的日子，所以她不能怨他。

最重要的是，柳毓璃是他的青梅竹马，是他的至爱，而她又不是他的谁，她更加不能计较。可是心却还是不受控制地任由疼痛扩散至全身，一发不可收拾。

转眸看向柳毓璃，只见她的唇角弧光点点，眸中更是蕴藏着浓浓的笑意，全然一副胜利者的姿态。

若影倒抽了一口凉气，却终是无可奈何。

是她痴了，竟然跟一个永远不能相比的人做对比，也就注定了是个失败者。

她终是移开视线不再看他们，也不再说什么。

莫逸风睨了她半晌，暗叹一声，转眸对外开口："秦铭。"

"属下在。"秦铭的声音自门口响起。

"立刻送柳小姐回去。"莫逸风沉声开口，不容人有一丝抗议。

柳毓璃看着若影仍然能好好地留在三王府，心里甚是不甘，可是此时此刻她也不能多说什么，否则就会被人怀疑是居心叵测。

听到房门被关上的声音，若影闭了闭眼眸，而莫逸风则命人将已经煎好的药再去热了一下，随手又将披风披在她的身上为其裹了裹。

她没有开口，他亦是静静地看她，而她的视线始终落在别处。

因为热药就在内阁，所以没一会儿一碗药就端了上来。

"喝药。"他将小勺子舀了一勺药送到她唇边。

她拧了拧眉，对于这黑漆漆的中药仍是十分抗拒，可是当她接触到他的目光时，方才的委屈一涌而上，顾不得此药究竟有多苦，伸出双手便要去接他手中的碗。而他似乎并不想让她接过去，竟是握着碗死死不放手。

她眉眼一抬，一道寒芒，两个人四只手竟是较上了劲。

他见她始终不肯松手让他喂，终是先让了步，只见她仰头一口饮尽碗中的药，他原本如深潭般的黑眸渐渐暗淡，薄唇紧紧抿成了一条线，就那般静静地看着她。

须臾后，若影看着他离开的背影苦涩地弯了弯唇，转眸看向被他搁置在桌上的碗，缓缓躺倒在床上，记忆不由自主地回到了来三王府前。

虽然零零碎碎，可是她还记得那两个人的相貌，若是当时她没有逃脱，她不但没了命还会失了身子，可是当时没有任何人救她。她叫天天不应叫地地不灵，那时候她感觉整个人都崩溃了。

还有……那两个人说她的母亲死了，是因为做了叛徒被杀死了……

眼泪不受控制地慢慢滑落，她彻底绝望了。

她一直期待着自己的母亲还活着，可是却听那两个人说她的母亲已经死了，而且死得凄惨。她却离奇地失去了两段记忆，七八岁前的记忆全部失去了，而后来的记忆虽然找回了一些，却还是支离破碎，她不知道自己是怎么了。

"怎么了？"他伸手替她拭去眼角的泪水，忽然想起大夫曾说，一个人失忆是因为受到了极大的刺激，而寻回记忆就等同让她再记起那些不堪的往事，更何况她在寻回记忆的同时还经历可能比之前更大的刺激，心不由自主地一紧。抿了抿唇轻叹一声，声音不由得低柔起来，"如果记忆是不堪回首的，不如忘记重新开始。"

若影一怔，而后又摇了摇头："我这辈子都不会忘了过去，更不会忘了他……"

"他？是谁？"莫逸风目光一敛，一道寒芒乍现。

早就做好了她失忆可能为情所困的准备，可是当真听到她亲口说出，一股无名的火在胸口越来越烈，几乎要将他整个胸膛燃烧起来。

若影再次愣住，与他四目相接之时，她的心竟像是被一只无形的手攥紧。

她本想说"他们"，那两个想要害死她玷污她的人，她想要找寻她母亲被杀死的真相，却不料莫逸风的反应竟是这般强烈，他居然以为她心中有别的男人。

一瞬间她似乎忘了呼吸，就那样静静看着他，似乎想要从他的脸上找到些许的蛛丝马迹，他是不是真的爱她。

"究竟是谁？"直到他带着愠怒的声音再次传来，她才渐渐回到了现实。看着他有气无处发的模样，她淡淡收回视线，目光定在帐顶轻启朱唇："跟你有关系吗？"

莫逸风一怔。

是啊，她心里有谁跟他有关系吗？

可是转念一想，他又立刻否决了她的话。

当然有关系，她是他的人，他们都已经……虽然没有夫妻之实，但是也同床共枕了不是吗？难道他恢复了记忆他就可以让她去找自己的心上人了？

失忆的若影时常让他心口添堵，可是没想到寻回记忆的若影更能让他心口堵得慌，而

第11章 遗失的记忆 | 127

且她那种冷漠的态度让他极为恼火。

若影也不再看他，心里一片纷乱理不清思绪，干脆闭上眼睛睡去，希望一觉醒来她还是回到属于她的地方。

可是耳边传来一阵窸窸窣窣的响声，而后身侧的床微微一沉，她心头一惊猛然睁开眼，果然他躺到了她床上。她反射性地从床上坐起，看着他一副若无其事的样子睡在她身边，她倒抽了一口凉气。

"你……"正想问他为什么睡在她床上，可是而后一想，她记得在她失忆之时是她要求他与她同睡的。心里一阵懊恼，可是又不得不开口，"请你回自己房间去睡。"

莫逸风微眯了眼眸看她，她这是利用完了他就将他一脚蹬了？之前是谁死活都要赖着他同睡的？

见他不动，她心里也很是恼火，干脆语气也生硬了几分："如果我没记错，王爷应该不会没地方去，那雅歆轩是你的卧房不是吗？"

莫逸风浅浅勾唇，带着一抹讥讽："记忆不错，还知道我是王爷，那整个王府都是我的，哪里我去不得？"

若影一时语塞，看了他半晌也不知该如何反驳，沉默顷刻，她突然哼了一声后从床上爬起，而后又穿上鞋披了衣服朝门口走去。

莫逸风一惊，立刻下了床追上去，一把扣住了她的肩："去哪儿？"

"王爷请自重。"她说话时就连头都没有回一下，"既然在这里没有容身之处，我又何必自取其辱？"

看着她那坚决的样子，他的脸色越来越沉，指尖微微一紧，突然沉声丢下一句话："好！我出去！"

房门嘭的一声响起，看着他摔门而去，若影怔怔地站在原地。

其实她即使离开三王府，这整个朝阳国都没有她的容身之地，她根本不知道该去哪里，而以他的身份，她以为他定然不会妥协，而她也没有真正做好离开的准备，可是没想到他真的离开了。

垂眸轻叹一声，她转身朝床边走去，可走到床边时她整个人再次怔住。他竟然没有穿鞋就出去了，刚才他拉住她时究竟走得有多急？

在床边呆立了好半晌，终是晃了晃头不让自己多想，她绝对不能将他当做是另一个人，他们根本就不是同一个人，或者说根本还没确定是不是。

翌日

莫逸风来到月影阁时她已经不在房间，以前这个时候她还在睡，就像是孩子一般永远都睡不够，即使是以前去书院，很多次都是他亲自去拉着她起身，后来他亲自给她上课后，她更是会赖着床不愿起身，可是现在……似乎有什么不一样了。

早上他起身时，紫秋亲自将他的衣服和鞋子送了过来，而秦铭则是带着一抹同情之色看着他，他简直是有气无处发，只能憋着一口闷气去上朝。

就在这时，紫秋回到了月影阁，见他在此，立刻上前行礼："王爷。"

他蹙了蹙眉开口："若影姑娘呢？"

"回爷，若影姑娘在东园。"紫秋见他满脸寒霜，怎么都不敢抬头看他。

"谁让你把她一个人丢在那里的？"他顿时恼了。

紫秋吓得扑通一声跪倒在地："爷，是若影姑娘说想要一个人静一静，然后把奴婢打发回来了，说给她准备几道点心。"

话音刚落，眼前人影一闪，在紫秋回过神来转头望去之际，他早已走出了月影阁。

莫逸风急急地朝东园奔去，秦铭以为出了什么状况，立刻紧紧跟上他的脚步。

来到东园，莫逸风朝四周打量了一圈，就是不见若影的身影，只有那古树边上的秋千静静地在风中轻摇。

"爷，发生了何事？"秦铭警惕地看了看四周，以为是有人闯入了三王府。

莫逸风没有回答他，只是一步一步地朝秋千走去，直到在秋千前站定，伸手抚上绳索，心开始一点一点下沉。

终究还是离开了是吗？

她故意支开了紫秋，目的就是方便自己离开，可是离开了三王府她会去哪里？

转念一想，她记起了一切，也记起了她所爱之人对吗？无论之前发生过什么，她终究还是选择回到那个人身边。

秦铭不知发生了何事，只见莫逸风转身之际目光骤然一冷，周身仿若覆盖了千年寒霜。

此时，若影就在他头顶上方的树枝上，因为比较高，所以她并没有发现莫逸风正在找她。

今日一早她来到此处，看见莫逸风为她而让人设置的秋千心中百味杂陈，抬头看了看这棵参天古树，突然想起了自己第一天来到三王府的景象。

她不知道当时发生了什么事情，只觉得脑海一片混乱，心里极其忐忑不安，记忆越来越模糊，想要快些离开那个地方，然后找寻回家的路，可是偏偏全身乏力。就在她转身之际突然听到一阵脚步声，她反射性地立刻找地方隐蔽，而那茂盛的树枝变成了她隐蔽之所。让她没想到的是，当她飞身上树枝后竟然渐渐失去了知觉，当她再次睁开眼时便看见了树下的莫逸风，而她也同时失去了记忆，心智更是停留在了八岁。

所以她想试着再上一次古树，或许当她再一次睁开眼时，她就找回了记忆。

"秦铭！立刻派人……"

就在她快要沉睡过去时，莫逸风带着急切和愠怒的声音让她浑身一颤，与此同时，她

第11章 遗失的记忆 | 129

的动静也让莫逸风止住了欲让秦铭派人去寻她的命令。

他抬眸望去，果然看见她躺在树枝上正慢慢坐起身，见她没有离开，他的一颗心竟是狂跳不止。然而在狂喜过后他的脸渐渐阴沉起来，看着她低斥了一句："爬这么高做什么？还不快下来。"

若影拧了拧眉，他果然是训她成了习惯，随便她做什么事情都能成为他训话的把柄。

秦铭张着嘴看着树上的若影，难以置信地低问："她是怎么上去的？"

这么高的树，若是有武功倒是不足为奇，可若是没有武功的人要爬上去，那还真是本事。

莫逸风没有理会秦铭的疑问，只是一瞬不瞬地看着若影，从昨夜她倔强地从他手里争夺那只药碗开始，他就知道她是有武功的，只是看着她爬在高高的树枝上，心还是悬在嗓子眼。正要飞身上去将她带下来，谁知她根本没打算让他帮忙，竟是自己站起身准备下来。

"小心。"心里的话还是说出了口，莫逸风一改往日双手负于身后的王者之气，此时的他双手垂于身侧，好似做好了要接住她的准备。

若影并没有想许多，自己能上来就能下去，可是让她没想到的是，就在她准备飞身跃下之时，她脚下所踩的树枝突然咔嚓一声断裂，她一个不稳惊叫了一声就朝树下坠落而去。

第12章　赠她鸳鸯倚

莫逸风倒抽了一口凉气，立刻脚下一点飞身而上，在半空中揽住了她的腰而后紧紧拥入怀中稳稳落在地面上。

"有没有伤到？"他低醇的声音伴着他独有的气息在她耳边环绕，她心头一缩，立刻从他怀中挣脱，眼梢轻抬又垂眸摇了摇头。

"若是我不在，你今日岂不是要粉身碎骨了？"莫逸风见她没伤到，语气又带着责备。

若影抿了抿唇朝他颔了颔首："谢谢。"

原本还在愠怒中的莫逸风在听到她说这两个字时顿时一怔，随后便是更浓的怒气环绕在心口，却是有气无处发。

一旁的秦铭从头到脚打量着若影，从莫逸风口中他已得知若影恢复了记忆，可是这失忆后和恢复记忆的她相比未免变化太大，他一时间有些反应不过来。变化最大的还是她对莫逸风的疏离，也难怪他们家王爷会如此恼火。

若是以前，她早就不管旁人有多少，见到莫逸风就会扑进他怀中，可是现在却总在保持距离。而让他更加不明白的是，如果说她重拾记忆后对莫逸风视同陌路，那为何她看他的眼神又带着情？只是她似乎是在刻意不去看他，或者说不愿面对。

"真的要跟我这么客气吗？"见她连正眼都没有看他，他深吸了一口气沉声而问，满是不悦。

若影微微一怔，抬眼看向他，而在看见这张再熟悉不过的容颜时，她立刻移开了视线，沉默顷刻，她微蹙娥眉缓声道："在这个世上，只有一人无需对王爷客气不是吗？"

他是明白人，自然知道她指的是在三王府畅行无阻的柳毓璃，可是她这算是在计较吗？

骤然间，他方才心头的阴霾一扫而空，伸手将她的手执起，而后朝着前厅而去。

"你……拉我去哪儿?"她一边跟着他的脚步一边转眸问他,几度想要挣脱他的手,终是无果。最后只得由着他去了,也免得他们一拉一扯旁人看了突兀。

"今日请父皇派了织锦司的人来给你做几套衣服,这个时候应该在前厅等着了。"他回头朝她淡淡一笑。

若影一怔,就在他的笑容中心狂跳不止。

其实在昨夜她还做了一个梦,梦见儿时的自己和一个小男孩相遇,她很喜欢那个小男孩,而他的眉眼像极了莫逸风,可是那毕竟只是一个梦不是吗?为什么她的心能因为他的一个笑容激起涟漪?更何况她梦见的不过是一个孩子。

手上微微一颤,正要准备挣脱,而他似乎早就读懂了她的心思,指尖更紧了几分。

身后的秦铭看着他们不紧不慢地往前走着也渐渐地回过神来,好在她没有离开,否则依方才莫逸风的反应,想必他会出动他所有的人出去寻她了。

来到前厅,宫中织锦司的两个人果然已经候着了,见到莫逸风过来,双双上前跪地行大礼:"参见三王爷。"

"起来吧,这位就是莫姑娘。"莫逸风并没有说其余的话,将若影带到她们两人跟前后转身坐到了主位上,而后端起香茶饮了起来,眼眸却一直落在若影身上。

若影站在原地还没反应过来,织锦司的两个人就上前给若影行起了大礼:"参见莫姑娘。"

虽然若影并没有头衔,可是但凭玄帝钦赐的皇家姓,她便有着无上的荣耀,两个女官自然不敢怠慢皇族中人。

"哎……你们快起来。"若影有些手足无措,抬眸带着求救的眼神看向莫逸风,谁知他竟是悠然自得地坐在座位上看着她慌乱的模样而淡笑着,气得她忍不住瞪了他一眼。

所幸两个女官谢过之后便起身了,紧接着就给她量身。

若影从未试过量身定做衣服,所以面对两个女官有些不知如何是好,只得傻傻地站在原地一副任人宰割的模样。

莫逸风看着这样的若影失了神,她眼中不经意流露的无助是他再熟悉不过的样子,只是与过往有所不同的是,之前的若影会毫无保留地对他撒娇,而现在的若影无论如何不知所措都只是默默地自己承受,这样的她让他禁不住生起了一抹心疼。虽然她不说,可是他感觉她定然是经历了普通女子未曾经历的事,否则不会这般隐忍。

"三王爷,已经给莫姑娘量好尺寸了,不知王爷要让下官给莫姑娘做几套衣服?"其中一个水绿色衣服的女官开口问道。

莫逸风想了想,看向不远处的鸳鸯倚,沉声道:"全部给莫姑娘量身制衣,不用留。"

两个女官闻言一惊,这天蚕丝所织的鸳鸯倚不仅珍贵且冬暖夏凉,这些料最多能做十套衣服,可是这十套要给同一个人……这是要多重要的人才能受得起这份恩泽啊?

"王爷，这些料至少能做十套衣服，是要全部给……莫姑娘？"那女官再次问道。

莫逸风双眸微眯，语气沉沉："怎么，有问题？"

女官一慌，立刻跪地摇头："没、没问题。"

另一女官见状急忙上前为其求情："三王爷息怒，下官的意思是王爷需不需要留一些料子备着，毕竟这鸳鸯倚珍贵无比，整个朝阳国就这么一匹。"

若影闻言心头一缩，难以置信地看向莫逸风，虽然她不知道他是怎么得来的，可是单凭女官之言便已让她惊愕不已，这般珍贵他竟是尽数给她？那么他的青梅竹马呢？

可是这样的话她自然是不能在此时提及的，而且在她的心里也不愿多提及柳毓璃这个人。

"本王让你们做就做，如果做不了，现在就回去，本王自会请示皇上再派可胜任之人。"莫逸风的语气夹杂着不容抗拒的威严，没有大怒却让人胆战心惊。

"是是是，下官立刻去做，定会日夜赶工帮莫姑娘做出称心如意的衣服。"两个女官战战兢兢丝毫不敢怠慢，颤抖着双腿站起身，经过若影身边时更是将头贴到了胸口。

见两人捧着那匹鸳鸯倚正要出去，若影突然开口将她们叫住："等一下。"

"莫姑娘有何吩咐？"两位女官立刻转身躬身站在她面前。

若影看了看她们，抿了抿唇转身看向莫逸风，而后试探地低问道："你要不要也做几套？"

莫逸风的目光闪过一道诧异，他自是没想到她会考虑到他，心不由得又如鹿撞，可是面上只是淡淡一笑，只是在方才指尖不着痕迹地骤然一紧。

"不用，你瞧你，才一会儿工夫又满头是汗了，若是能再多几匹料，我还想再给你添置几件。"他说着伸手为其抹去了额头的汗。

若影微微一慌，抬手抹了抹额头，果然全是汗。可是他方才的举动是不是太亲近了些？虽然在她失忆时他们都已经同榻而眠了，可是今时不同往日，他明明知道她已经恢复了记忆，不再是那个只有八岁心智的孩子。

而惊愕的何止是若影一人，还有那两个小心翼翼捧着鸳鸯倚的女官。方才她们清清楚楚听到莫逸风对若影说话时简直可以用柔情似水来形容，还有方才那个举动，即使是再亲密无间的情人或夫妻，也不会这般大庭广众之下肆无忌惮地柔情蜜意，莫不是这位一直对兵部尚书之女柳毓璃情有独钟的三王爷开始钟情于面前的女子了？

心里虽然是这般猜测，可是她们也不敢多看，双双低头静候吩咐。

若影有些尴尬地后退了一步，见莫逸风的笑容因为她的行为而渐渐消逝，她闪烁了一下目光局促地站在一旁。

莫逸风轻叹一声对织锦司的两个女官开口道："你们给本王量身做几套。"

两个女官对视了一眼，急忙将鸳鸯倚放好，而后拿着尺子开始给他量身。在给莫逸风量身之时，两个人都偷偷地朝若影又看了好几眼。

果然是美人坯子，虽然不及柳毓璃貌美得妖艳，可是那一双晶亮的黑眸却能让人心驰神往，好似满含着千言万语，却又欲说还休，盈盈水波在她眸中荡漾，微红的脸颊更添了几分娇柔，而那神色却又透着几分倔强。

若说柳毓璃是美得妖艳，若影便是那种让人看不腻又看不透的超凡脱俗。

"王爷是要做五套吗？"那女官问。

莫逸风朝若影看了一眼，方回道："嗯，记得和莫姑娘做配套的。"

两位女官看了看一旁愣住的若影，笑着应声："是。"

莫逸风一边在让女官量身，一边将视线落在了仍处在惊愕中的若影脸上。

四目相接时，若影骤然回过神，而双颊也更是烧了起来，没好气地瞪了他一眼，随后转过身背对着他，忍不住一阵腹诽。

"王爷，下官先行告退。"忽然听到两个女官的声音，她渐渐回过神来。莫逸风却在此时走到她身边对着那两人道："尽快做好，若是莫姑娘中暑了唯你们是问。"

"下官定当竭尽全力。"两个女官最后躬身离开了前厅，秦铭则跟着将她们带去了制衣处，两人要到完成任务才能回宫，所以暂时住在王府之中。

整个前厅只剩下若影和莫逸风二人，周围静寂无声。突然觉得单独和他相处之时她会莫名地失分寸，心头一惊，立刻抬步准备离开。就在她刚走出两步之时，手腕处一紧，他已将她拉住。

"是在逃避吗？"他问。

"什么？"她淡声开口反问。

"难道这段时间来的相处在你恢复记忆之后就要抹净吗？"他站在她面前敛住了方才的笑意，紧蹙了浓眉垂眸看着她，手依旧没有放开。

若影拧眉沉默，见他没有要放开的意思，也不想再僵持，抬眸对上他的视线开口道："因为清醒，所以知道自己的分量，知道自己的分量所以不会像失忆时那样以为可以等到本就不属于自己的一切。"

莫逸风闻言一僵，想要反驳却不知该如何开口。

若影也被自己方才的话吓得一怔，一颗心狂跳不止。那句话她竟是脱口而出，就好像眼前的人就是她可以对其任意妄为的夫君。

见她一瞬不瞬地拧眉看着他，眸底带着探究，他顿时有些不知所措。良久，他轻叹一声道："我择日会让父皇赐婚，不会委屈你。"

因他的一句话她拉回了思绪，秀眉一拧，用力甩开他的手抬眸对上他的视线："不需要。"

看着她头也不回地转身离开，他难以置信地看着她决然的背影，反应过来后立刻提步

追上她挡在了她面前:"你说什么?"

照理说女人不需要男人负责作为男人应该庆幸,可是此时的莫逸风却气得瞪大了眼眸,感觉整个五脏六腑都在翻腾。

反观若影,她的情绪却是极为平静:"我说,你不需要让皇上赐婚,我也没说要嫁给你。"

她不说还好,这句话一说出口差点让莫逸风气得呕血,见她若无其事地想要离开,他伸手一把扣住了她的肩:"不嫁给我?你是要嫁给谁?别忘了我们已经……"

"已经什么?"若影立刻打断了他的话,下意识地看了看周围,见无人在旁,这才看向他开口,"我们之间什么都没有。"

莫逸风的脸色青白交加,从未想过一心要嫁给他的若影在恢复记忆后竟然丝毫没了嫁给他的意思,一时间心情低落不堪:"即使没有夫妻之实,你我也同床共枕有了肌肤之亲……"

"喊!"若影突然一声冷嗤,"和你有肌肤之亲的何止我一人。"

莫逸风顿时语塞。

她话中之意无非是指柳毓璃,可是她难道就不想为自己争取一下吗?

就在她与他擦肩而过时,他才知道自己的想法大错特错,她对他别说争取,就连正眼都没有看过一下,这个落差让他很不舒服。

离开前厅走在回廊处的若影感觉渐渐迷失了自己,刚才在说到和他有肌肤之亲的不止是她一人时,她心里就像是扎着一根刺,虽然知道他和他并非是同一人,可是心还是不受控制地疼痛着,也不知道是不是因为失忆时他们之间的长久相处。

"影儿!"一声叫唤吓得她身子一颤脚步踉跄,而叫她之人也立刻伸手将她扶住,她这才看见莫逸谨已经站在了她面前满眸笑意,"在想什么?不用念书吗?"

看着眼前的莫逸谨,若影莞尔一笑摇了摇头:"不用。"

莫逸谨微微扬眉,有些难以置信:"这个时辰三弟居然没有逼你念书,真是难得。"

若影也没解释,只是问他:"你来找他?"

"是啊。"话刚出口,他突然觉得今天的若影好像哪里不对劲,不由得上下打量着她。

"看什么?"她被他看得很不自在。

莫逸谨则是摸了摸下巴看着她道:"刚才你说什么?找'他'?你不是一直叫三弟'相公'的吗?何时变得如此生疏了?"

若影目光一闪,轻咳一声:"又不是夫妻,叫什么'相公'。"

"影儿你……"莫逸谨支吾着凑近细瞧她面容,明明是同一个人,怎么像是变了个人似的?

"二哥!"就在莫逸谨凑近打量着若影时,莫逸风的声音沉沉传来,待他转眸之时莫逸风竟然已经来到了他跟前。

"三弟，影儿她怎么了？"莫逸谨有些担忧地问他。

莫逸风看了若影一眼，而后道："她恢复记忆了。"

"真的？"莫逸谨一听若影恢复了记忆，高兴得一声惊呼，可是突然又想到了什么，立刻走到她跟前俯身问她，"恢复了记忆不会把我忘了吧？都说人恢复记忆之后会将失忆中经历的事情忘得一干二净，影儿你还记得我吗？"

看着他那副担惊受怕的模样，若影突然扑哧一笑："你说呢？二哥！"

听她再叫二哥，莫逸谨如获至宝般难以自抑地喜悦，也忘却了莫逸风在场，一把将若影抱在怀中："影儿！我就知道你不会忘记我的。"

若影被他的一惊一咋给惊住了，可是下一刻便不由得弯起了唇角。

其实莫逸谨对她的好她一直记得，在清禄书院时，他对她的照顾简直无微不至，她也清楚他是为了她才去的书院，虽然旁人都觉得莫逸谨只贪图玩乐不思上进，可是她心里清楚，他并非是那样的人，只是相对于文，他更喜欢武而已。

"二哥！"莫逸风瞪大了眼眸看着眼前紧拥在一起的两人，见莫逸谨不放手，他竟是耐不住性子地伸手将他们分开。

若影敛住笑容看向怒火攻心的莫逸风，有些无所适从地移开了视线。

对于莫逸风，她也知道自从她被他带到三王府后也是好生照料，更是日夜相对，比起莫逸谨，她应该和莫逸风更要亲近，可是她的心里又十分矛盾，因为莫逸风的心里有柳毓璃，她很清楚，而她的心里有谁是模糊不清的。

莫逸风……她要不起。

莫逸谨看了看铁青着脸的莫逸风，自然知道刚才他失了分寸的行为惹怒了他，不由得朝若影看了一眼后对着莫逸风讪讪一笑："我这不是太高兴了嘛！"

莫逸风见他的确是无心，便也没有再与他计较，言语中还是将话说了个明白："下不为例。"

若影见他一副她是他的女人的样子，忍不住道："这算不算肌肤之亲？"

莫逸风再次因为若影的话心口一堵，真不知道她是不是存心要气死他才甘心。

"肌肤之亲？"莫逸谨不知道他们究竟打的什么哑谜，视线在他们之间好几个来回。

"二哥找我何事？"莫逸风瞪了若影一眼，而后扯开了话题。

莫逸谨这才想起自己来三王府的目的，也就没在意刚才的话题，满脸嘻笑地凑到莫逸风跟前道："今日你向父皇请示要了两个织锦司的人是吗？"

"怎么，二哥也要让她们给你制衣？"莫逸风打量着他问。

莫逸谨轻咳一声讨好似的再次凑了过去："这个……你不是拿到了那匹天蚕丝所织的鸳鸯绮嘛，能不能匀些料子给二哥？"

"二哥也想要?"若影看着他满脸的讨好模样,心中甚是好奇,堂堂一个王爷,难不成还缺好料子做衣服?

莫逸谨转头看向若影再次讪笑:"知道是三弟特意给你选的,可是今年这夏季的日头太烈,实在是难以承受了。"

若影闻言心头一紧,转眸便向莫逸风看去,而他则是移开视线瞪了莫逸谨一眼,随后冷声道:"心静自然凉,好好在你自己的王府待着就不热了。"

莫逸谨一噎,而后反问:"既然心静自然凉,你怎么放弃了玄冰剑,放弃了琉璃碗,反倒是选择了这个鸳鸯倚?"

若影始终没有说话,心跳却是没了规律。

"想要问父皇要去,别来我这里打主意。"莫逸风也不回答他,反倒是有些下逐客令的意思。

莫逸谨心里自然是清楚他是何意,却是仍不死心:"三弟,你何时这般吝啬了?那一匹料子至少能做十套衣服,也不舍得给二哥两套?兄弟是这么做的吗?"

"没有。"莫逸风毫不客气地拒绝了他的索求。

"什么没有?莫非你还拿去送给柳毓璃了?"话一出口,他便知祸从口出了,若是当真给了柳毓璃,而若影又在此处,他又该如何圆回来?

莫逸风又瞪了莫逸谨一眼,视线却不由自主地落在若影身上。而若影只是微愣了片刻,见他们顿时噤了声,她唇角淡淡勾起一抹苦笑。

事实上他们无需在意她是否知道不是吗?即使他拿去送给柳毓璃了,她又能如何?不过她心里有些许安慰,至少他没有那么做不是吗?

思及此,她微微一怔,因为自己方才的想法。

暗自理了理思绪,她深吸了一口气抬眸看向莫逸谨:"若是二哥需要,匀给二哥两套也无妨。"

莫逸谨目光一亮,正要谢过若影的大方,谁知下一刻就被莫逸风泼了一盆冷水:"不行!"

"为什么?影儿都答应了。"莫逸谨有些无语。

莫逸风却是睨了若影一眼后哼了一声:"不行就是不行。"

若影自是知道莫逸风和莫逸谨感情深厚,所以更是不明白他为何会突然这般不近人情,可是而后一想,他们原本就是各做了五套,而且是从寝衣到外衣,他还对两个女官说两人要做配套的,如果莫逸谨要去了两套,那么他们二人还如何配套?

可是,当真是这个原因吗?

她开始不太确定了。因为原本觉得自己在他心中没有那么重要,可是刚才莫逸谨说他是为了她才放弃了比鸳鸯倚更重要的东西,他心里究竟想着什么?他的心里不是只有柳毓璃吗?

她清清楚楚记得,昨夜她重拾记忆后告知了他真相,可是他却不信她,只信柳毓璃一人，甚至还反问"不信她难道信你吗"，一句话犹如当头棒喝让她瞬间清醒，也知道了自己在他心中的分量，可是莫逸谨方才所言又让她迷惑了。

因为想得入神，也不知莫逸谨是何时离开的，手上一紧，她方回过神来。抬眸见莫逸风正耐人寻味地望着她，她才惊觉方才又失了分寸。可是面对同样的一张脸，她怎能没有丝毫感知？明知不是同一个人，她的心就是不受自己控制。

"拉着我干吗？"她总是特意地与他保持距离。

可偏偏莫逸风并不如她愿，手上更是紧了几分，见她一副僵持的模样，他才道："这个时辰该去习字了。"

"不去。"她想要挣脱他的手，终是无果。

他看了看她，也没有强行带她去习字，只是又开口道："那一会儿请人教你抚琴。"

若影一听更是恼火："不学！你要听人弹琴找你的柳毓璃去，为什么一定要让我变得跟她一样？"

不知道是不是自己多心，她总觉得他让她学习琴棋书画是要让她成为第二个柳毓璃。

莫逸风也没想到她的反应会这么激烈，一瞬间呆滞在原地，两人僵持顷刻，终是他先开了口："那你要做什么？"

他并没有因为她的态度而恼火，反而极有耐心地询问她。

若影看着他温润的样子和柔和的语气，方才的恼怒无端地散去，不由得移开视线淡淡开口："想出去走走。"

业城集市

两道身影缓缓走在喧闹的人群中，较之过往差别最大的是，每一次莫逸风去拉她的手，她总是会刻意地避开，试了好几次，他终是半恼着将她的手腕拽住。

她心头一紧，垂眸看了看自己的手腕，而后又抬眸看向他。谁知他却故意移开视线看向了别处，而手却是得寸进尺地将她的小手包裹在自己手心。她秀眉一拧本想甩开，可是当她的目光触及到他的侧颜时，终是放弃了。

莫逸风见她妥协，心中竟是有了得逞的快意。

"饿不饿？"他转眸问她，语气中带着一丝柔意。

她伸手摸了摸肚子点了点头，早上原本吃得就不多，所以才让紫秋去拿些糕点，谁知道莫逸风下朝后来找她，随后又是量身做衣又是与她争执不休，方才倒是没觉得，现在莫逸风这般一问还真是饿了。

他勾唇一笑，正要带着她去酒楼，谁知她脚步骤然一顿。他顺着她的视线望去，唇角再次泛起一道弧光。

"十里香的酒菜是此处最出名的。"他紧了紧她的手道。

"那个是什么?"显然她对不远处的小吃更加感兴趣,任凭他怎么说都不动脚步半分。

果然一个人的性子无论她是否处于失忆状态都是不会改变的,看起来比失忆时清冷,可是碰到事情还是会透露出属于她的稚气。

"去看看。"他拿她没辙,只得带着她来到了摊位前。

若影对他的妥协微微一怔,下一刻便扬起了唇角。

"原来是糯米做的。"她原本想要顾及形象拿回去吃,可是一闻到这个香气便忍不住咬了一口,也正是这一口让她不禁赞叹起来,"真好吃,糯米也能做这么好吃的东西,玉玲珑……名字也好听。"

恐怕只是她重拾记忆后他第一次见她笑得这么高兴,还对一样东西赞不绝口,就连那匹鸳鸯倚她都没有这么赞叹过。

"这个玉玲珑好吃,那鸳鸯倚不好吗?都没听你夸过。"他笑问。倒不只是想要听好话,而是那匹鸳鸯倚的确是因为她才选的,之前没有听她说鸳鸯倚半个字倒也罢了,可是连几个用浆糖包裹的糯米球都被她称赞连连,他倒是想要听听她如何赞美他特意为她而选的鸳鸯倚。

若影原本正吃得津津有味,却因为听到他的话而戛然而止,怔怔地看了他片刻,方支吾道:"我还没穿怎么知道?"

看着她满脸无辜的样子,莫逸风再次沉声笑起。若影看得有些莫名其妙,抬手又咬了一口,视线却依旧停留在他的脸上,也不知她刚才说的话有什么好笑的。不过看他心情这般好,她也就跟着弯了弯唇角。

十里香酒楼的包间内,小二欢快地将菜名报了一遍,若影眨着眼愣愣地望着小二,这样的口才当真是了得,是她从来都没有见到过的。

"想吃什么?"莫逸风见她看着小二发愣,伸手擦了擦她嘴角的残渣问。

若影回过神来望向莫逸风,口中回味着刚才的美食脱口而出:"我吃饱了。"

"啊?"小二惊愕地看着她,而后又满脸担忧地看向莫逸风。

莫逸风无奈摇头:"谁让你把那些东西吃光的,拿回去又没人跟你抢。"

若影被他说得脸色一红,趴在桌上对着手指。

莫逸风再次失笑,转头让小二上了几道招牌菜,小二长长地松了一口气,好在他没说只要两杯茶水。

小二出去后整个雅间就只剩下她和莫逸风两人,莫逸风倒是自在,可是若影却觉得有些尴尬,虽然她失忆时他们的关系极为亲近,可也就是这份亲近让她不知现在该如何与他相处。

"你经常来这里吃?"沉默半响,她接过莫逸风给她倒的茶轻抿了一口问他。

"嗯。"莫逸风低低应了一声。

若影鼓了鼓嘴，总觉得莫逸风沉闷至极，所以她若是再不说话，两人还真是相对无言了。再次沉默之后，她也不知道自己是怎么了，竟是脱口而出："你一个人？"

说完这句话，她差点就要咬掉自己舌头，因为从他的眼神中她看到了探究，还有那种好似看穿她心的耐人寻味。

她承认，刚才她的确是想到了他跟柳毓璃，虽然她心里也明白自己无权干涉，可她从内心就是很不喜欢他与柳毓璃有瓜葛。

不过莫逸风倒是没有因为她的话而恼火，反倒是淡笑着开口："和二哥常来。"就在若影垂头不想再追问之时，他突然补上了一句，"还有和你。"

若影一怔，而后又一哼："别以为我什么都忘了，之前我可没跟你来过。"

他再次沉沉笑起："之前没有，这一次难道不算吗？"

这一次？她再次微微惊愕。也就是说他除了和莫逸谨还有她之外就没有和别人来过这里？包括柳毓璃？

思及此，她突然自嘲一笑，不过是一个酒楼而已，她竟是因为他没有跟柳毓璃来过而高兴起来，想想自己还真是没出息。

"若是你喜欢以后常来。"他看着她唇角扬起的笑容也跟着笑言。

若影闻言抬眸看他，这才发现自己刚才竟是在窃喜，脸再一次烧红。

"谁说我喜欢的。"若影低哼了一声后转头看向了窗外，莫逸风则是笑意渐浓。

不多时，若影便闻到了一阵阵扑鼻的香气，转头看去，一道道精致的菜肴正被摆放于桌上，原本已经吃饱的若影在看见眼前色香味俱全的菜肴之时顿时胃口大开，忍不住咽了下口水，莫逸风见状轻笑而起，伸手夹了一块肉送到她唇边。

"这是这家酒楼最出名的菜，十里飘香，整个业城只此一家，所以酒楼取名十里香，还是父皇亲自题的字。"莫逸风说话时手依旧举在若影跟前。

看着莫逸风给她喂食，若影好像是出于一种本能，微微向前倾了身子就着他的筷子将肉送进口中。

"如何？"他满眼期冀地望着她问。

若影目光一亮："嗯！入口即化、齿颊留香、久久不散，果然称得上十里香。"

"倒是真长进了。"莫逸风语带调侃。

"说不定我还能去考状元。"她轻哼着反驳。

"哦？"他剑眉微扬笑意浓浓。

两人四目相接顷刻，骤然笑起。

可就在这时，门口处闪现一抹身影，透过门缝正惊愕地望着厢房内的景象。

莫逸风察觉到了什么，转头看向门口，却见人影一闪。他蹙了蹙眉，目光微敛。

而见到美食的若影也不再顾忌什么形象和规矩，更是忘却了方才已经吃饱了肚子，伸

筷子就要去夹面前的菜，谁知莫逸风突然夹住了她的筷子道："方才有人说已经吃饱了，那这些美味佳肴我就只能独享了。"

说着，他推开她的筷子自顾自地吃了起来。

见他吃得津津有味，若影看得口水直流，眼看着那些食物都要进入他腹中，她不管不顾地与他争夺起来。

"我又饿了。"

"才吃饱又饿？小心撑坏肚子。"

"撑死总比饿死好。"

看着她不顾形象地与他争抢，嘴上更是沾染了菜汁，莫逸风笑着伸手帮她擦着，原本就是要给她吃的，还担心她会不喜欢，倒是没想到他尚清楚她的口味，又或者说她除了没有以前那么黏人，也成熟了，其他的一些习性丝毫未变。

不知过了多久，每盘菜都见了底，若影靠在椅子上摸着滚圆的肚子感觉连站起来的力气都没了，刚才她就好像是吃着人生中的最后一顿大餐一般，彻底将盘中餐扫了个遍。

"好撑……"刚说完，她突然打了个嗝，引得莫逸风再次笑声连连，而若影也少了一开始的局促，也跟着笑了起来。可是，当她看着莫逸风细心地让小二撤了盘子上了凉茶之后，她的脑海中再次浮现了昨夜他当着柳毓璃的面所说的话，心再次像被一只手死死攥紧。

敛了笑容从椅背上起身坐端正，而后伸手接过凉茶在手中把玩，突然感觉心头一阵烦闷，人也跟着热了起来。

"怎么了？"以莫逸风的洞察力，自然是看到了她的情绪变化。

她扯出一抹笑低声道："没什么。"

莫逸风微抿了薄唇，沉默片刻终是开了口："心里明明藏着事，为何不愿说？"

她抬眸看向他，握着茶杯的指尖微紧："说了又如何？你不是从来没信过我吗？"

莫逸风一愣，须臾，终是知道了她所指何事，拧了拧眉心抬手将茶杯递到唇边。

见他不愿再说下去，原本已经做了心理准备的若影还是生起了一抹失望。同样举杯喝了杯中的凉茶，却在下一刻将茶杯置在桌上起身往外走去。可就在经过莫逸风身侧时，手腕一紧。

她没有动，任凭他握着她，心里却很想听听他究竟是怎么想的。

也不知是真的等得太久，还是她已失了耐性，总觉得时间太过漫长。正当她想要挣脱他之时，他缓缓起身站在她面前，看着她殷殷目光，他好似挣扎了许久才将话说出了口："以后不会了。"

以后不会了？是什么意思？

她正要问他，谁知他突然伸手将碎银子放在了桌上，而后拉着她往外走。可就在门被打开的一瞬间，一切又不一样了。

第13章 你先放了手

　　柳毓璃正难以置信地站在门口，也不知道她站了多久，而她的目光则直直落在莫逸风和若影相牵的手上，若影本能地想要将他的手反握住，可让她没想到的是，他先放开了手。

　　手上一空，她自嘲一笑。

　　有什么没想到的，这原本就是应该在意料之中的不是吗？柳毓璃才是他的青梅竹马，而她只不过是莫逸风带回府的可怜人罢了。

　　愣忡中，柳毓璃突然含泪转身离开，若影下意识地看向莫逸风，却在他目中看不到任何情绪，只是微抿的唇线渐渐僵硬。

　　"你在这里等我，我很快回来。"莫逸风丢下一句话后便离开了，独留下若影站在不久前还充满欢笑的雅间中。

　　尚未等若影从刚才莫逸风离开的低落心情中走出，眼前再次出现一道身影，这般唯我独尊的架势，不是莫逸萧还是谁？

　　"不去追吗？你的相公可要跟别人跑了。"莫逸萧看着若影笑言。

　　若影转身坐回座位优雅地端起面前的茶杯，而后睨了他一眼后方缓声开口："四爷都不急我急什么？"

　　莫逸萧闻言笑容骤敛，看着她若无其事地喝着茶，心中怀着一丝疑虑踏入了雅间。

　　"我又有什么好急的，若是你再不追上去，恐怕你的相公要娶别人了，到时候你也不知道会被派去当粗使丫鬟还是会被赶出王府。"莫逸萧显然对面前淡定自若的若影开始拿不定主意，总觉得她哪里发生了变化。

　　若影却是不在意地笑着回敬："若是你不急，也不会特意命人去找柳毓璃前来看这场好戏了，只有让柳毓璃误会莫逸风，而后对莫逸风死心，你才有足够赢得柳毓璃的把握不

是吗?"

莫逸萧的脸色微变,也不知为何若影在转瞬之间性情大变。

"不知道你在说什么,本王只是好心提醒你,想要不失去你的相公,就快些去追。"说这句话时他显然没了之前的底气。

若影放下茶杯靠着椅背抬眸悠然地望着他,而后带着一抹耐人寻味的轻笑开口道:"不知道我在说什么?那不如让我来给四爷故事重现如何?"在莫逸萧的诧异中,若影缓缓站起身,视线落在了莫逸萧身后的随从身上,须臾又回到了莫逸萧的脸上。

"先前你透过门缝看见我与莫逸风在此且谈笑风生,所以你就立刻使计让柳毓璃前来,目的是想要让她亲眼看见莫逸风单独带我出来且十分照顾的景象,只有她对莫逸风死了心,你才能乘虚而入夺得美人心。而为何柳毓璃拿到书信就赶了过来,而且还站在这间雅阁的门口,我看最大的可能就是你冒充了莫逸风的笔迹请她来到此处,所以她才会这么容易上钩。我说得对不对啊?四爷……"

听着若影的分析,莫逸萧的脸色一阵阵白了下去,虽然若影没有亲眼看见,可是她却说得分毫不差。而且她的神态,她的举止,哪里还是那个不知天高地厚的傻丫头。

就在莫逸萧的愣忡中,若影的声音再次响起:"至于你为何急着想要让我去追莫逸风,我看最大的原因就是你想要通过我拆散他们二人,因为你不想出面让柳毓璃知道是你所为。"

这番话一出口,别说莫逸萧,就连他身后的随从都惊得面色青白交加。

"你……"莫逸萧惊得说不出一句话来,若是连她都这般清楚,那么莫逸风是不是也同样清楚?

"男女之情两相情愿,你耍这种手段未免太过卑劣,即使我也同样不喜欢柳毓璃,也不会蠢到多此一举。"

"你什么意思?"莫逸萧拧眉急急出口。

若影淡然一笑:"你以为只要这样柳毓璃就会死心?我告诉你,哪怕莫逸风醉卧百花丛中她也一样不会放弃。"

虽然她对柳毓璃并不熟,可仅凭那一日的相处,她就知道柳毓璃并非省油的灯,只要她想得到的必定不会放手。而对于莫逸萧……在她尚未真正成为莫逸风的王妃之时她自然也不会放开。

不过事情往往都是当局者迷,莫逸萧又岂会知道这些,在听到她的这番话之后他非但没有去细想其中缘由,反而一怒之下扫落了原本莫逸风所坐位子前的茶杯,而后沉着脸拂袖而去。

雅间内只剩下若影一人,仅仅片刻功夫,她便感觉从未有过的累。

转身走到窗外,看着外面熙熙攘攘的人群,脑海中闪过莫逸风急急追向柳毓璃的景

第13章 你先放了手 | 143

象，此时他们又会在哪里？两人相见又是怎样的景象？她是否是委屈地趴在他的胸口哭着埋怨？还是两人已经相拥相吻？

握着窗框的手骤然一紧，心渐渐寒凉，回过神来却发现自己竟是湿了眼眶。

甩了甩头不让自己想太多，可是转身面对只有她一人的雅阁，她的心又再次凌乱起来。

时间一点点消逝，午时转眼过去，也不知道喝了几杯茶，终是没有等到他回来。唇角淡淡勾起一抹笑意，却是那般苦涩，转头看向天边渐渐压过来的乌云，心也跟着沉重起来。

她还需要等他吗？或许他早就把她忘了……

莫逸风的身影急急穿梭在人群之中，终是在下雨前赶来了十里香酒楼，就在他刚踏入门口的那一刻，天瞬间下起了暴雨。

"爷快请进，这天真是说变就变，不过等下了这场雨也能过上几天凉快日子了。"小二一边将莫逸风迎进门一边看着外面黑沉沉的天气自顾自说着。

莫逸风并没有理会他的碎碎念，只是疾步朝二楼奔去。

"爷，二楼雅间的姑娘走了。"小二见他行色匆匆，急忙上前道。

"走了？"莫逸风的脚步戛然而止，转头看了小二一眼，仍是有些不信地朝楼上望去。

小二轻叹一声走上前："那位姑娘等了爷许久，茶都喝了三壶，不久前才离开的，小的让她再等一会儿，她却说爷是不会回来了，等得再久也不过是再多浪费几壶茶水。"

莫逸风眸色一沉，有一丝痛感在心头划过，转头又下了几步楼梯，而后朝门外奔去。

"爷，外面下着大雨……"小二正想要将伞给他，却见他冒着雨急急冲了出去，从未见过的惊慌在他脸上闪现，让小二顿时觉得判若两人。

滂沱大雨让整个集市陷入了一片慌乱，所有摊贩都推着推车往家里赶去，路上行人亦是行色匆匆。

他全身湿透地在大街上穿梭，却不见她的人影。小二说她离开不久，若是照他方才的速度沿着回三王府的路去找，便不可能追不上她，除非她并没有回去。

意识到这个问题，他的心慌乱不堪。

"影儿！"莫逸风一边跑着一边呼喊着她，可是因为雨势太大，即使他大声呼喊皆只听到雨声在耳畔回绕。

无奈之下他回到了三王府，下令让所有人出去找寻，虽然三王府的人不及永王府多，但光凭他这么多年来所训练的隐卫都是一等一的高手，飞檐走壁根本不在话下，然而即使是这样仍是找不到若影的踪迹。

"爷，若影姑娘会不会想起了回家的路，所以回去了？"大雨下，秦铭望着白茫茫的四

周开口,却没有注意到莫逸风渐暗的目光,转过头他又急问道,"爷,若影姑娘有没有说她家在哪儿?属下好沿路去找找。"

莫逸风薄唇微抿,脸色微沉唇瓣发白。

"会不会去了二爷府上?"秦铭转眸看向莫逸风。

莫逸风目光越发黯淡,沉默了片刻,他拾步离开并丢下一句话:"你带人去找。"

秦铭怔怔地看着莫逸风僵硬着背脊离开,方知方才说了不该说的,抿了抿唇急忙又带着人往莫逸谨的王府而去。

莫逸风沉默着四处寻找,竟是喊不出一个字来,听了秦铭的话,他心里根本就没了底,若是她当真回了家乡,这天下之大他该如何找寻?

他现在真的后悔,早知道昨夜她恢复记忆时他就该问她究竟家住何方,也不至于现在寻找无路。

可是,他真的没想过她会离开,他以为她无处安身,否则今日一早她不会仍在三王府中的园子里,更不会赌气说要出来逛逛。

是他回去晚了,所以她才离开了吗?可是他说过让她等在那里,他说过他会回去不是吗?为何她没有继续等他?

站在去往幽情谷的路上,他的指尖渐渐收紧,手背上青筋乍现。

此处是他唯一能想到的地方,因为那是她曾经出现在他面前的地方,若是连这里都找不到,他真的不知道该去哪里寻她了。

而就在这时,眼前的人影让莫逸风呼吸一滞,只见若影靠在那棵她第一次出现在他面前时的古树上,整个人都湿透却浑然不知,双眼放空地望着前方,也不知道心里在想什么。

心头一喜又一怒,他疾步上前站在古树边怒斥:"影儿!下来!"

若影听得那一声怒吼,渐渐敛回思绪,低眸朝树下看去,果然是莫逸风又在吼她,而他也只会对她这般凶吧?若是换作柳毓璃,他又会是怎样的一副柔情蜜意?

见她不动,莫逸风气急:"影儿!听到没有,下来!"

她苦笑着摇了摇头,伸手支起身子飞身而下。不知是不是许久没有练功的缘故,刚一落地她的脚便崴了一下,可是没等她站稳,莫逸风已经上前一步来到她面前扣住她的肩质问:"你是猴子吗?成天只知道待在树上!不是让你等我回去,做什么自己跑出来,也不说一声去哪里,你是越来越无法无天了?"

若影看着他怒火冲天地朝她低吼,忍着脚踝处钻心的疼痛站在他面前,与他对视顷刻,方淡淡道:"你怎么来了?"

莫逸风被她淡漠的态度惹得微微一怔,而后却是更大的怒气:"我不过来你准备待到何时?"

就在她沉默之际，雨势渐渐小了，她转头望向方才所待的树枝，而后回头朝他淡然一笑："只是想从哪里来回哪里去。"

莫逸风心头一滞，未料她会说这话，一时间竟是无言以对。可是心里的感知他清晰明了，那便是更恼了。

深吸了一口气，他带着怒气扣住她的手腕："既然知道从哪里来回哪里去，就应该知道该回府了。"

若影眸中闪过一道惊愕，他明明知道她所指为何，却故意装作没听懂她话中之意，还执意要带她回府，可是他就不担心柳毓璃会伤心难过吗？

莫逸风不管不顾地转身拉着她往回走，见她没有倔强地执意离开，心里的怒气也少了几分，一颗悬着的心也落了下来。

若影看着莫逸风紧握着她手腕的手，娥眉淡淡一蹙，也不知道自己与他回去究竟是对是错。可若是真的选择离开，她知道她心里还是不舍的，否则也不会在十里香等他那么久。

脚踝处的刺痛越发厉害，她抬眸看向莫逸风黑沉的脸，犹豫着要不要开口。

抬头看了看漫天的大雨，她咬了咬唇终是没有开口让他停下或者跟他说自己受了伤。她从来不是一个矫情的人，更不是一个会拖累别人的人，即使面临生死，她宁愿死的是自己，而不是自己身边的人。

可是，莫逸风并非是一个后知后觉之人，才没走几步路，他便感觉若影的异样，转眸一看，果然她的脚伤到了，一时间他又开始气恼起来："脚伤了为何不说？"

若影见他气急，一时间愣忡在原地，却见他伸手将她放倒在地，而后握住她的脚踝开始检查她的伤势。他虽不懂医理，可至少行军打仗多年，基本的小伤还是能够医治的，否则初次与她相识之日，他也不会为其脚踝正了位。

"以后别来了。"莫逸风抬眸瞪了她一眼，而后一个巧劲为其再次正了脚踝。

若影原本痛得面色苍白，可是一听他这么说，顿时猩红了眼眸，深吸了一口气用力将他推开，而后紧咬着牙站起身。

"我来不来是我的自由，难不成就允许你和她在此幽会，而我却连站都不准站了？"一瘸一拐地经过他身侧，她冷冷瞪了他一眼道，"要不是我醒来是在这里，我还不屑来这个地方。"

"你什么意思？"他伸手拽住她的手臂怒问。

若影紧咬了牙关，须臾，她冷哼道："没什么意思，只是不想沾染了你和她在此处苟且的晦气。"

莫逸风双眸一瞪，张了张嘴满眼难以置信地望着她。雨渐渐小了，他却顾不得马上回府，原本只是想要问她方才后半句话的意思，可是一听她这句话，顿时满腔的怒火阵阵上

涌:"莫若影!不要信口雌黄!"

若影冷笑,一说到柳毓璃他就生气,若是她动手打了柳毓璃,他岂不是要将她抽筋剥皮了?有些话说过一遍就够了,她也不想再说第二遍,转头移开视线不再去看他,也不想再与他辩驳。

"看着我!"莫逸风霸道地扣住她的肩将她转过身让她面对他,"这些话都是谁跟你说的?"

若影吃痛地拧了眉心,紧了紧指尖淡淡说道:"还用别人跟我说吗?在我醒来的那一刻就看见你们在此幽会,十多年的青梅竹马,难道你们就没有在此做过什么?"

也不能怪她多想,怪只怪此处太过僻静,若非是有心人,根本没有人知道这个地方,他与柳毓璃相恋十多年,此处是他们幽会之所,他们怎么可能没有做过什么?而且他是王爷,虽有礼法,却怎能敌得过二十多岁的血气方刚?

她现在多么希望自己仍然没有记起任何事情,也好过现在这样记起一些却忘记了关键,可是她感觉自己回不去了,她以为自己来到这里再躺回那棵树上,它就能让她找回所有记忆,转瞬一想,这样的想法真是荒唐至极。

突然间下颌一痛,若影猛然回过神,却见莫逸风正猩红着眼眸瞪着她,额前的发丝正滴着雨水,而周围的雨也不知何时停了下来。

"若是再让我听到你说这些不着边际的话,看我不收拾你。"他深吸了一口气紧紧绞着她的目光又警告道,"还有,不要在我面前想着别的男人。"

若影一怔,而后气恼地挥开他的手:"我想着谁与你何干?就算是我和别人发生了什么也跟你一点关系都没有!"

她显然没有意识到自己的这句负气话激怒了他,而当她意识到时已经为时已晚,莫逸风突然一手揽住她的细腰一手扣住她的后脑,俯首狠狠印上了她的唇,力道之大让她措手不及。

她彻底地慌了神,用尽了全力想要推开他的身子,可是男女力气终究悬殊,她从头到尾都在被他欺负着。

或许是真的绝望了,她慢慢放弃了挣扎。当莫逸风意识到这个现象之际,才发现她已泪流满面,再看她身上,衣衫凌乱不堪。

刚才……他真的极想要了她,只因为她的一句话,只因为担心她会随时离开,他竟然因为她而失控了。

当莫逸风带着一丝慌乱放开她时,她已是泣不成声,伸手捂住双唇不让自己哭出声来,也不管自己现在的情况有多么糟糕,自己的样子是多么狼狈。

"我……我刚才……"莫逸风想要解释,却发现是那般苍白。

而她只是一个劲地无声哭着,就是没有抬头看他一眼。

第13章 你先放了手 | 147

他指尖微微一颤，看着她这般模样终是心里难受的。倾身将她抱在怀中，感受着她的身子在不住地颤抖，而他的心也越发紧了起来。

"影儿，别哭了，跟我回去。"他原本想要跟她道歉，可是话到嘴边却又觉难以启齿。

或许道歉这种事情从未在他身上发生过，即使儿时他在玄帝的斥责下让他跟莫逸萧道歉，他宁愿接受惩处都不愿低头认错，而此时想要说那几个字，却发觉离他太遥远。

若影坐在地上没有动，只是心一阵阵寒凉。

莫逸风看着她这个模样心里难受至极，真不知道自己刚才为何会突然间这般失控。

就在他失神之际，只听"啪"的一声骤响，莫逸风一蒙，脸上与此同时传来火辣辣的疼痛。抬手抚了抚面颊，她竟是用了全力。

若影死死地瞪着他，手掌心处传来阵阵酥麻，可是她并没有后悔打他，她就是要将他打醒，不要因为在这个他与柳毓璃幽会之处而将她当作了柳毓璃。

两人对视顷刻，莫逸风竟是没有发火，眸中渐暗之际伸手拭去她脸上的泪迹，暗叹一声将她抱起，而后转身反手拉过她的手臂，让她趴在自己的背上。

若影楞忡地趴在他的背上，直到他将她背起，而后一路颠簸了好一阵，她才惊觉他竟然丝毫没有气恼，反而这般温柔地对她。一时间有些难以置信，毕竟他是个王爷，从小到大除了皇帝之外谁又敢动他分毫，更何况是被她打了一耳光。

可是须臾之后她又苦涩一笑，她刚才被他那般对待，而她却还在考虑他的感受，她在他面前究竟有多卑微？还是因为她将他看得太重？

柳府

柳毓璃站在高楼上凭栏而立，看着外面的雨渐渐小去，她的眼神渐渐涣散。

方才莫逸风急急从十里香追出来，她心中本是一喜，谁知转身之际却看见他面色黑沉，瘆人的怒气充斥着他全身。也不给她任何反应的机会，他开门见山地就问她若影被困毓璃阁是不是她做的。

她当时心底一怔，因为他从来都不会用这样的态度对她，更不会这般斩钉截铁地质问。

反应过来后，她视线一片朦胧，可是她知道她不能承认，所以拼命地摇头否认一切，说毓璃阁的钥匙她一直放在身边，可是那天却不知道为何丢了。她清清楚楚地记得，那天她正要离开毓璃阁时，又转身将钥匙丢进了密道，做出她自己开了毓璃阁的假象，随后又去月影阁布置了一切。

她以为她已经做得天衣无缝，谁知道她低估了莫逸风的勘察力，又或者说她高估了莫逸风对她的信任度。她以为他会信她所说的一切，而且那天晚上他也的确这么说了不是吗？却没想到今日他追出来不是为了安慰她，却是来质问她的。

只见莫逸风拧着浓眉一步步向她靠近，直到在离她一步之遥站定，方从腰间取出那把钥匙沉声说道："这把钥匙难道不是你的吗？"

当时她心口一阵慌乱，凝视着那把钥匙细想了一下，咬了咬唇说道："我的那把钥匙一直放在房间，怎么可能在逸风哥哥手里？"

"是吗？"莫逸风微眯着黑眸凝视着她，满眼寒芒。

"是啊，可是不是只有三把钥匙吗？一把在周叔那里，一把在逸风哥哥那里，我的钥匙放在房间没有拿出来过，这把钥匙又是从哪里冒出来的？"她伸手正欲上前拿钥匙，谁知莫逸风指尖一收，将钥匙握于掌心，见她神色一愕，他沉声道："你不肯说实话？"

"逸风哥哥，你……这是什么意思？"她眼底的雾气渐浓。

莫逸风冷哼一声紧紧绞着她的视线，指尖骤紧："既然你不说那我来说，这把钥匙分明是你故意留下的，影儿也是你推进密室的是吗？"

"不是的。"她立即否认，却更显心虚。

莫逸风双眸一眯："不是？"他一声冷哼，"若不是你，影儿怎会知道密室？你将影儿骗入密室之后又将钥匙故意遗留在密室中，而后又用事先准备好的面人做成影儿自己用面人当模子做钥匙的假象，最后在我四处寻找影儿之时，你又故意打翻了首饰盒，我说得对吗？"

"为什么你现在不相信我却相信她？"她睁大了眼眸凝视着他，没想到事情的经过他虽未亲眼所见却如亲眼所见。

"影儿很单纯，没有那些心思。"他回答得斩钉截铁。

"单纯？那逸风哥哥的意思是我就是坏女人，一切的一切都是我在陷害她吗？毓璃在逸风哥哥的心里就是这样的？"眼泪夺眶而出，心一点点发凉。

莫逸风目光微闪，顿了顿后缓声开口："以前不是，可是现在……毓璃，你怎么变成这样？这把钥匙上还留着你香囊的香气，那是你最喜欢的花香，影儿从来不用这种香囊，难道你还想否认？"

他一字一句地问出口，眸中带着浓浓的失望。

渐渐敛回思绪，柳毓璃垂眸望着手中的钥匙，他还是将钥匙还给了她，可是她却感觉他们之间的关系已经不像往日那般，只因为那个叫若影的女子。

他说若影从来不用这种香囊，他对她到底熟悉到了什么程度？现在她和那个叫若影的女子在他心里究竟谁才更重要？

莫逸风背着同样浑身湿透的若影一路颠簸，二人就这般一路无言到了三王府，当紫秋和周福看见如此狼狈的二人之时都为之愣忡，紫秋立刻迎了上去，而莫逸风直接将她背回了月影阁，周福则命人立即准备了洗澡水送去若影房中。

当若影走入内室之后，莫逸风站在内室门外迟迟没有离开，紫秋见他也是一身湿透，则好言相劝："爷，还是快回房沐浴更衣吧，别着凉了，若是爷病了，若影姑娘可要心疼了。"

莫逸风目光一闪，带着一抹错愕看着紫秋。

紫秋微微一怔，而后笑言："爷即使只是晚用膳若影姑娘都担心爷伤身子，若是真因为这次病倒了，若影姑娘还不知道要怎么心疼呢。"

莫逸风闻言心口一紧，随后看了内室一眼，转身静静地往外走去。

她会心疼他吗？以前会，可是现在……他真的不知道。

看着莫逸风落寞的背影，紫秋有些理不清思绪，不过若影能平安回来她也落下了心中之石。

回廊处，莫逸谨一听若影已经寻回，便急急地过来看个究竟，仿若不是亲眼所见就难以取信。直到看见莫逸风一身湿透地往雅歆轩走去，他才微微顿住脚步，而后又紧走了两步来到莫逸风跟前。

"影儿真的找到了吗？"他拉住莫逸风的手臂问，语气带着急促。

莫逸风点了点头："找到了，回房了。"

"我去看看。"莫逸谨满脸担忧地正欲往月影阁而去，手臂却被莫逸风拽住，莫逸谨蹙眉一斥，"放手。"

"她没事，正在沐浴。"莫逸风说完便松开了手。

莫逸谨一恼，转身站在他跟前："没事？若是没事怎会不辞而别？你究竟对她做了什么？"

莫逸风目光一闪，却并未言语。

"是不是又是柳毓璃？"莫逸谨上前逼问，见他移开视线，他也猜出了一二，也不管莫逸风如何想，他开口便斥责了起来，"三弟，我早就说过，若是你不能好好照顾她的话就把她交给我，我一定不会把一个大活人给弄丢了，若是你心里只有柳毓璃，就跟影儿说个清楚明白，别又想拽着她又要伤害她。"

"我没有伤害她。"莫逸风蹙眉看向莫逸谨。

"没有？"莫逸谨冷笑反问，"若是没有她怎会不知会你一声就跑得无影无踪？从你将她带回府的那天起，她就一直黏着你，也只听你的话，你让她往东她不敢往西，你让她站着她不敢坐着，即使她恢复了记忆，她依旧选择留在你身边，如若不是你伤害她，她又怎会有今日的状况？"

莫逸风抿唇望着他，虽然他不是亲眼所见，可是他却十分笃定是他的缘故造成了她的离开，而事实也的确是如此。虽然莫逸谨没有与若影朝夕相对，可是他对若影的了解不比他少。莫逸谨虽然平日里桀骜不驯，然而看人却看得透彻。

两人僵持了顷刻,秦铭轻叹一声上前道:"两位爷还是先去沐浴更衣吧,穿着一身湿衣容易得风寒。"

莫逸谨紧抿了薄唇没有动,而莫逸风也因为莫逸谨的话而沉默。

"阿嚏!"秦铭脸色一红,伸手以拳抵唇尴尬地冲他们二人一笑,而气氛也在秦铭的一声喷嚏中缓解了不少。

"我先回去了,明日再来看她。"莫逸谨缓了缓语气对莫逸风道。

莫逸风低应了一声,直到莫逸谨离开后才转身提步回了雅歆轩,却是心事重重。

若影沐浴过后躺在床上,大夫因为她的脚伤给她开了药方,她不喜苦药,莫逸风便让大夫开了外敷的药,这一折腾便到了戌时,晚膳也是在月影阁用了。

紫秋将熬成糊状的膏药端了上来,味道有些刺鼻,她被呛得直流眼泪,拿到房中之后便放在了桌上,见莫逸风坐在床沿,她也就不敢走近。

莫逸风从袖中取出一瓶药,而后掀开她盖住脚伤的被角道:"敷上膏药前还是要拿这个药推拿,这样会好得快些。"

就在他要握住她的脚时,她不由得将脚一缩。莫逸风抬头朝她看去,对视顷刻,终是轻声一叹。

"你来。"莫逸风起身将药递给了杵在一旁的紫秋。

紫秋愣忡过后急忙上前一步双手接过他手中的药,而后来到若影的床边:"若影姑娘,奴婢来给您揉揉。"

若影悄然朝莫逸风睨了一眼,见他正看着她,她又急忙收回了视线,而后将被子下的伤脚伸了出来。

紫秋跪在她的床边,小心翼翼地将药涂抹在她的脚踝处,而后轻轻地揉着。

"扑哧!"若影忍不住破涕为笑。

紫秋和莫逸风皆为之一怔,若影尴尬地扯了扯唇角低声对紫秋道:"好痒。"

紫秋愣忡着点了点头:"那奴婢再重一点。"

可就在若影点头之际,只觉一股刺痛自脚踝处传来,她未有心理准备,一声呼痛自口中溢出。

"若影姑娘恕罪,奴婢太用力了。"紫秋被她的一声惊呼吓出一头冷汗。可是她从未做过这事,也确实是难倒了她。

莫逸风沉沉吸了口气,上前自紫秋手中拿回了推拿药,而后示意她退下。紫秋长吁了一口气,起身退出了房间。

若影苍白了脸色轻抚着自己的脚踝,刚才紫秋用了蛮力,还真是将她的脚给伤到了。

莫逸风抿了抿唇又坐回床沿,伸手握住她的脚将其置于自己的腿上,上了些药之后轻轻地给她揉着,抬眸见她尴尬地望着他,他却面不改色地问道:"还痛不痛?"

若影闪了闪眸道:"我自己来。"

刚要将脚缩回,岂料他用着巧劲将她的脚扣在自己的腿上,而后一边给他揉着一边低语道:"不想十天半月都下不了床的话就乖乖别动。"

若影一怔,却也不敢再轻举妄动。

这双脚对于她来说太过重要,她一身的武功全凭这双脚。

莫逸风见她不再执拗,原本心头一松,可是一想到方才自己说的话,不由得心头慌乱起来,试探地转头朝若影看去,见她只是一瞬不瞬地看着自己受伤的脚,面上并无异样,他这才长长松了口气。

看起来是他自己想多了,她的心本是纯净得很,又怎会将他的话想歪了?

不过思及自己方才所言,他还是微微有些不自在。

若影见他手法熟练,便也放了心不再盯着他的动作,可是当她抬头之际,便看见他的耳廓染了一层红色。

"你不舒服?"她低哑着声音问。

莫逸风微愣:"何出此言?"

若影有些懊恼,他都这样对她了,她居然还能开口关心他。可是话说到一半也只得说了下去:"我看你耳朵很红,是不是着凉发烧了?"

莫逸风微微一怔,脸却是更加烧红,可是意识到她仍在关心他时,他竟是有些难以置信地转头凝视着她。若影被他看得极其不自然,抿了抿唇移开了视线。

之后两人并没有再说什么,莫逸风将药膏涂抹在她脚踝处后又用纱布细细包裹,看得出来他经常处理伤口,否则手法也不会这般娴熟。

他将她的脚放下后又用被子盖好,而后便只剩下沉默。看着面前的烛火缓缓燃烧,莫逸风的心仍是凌乱不堪。房中一片静逸,耳边传来均匀的呼吸声,他转眸望去,顿时勾起了唇角,她竟是不知何时睡着了。

倾身为她盖好被子,发现她的眼睛仍是有些红肿。回想起在幽情谷的所作所为,他仍是有些懊恼,却不知自己因何那般冲动。

伸手过去隔空凝视着她的双眼,不知何时心中的天平渐渐向她倾斜。

东方渐渐泛起了一丝鱼肚白,若影全身酸软地用手遮挡了刺目的光线,昨日哭了那么久,今日仍觉得疲惫不堪。可当她看见坐在床沿靠着床柱而眠的莫逸风时,心头微微一怔,他昨夜竟是守了她一夜!

转头看看窗外,难怪光线刺目,今日天气极好,而且他昨夜忘记给她放下帐幔了。

他一向睡眠极浅,可是今日却直到她支撑着身子起身他才醒了过来,见她想要下床,

他立刻拉住了她受伤的脚踝。

"放手。"若影因为他的动作而彻底清醒。

莫逸风伸手将缠在她脚上的纱布解开，而后细细地检查，这才问道："还疼不疼？"

若影一怔，鬼使神差地动了动脚，发现当真是不疼了。

可是才一夜功夫怎会痊愈？

她仍是不信，正准备穿鞋下床试试，谁知莫逸风先一步拿起了她的绣鞋往她脚上套去。

其实这样的行为在她失忆之时并不少见，可是现在的她已经不是之前的她，见他仍不避讳地帮她穿鞋，她反倒是红了脸。

"走走看。"莫逸风伸手将她扶起。

若影颇显尴尬地站起身，而后试着走了两步，果然是没有丝毫痛感，正觉奇怪之时，余光看见床边一堆沾染过膏药的纱布，她顿时明白了过来。昨天大夫的确说过，若是想要好得快一些，第一夜需要一个时辰换一次药，方能减短康复的时间，再加上他上膏药前的推拿，更是恢复神速。

难怪他今早没有在她醒来之时立刻清醒，是因为昨夜他一直在给她推拿而后换药。也难怪昨夜总觉得脚上像有人一直给她轻轻按着极其舒适，原来并不是梦。

盥洗过后，见她仍是蹙眉站在原地且敛住了笑容，莫逸风深吸了一口气上前道："昨日之事……"

第14章　已今非昔比

"我就当没有发生过。"她的干脆让莫逸风微微愣忡，谁料她而后抬眸看向他，眸色犀利，"希望没有下一次。"

"嗯。"他低低应着，却也有些力不从心。

若影转身朝外走去，经过他身侧时又道："下次王爷在情不自禁的时候，务必看清楚面前的人是谁，别把别人当成了谁的替身。"

说完这句话，她便头也不回地走了出去。

莫逸风心头一紧，转身跟了出去，正要和她说明白，却在伸手之时又缩了回来，因为他根本不知道该如何解释才是。

若影刚走了几步，突然想到了什么，转头看向他："你不用上朝吗？"

莫逸风微愣，而后道："昨日已让二哥替我向父皇告了假。"

若影张了张嘴，终是没有再问下去，转身便朝外走去。

"你去哪儿？"见她又要离开，他疾步上前跟上去拉住了她。

若影拧了拧眉心："随便走走。"

"我跟你一起去。"他语气带着急迫。

若影看了看他，微微冷哼："王爷贵人事忙，即使一起出去了还是会半天不见人影，倒不如我一个人出去走走。"

对于昨天突然离开之事，莫逸风从未向她解释半句，而他也不是一个善于解释之人，更何况若是当真与她说明了他出去的原因，恐怕更加惹她不痛快，所以他仍是选择了沉默。

若影也不再理会他，抬步便走出了王府，只是让她没有想到的是，莫逸风竟然紧跟其后，虽然没有与她并肩而行，却一步都没有落下。

"你跟着我做什么？"她有些微恼。

莫逸风看了看四周，双手负于身后轻咳一声道："出来走走。"

"那你走你的我走我的，别跟着我。"若影丢下一句话后便加快脚步往前走去。

莫逸风微微一怔，真是风水轮流转，曾几何时是她一直黏着他不放，即使睡觉都要赖在他的床上，可是现在她竟然嫌他一直跟在她身侧。

集市上，若影在一个饰品的摊位前站定，看着古色古香的发簪、玉镯、项链、耳坠子，她竟是移不开视线。

"姑娘，你头上的发簪可真是别致。"摊位老板娘望着她发间玉兔发簪忍不住夸赞。

若影因她的话抬眸愣忡地看向她，手不由得抚向发间。她的发饰并不多，可是这个发簪却是她每日必戴的发饰，这也是莫逸风送给她的，而她也习惯了戴上这个发簪。

"好看吗？还行吧。"她言不由衷地淡淡一笑。

老板娘笑言："一看就极其珍贵，像是定制的，改天我也做一个，我们这里所有的首饰都是自己手工做的，只是那兔子的眼睛怕是做不了，只能用旁的代替了。"

若影被老板娘说得满腹疑云，她虽是一直戴着，却也没有细看，只觉得玉兔很是精致，而且她正好也属兔，所以便极其喜欢。可是听老板娘这么一说，她忍不住摘下发簪放在手心端详起来。

老板娘见她满脸迷茫，笑意渐浓起来："看来是心上人送的吧，姑娘真是有福了，这对玉兔眼睛可是拿红玛瑙所制，玉兔的身子还是用上等白玉所雕刻，我们寻常百姓可拿不出这稀罕物。"

若影闻言只觉得这根簪子一下子千斤重，竟是不知该戴上去还是该还给莫逸风。

就在这时，手中突然一空，簪子被人拿了过去，她正要去夺回，却见莫逸风不知何时站在他身侧，脸上染着淡淡的笑，抚了抚发簪上的玉兔，而后轻轻地给她重新戴在发间。

感觉到面前异样的目光，若影面色一红，转身看向莫逸风后问道："你怎么又跟来了？"

莫逸风犹如被泼了一盆冷水，哼了哼之后负手立于她身侧，伸手拿起一个玉镯道："就许你先前没日没夜地黏着我，而我却不能与你同行了？"

若影仿若是听错了，这竟是莫逸风所说的话，转眸看向老板娘，见她笑得意味深长，不由得脸烧得通红。

"胡说什么呢。"若影嘀咕了一声之后转身就想走，谁知被莫逸风扣住了手腕，而后拿着手中的玉镯套到她手腕上。

"喜不喜欢？"方才他见她一直望着眼前的玉镯，便确定她定然是喜欢的。

若影伸手抚了抚被他戴在手腕上的玉镯，唇角弧光点点。

"想不到逸风哥哥的眼光这般好。"一声熟悉的声音自耳畔响起，引得莫逸风和若影皆为之侧目，果真是柳毓璃。

上次被柳毓璃骗去毓璃阁而后又推她下去的景象在眼前划过，若影仍是心有余悸，不由得身子一僵，也让她想起了莫逸风非但没有追查，反而数落她不长记性的那一夜，柳毓璃在他心里究竟有多好？好到他相信她的一切？

莫逸风并未料及柳毓璃会出现在此处，转眸见若影脸色泛白，一时间手足无措起来。

一旦柳毓璃出现，若影总有窒息之感，更何况是莫逸风和柳毓璃同时在她面前，她总觉自己像是插足者一般。

"你怎么来了？"莫逸风看向柳毓璃脱口而出。

柳毓璃脸上划过一道尴尬，看了看面不改色的若影，她紧了紧指尖挤出一抹笑："来买些首饰，不过我方才还说许久都没有和逸风哥哥好好聚聚了，没想到这么巧碰到了，看来还真是有缘。不如逸风哥哥也帮我挑挑，看看哪些首饰适合毓璃，之前可都是逸风哥哥帮我选的。"

莫逸风微眯了眯凝望着柳毓璃，看着她纯净无瑕的笑容，他却感觉有些陌生。

"姑娘，你的玉镯！"老板娘的一声叫唤让莫逸风心头一怔，转眸望去，若影竟是放下了玉镯默默离开了。

"影儿！"莫逸风转身欲追上去，谁知手臂却被柳毓璃拽住，见旁人纷纷侧眸观望，柳毓璃尴尬地立刻松了手，而目光却带着一丝幽怨凝望着莫逸风。

莫逸风拧了眉心，脸上不难看出他已经恼了。可是他并没有对她说什么，只是转身离开去追若影。

"小姐。"春兰担心地看向柳毓璃。

柳毓璃感觉自己指尖都在发颤，望着头也不回去追若影的莫逸风，她仿佛感觉他们的距离越来越远。

"他怎么会变成这样？那个若影又有什么好？"柳毓璃想不通，若说容貌，若影虽然长得清秀，可是一身的冷傲哪里比得上她妩媚妖娆？若论家世，她是兵部尚书的独女，而她不过是寄人篱下的孤女，一个是天一个是地，可是为何莫逸风会喜欢上她？

春兰看着她又气又委屈的模样，只得好言安慰："小姐别担心，即使三爷喜欢别的女子又如何，三王妃的位置还是属于小姐的，那是三爷答应过的，三爷从来一言九鼎言出必行，不会言而无信的。"

柳毓璃泛起一抹苦笑，若是一个女子得到的只是承诺却没有真心，又哪里来幸福可言？

抿了抿唇她转身便要离开，可余光不经意扫向方才被若影放下的玉镯，她顿住脚步拿起端详，果然很精致。

"姑娘要这玉镯吗？"老板娘试探着问道。

柳毓璃看了看老板娘，又将视线落在玉镯之上，紧紧一握，唇角扬起一抹淡淡的弧度。

莫逸风很快追到了若影，叫了她几声她都没有停下，只得伸手将她拉住。

"影儿！"他的语调微微上升了几分，见她脸上淡淡升起的怒意，他随后低叹一声道，"去哪儿？"

若影转头移开视线："你管不着。"

莫逸风很是无奈，上前一步走到她面前："生气了？"

若影一怔，而后转头哼笑："我有什么可生气的，只不过是想让个地给你们挑首饰而已。"

"我没有替别人挑过首饰。"他沉沉开口道。

若影抬眸惊愕地看着他，没想到他会向她解释，更没有想到他竟然没有给柳毓璃挑过首饰，下意识地伸手抚向头上的发钗，突然发觉自己的动作有些突兀，而莫逸风也正轻笑着看着她，她不由得一窘，急忙将手放下。

"真的不想要那个玉镯吗？"他拉着她的手问。

她咬了咬唇冷哼："之前想要，现在不想要了。"

他忍不住轻笑："都说女人善变，今日总算是让我见识到了。"

"以前没见过吗？"她侧眸凝视他，而后扬了扬眉道，"也是，有些人性子好得很，不像我又善变又会发脾气。"

"倒是有自知之明。"莫逸风笑言。

可明明是一句玩笑话，若影听了却是气得差点捶胸顿足，伸手将他的手甩开，而后转身便离开了。

"影儿。"莫逸风笑容一敛，哪里敢再掉以轻心，急忙又追了上去，"我这不是跟你说笑嘛，你还当真了。"

可若影还是气鼓鼓地不说话，他一时没了主意，只知道伸手去拉她，却不知道该说什么话来讨好。

见他如此模样，若影忍不住扑哧一笑，但并没有说什么，只是反手将他的手握住。

一切仿佛回到了以前。

在三王府的这段日子，若影突然觉得也甚好，而莫逸风也对她越来越放心，所以除了让紫秋一直寸步不离地跟着之外，出入倒是完全自由了。莫逸谨也时常前来看望她，有时候还会与她调侃几句，可每一次总是会败下阵来。

若影自然知道，一方面是莫逸谨让着她，还有一方面那便是莫逸风了，有一次两人因为一个话题争论得互不相让，莫逸风上前便斥责了莫逸谨，气得莫逸谨说他是见色忘。

而她看见最后成了他们兄弟二人争吵，不由得笑得前俯后仰。

只不过有件事情一直让她很是纠结，莫逸谨也曾说，她这般没名没分地住在三王府总是不太好，玄帝也有意给她一个府邸，只是又不放心她独自一人，住在三王府也好让莫逸风照顾着。可是莫逸谨却心疼着她，毕竟人言可畏，想来旁人都在议论着，所以莫逸谨才这般说。

可是莫逸风却没有任何表态，她也只道是他不想强求她。

事实上，她也没有想清楚，她怕因为习惯而与他成为夫妻，却并非因为有情。

抬头看了看天气，阳光明媚，也不知是心理作用还是当真身上用鸳鸯倚所做的衣服起了作用，她倒也没觉得多热，环顾了四周，越发觉得三王府的环境很不错。转头唤了紫秋一声，便拉着她一同出了三王府。

"若影姑娘，真的好热。"紫秋与若影相处久了也就没了拘束，心里想什么便说出了口。

若影转头看了看她，扬眉道："那你待在府上乘凉吧，我去喝冰凉的绿豆汤去。"

紫秋原本颓废的小模样在听到冰凉绿豆汤的刹那间立刻目光晶亮："奴婢怎么能待在府上乘凉，奴婢要随时伺候若影姑娘的。"

"我又不需要你伺候。"说着，她立刻紧走了几步甩开紫秋。

"要的要的，奴婢要陪若影姑娘去喝绿豆汤，不要在府上乘凉。"紫秋生怕若影真的甩了她，立刻跟了上去。

若影本是在逗她，看她这样不由得扑哧笑出了声。

宝玉轩

掌柜一看见若影便立刻迎了上来："莫姑娘，楼上请，最凉快的雅间给您留着呢。"

若影和紫秋相视一笑，说什么特意给她留着，说不准就是正好此时没人而已。不过若影只是点头淡笑着上楼，也没有去拆穿掌柜做生意的手段。

不过一到楼上的雅间，她还真是惊愕了一下，今日的生意出奇地好，每间都坐满了人，唯独她这间最好的空着。

两人落座之后，小二便十分热情地招待着，没一会儿工夫就上了冰镇绿豆汤，这是宝玉轩在夏日里的招牌，因为只有他们有较深的地窖放着自冬季里存储的冰块，再加上他们独家秘方，那味道的确独一无二地沁人脾肺。

"哇……真好喝。"紫秋一边喝着一边不住地夸赞。

若影尝了一口，也不由得笑起："喝了这么多次，还是觉得宝玉轩的绿豆汤是独一无二的。"

小二听到若影的夸赞，在一旁乐得眉开眼笑。

紫秋扬起稚嫩的小脸看向若影，不忘拍着马屁："能伺候若影姑娘真是奴婢的福气，若是伺候别的主子，恐怕奴婢连汤渣都喝不到，哪里还能这么舒服地坐着喝。"

若影笑得弯起了眉眼："瞧你这嘴，若是让你去伺候宫里的娘娘，肯定是红得都可以给冯总管当对食了。"

"噗……"紫秋一口汤呛到了气管，看向若影之时已是呛出了眼泪，若影急忙伸手给她顺了顺气，同时也笑出了声。

"若影姑娘别拿奴婢开这种玩笑啊，奴婢还要嫁人的。"好不容易顺过了气，紫秋又开始哀求。

若影拿起自己面前的碗道："知道你要嫁人，我也知道你想嫁给谁。"

紫秋面色通红之下不由得惊愕："若影姑娘……"

若影但笑不语，她自是知道紫秋的心思，从平日里她对那个人的反常举动就可以看出，整个王府，她也就对那个人关怀备至。

紫秋看着若影的笑容，心头越发虚了起来，见她不捅破，她也就闷头喝起绿豆汤来。

小二笑着看了看她二人，而后恭恭敬敬地问道："莫姑娘要不要来些点心？"

若影还没开口，紫秋已经满眼期待地抬头看向她，也忘却了方才的尴尬，若影忍不住一笑转头道："好吧。"

小二离开后，紫秋又是一声声的恭维，若影也与她打趣了一会儿，气氛倒是欢乐得很。可就在这时，门突然被从外向内推开，未见人影，一个声音先闯了进来："是谁抢了我们小姐的雅间？"

当若影和紫秋抬头之际，才看见原来是春兰。

春兰看见她们二人，似乎没有太多惊讶，打量了她们一会儿后堂而皇之地闯了进来："原来是若影姑娘。"

紫秋正要斥责她的无礼，若影却给她使了个眼色让她少安毋躁，紫秋只得闷闷地又坐了回去，而若影也没有开口，只是吃着自己的东西。

原本以为会有一番对峙，谁知道竟是遭到了无视，春兰一时间尴尬得涨红了脸。看着若影气定神闲地吃着东西，她深吸了一口气走了进去，眼眸中带着对若影的鄙夷，轻咳一声道："若影姑娘，这是我们小姐的雅间，请若影姑娘移步别处。"

"谁说这是你们家小姐的？难道这是你家小姐买下的吗？"紫秋终究是沉不住气了，起身便回敬了一句。

春兰脸色一白，睨了若影一眼后扬了扬头壮大了声势："我们家小姐要来还需要买吗？只要三爷一句话，我们小姐想要坐哪里就坐哪里。"

紫秋闻言气得面色通红，可是却又无法辩驳，毕竟这也是事实。

若影指尖微微一紧，却依旧慢慢搅动着手中的汤匙，轻启朱唇缓声问道："哦？那今日三爷说过了那一句话吗？"

春兰语噎，沉默片刻又道："不必三爷每次都说，这整个业城的人都知道，我们家小姐想要什么三爷从来都没有说过一个'不'字，更何况是区区一个雅间，而这里，我们家小姐和三爷是常客，这间雅间更是三爷包下的，三爷的就是我们小姐的，还用得着再说吗？"

若影的心口像是骤然被划过一刀，她一直知道他们是青梅竹马，但是只以为他们一个王室贵胄一个大臣千金应是相敬如宾，不像她这个江湖儿女，却没想到他们的关系已是这般亲密，而他们又发展到了何种程度？

她也从来都没有想到在仅仅听到这些话的时候就已经让她这般如坐针毡，若是当真亲眼所见，她又会如何？

见若影沉默不语，脸上的黯然尽现，春兰瞬间得意起来。

"春兰，都让你别来了你还来，还不快随我回去。"就在这时，门口处出现一道袅袅身影，声音犹如出谷黄莺，可那眼神却略带着一抹肃杀之气，不是柳毓璃还能是谁。

春兰转身看向柳毓璃道："小姐，这明明就是您的雅间，如今有人鸠占鹊巢，您好歹说句话啊。"

柳毓璃见若影满眼探究地凝望着，转头斥责道："不得胡言，若影姑娘喜欢就让人家留在此处，你我去别处就好。"

若影轻笑，好一副善解人意的模样，可惜她并非是失忆时的若影，怎可能再吃她这一套。不过她也没说什么，只是抱臂靠在椅背上，好整以暇地看着她与贴身丫鬟在她面前演戏。

春兰一见柳毓璃让步，顿时就急了："小姐，奴婢知道您心善不喜与人争，可是也不能让人欺负到您头上啊，这里本来就是三爷常约小姐所来之处，怎能让人占了去，这往后小姐到了三王府，有些人岂不是更加目中无人了？"

若影目光一黯，见春兰说得这般笃定，她自是相信柳毓璃将来是要嫁给莫逸风的，她以为这里并非是她的世界，而莫逸风原本就不属她，可是心口的疼痛告诉她，她是极其介意的。

僵持之中，小二托着盘子走了进来，随后一道道摆在若影面前笑言："莫姑娘，这些都是您最爱吃的点心，还有一道是新品，现在每日供应十八份，特意给您留了一份。"

"我爱吃的？"若影看向面前的几道小点心，果然是她喜欢的类型，不由得好奇，"你怎么知道我爱吃这些？"

小二摸着头嘿嘿一笑："小的可不知道，这些都是三爷吩咐的，还说莫姑娘不喜量多，但是每样都要来一点，还说莫姑娘喜欢新奇的东西，所以吩咐本店一旦有新品就给您留一份。"

话至此，柳毓璃的脸色已经渐渐失去了血色，而若影自然也看得真切，不由得心里痛

快了几分，抬眸之时她勾唇淡笑问道："新品每日供应十八份，那你又如何得知我几时会到？就不怕有客人全要了？"

小二摇头道："不会，本店规矩每人限一份，而且三爷吩咐给莫姑娘留着，小的们怎敢给了旁人，三爷说了，不管莫姑娘何时前来，本店每日都会给莫姑娘留着一份。"

若影眼梢微抬睨了眼柳毓璃，而后问道："那就多谢小二哥了，这些总共多少钱？"

小二先是一愣，而后道："莫姑娘说笑了，怎用得着莫姑娘掏钱，三爷说只要是莫姑娘喜欢，一切记在三爷账上。"

虽然小二不明白若影为何会这般问，因为平日里她都是吃完便走人的，哪里结过一次账，可是她这般问着，他也就如实说了。

"是吗？我知道了，你下去吧。"若影扬了扬眉。

小二摸了摸脑袋正欲走出去，也就在转身之际才看见柳毓璃竟然站在他的身后，方才他一心想要讨好若影，竟是没有看见她也在雅间内。讪讪一笑之后也不知道该说什么，最后缩了缩脖子走出去并替她们掩上了房门。

这下可有好戏看了。

在小二出去的那一刻，若影完全无视了柳毓璃的存在，拿起筷子夹了一块宝玉轩的新品放进口中，吃完一个之后忍不住惊叹，"嗯……真好吃，紫秋，你也尝尝。"

紫秋因为方才小二的一番话也确实心里痛快，便不顾形象地坐下来吃起了若影让她尝尝的点心，刚放进嘴里还没等咽下便夸张地赞叹："哇，真是好吃极了，每日供应十八份，这个时辰想必已经没有了吧？有些人想要吃可就吃不到了。"

若影笑了笑却没有开口，只是自顾自吃着。

柳毓璃气得脸色发白，指尖微微颤抖着，原本想要离开，可是这脚像是灌了铅，看着若影那得意的模样，竟是挪不开脚步。

春兰紧咬着牙看着紫秋同为奴婢居然与主人同桌共食，脸色也越发白了起来，转身打开门便叫了小二上来。小二一上来看到这个景象，顿时生了冷汗。

"我们要这道点心，打包带走。"春兰指着先前小二所说的新品点心道。

小二一看她所指的点心，讪讪笑言："两位客官，这道点心今早已经卖完了，不如选别的吧。"

"今早卖完了？可是现在是什么时辰，为何她有？难道你瞎了狗眼认不得你眼前的人是谁？"春兰气急败坏。

柳毓璃转眸睨向小二，一道寒芒乍现。

小二身子一哆嗦，一脸苦相："这……小店真的没有这道点心了，小的也变不出来啊……而且莫姑娘之所以有，是因为三爷先前交代了……"

"闭嘴！"春兰怒斥，"看来你不但眼睛瞎，连脑子都跟有些人一样出了问题，三爷会交代你把东西给别人留着吗？你是不是记错了？"

春兰警告地瞪向小二，而小二则是为难地看向若影，他自然知道眼前的人是兵部尚书的千金，更是三王爷的青梅竹马，可是他又哪里会记错，身为小二，记性是他的看家本事。可是对上春兰的目光，他一时间不知道该如何应对了。

"心中有气，何必为难小二哥，身为柳尚书千金，怎么连这点气度都失去了？"若影一边吃着一边缓声开口，可是每一句话都带着硬刺，伤得柳毓璃脸色沉了又沉。

紫秋见她们主仆二人哑口无言，更是说得越发起劲："若影姑娘，不如我们吃剩下一些，让那些吃不到的人带回去也尝个鲜吧。"

若影看着紫秋那般得意劲，无奈地笑起，虽然她也不想惹事，可是对于柳毓璃的假仁假义和在莫逸风背后的嚣张态度，她也早就看在心里添堵了。不过紫秋这般说，若是让莫逸风知道了，还不知道他会如何偏袒柳毓璃而教训她了。柳毓璃在莫逸风心中的地位她从来没有否认过，也正是如此，她才怕紫秋会遭殃。

轻叹一声正欲起身让小二打包后回去吃，以免看着柳毓璃没了胃口，可就在这时，一道健硕挺拔的身影在她尚未起身之时挡住了门口的光线。

"逸风哥哥。"众人皆未反应过来，有人已经带着委屈的语调迎了上去。

莫逸风原本的笑容在看见雅间内的景象时僵在了嘴角，而他身后的秦铭也是为之一怔。

"奴婢叩见三爷。"春兰在紫秋尚在愣怔之时急忙上前给莫逸风福了福身子。

"你们为何在此？"莫逸风问着柳毓璃，视线却落在若影的脸上，隐约带着一丝担忧，却不甚明显。

柳毓璃垂眸暗自垂泪，抬起锦帕拭了拭眼角的泪水，而后挤出一抹笑道："我只是听说若影姑娘在此，所以来打个招呼。"

若影眉心一拧。这柳毓璃的落泪速度还真是迅速，那金豆子居然说掉就掉，看着一副与世无争的模样，可是伴着她的眼泪倒像是在告诉莫逸风她受了极大的委屈。

紫秋见状也慌了，立刻起身上前，可没等她给莫逸风行礼，春兰立刻跪在莫逸风面前开始告起了状："三爷，您要为我们小姐做主啊。"

"发生何事？"莫逸风拧眉沉声问。

春兰看了若影一眼之后义愤填膺："三爷，小姐心地善良，一心想要与若影姑娘交好，可是若影姑娘却根本不把小姐放在眼里。这也就罢了，可是方才小姐只是要让小二打包那份点心，小二说每日只有十八份，今日的已经卖完了，小姐也不喜强求，正要带着奴婢离开，谁知若影姑娘却说要将她们吃剩的给小姐吃，还说小姐也只配吃她吃剩的。"

说到此时，春兰已经抬手抹起了眼泪。

若影难以置信地看着她们主仆二人，顷刻，唇角不由扬起了一抹笑，她们主仆还真是

演技高超。

"是吗?"莫逸风沉声一语,不带任何情绪,却震得众人为之一颤。

小二小心翼翼地看了众人一眼,在秦铭的示意中离开了雅间。

紫秋急忙跪在莫逸风跟前辩驳:"三爷,不是这样的,若影姑娘从来没有这般说过,请爷一定要相信若影姑娘。"

她现在还真是后悔了,早知道就不该逞一时之气,可是她却不知道,即使她不这么说,她们今日还是难以避免被柳毓璃主仆冤枉,因为若影在无意间已经夺了原本属于她的东西。

而在莫逸风开口反问"是吗"之际,若影心口一紧,走到紫秋跟前看了看她,而后又拧眉看向莫逸风,他此时正蹙眉凝视着她,可是她已经看不清他是用怎样的情愫看着她,不过想来定是在质问她吧?他不是一向如此吗?

在柳毓璃不在之时,他对她可谓是宠得无法无天,她想要什么只要他有他就会给,即使在外闯了祸,他都是一力承担。可是在柳毓璃面前,她便感觉自己低入尘埃,有时候她会想,莫逸风是在用什么样的心态去对待她的?

若影迟迟没有开口,只是与他两两相望,而一旁的柳毓璃见莫逸风迟迟没有开口,眼波微动扯出一抹笑:"没关系,想必若影姑娘是无心之言。"

"你……"若影原是难以置信,可是很快便低眸轻哧一笑。

原本想要解释,可一想起那夜他所说的话,又觉得解释无用,他根本不会信她。所以面对他的灼灼目光,她没有说任何话。

身后的秦铭多次想要开口,可是他也清楚,只要是碰到柳毓璃的事情,他就不能多言,否则会适得其反。

柳毓璃朝春兰轻睇了一眼,垂眸之际眼底一片黯然。

春兰紧了紧拳瞪向若影,而后弯了弯唇角道:"若影姑娘,小姐心地善良,从来不与人争抢些什么,请若影姑娘高抬贵手放过小姐,不要再像刚才那样羞辱小姐了,奴婢知道若影姑娘如今深得三爷喜爱,但是小姐与三爷青梅竹马两情相悦,小姐也一直将若影姑娘视同姐妹,请若影姑娘不要再为难小姐才是啊。"

"你血口喷人,若影姑娘从未说过那些话,也从未为难过柳小姐半分,柳小姐是堂堂兵部尚书之女,谁又敢去招惹?你说话可要摸着良心。"紫秋气不过,一句话反驳了过去。

"我没有胡说,三爷,奴婢说的句句属实。"春兰抬眸看向莫逸风言辞凿凿。

"你根本就没安好心。"紫秋气得面红耳赤,"你们分明是有意让爷赶若影姑娘走是不是?"

柳毓璃水眸一颤,看向莫逸风正要解释,却发现他始终看着站在一旁一声不吭的若影,也不知道他心里在想些什么。

春兰见莫逸风不语，一时情急脱口而出："只不过是个不知道从哪里冒出来的女人，我们家小姐才没空理会。"

"啪！"一声清脆的响声在雅间内响起，柳毓璃看着捂着脸噤声的春兰难以置信。而莫逸风只是眼波微动，一丝诧异自眼底划过。

"你居然打我。"春兰指着若影红了眼眶。

若影冷冷地睨着跪在地上的春兰，微启红唇："打你是要让你清清楚楚地知道，无论我是从哪里冒出来的，都轮不到你来指手画脚。"

"啪！"尚未等春兰反应过来，若影扬手又是一巴掌，"这一次是为了提醒你，不要以为自己有兵部尚书的千金撑腰就可以对我的人动手，若是再有下一次，我一定会折断你的双手。"

上一次紫秋被春兰打了一耳光，若影至今都记在心里，原本以为时过境迁就此算了，却没想到他们主仆二人会这般得寸进尺。

柳毓璃没想到恢复记忆后的若影竟是这般惹不得的性子，一时间竟是蒙了。

若影也不看旁人，伸手拉起紫秋，未等她反应过来便一把将她拉出了雅间。

此时她的心底纷乱不堪，只因为从始至终莫逸风都没有开口说过任何话，无论他信与不信，已经不重要了。他和柳毓璃才是天造地设的一对，而她只不过是一个突然闯入他们生活之人不是吗？

若影拉着紫秋急急行走，只是想远离这个有他们二人的地方，只要看见莫逸风和柳毓璃在一起，她就感觉快要窒息。

可是没一会儿，秦铭便追了上来。

"若影姑娘。"他追上来后并没有要将她们带回去的意思，而是紧紧地跟在一旁。

"你来做什么？"说出这句话后，若影又觉得自己傻气，不由得一笑，"让我回去领家法吗？这次是要用棍子还是鞭子？又或者直接断食断水？"

秦铭抿了抿唇轻叹："若影姑娘应该知道，爷不会舍得这般对你。"

"不舍得？"若影轻笑，"难道没有过吗？"

秦铭语噎。

若影也不再说什么，只是静静地往前走着，秦铭见她这般安静，不由得有些担忧："若影姑娘是要去哪儿？"

若影闻言脚步一顿，而后凝视着他带着一抹探究。须臾，她自嘲低笑一声后又继续前行。

秦铭一路上心头忐忑不安，如今的她太让人难以捉摸，有时候笑并非是开心，不笑并非伤心，不像之前失忆之时喜怒哀乐都在脸上。

直到她进入了三王府，秦铭才长长松了一口气，见她朝月影阁而去，他也算是完成了任务，可是不知为何，看着她微带落寞的背影，他心里还是隐隐不安。

第15章　不准她离开

宝玉轩

雅间内只剩下莫逸风和柳毓璃二人，气氛静得有些诡异，莫逸风没有坐下，柳毓璃也不敢坐，可即使是站着都让她心头忐忑。

柳毓璃也不知道莫逸风站在窗外看些什么，只知道他的眉眼间满是担忧。突然想到什么，她心头一紧，转了转眼眸上前扯住他的衣袖低声道："逸风哥哥。"

莫逸风微拧眉心缓缓回眸，微冷的目光落在她的脸上。柳毓璃面色一白，心头更是轻颤起来。

"我知道她没说，你为何要冤枉她？"莫逸风沉默良久终是开口，可是第一句话便让柳毓璃脸色越发苍白。

"逸风哥哥，你不相信我？"她瞪大了眼眸仰头望着他，眼底顿时泛起了一丝水波。

莫逸风抿了抿唇："我相信她不会说那些话。"

柳毓璃一时反应不过来，只是怔怔地凝望着他，他虽然没有说不相信她，可是相信若影和不相信她有什么区别？

"从何时起，你变了？"她踉跄着退后了一步，颤抖着双唇挤出一句话。

"究竟是我变得不相信你了，还是你变得连我都不认识了？"莫逸风负手立于她面前，简简单单一句话却让她心口一滞，想要与他对峙，却连抬头看他的勇气都没有。

莫逸风上前一步在她面前站定，宽厚的背脊挡住了柳毓璃面前所有的光线，就在她惶恐不安之时，他沉沉开口："上一次我便与你说过，不要再去伤她，无论你是出于什么目的，她不是你可以动的人，可是这一次你又是出于什么目的，竟是这般不顾身份地去冤枉她？"

柳毓璃身子一颤，伸手扶住桌沿才不至于摔下，而他只是静静地站在她面前，一瞬不瞬地睨着她的每一个表情变化。

见她如此反应，莫逸风的眸底划过一道暗色，紧抿了薄唇转身朝外走去。

然而他尚未走出门口，腰间突然一紧，柳毓璃已紧紧地将他拥住："不要离开我……"

莫逸风没有动，站在原地一言不发。

柳毓璃的侧颜紧贴在他的背脊之上，听着熟悉的心跳声泪流满面："逸风哥哥，我怕……我真的好怕你会离开我，在我不顾父命不顾得罪四爷的时候你却选择离我而去。"

莫逸风闻言身子一僵，垂在身侧的手渐渐收紧。

"自从她出现，逸风哥哥就与我渐行渐远，我感觉自己快要抓不住了，我真的好害怕，好怕会失去爱了十年的人。"

柳毓璃的眼泪浸湿了他背脊的衣衫，他身子僵硬不得动弹。

十年……

记忆仿佛又回到了那个夜里，荷塘中女孩的面容清晰地映入在他的脑海，哪怕是过了十年，他依旧没有忘记。缓缓转过身，看向泪眼横秋的柳毓璃，他心口一滞。

曾经护在手心的女子，如今为何他会觉得陌生？

柳毓璃见他转身，未待他细细端详，立刻扑进了他的怀中。

"你还是我的逸风哥哥吗？你还是只爱毓璃一个人吗？"柳毓璃紧紧地环着他的身子靠在他的胸口低哑着声音问。

莫逸风张了张嘴，却发现并没有如往常般脱口而出，在她说"爱"这个字时，他的脑海突然闪过了一个熟悉的面容，虽然相处不到十月，却仿佛已有数十年。

"逸风哥哥。"得不到莫逸风的回答，柳毓璃开始惶恐，缓缓松开他的身子，抬眸紧紧盯着他，"毓璃还会是你将来王妃的不二人选吗？逸风哥哥曾说过的话还算数吗？"

莫逸风面色一僵。

柳毓璃紧了紧指尖深吸了一口气又道："毓璃不在乎逸风哥哥是不是王爷，也不在乎能不能做王妃，只是想做逸风哥哥的妻子，其他的毓璃都可以接受，只希望做你的妻。"

莫逸风颤了颤眉眼，薄唇轻抿，深深地凝视着她。

三王府

若影支开了紫秋独自留在房中，看着周围的一切，又想起曾经住过的雅歆轩，不由得泛起一丝苦笑。

每当柳毓璃出现，她便这般低入尘埃，哪怕她已住在他的房间，最后也会因为柳毓璃而搬回这里。失忆中的她并不在意，只要留在他身边她便足矣，还是那般小心翼翼，可是如今她却感觉自己毫无价值可言，只不过是柳毓璃不在时的替身而已。

替身……

这两个字在她脑海突然划过之际,她脸色一变。

当真是替身吗?她开始怀疑,可若不是,为何柳毓璃一出现,他对她所有的好都化为乌有?直到柳毓璃离开,他才会把注意力再放在她身上?

回想起睁开眼第一次看见莫逸风的时候,他和柳毓璃似乎在争执,最后柳毓璃离开了他,而他虽然没有强留,却是满眼的不舍和痛苦,如今想来才发现,若非那天柳毓璃没有离开他,他不会带她回府。而他之所以将她带回王府,无非是一种情感的转移而已,也就等同于她是柳毓璃的替身。

心头泛起浓浓的酸涩,身子一软跌坐在床沿……

莫逸风回到王府后便径直来到了月影阁,站在门口静立了片刻,终是伸手推开了房门,可是眼前的景象让莫逸风心头一怔。

"做什么收拾东西?"见若影正收拾着行囊,他立刻疾步上前按住了桌上的包裹。

若影淡淡地看了他一眼,缓声道:"与其被人赶走,不如自己识趣些先行离开。"

"谁说要赶你走了?"莫逸风眉心一蹙语气微沉。

若影轻笑,却带着苦涩:"曾经你留我在府中,不过是因为柳毓璃离开了你,而我又恰好出现在你们幽会之处,所以你想睹人思人而已,如今她又愿意回到你身边,我留在这里也没有任何利用价值不是吗?"

莫逸风微愣地看着她,半晌都说不出话来。

"我倒真希望你没有寻回记忆。"他轻叹一声静静地看着她,脸上透着无奈。

若影脸色一僵,心口钝痛。果然她说中了,而他希望她仍旧是失忆之时,想必是不想她看得如此透彻。男人从来都不希望女人太聪明,因为太聪明就会揭穿一切男人所给的假象。

她深吸了一口气用力挥开他的手,而后系紧了包裹准备离开。

谁知就在她走到门口之时,门突然砰的一声被关上,她心口一怔,转身看向莫逸风,果然是他用内力将门合上了。

"没有我的允许,你休想离开。"他一步一步地走近,直到站在她面前,他才朝她伸出了手,"拿来。"

若影紧了紧包裹打量着他:"我没有带走任何一件值钱的东西,这里只是两套换洗的衣服,若是王爷舍不得,尽管拿去。"

她就不信没有他,她就活不下去。凭她一身的武功,哪里不能找到一份差事谋生?

可是她想错了,这里是业城,他是堂堂三王爷,只要他一句话,她又能在何处安身立命?

莫逸风接过若影丢过来的包袱,随手又丢掷在了桌上,却还是挡在她面前不让她出去。

"你还想怎样？我身上没有你府上任何值钱的东西，难道王爷还想搜身吗？若是需要就快些。"她显然也没了耐性。

她不想再去求证他是不是她要找的人，若是他在这里只爱柳毓璃一人，她便离开，不会多逗留片刻。

莫逸风看着她去意已决的模样，脸色很是难看，紧抿了唇看着她，原本想要让她留下，只因为他希望她留下，谁知话到嘴边竟是变成了另一句话："真的没有吗？"

话音刚落，连他自己都蹙了眉心。

若影睁大了双眸望着眼前熟悉的容颜，一时间竟是红了眼眶，垂眸检查了自己身上，而后满是气愤地摘下了一对耳坠子重重地置在桌上，在莫逸风惊愕的视线中，她又摸了摸自己的脖子，发现没有戴任何项链，便又摸上发髻。当手触摸到那支他所买的发钗时，指尖骤然一凉，心头更是恼怒了几分，毫不犹豫地将那发钗取下后扔在了桌上。当所有的首饰被取下的一瞬间，一头犹如瀑布般乌黑亮丽的头发一泻而下。

"够了吗？"她怒目凝视着他问。

"我……"莫逸风没想到她的反应竟是这般激烈，一时间竟是语塞了。

若影见他一瞬不瞬地望着自己，突然想到了什么，朝自己身上看了看不由得讥笑："我倒是差点忘了，还是王爷看得仔细。"

说着，她突然转身往衣柜处走去，而后拿出了一套她来到这里时原本所穿的衣服道："身上这件稀罕衣服我怎配穿着，你放心，我怎么来还是怎么走，不会稀罕带走三王府的任何一样东西。"

见她拿着衣服走到屏风后，莫逸风逐渐开始恼怒，也不管她是否正在宽衣解带，提步就走了上去。一把将那套衣服拽在手中，转身走到衣橱前打开衣橱便将衣服扔了进去。

"把衣服还给我。"若影顾不得现在衣襟大开，上前便要将衣服取出来，谁知莫逸风却是死死摁着衣橱门，见他怎么样都不肯放手，她气得咬牙切齿低吼起来，"莫逸风！你究竟想怎样？"

一直站在门外偷听的紫秋和秦铭被若影的一声连名带姓的怒吼吓得浑身一颤，而后对视了一眼，却又侧耳倾听起来。

莫逸风见她不顾形象地站在他面前犹如一只带刺的刺猬，下一刻便是一声轻笑，而后缓缓松开了摁住衣橱的手。若影见他松手以为他放了手，正要上前拿衣服，谁知他竟然伸手到她面前。

"你、你想干吗？"她惊吓地捂住了胸口。

门外，秦铭和紫秋一听若影说出这句话，顿时红了脸，原本想要继续听下去，可是看了看对面的人，立刻转身站直了身子看向远处，随后又往前走了两步来到了树荫下。

莫逸风伸手拉住她的衣襟，而后道：'"在外可不能这样。"

若影垂眸看了看自己，衣襟一开便直接露出了里面的肚兜，一时间面色通红。见他想要给她穿好衣服，她忽然拍掉他的手退后了两步。可正当她要穿好衣服时，余光扫见那衣橱，目光一闪突然避过他来到了衣橱前。

莫逸风一怔，就在她要拿那些衣服时，急忙伸手去夺。若影迅速地往旁边一避，脱去身上的衣服便将属于她的衣服套向身上。可还没等她穿好，莫逸风眉心一拧立即伸手过去，两人就这样在房间内打了起来。

与其说是打，倒不如说一个躲一个夺，场面就如同猫抓老鼠一般。

房门外，秦铭和紫秋正急得团团转，本想冲进去，可是这里毕竟是主子的房间，他们也不好擅自闯入，两人一时间竟是没了主意。

"怎么回事？"周福正有事找莫逸风，见秦铭和紫秋二人站在门口神色焦急，便匆匆走上前来。

紫秋见来了救星，立刻拉着周福道："周叔，王爷和若影姑娘打起来了，可怎么办啊？"

"打起来了？"周福走到房门前，果然听到里面打斗的声音。

"这样下去可怎么得了，若影姑娘哪里打得过咱们三爷啊，周叔，你快进去劝劝啊。"紫秋一边说着一边将周福往前推。

周福骤然顿住脚步瞪了他们一眼："你们怎么不进去？怎么这种事情总想着让我去遭罪？"

秦铭讪讪一笑："您不是三王府的管家嘛，一切事宜当然是你来做啊。"

"那你还是三爷的左膀右臂呢，成天跟着三爷像亲兄弟似的，怎么一有事就往后退缩了？"周福愠怒地冷哼了几声。

秦铭闻言扯了扯唇角："可现在这个情况……我们也不好进去啊，若是看到了什么不该看的……"

"就是嘛！周叔还是你进去比较恰当。"紫秋在一旁帮衬。

"那我就能看见不该看的？"周福顿时怒气上涌，"你这臭小子，是要让我晚节不保吗？"

"哪有什么不该看的，我只是打个比方……"秦铭的话尚未说完，只听"嘶啦"一声脆响，门外的三人顿时噤声，反应过来后个个面色尴尬不堪。

"还真是有不该看的。"秦铭嘀咕了一声后立刻转身离开，紫秋面红耳赤低垂着双眸也跟着无声离开，周福站在门口张了张嘴，却终是没有开口，挠了挠后脑干咳一声也随之离开。

房间内，莫逸风手拿着被撕碎的衣服怔在原地，而若影则是瞪大了眼眸难以置信地看了看他手上的衣服，又低眸看向自己，这才反应过来用手护住自己的身子。

"莫逸风！你这个流氓！"若影气急败坏地双手环胸上前便朝他一脚踹去，可没等她的脚落在他身上，他已经扔掉衣服钳制住了她的脚踝，而后趁其不备轻轻往前一带，她整个人撞入了他的怀中。

"坏了也好，省得你天天惦记着离开。"他勾唇一笑紧紧将她环在胸口。

"放开我，我又不是你什么人，为什么不能走？更何况你就不顾忌你的毓璃会生气吗？"说出后半句话时，连她都没有意识到自己竟然带着一股醋意。

莫逸风眸色一寒，须臾，又勾唇淡笑，手却依旧未松半分。

"影儿，你就不能像以前那样乖一点吗？我早就跟你说过，没有人能让你离开。没有我的允许，你也休想离开。"他虽是笑着，可是那笑容中却带着浓浓的警告。

若影轻笑："若是我想走，你以为你能拦住我？"

莫逸风垂眸凝视着她，微微俯下身子凑到她耳边："你难道不知道，从你一声不吭爬到树上去的那一刻开始，你的身边都会有无数双眼睛看着吗？"

若影身子一僵，他说的那些眼睛莫不是隐卫？而她一声不吭爬到树上去的那一天不就是她重拾记忆的那一天？她抬眸紧紧盯着他，怎么都想不透他究竟是什么意思。如今柳毓璃已经愿意留在他身边，她已经失去了价值，他还要留她有何用？

可当她的视线落在他的发冠之上时，这才想到了缘由。

他是堂堂三王爷，是皇帝后裔，怎么可能只有一妻？三妻四妾本是寻常之事不是吗？他娶了柳毓璃不代表不能娶别的女人，只要他想，又有什么得不到的？

思及此，她心头一怔。

莫不是他想要纳她为妾？

她抬眸惊愕地望着他，不敢相信自己的命运竟是做人小妾。

莫逸风如黑曜石般的双眸紧紧凝视着她，看着她的每一个神色变化，而他们之间的距离近得都能感觉到彼此的呼吸，还有清晰的心跳声。见她一瞬不瞬地看着他，他不由自主地俯首下去。

当他的唇与她的唇相触，他的指尖微微一颤，双手不自觉地环住了她的身子紧紧地贴上自己。就在他在失控边缘之际，若影猛然一惊，使出了浑身的气力将他往前一推。

他因为没有任何防备，脚步一踉跄险些没有站稳。

"莫逸风！你不嫌脏，我还嫌你脏呢！"若影伸手不停地擦着嘴，转身从桌上拿起茶壶给自己倒了一杯茶，而后仰头将水含入口中，用力地漱了漱口后对着一旁"噗"的一声吐在地上。

莫逸风看着她的反应脸部阵阵抽搐，听着她的话更是脸色阴沉。

她竟然嫌他脏？可是，她凭什么嫌他脏？

"什么脏？你把话说清楚。"他扳过她的肩低吼。

若影愤懑地瞪着他想要甩开他的手，谁知他却死死扣着她的肩不放，她紧咬着牙沉沉地呼吸着，因为生气脸憋得通红："你难道没闻到自己身上浓重的脂粉气吗？还有你的嘴，全是她的味道，熏得我都想吐。"

不知是不是她的话说得重了些，莫逸风的脸色越发难看起来，下一刻，她腰间一紧，他的唇准确无误地落下，而后不顾她的挣扎狠狠地碾压。

直到她感觉自己快要窒息了，他才缓缓将她放开，双眸紧紧地凝视着她，在一番发泄之后他的神色柔了几分，在她开口之前，他缓缓启唇沉声问道："你确定我口中有别的味道？还是你忘了属于我的味道？"

若影微微一怔，而后脸色绯红不堪。

他是在跟她变相地解释他在宝玉轩并没有吻过柳毓璃吗？可是他后面的话又是什么意思？什么叫她忘了属于他的气息？

脑海中不停翻转，突然一个景象一闪，她瞬间又气又恼。这厮居然还敢提醒他在与柳毓璃幽会的地方强吻她还差点逾矩的那次，而他现在的殷殷目光浑然就是一副欠揍的模样。

"莫逸风！你能不能别这么无耻？你以为是个女人你都可以想亲就亲吗？"若影气恼地想要将他推开，可是他却稳如磐石地将她禁锢在身前，哪里还是那个初见之时连碰了碰她胸口都会脸红的人？

莫逸风闻言却是敛住了嘴角的笑意，低眸深凝着她语气重了几分："难道你认为是个女人我都会去亲吗？"

若影一时语塞，明明是他的错，可是到头来怎说得好似成了她的问题，而且一时之间她竟是嘴笨得不知该如何反驳。

"爷，二爷在前厅等候多时了。"就在莫逸风和若影的僵持中，门外响起了周福的声音，那语气像是犹豫了许久，终究还是因为事情紧急而开了口。

莫逸风没有回答，仍是一瞬不瞬地看着若影，而若影本以为他会松手，谁料依旧紧紧地扣着她的身子，仿佛是在等待着她说些什么。

无奈之下，若影闷闷道："能不能让我把衣服穿上？"

莫逸风低眸看了看她渐渐泛红的身子，身子骤然一紧，轻咳一声缓缓松开了手，转身拿来那件被她脱下的同样用鸳鸯倚做的衣服，轻轻地披在她身上，并示意她穿上。

"我自己穿。"若影红着脸将手套入衣袖。

莫逸风看了她一眼，唇角微扬，却并未再说什么，只是转身走了出去。

看着他的身影消失在门口，若影有些发蒙，怎么也想不通他方才的笑是什么意思。

来到前厅，莫逸谨急急地上前道："三弟，做什么呢现在才过来，都等了你许久。"

一开始他让人来府上通报，让他今日戌时一聚，可是后来一想又实在事出紧急，便立刻亲自赶了过来。

莫逸风不紧不慢地开口问道："出了什么事？"

莫逸谨心急火燎："我派去江雁镇的人竟然无一生还，只是一个妓院老鸨，怎会有这么大的势力？不知道是不是我多虑了，我总觉得这事和四弟脱不了干系。"

"什么？无一生还？"莫逸风为之一怔，见莫逸谨点了点头，他又问，"为何怀疑四弟？"

莫逸谨坐下后拧了眉心："近日四弟一直去找父皇，我本是没有在意，可是今日却收到消息，我所派去江雁镇的人无一生还。而且五弟还不经意听见四弟对父皇说了'江雁镇'三个字。"

"二哥三哥。"说到此时，五王爷莫逸行和文硕郡主阙静柔也赶了过来。

莫逸风走向莫逸行问道："五弟，你还听到了什么？"

莫逸行摇了摇头。

阙静柔睨了他一眼上前对莫逸风道："我本想上去听仔细了，可是五爷却不让我过去，所以什么都没听到。"

莫逸行听到了阙静柔略带责备的意思，无奈地看向她："若是被父皇或四哥发现了如何是好？到时候你我都要受罚。"

他倒不是怕自己受罚，只是担心阙静柔，毕竟她只是因为是阙将军的遗孤，曾经也救过莫逸风一命，所以才被封了郡主，而非玄帝亲生也非亲王之女，一旦被扣上罪名，便难逃牢狱之灾。

阙静柔却怒瞪着他道："你自己胆小怕事别把我也带进去，若不是你拦着我，或许就能阻止四哥行动，那我们的人也早就把那女人抓回来了。"

莫逸风转眸睨向阙静柔，不由得眉心一蹙："文硕郡主，五弟并非胆小怕事，他只是担心你的安危。"

阙静柔身子一僵，抬眸看着他目光微闪，眸色沉痛，半天都没有言语。

莫逸行看了看他二人，终是不忍阙静柔失落，转眸看向莫逸风挤出一抹笑："三哥，静柔她只是急于帮容妃娘娘洗脱冤情，一时情急而已，不要放在心上。"

莫逸风抿了抿唇转身坐向一旁的位置上端起茶杯轻抿了一口，心头却是烦躁得很。

莫逸谨坐到他另一侧的位置问道："我们该怎么办？那老鸨会不会被四哥派去的人杀了？或者已经转移到了别处？"虽是这么说着，可是后者的可能性却是极小。

三人皆将视线落在莫逸风脸上，等着他的决定。

顷刻，莫逸风将茶杯往桌上一置："生要见人死要见尸，明日我亲自启程。"

"明日？你亲自去？"莫逸谨一怔。

"我也去。"阚静柔脱口而出，见他们都略带惊诧地看着她，她支吾道，"多个人多个帮手。"

"那我也去。"莫逸行的话刚出口，便惹得阚静柔眉心一蹙。

莫逸谨抿了抿唇，而后长叹道："也不知道父皇是不是故意的，让我明日去义方县赈灾。"

义方县是和江雁镇完全相反的方向，一个业城往东一个业城往西。

突然，莫逸谨脑海一闪惊呼道："父皇让我明日去义方县赈灾，是不是已经猜想到了你明日会启程？"

莫逸风抿唇沉思，半响未语。

月明星稀

若影躺在床上翻来覆去难以入眠，一闭上眼睛全是他的影子，心也越发烦躁起来，却也跟着痛了起来。她终是没有自己想的那么洒脱，他的一句话，他的一个行为便动摇了她原本所做的决定。

也不知道在床上躺了多久，睡意渐渐袭来，她轻轻阖上双眸迷迷糊糊地睡了过去，谁知从她阖上双眸开始，脑海中又闪现着初见之日的景象。

一滴眼泪从眼角滑落……

莫逸风坐在床沿静静地看着她的睡颜，只要看到那滴晶亮，不知为何心莫名揪痛起来。他不知道她梦见了什么，可他就是跟着她痛了，很痛……

伸手用指腹擦去她眼角的泪水，指尖却越发冰凉。

原本不想再让她厌烦，可是这一刻他还是情不自禁地换了寝衣侧身躺到她身旁，伸手挥落帐幔，揽住她带入自己怀中。

感觉到一丝熟悉的温暖，若影下意识地往他怀里缩了缩，并且伸臂环住他。

她的主动让他为之一怔，垂眸一看，他自嘲一笑，她仍是沉睡的状态。

轻叹一声下巴抵住她的发顶，一缕清香在鼻尖蔓延，深吸了一口气，他发觉自己的心因为她刚才的眼泪而依旧抽痛。这是他从未有过的感觉，却又那般熟悉，仿若他们早已相识。

远处响起了钟鼓声，若影因为一阵头痛而渐渐醒来，原本想要翻身，谁知腰间的一只有力的手臂将她紧紧地拥着，她丝毫动弹不得。心头一紧，她骤然抬眸向上望去，熟悉的俊颜映入眼帘。

这一刻她竟没有抗拒，只是缓缓从他臂弯中抽出一只手，悄然抬起抚上他的眉眼。

不知道是不是他近日里太累了，所以她碰触了他半响他都没有醒来，若是平时，只要有丝毫动静他都会在旁人没有察觉时先感应到了一切。

低叹一声，她缩回手阖上双眸，也没有像往日里那般抗拒，反而朝他怀中贴了贴，而后又睡了过去。

就在她窝进他怀中的那一刻，莫逸风缓缓睁开深邃的双眸，唇角淡淡勾起。

东方渐白

月影阁内没有丝毫动静，外面也同样静寂无声，仿若谁都不愿破坏房中美好的画面。

辰时，若影深吸了一口气终于从睡梦中醒来，迷迷糊糊中，脑海内一个景象一闪而过，她猛然转头望去，谁知她的身侧居然没有那个熟悉的身影。心中渐渐生起一抹失落，可转而又觉得自己有些矫情。有时候连她自己都弄不懂自己想要怎样，莫不是真的应验了圣人之言，唯女子与小人难养也。

"若影姑娘醒了？"紫秋听到动静后撩开了帐幔，见她缓缓坐起身，立刻上前将她扶起。

满怀心事地盥洗过后，若影看了紫秋好几眼，终究还是没有忍住问道："那个……昨晚……他来过吗？"

正在给若影盛粥的紫秋手中一顿，疑惑地转眸看了看她："没有啊，奴婢今早看见三爷是从自己房间出来的，已经用过早膳，还让奴婢将早膳带来，免得若影姑娘再去膳房。"

若影心头疑惑，莫非昨晚做了一场春梦？可为何连温度都是那般真实？

一边往嘴里送着早膳，脑海中不停翻转，就在这时，门口光线一挡，若影怔怔地转眸望去，顿时尴尬起来。

紫秋对莫逸风行了个礼之后便退了下去，若影咬着筷子开始局促起来。

所幸莫逸风也早已习惯了若影对他的没规矩，便径自上前坐到她一旁的位子上。

她闪了闪神，微微侧眸又自顾自吃了起来，一来不知道要跟他说些什么，二来因为昨晚的"梦"让她很是尴尬。

莫逸风看着她不知所措的模样，浅浅勾唇。今早醒来他悄然离开，无非是不想让她在人前太过尴尬，可她自己终究还是如此。有时候他还真希望她能像失忆时那般，整天都黏着他不放，不顾忌任何身份。

见他只是坐在她身边却一直不开口，她有些如坐针毡，抬了抬眼梢轻睨了他一眼，闷声道："你不是吃好了吗？看着我做什么？"

莫逸风终是轻笑出声："一点女儿家的样子都没有。"

若影闻言心口一堵，随手将筷子拍在了桌上冲他冷声道："是啊！我是粗鲁，哪像有些人整日里都娇滴滴像是要被风刮走的样子，你不爱看就别看！"

莫逸风因为她的反应而愣忡，若影反应过来之时面上一红，这才发觉自己的话语中带

着浓浓的酸意，而且这醋吃得莫名其妙更是没有顾及自己的身份。她又不是他的妻子，她这么生气做什么？更何况他也没提柳毓璃，她却先将柳毓璃推上了台面。

就在她窘迫之时，莫逸风轻笑一声伸手擦去她嘴角的饭粒，而后伸手到她面前道："这是什么？"

若影望着他食指上的饭粒一怔，原来他指的是这个，她还以为……

咬了咬唇，她突然俯首含住他的指腹，将饭粒吃入口中，轻哼一声道："什么都没有。"随后又自顾自吃起了早膳。

莫逸风望着空空的指腹怔了顷刻，突然轻笑而起，却只是收回了手并未言语。听到那一声轻笑，若影夹菜的动作一滞，这才意识到方才她的举动是那般暧昧，她竟是后知后觉到如此田地。

脸上的红晕更深了几分，她简直有种往地缝处钻的冲动。

"用过早膳随我出去一趟。"莫逸风看着她的反应淡笑开口。

若影转而疑惑地看向他："去哪儿？"

"别问，跟我出去就是了。"他也不给她考虑的机会，就那般做了决定。

若影原本是不答应的，可是双腿却不听使唤地跟他走了出去，莫逸风看了看她略显懊恼却无奈的神色，不由得勾起了唇角。

走出三王府，两辆马车静静地候在外面，而莫逸行和阚静柔此时早已等在马车边。当阚静柔看见莫逸风带着若影出来时，眼眸中难掩浓浓的惊愕与落寞。

秦铭迎上前冲若影弯眸笑了笑，若影微微一怔，而后也冲他礼貌性地一笑，可下一刻，手上一紧，转眸望去，莫逸风已经紧紧地拽住了她的手，而他的目光却落在了秦铭脸上。秦铭讪讪一笑，立刻为其撩起帘子。

"三哥，若影姑娘也去吗？"莫逸行看了看若影问道。毕竟此次前去是借着游玩的幌子去查当年容妃被陷害的真相，而若影对于莫逸行他们来说毕竟是外人，可是莫逸风却将她带在身边，这让他有些吃惊。

莫逸风抿唇点头低应了一声算是回答，而后拉着若影小心翼翼地踏上马车让她先坐了进去，动作是那般小心翼翼，生怕她磕着碰着。可就在他躬身钻入马车之时，身子一顿，目光微闪，须臾，又不动声色地走了进去。

一旁的阚静柔将这一切收入眼底，心骤然绞紧。她曾幻想过有一天他能像对柳毓璃那样对她，可是让她没想到的是，她竟然连一个毫无身份的女子都不如。她想不通，为何他能对别的女子这般无微不至，就是不能这么对她？她究竟哪里不好，让他这般不待见？

"静柔。"莫逸行的声音打断了阚静柔的思绪，拧眉转头望去，却见莫逸行眸色黯然地望着她。

"走吧。"她低声一语转身坐上了后面的马车。莫逸行拧眉看了看，暗叹一声后也随之坐了进去。

马车声渐行渐远，两个人影渐渐清晰。

"看到没有。"莫逸萧从拐角处走出，望着离开的马车勾唇而笑。

"你到底想说什么？"纤纤五指渐渐收紧，指甲深深嵌入掌心，满是妒意的神色展露了柳毓璃的面容。

莫逸萧轻笑一声："都说当局者迷，果然说得没错，毓璃，你难道还看不清楚吗？他早就变心了。"

"你胡说什么！"柳毓璃止不住地低斥一声，语调轻颤，就连身子都开始微微颤抖起来。

"我胡说？"莫逸萧骤然敛住笑容，脸上带着恨铁不成钢的怒意扣住她双肩让她面对他，"毓璃，你醒醒吧，他心里已经没有你了，难道你没有看见他宁愿带着文硕郡主和那个野丫头都不愿带着你吗？"

"够了！"柳毓璃苍白了脸色骤然挥开他的手，满眼猩红地望着他怒道，"他说过会让我做他的妻子，他说过他不会食言！他跟我说过！"

"若是你想做王妃，我立刻上门去提亲。"莫逸萧见她有些失控，伸手拥住她缓和了语气。

"做王妃？"柳毓璃推开莫逸萧轻笑，"你觉得我会做你的侧王妃做你的妾室吗？难道我柳毓璃只能屈居人之下吗？"

莫逸萧上前一步信誓旦旦："我已经跟父皇说过了，会娶你为妻。"

"可惜……我现在想要嫁的人是他。"话音落，她转身离开，脚步匆匆。

"毓璃！"莫逸萧怒喊了一声，却始终没有见到她回头。转身之际，他一拳揍向了三王府的墙上，拳头离开墙面之际，一抹鲜血留在墙上。

第16章 真心被践踏

永王府

莫逸萧颓废地坐在房间内,也不顾手上的伤,不停地往口中灌酒。当萧贝月回府时,管家神色慌张地告诉她莫逸萧正在房中喝着闷酒,手上受了伤还不愿包扎。萧贝月心头一紧,急忙往房间赶去。

房门吱呀一声打开,浓浓的酒气扑鼻而来,她皱了皱眉转身关上房门走了进去。

"去哪儿了?"他没有抬头,语气却十分不善。

萧贝月身子一僵,愣忡半晌,缓缓挪着步子向他靠过去:"我……去了一趟集市买些东西。"

"身为王妃出去抛头露面,你是想丢本王的脸吗?"话音刚落,他扬手将酒杯砸在墙上。

萧贝月吓得浑身一颤,再也不敢挪动脚步过去,可是他的话却让她心底凉透了。

为何柳毓璃就能与他一同出双入对,而她却只能留在王府中?她出去又丢了他什么脸面?虽然身为王妃有着尊贵的身份,可是光鲜的外表下到底有怎样的悲凉,只有她自己心里明白。

她并不是不知道莫逸萧已经向玄帝提出了要娶柳毓璃为妻,让柳毓璃成为永王妃而她只能贬作侧王妃。可是她毕竟是公主的身份,虽然远嫁朝阳国来和亲,她仍是身份尊贵无双,所以顾及两国之盟,玄帝并未应允。而她也知道,莫逸萧并未因此放弃,只是她没有去说穿而已。

有些事情当做不知道,或许会活得更加舒心一点。

"本王在和你说话!"怒吼声震天响,吓得萧贝月脸上血色尽失。

"我只是……只是觉得有些闷,就想出门走走。"她支吾着站在原地,手指尖都在轻颤。

莫逸萧一步一步地朝她走过去，眸中带着嗜血的猩红。直到在她面前站定，他睨着她片刻，伸手捏住她下巴迫其看向他。

"闷？如果觉得这个永王妃做得闷了，大可以不做。"他用力甩开她的下巴，她一个不稳倒在地上。

不做永王妃？她伏在地上蒙眬了视线。

她也不稀罕做什么王妃，从来只是希望夫唱妇随做一对平凡的夫妻而已，可是天不从人愿，她竟然为了保住家国千里迢迢来和亲嫁给了一个永远也不会爱她的男人，更让她没想到的是，仅仅一眼，她便将整颗心交给了眼前这个男人，可是他却将她的真心踩在脚底下任意践踏。

"起来！别要死要活的，难道还要让本王来扶你吗？"他居高临下地俯瞰着她，眸中带着厌恶和鄙夷。

萧贝月深吸了一口气，忍着身上传来的疼痛努力从地上爬了起来重又站在他面前，可是视线却落在了脚面上。

看着她唯唯诺诺的模样，莫逸萧脸上一寒，扣住她的肩用力一捏，痛得她抬眼，热泪顺势而下。

她的隐忍终究惹他不痛快，突然将她拽到面前撕扯着她的衣服。

"住、住手！"萧贝月吓得变了脸色，立刻按住他的手。

莫逸萧脸上骤起阴霾，带着浓浓的酒气手上一用力，只听嘶啦一声衣服在他手中变成了碎片，随后一把将她推倒在床上倾身压了上去。

"住手？你是本王的女人，不让本王碰还想让别人碰你吗？"

他的话让萧贝月脸色青白交加，虽然她知道他是醉了，若是平日里，他对她都是相敬如宾，甚至恍如陌路，可是现在的他让她怕极了，就像是嗜血魔鬼，想要将她吞噬入腹。

"四爷，你醉了，妾身去给您泡醒酒茶。"她颤抖着身子战战兢兢地开口。

可她正欲起身，肩部再次被莫逸萧按住，丝毫不得动弹，抬眸望去，莫逸萧此时双眸赤红一片，也不知是因为酒醉还是因为欲望。

然而当这个念头在她脑海中一闪而过之时，她又不由得苦笑。夫妻几年，他对她从来未曾有过一丝丝冲动，每一次都是适可而止，她一开始单纯地以为他是怕弄伤了她，甚至庆幸自己嫁了一个体贴自己的丈夫，直到看见他看柳毓璃的眼神，她才知道自己是有多傻。

口中传来一丝腥甜，他竟是咬破了她的唇。她想要逃离，却因为他整个人压制在她身上而无法离开，满身的疼痛使得她终是忍不住哭出了声。

她知道这一次他又在柳毓璃处受了委屈，又一次来她这里发泄，而她又一次成了别人

的替身。

马车中，若影看了看一旁的莫逸风，想要问些什么，可终究还是没有问出口。而莫逸风只是靠着马车内的矮桌看着书籍，也不知道他在看什么这么入神。

伸手轻轻撩开一旁的帘子朝外望去，不知不觉已经过了业城。放下帘子再次转头看向莫逸风，也不知道他何时开始望着她，眸中还带着似笑非笑的情愫，见她突然转头，他也为之一愣，轻咳一声后又将视线落在了书上。

若影被他看得脸上一烧，心不由得乱了节奏。

沉默顷刻，见他始终没有抬眸看她，她挪了挪身子靠过去问道："你在看什么？都看了一路了。"

莫逸风剑眉微挑转头看向她，却见她在看到他的书名时满眼失望，嘴里咕哝了一句："还以为是什么好书，居然看兵法，无趣。"

他淡笑不语，却又将视线落在书上，而若影则是百无聊赖地看着窗外的景色，一会儿一个哈欠地打着。

"若是困了就先睡一会儿，还要赶几天的路程。"他温声言道。

若影一惊："还要赶几天？你这是要去西天吗？"

"西天……？"莫逸风一愣。

若影吐了吐舌讪讪一笑："没什么，我胡说的。"

莫逸风无奈笑着摇头："那就睡一会儿，等到了客栈再叫你。"

若影点了点头，可是看了看周围似乎也不太方便睡觉，最后只得靠着马车厢轻阖了双眸。

或许是真的累了，没一会儿她便睡着了，而莫逸风却看着她熟睡的面容紧抿了薄唇。伸手扶住她的肩，轻轻地将她放倒在自己的膝盖上，望着她的清丽的侧颜，他不禁又想起了往日里一直腻着他的模样。

轻叹一声，他伸手将她的碎发捋到耳后，她嘤咛了一声后在他的腿上蹭了蹭，而后又沉沉睡去。

酉时

马车在客栈门口停了下来，莫逸行和阚静柔下了马车走上前，却不见莫逸风和若影出来，阚静柔对秦铭说道："跟三爷说了吗？"

秦铭点了点头："说了，可是……"

方才一到客栈，他便告知了马车中的莫逸风，可是里面只是传来一声低应，而后再也没有声响。

阚静柔微微蹙眉看向莫逸行，莫逸行点了点头对马车内唤了一声："三哥，到了。"

第16章 真心被践踏 | 179

"你们先进去吧。"莫逸风的声音自马车内传出。

三人面面相觑，不知他这是何意。

莫逸行和阚静柔正欲转身，却听到莫逸风柔声道："醒了？"

阚静柔脸色一变，尚未回过神，又听到若影低哑的声音传出："到了吗？"

不多时，莫逸风便扶着若影从马车内而出，动作亲昵至极，而若影仍是一副迷茫状态，分明就是未睡醒的模样。

阚静柔紧抿朱唇苍白了脸色，方才她还以为莫逸风是有别的安排，却不料只是因为若影在马车内睡着了，而他不忍将她叫醒而已。可是……他心里不是只有柳毓璃吗？为何对莫若影还这般呵护备至？

直到两人与她擦肩而过进入客栈，一阵风拂过她的面容，她才骤然清醒过来，抬眸却见莫逸行站在她面前眸色复杂地睨着她道："进去吧，赶了一天的路，好好休息一下。"

她抿唇未语，随着他走了进去。

五个人三间客房，莫逸风和莫逸行一间，若影和阚静柔一间，秦铭单独一间。对此秦铭不由得笑言："想不到主子拼房下人却独间，这待遇可不是一般人能享受的。"

莫逸风淡笑着伸手敲了他一下额头，却并没有说什么，秦铭知道，莫逸风是不希望他说自己是下人。不过他也不在意，能有莫逸风这样如兄弟般的主子，此生无憾了。

莫逸风和若影的房间相邻，他也就放心了不少，目光扫过四周，与莫逸行和秦铭对视了一眼后不动声色地移开视线。

"若是有什么需要就跟小二说。"莫逸风站在若影面前低声说道。

若影闻言看了看他的房间就在她隔壁，也松了一口气，摸了摸扁扁的小腹抬起水眸问道："一会儿就能吃饭了吗？好饿。"

莫逸风轻笑："若是你不想再睡一会儿，稍后就下楼用膳。"

她点了点头，而后推门走了进去。

阚静柔一瞬不瞬地睨着他，莫逸风的视线不由得落在了她的脸上，轻启薄唇道："一会儿我和五弟过来叫你们，你们先休息一下。"

"嗯。"阚静柔笑着点了点头。

见莫逸风转身走进房间，她也转身走进了自己房间，却没有注意到一直看着她的莫逸行。

房门被紧紧合上，莫逸行目光渐黯。

莫逸风见莫逸行进来时神色颓废，也知定是和阚静柔有关，上前拍了拍他的肩："别灰心，精诚所至金石为开。"

莫逸行苦笑："她从始至终喜欢的人都是你，从来都没有我的位置，有时候我在想，若是你愿意娶她，她高兴了或许我也就死心了。"

莫逸风无奈叹息："你的心死不了。"

他知道莫逸行不像他们其他兄弟几人，他为人单纯毫无城府，但又和他们一样十分执着忠诚，喜欢的就会一直喜欢，想要的就不会放弃。

莫逸行看向莫逸风，心头百味杂陈。没有人能看清莫逸风的心思，可是莫逸风却总是能一眼看清别人的心思。而他就这般被他看得透彻，无奈的同时也觉无力。

若影将包袱放在桌上之后倒头躺在了床上，赶了一天的路，感觉浑身都要散架了，此时沾到床就感觉从未有过的满足与惬意。

阚静柔轻轻地将包袱放在桌上，转头看向毫无形象地趴在床上的若影，坐下之后给自己倒了一杯凉茶，脑海中却一直翻腾着。

"文硕郡主，在想什么？"若影的声音突然在她耳边响起，吓得沉思中的阚静柔手中一颤。若影突然感觉自己有些冒失，不由得讪讪一笑："失礼了。"

阚静柔弯唇一笑："没关系，只是有些累了。"

"那……你要不去床上躺一下，等你睡醒了我让小二把饭菜端进来。"若影看着她说道。

阚静柔静静地睨着她，却久久未语，似是要将她看透一般。

若影顺着她的视线朝自己打量了一下，却不知道她究竟在看什么，可是她分明从她的眸中看出了疑虑。

"你……"若影正要开口，外面响起了敲门声，她踌躇着朝门口走去，在开门之前又回头看了阚静柔一眼，总觉得她不简单。

房门打开的一瞬间，莫逸风带着一抹淡淡的笑负手立于她面前："怕你等不及了，先去吃饭吧。"

若影扬眉一笑，他倒是有心。

提步跨出门口走了出去，脚步轻盈。

莫逸风看着她的背影勾唇一笑，其实无论是失忆时或寻回记忆后的若影都是极其容易满足的，虽然一开始醒来的她显得心情有些沉重，可是后来的日子让她渐渐忘却了他不为知的郁结，他知道现在的她无论他如何问她都不会说，所以他也没有强行让她说出口，一切等到她自己说出口。

正当莫逸风跟着若影下楼之际，阚静柔一声低呼，走在最前面的若影回头之时，便看见阚静柔倒在莫逸风怀中，而她正用殷殷的目光望着莫逸风，脸色略显绯红，走在最后的莫逸行变了脸色，想要伸手去扶，却又缩回了手，原本心情明朗的若影渐渐敛住了唇角的笑意。

"有没有伤到？"莫逸风将她扶正后低问。

阚静柔略显尴尬地垂眸，须臾方支吾着摇了摇头退出他怀中："没事，谢三爷。"

莫逸风抿唇微微颔首，转身欲往楼下走去，却见若影慌乱地收回视线疾步朝楼下走去。可偏偏又忙中出错，没走几步便一脚踏空，尚未来得及惊呼，她已被拥入一个宽阔的胸膛，气息熟稔。

"做什么走这么急？"莫逸风的语气带着责备，却又满含担忧，正要开口问她是否伤到，若影突然推开她言语生冷："我没事，没那么矫情。"

说完，她理了理思绪转身走了下去。而阚静柔在听到她的话时脸色渐渐难看起来，却终是没有说什么。

这一顿饭吃得极其压抑，谁都没有开口说话，可是莫逸风知道她是生气了。他几次给她夹菜，她都将菜直接又夹回了碗中，而后自己夹了别的菜来吃。

莫逸风无奈暗叹，却不知如何是好，只得默默地自己吃着。若是换作以前，他定是要教训她不懂规矩，可是现在见她如此，怎么都说不出训她的话。

"这是怎么了，若影姑娘不喜欢吃这些菜吗？不如再点几道你爱吃的。"莫逸行强颜欢笑地开口，只为了打破此时的僵局。

若影看了看莫逸行后道："多谢五爷，我没有什么不爱吃的，不需要为我费神。"说完，她又开始大口大口地往嘴里塞着饭菜。

莫逸行看了看她，又看了看莫逸风，垂头不再说什么。

阚静柔咬了咬唇吃了两口饭，见小二上了一道糖醋鲤鱼，若影正要去夹，却被她抢先夹了一块鱼肚上的肉放入莫逸风碗中："三爷，我记得这是你最爱吃的。"她浅笑盈盈望向莫逸风。

若影的筷子还停在半空，筷子下鱼肚已空了一半，她抿了抿唇缓缓缩回了筷子。她倒是不知莫逸风最爱吃糖醋鲤鱼，因为在三王府时，糖醋鲤鱼都是她一个人吃的，他从来都未曾吃过半口，所以她一直以为他不爱吃。可当她看见阚静柔这般柔情似水地给莫逸风夹菜之时，心不由得一沉。

可是，她跟莫逸风又算什么呢？她又有什么资格吃醋？又有什么资格吃完柳毓璃的醋后又吃阚静柔的醋？在这里只有定亲和成亲才是确定两人的关系，而他们什么都没有，她只不过是寄居在三王府的闲人而已。

脑海中纷乱不堪，她低头拼命将碗中的白饭往嘴里塞着。

就在这时，眼前突然出现一块鱼肉，顺着筷子望去，是莫逸风将阚静柔夹给他的鱼肉又夹到了她的碗中。

"别光吃饭，你不是最喜欢吃鱼吗？"他温声开口，低沉的语气扣人心弦。

若影看着他愣怔顷刻，不由自主地朝阚静柔望去，果然她的脸上顿失血色。

她原本想要将碗中的鱼肉还给他，可是思维不及动作来得快，她竟是一口将鱼肉塞进口中，而阚静柔的脸色也越发难看起来。

"慢点，小心刺。"他见状急忙将筷子伸过去，就在众目睽睽之下将她口中的鱼肉又夹了出来，而后将刺挑去之后又略带责备地对她言道，"也不怕被刺到，没人跟你抢，这鱼都是你的。"

若影闻言愣怔，转头看向阚静柔和莫逸行。莫逸行讪讪一笑："既然若影姑娘喜欢吃就全吃了，我们可以吃别的。"

闻言，若影倒是有些难为情，吃饭的动作也慢了下来。

一顿饭似乎吃了许久，可是气氛却透着怪异。

阚静柔朝若影望去，带着丝丝黯然，莫逸行殷勤地替她布菜，可她的脸上丝毫没有笑意，莫逸风静静地吃着，目光时不时落在若影的脸上，而若影只得埋头吃着，不愿去想太多。

戌时，若影躺在床上辗转反侧，阚静柔也不知去了哪里，当她回来之时手中却捧着满满的果子。

"若影姑娘还没睡吧？"阚静柔将水果放在桌上，命小二端了一盆水进来。

若影支起身子朝她看去，满眼疑惑。

只见她盈盈一笑道："我摘了一些新鲜的果子，要不要过来尝尝？"

原本因为晚饭时的事情对阚静柔的印象有些不太好，可是她此时的态度让她有些捉摸不透。穿着寝衣迟疑着走上去，见她洗了一个果子递给她："这个果子很好吃，不知道叫什么名字。"

若影拿在手中瞧了瞧，的确是她没有见过的野果。

"你方才是去摘野果了？"她将果子握在手中问道。

阚静柔淡然一笑："是啊，闲着无聊就到处逛逛，见有这个果子就摘了些回来，还不知道你喜不喜欢。"见若影迟迟没有吃，她仿若看透了她的心思率先吃了起来。

若影见她如此，便也没了顾忌，轻轻咬了一口，的确十分爽口，但是倒没有阚静柔表现的那样美味至极。

"还行，你怎么发现这个果子的？"她问。

阚静柔顿住了动作，抚了抚手中的果子似是在回忆着什么："曾经随军出征时有过断粮，将士们为了活命就四处找吃的，有的吃到了有毒的果子便丧了命，而我运气好，找到的是这个没有毒的果子，虽然不是什么极好吃的果子，可对我来说却是极其珍贵且回忆一生的。"

虽然她说着果子，可是若影分明从她的眸中看出了别的情愫。

"你……随军出征？不是只有男子才能随军吗？"现在并非宋朝，又怎会有杨门女将？女子可习武却不能上阵杀敌，而阚静柔为何又能随军？

阚静柔苦涩一笑："我娘早逝，我爹是将军，所以我从小习武，我爹终年为国效力可终究在几年前战死在沙场。"

"所以皇上封你为文硕郡主？"若影不由得好奇。

她摇了摇头，唇角浅浅勾起一抹弧度："我之所以被封为文硕郡主，全是因为三爷。"

若影身子一僵。

见她变了脸色，阚静柔急忙收回话题："瞧我这人，遇到投机的人话就多了起来，都是一些无关紧要的事情。"她淡笑着将面前的果子推到她面前，"吃吧，喜欢就多吃点，我采了许多，三爷他们不爱吃这些，我们自己吃了吧。"

"他……不爱吃吗？"若影嘀咕了一声，望着手中野果却没了想吃的欲望。

阚静柔似乎十分了解莫逸风，而且……他们之间似乎有许多故事。

心头一抹酸涩，若影感觉难受至极。好不容易将手中的果子吃完后躺到了床上，转身面向内侧而睡，阚静柔依旧坐在凳子上，目光落向若影。

若影在静寂中渐渐入睡，眉心却仍是紧蹙着。

不知过了多久，若影噩梦连连，自己被追杀的画面不停闪过，周围空无一人，只有那两个恶人在追赶着她，她咬牙拼命奔跑着，可无论她怎么奔跑也甩不开那两个人，而他们离她越来越近，直到一步之遥向她扑过来。

"不要……"若影猛然从梦中惊醒。

可是，当她醒来之后另一个恐惧猛然缠绕着她，黑暗中，她惊叫着抱着头蜷缩在床角，身子止不住地颤抖。

门砰的一声从外被踹开，当烛火被点亮之时，莫逸风已经坐在了床沿紧紧地拥着不停颤抖的若影。

阚静柔愣忡地看着他，从未见过他这般紧张。

莫逸行在门外迟疑了片刻后走了进来，看见阚静柔呆立在桌旁，上前问道："发生什么事了？"

方才他们听到隔壁传来惊叫声，莫逸行尚未反应过来，莫逸风已经一阵风地冲了出去，当他随之跟上时，看见的便是眼前的景象。

"我……"

"你对她做了什么？"

阚静柔正想开口，却被莫逸风一声低吼给打断了话，惊得她面无血色。一股酸意一涌而上，眼前一片朦胧，伸手捂唇转身猛地冲出了房间。

"静柔。"莫逸行一惊，立刻跟了上去。

若影渐渐缓过神来，颤抖着身子看向桌上的烛光。

"影儿，究竟发生了何事？"他伸手拭去她额头的汗迹，看着她满眼担忧。

若影目光涣散地望着烛火,口中呢喃:"我以为……我又掉进了密室……"

莫逸风闻言身子僵硬不堪,伸手将她拥在胸口,心头钝痛。

可是下一刻,若影便伸手将他推开,而后又躺了下去,淡声道:"不要熄灯。"

看着她背对着他再次阖眸睡去,莫逸风感觉从未有过的沉痛,他从来都不知道那一次的经历竟然给她带来了这么深的伤害,可是……他又该如何?他不能对柳毓璃做什么,只能怪自己当时大意了,他应该让人好好看着她们。

阚静柔一路哭着跑出去,却在客栈外被莫逸行一把拽住了手臂:"静柔,你要跑去哪里?"

"放手!不用你管!"她哭着甩开他的手,身子不停地往后退着。

"三哥只是太紧张了,所以才口不择言,你不要与他计较。"他上前安慰道。

阚静柔满眼泪水地弯起唇角满是苦涩:"是啊,的确是太紧张了,可是我呢?我又做错了什么?他为什么要那般对我?当初我为了他连命都差点丧了,为何他就那般不待见我?"

她不停地问着,心中明明有了答案,却还是不愿往那方面想。

莫逸行见她如此怎会不心疼,踌躇了片刻,终是上前将她拥住。她是这么美好,只是她的美好从来都不愿给他,她的心从始至终都在另一个男人身上。他知道,他一直都知道,可是他就是放不下她。

"是不是我不够好?所以他才不喜欢?"她无力地靠在他身上,任凭他紧拥着她,目光黯淡。

莫逸行拧眉摇头,心口钝痛:"不,你很好,只是三哥没有发现而已。"

"没有发现……"阚静柔痴痴一笑,"是啊,我是那般无关紧要的存在,要让他那样好似不沾凡尘的三王爷发现真是不易,可是……为何她们可以?我究竟哪里比不上她?"

莫逸行张了张嘴,却不知道该如何安慰。他自然知道她指的"她们"是指柳毓璃和若影,可是,她又何尝发现过他对她的情?他又哪里不及莫逸风?

当莫逸行与阚静柔回到客栈时,若影和阚静柔的房间内烛火通明,阚静柔站在房间外迟迟没有推门进去,莫逸行轻叹一声道:"进去吧,再过三个时辰就天亮了,好好睡一觉,明早还要继续赶路。"

阚静柔低头抿了抿唇,伸手推开房门走了进去,莫逸行看着她走进去关上房门,顷刻后转身走向自己房间。可没一会儿,身后的房门再次被打开,他疑惑地转身看去,却见阚静柔双眸染着雾气面色泛红地走了出来。

"怎么了?"他上前问道。

第16章 真心被践踏 | 185

阚静柔咬了咬唇指甲深深嵌入掌心，抬眸看向莫逸行："三爷在里面。"

莫逸行一怔，而后又恢复如常。对于莫逸风和若影的关系，他是看在眼里，虽然不知道他们竟是到了如今的程度，却也不意外。可是对于阚静柔来说无疑是深深的打击。

他抿了抿唇暗叹一声："今日客房都满了，若是你不介意的话就到我房中去睡。"见她惊愕地看着他，他急忙道，"我可以去和秦铭挤就一晚。"

阚静柔无力地点了点头，可是脑海中全是那落下的帐幔和床边一大一小的两双鞋。

她没想到他们竟然有了夫妻之实，莫逸风竟是这般迫不及待，在未与若影完婚的情况下有了这层关系，那么柳毓璃呢？他是否也跟她有了夫妻之实？

在床上翻来覆去却再也难以入眠，脑海中纷乱不堪，心一点点被揪着，刺痛不堪。

翌日

若影昏昏沉沉地从睡梦中醒来，吃力地撑着床支起身子。

"醒了。"莫逸风低哑的声音带着迷人的磁性，却也吓得若影身子一愣。

脑海中不停拼凑着昨夜的画面，转头看向桌面，红烛已燃尽，她这才记起一切。

"嗯。"她点了点头，却不太想跟莫逸风多说什么，因为每次因为黑暗而受惊，她便会想起他是那样纵容柳毓璃，虽然她没有资格埋怨什么，可是心里都堵得难受。

莫逸风见她不语，抿了抿唇起身穿上衣服，见她坐起身要拿自己的衣服，又伸手将她的衣服递了过去。

她抬眸看了看他，接过他手中的衣服后移开视线。一丝冰凉从手心蔓延，这是他命人用鸳鸯倚给她做的衣裙，清凉无比，可是此刻拿着这套衣裙，她的心也生起一阵凉意。

当他们一同走下楼时，秦铭、莫逸行和阚静柔已经在用早膳。秦铭上前唤了一声，随后帮他们拉开了凳子。

阚静柔一直低头吃着碗中的清粥，头都未抬一下，可是若影分明看见了她方才抬眸看向他们时的低落与委屈。

莫逸风看了看她，沉声道："影儿已经跟我说清楚了，她只是怕黑，与你无关，昨夜我语气重了些，你不要放在心上。"阚静柔撇了撇嘴，却怎么都无法说出原谅的话，而莫逸风却又道，"以后记得房中给影儿留一盏灯。"

阚静柔难以置信看向莫逸风，跟她道歉是假，最后一句才是重点，她不知道若影在他心里究竟有多重，需要他这般小心翼翼。

带着苦涩低笑一声，她看着他道："以后三爷与若影姑娘一间房岂不是更好？毕竟三爷知道若影姑娘一切的生活习惯不是吗？"

原本埋头吃着东西的若影动作一滞，抬眸看向阚静柔，却见她极力地克制着自己的情绪，可是紧握筷子的手却出卖了她此时内心深处的情愫。

莫逸风似是沉思了一下，而后看向莫逸行道："五弟，今夜你和秦铭一间房，让文硕

郡主一人住一间房。"

莫逸行点了点头："好。"

秦铭自然是没有意见的，可是阚静柔的脸色却难看至极。

若影犹豫了一下，转眸睨向莫逸风："那……我……"

"你我一间。"他说得干脆，若影却尴尬至极，看着眼前的几个人，她将脸几乎埋在了胸口，鼓了鼓嘴低声道："不、不方便吧。"

虽然他们并非第一次同床，可是在外人面前如此赤裸裸地说出口，终究会让她面红耳赤。

莫逸风微微一愣，见她反应方知刚才的言语有些唐突，回想方才，他竟是不假思索地做了这个决定，好像理所应当他们就该是在一间房。

视线在每个人的脸上扫了一遍，果然他们几人神色迥异。秦铭扬了扬眉一副似笑非笑的模样望着上方，莫逸行微显尴尬地红了脸，阚静柔的脸色青白交加，此时正用筷子拨动着碗中的饭。他抿了抿唇以拳抵唇轻咳一声，而后自顾自地用起了早膳。

一行人用好早膳收拾好包袱，再次坐上了马车赶路。

马车上，若影犹豫了半晌，终究还是没有忍住心头的疑惑："我们究竟去哪儿？"原本以为是出来游玩的，可是现在看来哪里是游玩的样子。

莫逸风轻笑："都过了一天了才问？"

昨天倒是做好了心理准备她会追问的，谁知道她这般沉得住气，竟是只字不提。

"你不是不让我问嘛。"若影对他的话有些无语。前一天让她"别问"，后面一天又说"才问"，都说女人心海底针，这眼前的男人可比女人都难懂他的心思。

莫逸风放下兵书淡笑："那为何现在又问了？"

"只是心中好奇，这马不停蹄地赶路是为了什么？若是为了出游，想必你也不会带上我，莫非是有什么危险的事情不成？"她此时说的是心里话，也是实话，倒并未在说他什么，可谁料当她话音落下之际，他的笑意竟瞬间僵在唇角。

"你就是这么看我的？"莫逸风沉着脸色问她。

若影移开视线看向窗外："我只是在说一个事实，难道不是吗？"

"我……"

"小心！"

莫逸风正要解释，却被若影突然拉下身子倒在马车内，一支利箭穿透马车自若影的背上嗖的一声穿过。若影又迅速拉起马车中的矮桌挡住了两人的身子。

"有没有伤到？"莫逸风从未想过哪一天在遇到危险时会被一个女人护在身下，而且这个女人是她，这一刻他惶恐至极，起身想要检查她有没有伤到，谁知她竟然紧紧地将他护在身下并提醒他："别动，不止一个人。"

果然，话音刚落，几十支箭直直射来，矮桌上射满了利箭。

刚才她看向窗外时无意间看见竹林的山丘后面有个亮点若隐若现，因为今日天气晴好，所以弓箭顶端折射出了光线，若非她练过弓箭，或许她还不能有刚才的急速反应，那么他们二人就成了刺猬了，毕竟这箭来得之快是她从未遇到过的，看起来不仅是好弓箭，还是个好弓箭手。

莫逸风反应过来后手上一施力，若影感觉一阵晕眩，待她反应过来时，整个人已被莫逸风压在身下紧紧护着。

看着近在咫尺的俊颜，若影的心猛然一缩。

莫逸风紧紧绞着她的视线，眉心紧蹙，方才他竟然没有在第一时间发现埋伏，若不是她反应快，他或许早就不死也伤了，可是明明一路上都在防备，却因为她的一句话而让他彻底分了心。

马车已经停了下来，外面似乎响起了打斗声，若影本想推开他往外看看，谁知莫逸风却是一动不动地趴在她的身上。

"起来。"她伸手推了推他。

莫逸风紧抿的薄唇动了动，目光灼灼让她不敢直视。

"不是因为此次路途凶险才带上你。"只是因为担心她会趁他离府时偷偷离开。他知道她做得到，无论他安排多少隐卫，以她的聪明才智绝对能离开三王府。

若影因他的话而愣忡。

"不过你救了我一命。"他缓缓扬起唇角，而后扶着她坐起身，见她没有受伤，他也松了一口气。

若影蹙了蹙眉，方才她几乎是本能地想要保住他的命，那一刻她宁愿自己死也不愿他有一点伤害，她真的是越陷越深了吗？

见他伸手取下在桌上的一支箭端详，若影脑海纷乱一片。

"在这里待着别出来，我出去一下。"见他躬身打帘欲走出马车，若影突然开口："那我们是不是两清了？"

第17章　属于她的情

当初他将她带回府，而她今日救了他一命，应该算是两清了吧？

莫逸风动作一滞，转眸瞪着她，眸中隐隐藏着杀气，又一次因为她的一句话。可是他并没有说什么，而是沉着脸钻出了马车，甩下帘子的那一刻几乎要将帘子撕扯而下。

若影心头一紧，听着外面的打斗声，她抿唇垂眸。

她不想要成为谁的替身，也不想他为难，难道她做错了吗？

他们二人根本不是同一个人，她又何必自欺欺人？又何必成为他与柳毓璃之间的插足者？

也不知心头纠结了多久，外面的打斗声还在继续，只听有人发出了一声惨叫，若影脸色一白，急忙钻出了马车。

眼前的景象惊得她瞠目结舌，外面除了莫逸风他们四人之外，还有近百个黑衣人，看情形有一半是莫逸风的人，还有一半则是来刺杀他们的刺客。

那些刺客想必一直埋伏在周围，可是莫逸风的人也不知道是从哪里冒出来的，或许他们一直都在，只是她不知道而已。

眼前闪过一个人影，是阚静柔，想不到一个弱女子竟然有这么好的身手，难怪能随军出征。可是她却一直护在莫逸风身边，生怕他受到一丝一毫的伤害，而莫逸行则是一边拼杀一边往阚静柔的方向看过去，满眼的担忧。秦铭身为莫逸风的近身护卫，自是要保护莫逸风的安全。

刺客一个个地倒下，可近处又冒出了许多刺客，也不知道究竟有多少。

见此情形，若影再也待不住了，拿起地上的剑与刺客拼斗起来。

"谁让你出来的！"一声怒吼响彻整个树林，震得落叶纷飞。

若影身子一颤回头望去，却见莫逸风满是怒气地出现在她身旁，可是他的手却紧紧地揽着她的腰将她护在怀中，只要刺客一靠近，他几乎是转瞬间将其一剑毙命。

"放开我，我不会有事的。"若影抬眸看着他说道。

他若是再这样护着她，她担心他分身乏术，毕竟周围都是一等一的高手。可是莫逸风根本不听劝，反而手臂箍得更紧了。她怔怔地望着拼命保护她的莫逸风。

一瞬间双眸染上一层雾气，渐渐模糊了视线，竟是分不清是现实还是梦境。

他应该是因为她之前救了他一命，所以才这般护着她吧？

思及此，心狠狠揪紧，竟是不愿再往此处想去，可是眼泪却不由自主地滑落。

当眼前一片明朗，若影瞬间瞪大了眼眸，骤然拥着莫逸风一个转身，利刃瞬间刺入她的皮肉。

莫逸风难以置信地凝视着她，顷刻，抬腿踢飞她身后的黑衣人，可是当长剑拔出她背脊的一瞬间，血汹涌而出。

"影儿……"莫逸风大叫一声，心像被一只无形的手紧紧攥着撕扯着。

他躬身将她打横抱起，脚步却已凌乱。

若影只觉昏昏欲睡，感觉整个人都好似轻飘飘的。

"影儿，醒醒，别睡。"这个时候他不能让她睡着，他怕她这一睡便再也醒不来了。

"我……好累……"她脸色苍白声音虚弱不堪。

"累了也不准睡，听到没有！"他霸道地命令着，声音却带着颤抖。

若影努力地打起精神，可是眼皮却越发沉重起来。

然而正当莫逸风抱着她快要奔到马车边时，原本昏昏欲睡的若影惊得用最后一丝气力想要挣脱他将他推开，想要大喊，可是嗓子处却像被什么堵着，而莫逸风又将全部的心思放在她的身上，根本没有意识到身后的危险。

只听一声闷哼，莫逸风身子一僵双腿一软跪倒在地。

若影瞪大着眼眸看着这一切的发生，却无力替他抵挡，迎上莫逸风炙热的视线。

原来她一直要找的答案就在她的眼前，原来他的心里是有她的，原来他对她是有情的，只属于她的情。

眼泪汹涌而下，她已听不见周遭的一切声响，看不见周遭的一切景象，她的眼里就只有他一个人而已。用尽全力伸手抚向他的面容，却感觉不到任何温度。

"你的心……"她的嘴角勾起一抹笑容，微弱的声音从唇畔溢出，而后无力地阖上了眼眸。

莫逸风想要起身，却发现根本没有一丝气力。箭上居然有毒……那个男人竟然对他厌恶到这般地步！可是她与他并没有仇恨，他想不通为何那个男人要连她的命也要夺去？

"影儿……"他不知道她方才说的话是什么意思，可是恐慌却在心头蔓延，他伸手将她紧紧地拥在怀中，俯首覆上她的唇，却渐渐没了知觉。

四周静寂一片，秦铭等三人满身是血地奔向莫逸风和若影，周围已是尸横遍野。
　　"三爷！"阚静柔惊呼一声跪倒在他面前，想要将其扶起，可是在看见他的举动时双手顿时僵在半空。

　　若影一直昏迷了三天三夜，待她醒来的时候发现自己躺在了陌生的房间里，而她自己连一丝气力都没有。
　　"若影姑娘，你醒了？"阚静柔上前探了探她的额头，"总算是退烧了。"
　　"他人呢？"一醒来若影便想起昏迷前的一幕，不见莫逸风的身影，她的心悬在了嗓子眼，翻身便要下床，却被后背上的伤扯痛得不能动弹。
　　阚静柔急忙将她按住劝道："别动，你身上有伤。"见她不管不顾，她只得实言相告，"三爷也受了伤，现在还在昏迷，不过已经没有生命危险，等你好了再去看三爷也不迟，否则动了伤口可能会影响到你的右手。"
　　若影顺着她的视线看向自己的右手，果然因为伤了右肩所以连右手都有些反应迟缓。不过听到莫逸风没有生命危险，她也算是松了一口气。
　　阚静柔转过身来拿一碗热粥，若影怔怔地看着她，脑海仍是有些纷乱，转眸打量着房间，阚静柔道："这里是三爷在江雁镇的府邸。"
　　"江雁镇？莫逸风的府邸？"若影低哑着声音重复了她的话。
　　对于若影直呼莫逸风的名讳，阚静柔显然是有些震惊的，然眸中的惊色转瞬即逝，点了点头道："是，三爷的母妃容妃娘娘出生于江雁镇，容妃娘娘过世后三爷便在此处造了这座府邸——景怡山庄，每年会替容妃娘娘来此住上几日。"
　　若影闻言眸中一片黯然，原本不想问下去，却始终敌不过心中的好奇："你……怎么知道的？"
　　她一直以为只有柳毓璃才会知道莫逸风的一切，却没想到阚静柔也知道，究竟还有多少事情是她们两个知道唯独她不知道的？就像这一次来江雁镇，究竟是为了什么？莫逸风从始至终都没有跟她说过，那么阚静柔又知道吗？
　　阚静柔将她扶起靠在床头，舀了一勺粥递到她唇边，若影伸手接过小碗，视线却一直在她的脸上。阚静柔淡淡一笑："每一次三爷要做什么事情我都在身边，自然是知道这些事情。"
　　若影双手一颤，碗中的粥有些许倾倒在被子上。阚静柔睨了她一眼，而后急忙将她手中的碗接过去搁置一旁，而后用锦帕擦拭着被子道："没关系，我一会儿让人再拿一床干净的被子。"
　　说着，她转身唤了一声，有个小丫头走了进来，见到阚静柔时盈盈一礼，阚静柔对她吩咐了几句之后那小丫头立即应声走了出去。

阚静柔就好像这里的女主人，而她却像是被女主人照顾的客人，这个感觉让她很是不适。可是阚静柔的行为又让她找不到一丝错处，反而对她照顾得无微不至，心里虽然不舒适，却无言以对。

咬了咬唇，她支吾着问道："你都在他身边？那……柳毓璃呢？"

话音刚落，只见阚静柔脸色一变，虽然她极力地掩饰，却不难看出她对柳毓璃的存在有些不甘。

"柳姑娘不懂武功，所以有些事情三爷不便带着她。"虽然她说的是事实，可是这般说出来她自己心里也有些隐隐刺痛。

若影无力地靠在床头，虽然知道像莫逸风这样的男子身边不缺女人，可当自己亲耳听到和看到之时心口仍是一滞。

柳毓璃、阚静柔，两个女人，一文一武，那么她在莫逸风身边又能扮演怎样的角色？

对于阚静柔，若影能感觉到莫逸风对她似乎并无此意，可是世事无绝对，毕竟阚静柔的确生得貌美，虽然不及柳毓璃妩媚动人，但也是清丽可人，而且她还是郡主的身份，父亲是朝阳国的功臣，最主要的是，看得出阚静柔对莫逸风一往情深。

而柳毓璃，她从头到尾都知道莫逸风是爱着她，青梅竹马，感情匪浅。

虽然事情还没有到共侍一夫的地步，然而只是想一想，她的心都开始慢慢揪紧。

"喝点粥吧，刚醒来只能吃些清淡的，过几天就能正常饮食了。"阚静柔的声音柔柔传来打断了她的思绪。若影抿了抿唇，轻轻点头。

两人相对无言，房间中静得落针可闻。待吃完最后一口粥之后，阚静柔为其擦了擦嘴角扶着她躺了下去："再睡一会儿吧，过一个时辰再喝药。"

望着她的背影，若影低声开口道："容妃娘娘是怎么过世的？"

不知道是不是她自己想多了，总隐约觉得在容妃的身上也有阚静柔知道而她不知道的事情。这一刻她很想知道莫逸风的一切，知道阚静柔和柳毓璃知道的一切，知道她们不知道的一切。

阚静柔闻言转过身时眸中带着一丝错愕，开口问道："三爷他……没有跟你说吗？"见若影摇了摇头，她淡然一笑，"这倒是让我有些意外，还以为三爷什么都会跟若影姑娘说呢。既然三爷没有说，我也不便告诉你，等三爷醒来后你可以问他。我先去看看三爷醒了没有，一会儿再过来。"

看着阚静柔的身影消失在视线中，若影的心里隐隐泛起酸意。原来当真如她所料，阚静柔知道的远比她想到的要多，莫逸风虽然没有在她面前对阚静柔表现出多少情愫，可是阚静柔的话却让若影觉得他们之间似乎有着某些千丝万缕的关系。而且每一次阚静柔看莫逸风的眼神都带着绵绵情意，就如同五王爷莫逸行看向阚静柔的眼神。

伸手想要支起身子去看看莫逸风，可是背部的痛却越发清晰，因为长时间没有平躺，

她整个人都酸疼得厉害，却无可奈何。

阚静柔走出若影的房间后看着手中的饭碗暗自苦笑，停顿顷刻，将碗递给一旁的丫鬟后转身走向莫逸风的别苑。

莫逸行见阚静柔过来，立刻迎了上去："若影姑娘醒了吗？"

阚静柔蹙了蹙眉看向他："你也开始关心她了？"

莫逸行被他问得一愣，却不知如何辩驳。阚静柔望向床畔，这才发现秦铭也在，目光一闪放柔了声音："刚刚醒了，喝了点粥又睡下了，我让人给她煎了药，等一个时辰后就给她送过去。"

"若影姑娘醒了？真是太好了。"秦铭长松了一口气，若是若影真有个三长两短，他也难以向莫逸风交代，转眸望向躺在床上一动不动的莫逸风，低头一叹，"只是不知道爷何时能醒，也不知道是谁这么狠心，竟然会在箭上抹毒。"

阚静柔走上前眉心紧蹙，脸色很不好看："除了莫逸萧还能有谁。"

"怎么可能？"莫逸行心思单纯，即使相信莫逸萧一直阻挠着莫逸风寻找当年的真相，也不愿相信骨肉相残的事实。

阚静柔转眸瞪向他，言语中带着愠怒："五爷，若不是四爷所为，难不成那些绝顶高手都是山贼吗？"

莫逸行张了张嘴无言以对，沉默顷刻，他支吾道："可是……可是四哥怎么会对三哥下此毒手？大家是兄弟啊。"

阚静柔气得转头不再看他，秦铭无奈摇头道："五爷品性纯良，也难怪会有这样的想法，只是……"他转身走向莫逸行道，"若不是四爷，还会有谁？你我此次出行本是为了寻找曾经陷害容妃娘娘的人证，而四爷从一开始就一直阻挠三爷，无非是怕被三爷找出此人就是害德妃娘娘之人的证据，所以本次遇刺除了四爷所为之外，还有谁会最怕被三爷找出当年真相的？"

莫逸行终是被说得没了话，阚静柔从莫逸风的床畔站起身朝外走去，经过莫逸行身侧时冷哼一声："身为王爷，洞察事物的能力竟是连一个近身护卫都不如。"

莫逸行转身看向阚静柔，她已离开了房间，而她的话却一直回绕在他耳际。

若影在床上足足又躺了一整天，第二天她便再也熬不住了，支撑着虚弱的身子下了床。走出房间时，若影发现这个景怡山庄还真是不小，环境也十分宜人，可是她不知道莫逸风究竟在哪个房间。

就在她准备到处找找时，一个小丫头急匆匆走了上来："姑娘醒了？奴婢这就去禀报郡主。"

若影因为她的话拧了拧眉心，见她正欲转身离开，急忙叫住了她："回来！不用去麻烦文硕郡主,我只是想去看看莫……三爷,三爷在哪个房间?"

显然小丫头也没什么心思,听她这么一问便立即给她指了路:"三爷就在前面的别苑,奴婢带姑娘去吧。"

若影看了看前面的路,点了点头。

来到莫逸风的住处之后,若影支退了身边的小丫头,而后拖着虚弱的步子走了过去。也不知道是不是照顾莫逸风的奴才太粗心,房门并没有关紧,她伸手正要去推开房门,而眼前的景象让她傻了眼。

此时莫逸风的衣服已经被褪下,而阚静柔正坐在莫逸风的床上,虽然只能看到她的背影,可是若影还是能感觉到阚静柔看向莫逸风时柔柔的眼神,只见她轻轻地给莫逸风擦着身子,从颈部一路向下,在擦拭伤口时更是小心翼翼,而后竟是一路向下……

若影感觉心口一股郁气堵得她难以呼吸,伸手"砰"的一声推开房门,几乎是用尽了全力。

阚静柔听到声音后吓得浑身一颤,转身朝门口望去,见是若影,这才隐隐舒了一口气,伸手给莫逸风盖上被子后淡笑开口:"若影姑娘怎么起来了?"

见她若无其事地将锦帕在水中洗了洗,而后又拧干,似乎准备再次给莫逸风擦身,若影将视线从锦帕移到阚静柔的脸上问道:"你在给他擦身?"

阚静柔看了看手中的锦帕,脸上没有一丝尴尬,弯了弯唇角开口道:"秦铭和五爷都是大男人,粗手粗脚的,若是不小心碰伤了原本在好转的伤口就不堪设想了。"说到此处,见若影满眼的质疑,她又道,"我也担心下人们伤了三爷,所以就亲自给三爷擦身了,反正也不是第一次,倒也没什么。"

闻言,若影脸色苍白身子一晃。

阚静柔见她神色以为她会说些什么,却不料她只是微微踉跄着步子朝莫逸风的床边走去,阚静柔正要开口,她却已经坐在了床沿抢先开了口:"让我来吧。"

"什么?"阚静柔原是有些诧异,可是见若影朝她伸出了手,她垂眸一看,方知她是在问她要手中的锦帕。

指尖微微收紧,她抿了抿唇却并未动。

若影掀开被子看向莫逸风的伤口,伤口处黑紫一片,果然是中毒了。也不知他们是怎么帮莫逸风解的毒,不过好在他已经脱离了生命危险。

见阚静柔没有动静,若影蹙眉朝她看去:"文硕郡主,请把锦帕给我一下。"

阚静柔这才回过神来,再次紧了紧手中的锦帕道:"还是让我来吧,若影姑娘的伤尚未痊愈,我让丫头扶你回去休息。来人!"

"不用!"若影目光一敛,"我没事,谢文硕郡主关心。"

"郡主有何吩咐?"小丫头不知内情,走进来后躬身站在阚静柔面前。

阚静柔对若影的话置若罔闻，对着小丫头吩咐道："扶若影姑娘回去休息好生照顾，煎好了药记得按时拿去若影姑娘房中。"

"是。"小丫头恭恭敬敬地福了福身子，而后来到若影跟前伸手想要去扶她，却被若影的一个锐利的眼神吓得忘了动弹。

"文硕郡主，若是我没记错的话你跟我说过，这是'三爷的'景怡山庄。"若影看向阚静柔微微动了动唇，可是那语气却让人不由得心口一颤。

简简单单一句话，已让阚静柔难堪不已，她分明是在提醒这里并非是她的府邸，而她也不是莫逸风的什么人，还轮不到她安排一切。而且就只是这么短暂的一刻，阚静柔自若影的身上隐约看到了莫逸风的影子。

阚静柔咬了咬唇上前语气平和："若影姑娘，我只是担心你的伤势，若是因为若影姑娘做了这些琐碎的事情而有个闪失，我也不好跟三爷交代。"

一旁的小丫头也补充道："若影姑娘，您昏迷的这几日都是郡主千叮咛万嘱咐让奴婢照顾好您的。"

若影自然听得出小丫头是在帮阚静柔说话，一时间染了笑意，却不达眼底。

"那就多谢文硕郡主了。"若影睨着她目光一敛，阚静柔倒是坦然自若地弯了弯唇角，谁料若影又反问道，"既然文硕郡主可以指使这景怡山庄的奴才，为何只让他们来照顾我？而你却要亲自伺候三爷？"

阚静柔的淡定自若在若影的这句话之后瞬间瓦解，她身子一晃险些没有站稳，而下一刻手臂被人紧紧扶住，转眸望去，原来是莫逸行，身边还跟着秦铭。

莫逸行紧抿了薄唇一瞬不瞬地睨着阚静柔，不知道在想些什么，须臾，他缓缓转眸将视线落在了若影身上，轻启薄唇道："若影姑娘，是本王让静柔前来照顾三哥的。"

显然阚静柔的眼中带着浓浓的惊愕，而这一幕也收入了若影的眼底。

一旁的秦铭正要圆场，却闻若影一声轻笑："哦？王爷可真是大方，居然会让自己喜欢的女人去伺候别的男人，看别的男人的身子，方才我只是看见文硕郡主为三爷擦上身，不知道我没看见的时候是不是还擦了别处？难道五爷当真一点都不介意？"

虽然莫逸行从未表明，但是他喜欢阚静柔是众所周知的事情，所以若影的这一番话自然是让他失了颜面，却不得不承认若影说到了他的心里。然而每次看见阚静柔楚楚可怜的样子，他便不忍她受了委屈，宁愿自己打落牙齿往肚里咽，也要护阚静柔周全。

"好了好了，若影姑娘没事就好，大家也别为了一些小事闹得不愉快。"秦铭怕他们几人当真会闹得不可开交，而莫逸风又没醒，他一个人根本难以掌控几个主子争执的局面，所以在未闹得严重的情况下急忙圆场。

阚静柔深吸了一口气，看向坐在床沿的若影，而后低声对莫逸行说道："我出去走走。"

莫逸行见她离开，急忙跟了上去，生怕她有个闪失。

不难听出阙静柔声音中带着落寞，离开的脚步有些凌乱，在她踏出房门的那一刻，若影的心里百味杂陈。其实阙静柔并不像柳毓璃那般恃宠生骄，可是不知为何她总觉得心里不舒服。或许是因为看清了她对莫逸风的情，所以她才这般介意吧。

她苦涩一笑，竟不知自己的醋意浓到了这个地步。

房间里静寂无声，若影看着昏迷中的莫逸风渐渐失了神，待她回过神来之时，发现有个人一直站在她面前看着他，而她却浑然不知。

"你看着我做什么？"若影看向方才一瞬不瞬地望着她的秦铭问道。

秦铭一愣，方回过神来，而后讪讪一笑："没、没什么，只是没想到若影姑娘竟是这般牙尖嘴利，连一直护着文硕郡主性子倔强的五爷都被堵了话。"

若影淡淡弯唇。其实她并非是毒舌之人，她只是不喜欢自己的男人被任何女人觊觎，在感情中，她向来都有浓浓的洁癖。

莫逸风一直昏迷了整整十天，而这十天里也从外面传来了不好的消息，莫逸行没了主意，想要与莫逸风商议，只可惜莫逸风连一点清醒的迹象都没有。

十天了，若影天天都会带着伤守在莫逸风床边，在秦铭的帮助下帮他擦身换药，伤口在渐渐愈合，可是人却一直昏迷不醒。

"三爷，您快点醒来吧，出大事了。"秦铭在房间里急得团团转，脸色也越来越差。

若影帮莫逸风盖好被子后握着他的手按着他的穴位，心越来越没了底，帮他按穴位的手也不由得微颤。

旁人都看她淡定自若的模样，只有她自己知道她的心早已乱作一团。

入夜，若影没有回房，伴着烛火，她靠在他的胸口渐渐进入了睡眠。睡梦中，她又回到了那个让她恐惧的时刻，可是这一次，竟是有一个男子想要朝她走来，她以为自己快要得救了，可为何那男子在经过她身边的时候竟是头也不回一下？而那男子的侧颜竟是……莫逸风。

她的心情凌乱不堪，而整个人却像灌了铅似的不得动弹。

"别走……"微弱的声音自唇畔溢出，一丝温热自眼角滑落。

就在她沉浸在噩梦中时，莫逸风的指尖微微一动，浓长的睫毛也随之微颤，在一片静逸中，他缓缓睁开了双眸。一时间不太适应房中的光亮，他又阖上了眼眸。可是当他感觉到胸口处传来的异样感觉时，再次费力地睁开了双眸。

"影儿？"当他看见若影竟然趴在他身上睡着了之时，心仿若漏跳了一拍，甚至有些难以置信。抬手缓缓将指尖落在她的脸上，当他感觉到不是梦境之后，整个手心都覆了上去，口中不停呢喃，"影儿……影儿……"

若影感觉到有人在不停地唤着她，缓缓从睡梦中醒来，感觉到脸颊上的温柔，她心口一颤，骤然抬眸朝他望去，一时间瞪大了眼眸竟说不出一句话来。

"你……一直都在？"莫逸风摩挲着她的面容。

若影眨了眨眼，确定不是在做梦时再次扑进了他的怀中。

"你终于醒了……"她的声音带着浓浓的颤抖和哽咽。

莫逸风抬手揽住她，而后从她的头顶还是顺着她的背脊："嗯，醒了，只是没想到醒来第一眼就能看见你。"

若影的情绪理了好半响，这才抬起头哼了一声："你是不乐意吗？那你想要看见谁？"

她那半真半假半娇嗔的模样使得莫逸风有些难以置信，若不是背上的伤口传来隐隐的疼痛，他还以为自己是在梦中。

"求之不得，能看见你真好。"他说的是心里话，却也让若影为之一怔，而后不由得失笑，想不到平日不苟言笑的莫逸风竟然还能说出这般动情的话来。

"伤口还疼吗？"

"你的伤没事了吗？"

若影和莫逸风同时开口，说的却都是关心对方的话语。

"不疼。"

"没事。"

两人再次默契地同时回答对方的话，愣忡顷刻，两人再次失笑。

"我去让人请大夫给你瞧瞧。"若影正准备起身叫人，手腕却被莫逸风突然拽住，她疑惑地回眸，他却淡笑勾唇："我没事了，扶我起来。"

若影看了看时辰，莞尔一笑："很晚了，你继续睡会儿吧。"

"陪我。"他第一次像个孩子一样挽留她，若影不由得呼吸一滞，面色也渐渐绯红起来。可最终还是抵挡不住他炙热的目光，扶着他坐起身后自己则坐在了他的床畔看着他。

"怎么了？"见她蹙了蹙眉，莫逸风眸中尽显担忧。

若影垂眸淡笑摇了摇头。

"让我看看伤口。"他扯了扯她的手腕，想要看她背上的伤。

若影执拗地不想转身："没关系，都好得差不多了。"

"好得差不多？就是没好？"莫逸风拧了眉心，虽然不知道自己昏迷了几日，可是想来她的伤也不可能痊愈，刚才只是想将她留下来多说几句话，竟是没有顾及到她扶着他起身可能会扯痛伤口，思及此，他一阵懊恼，也更加固执地要看她伤口。

无奈之下若影只好转过身去，原本犹豫着到底要不要解开衣服，而他已经伸手拉下了她的衣衫。

当渗血的伤口呈现在眼前时，莫逸风呼吸一滞，虽然见惯了大伤小伤，可看见她的伤口时仍是痛了心。

　　身后没了声响，若影转动了下眼眸提上了衣服，与他视线相撞之时已是一抹淡笑染在唇角："没事，我一会儿回去让丫头给我上些药。"

　　"伤得这么重，怎么没有好好在床上躺着？"他的语气不似刚才的温柔，反而带着愠怒。

　　若影因为他的怒意而微微一怔，支吾着回道："我……我只是不放心你。"

　　她无辜的眼眸带着些许畏惧，生怕自己做得不对而惹怒了他，可是他迟迟不醒，她当真是担心极了，也不管自己是否伤势已好，只想每日守着他，等待他醒来的那一天。

　　见他果真是生气了，她心里还是带着隐隐的失落，只当是他没有像她想的那样想要在醒来之时第一眼看见她。

　　就在她脑海中百转千回之时，身子突然被他一带，整个人跌落在他怀中，尚未等她回神之际，他的双臂已经紧紧地环绕着她的身子，让她的头紧贴他的心口。心跳声有力地回荡在她的耳畔，她的心也随之震颤起来，鼻子一酸，渐渐朦胧了视线。

　　"来人！"莫逸风虽然初醒，可声音依旧低醇有力。

　　"三爷醒了？"当外面的奴才见莫逸风终于醒来，面露欣喜，正要转身去通知莫逸行等人，却被莫逸风给叫住了："去将莫姑娘的伤药拿来。"

　　若影抬眸看向他，眼泪瞬间滴落在他的胸口："我真的已经没事了，不用担心。"

　　"你当我是瞎子吗？"莫逸风的话说得不留一丝情面，若影垂眸立即没了话。

　　当那小奴才带着若影的伤药回来的同时，秦铭和莫逸行、阚静柔也急急地赶来，显然他们方才都已经睡下了，听到莫逸风醒来的消息后套上衣服便赶了过来。然而当他们看见房间中莫逸风满眼柔情地为若影拭泪的温馨一幕时，几人都顿住了脚步，而走在最前面的阚静柔脸色瞬间煞白。

　　"把药拿来。"莫逸风拉着若影的手转眸道。

　　"是是是。"小奴才躬身垂眸上前将药箱呈了过去。

　　"三哥，你真的没事了吗？"莫逸行上前问道。

　　莫逸风从药箱中取出一瓶药后道："没事，你们都回去休息吧。"

　　"爷，属下让大夫过来给您诊治一下。"秦铭道。

　　莫逸风抿了抿唇："不用，你们都出去。"说着，他示意若影转身。

　　再怎么迟钝的人也看得出他是要给若影上药，这让所有人都为之一愣。

　　离开房间后，阚静柔的脚步有些虚浮，她没想到若影在他心里竟是这般重要，他自己才醒来却顾不得自己的伤，首先想到的是她……

　　房间里，莫逸风给若影上了药之后又絮絮叨叨地开始嘱咐："伤口不要碰水，小心发炎，记得喝药……"言至此，他放药瓶的动作突然一顿，转眸带着质疑地看向她，"有按

时喝药吗？"

若影被他看得一阵心虚，视线不由像落在别处点了点头，语带敷衍："嗯。"

话音刚落，脸突然被转了过去："又说谎！别以为寻回了记忆就可以不用接受家法。"

若影骤然瞪大了眸子望向他，见他不似在说笑，心头不安的同时怀揣着一抹不服气，她不过是寄人篱下，怎么就活得像他生的一样。

"今天很晚了，明天喝。"最终，她还是没骨气地妥协了，谁让他是王爷呢。

"来人，把莫姑娘的药热好了拿来。"莫逸风却不给她一丝拒绝的机会，当下就吩咐下人给她端来了药。

当漆黑的药呈到面前时，若影满是怨念地看了莫逸风一眼，就在她犹豫之际，有人已比她先一步接过药碗："下去吧。"

下人们下去之后莫逸风拿着汤匙一边搅着一边帮她吹凉，一阵阵的药味扑鼻而来，若影忍不住捂住了口鼻。

"喝。"他又一次霸道地将汤匙递到了她面前，"良药苦口利于病。"

若影缓缓放下了手，心不甘情不愿地就着汤匙喝了一口，却苦得她红了眼眶。有时候真的宁愿自己病慢点好，也不愿意喝这般难以下咽的苦药。

喝了三口，她实在是喝不下去了，忍不住冲他埋怨："既然良药苦口利于病，那你怎么不喝？"

莫逸风一瞬不瞬地望着她，忽然唇角一勾，将汤匙送到了唇边饮了下去。若影目瞪口呆地看着他喝药的样子，不由得感叹，真不是凡人，这么难喝的药喝下去竟是连眉头都不皱一下。

就在她惊愕地张着嘴之时，汤匙又送到了她的唇边，而且直接将药灌了下去，她还没回过神来，一汤匙的药已经被她吞落。

见她这般茫然又无辜的眼神，莫逸风不由得失声笑起。若影又羞又恼地一记粉拳击在他胸口，却突然间想起他也带着伤，慌忙开口："对不起，我……我忘了。"

莫逸风看着她的容颜失了神，一手将药碗搁置在一旁，伸手揽过她的身子，俊颜渐渐靠近……

若影呼吸一滞，而唇上已然传来一阵冰凉，他的唇在她唇上辗转反侧，温柔绵长，而二人口中的药味却久久不散。

长袖一挥，帐幔落下，两人仿若与世隔绝。

"等……等等……"当衣带渐松，她顿时慌了神，伸手按住了他的手。

莫逸风缓缓睁开眼眸，却见她低垂着眉眼红透了容颜，一抹温柔在嘴角绽放。

见他止住了动作，她没有勇气抬头，只是支吾着言道："你身上有伤。"

莫逸风笑容一滞，可转瞬间笑意更浓了几分："嗯。"

而后，他便再也没有继续，只是拥着她睡下了。可是若影心里却隐隐失落，他竟是没有再开口说些别的，只是一个字算是答了她的话，也听不出任何的情绪。

"睡了吗？"她咬了咬唇低声问道。

莫逸风轻笑："不睡还能做什么？嗯？"

若影被他一句话堵在嗓子眼，同时感觉心跳得没了章法，也不知道是不是她的思想太不纯洁，怎么感觉他那语气像在影射些什么。

她终是没敢再接话，倒也不想离开。因为从那一刻开始，她已经敞开心扉地去接纳他。

莫逸风垂眸看着她的睡颜，原本想要挥掌熄灭烛火，可当他想起她在黑暗中的恐惧时，手掌顿在半空，最终轻轻落在她的脸上。叹息声自他唇畔溢出，紧了紧手臂，让她更加紧贴他的胸口。

巳时，若影终于醒了过来，当她睁开眼没有看见他时，一时间慌了神，也顾不得穿上衣服及洗漱，踩着鞋子便冲了出去。

可是当她跑到小花园之际，眼前的景象让她顿住了脚步。

第18章　我怕失去你

她终是找来了……

又或者，他终是把她接来了……

"路途遥远，你怎么就跑来了？"莫逸风略带责备的话在若影听来是那般柔情似水，又像是银针般刺在她心口。

柳毓璃娇嗔着给了他一记粉拳埋怨道："你还说，来这里游山玩水也不带上我，是不是早把我抛在脑后了？"

莫逸风伸手攥住她的手微蹙了眉心："我是来办正事。"

"那为何她们两个可以跟着而我却不行？"柳毓璃的双眸蒙上了一层雾气。

若影站在原地迟迟没有动弹，她知道她应该立刻转身离开才对，否则就是自取其辱，而昨夜的温情就成了镜花水月，可是，她又倔强地站在原地想要听到莫逸风的回答。

因为背对着莫逸风，她看不见他的表情，可是他的语气却让她听出了无奈："你又不会武功，若是伤到了怎么办？"

若影呼吸一滞，果然如她一开始所料，他带她过来不过是因为她会武功而柳毓璃不会，若是带柳毓璃来，一旦有个损伤，他想必是比谁都心疼的吧？

可尚未等她理好情绪，柳毓璃质疑道："我知道……文硕郡主武功了得，那你的那个若影呢？难道她也会武功不成？"

"嗯。"莫逸风点了点头。

若影伸手捂住了口，难以置信地后退了一步，他和柳毓璃之间果真是毫无保留，就连她会武功一事他也告诉了她，而柳毓璃的一切他又何曾告诉过她呢？

昨夜他的失控她真真切切地感受到了，她天真地以为他的心里是有她的，可是如今一想，不由得寒凉了整颗心，莫不是他又将她当成了柳毓璃的替身才想要她？

就在这时，柳毓璃的声音再次响起，当若影抬头之时，她已扑进了莫逸风的怀中："就算这样也不能原谅你，你怎么可以把我丢下就带着她们离开了？"说着不原谅，可是手却越抱越紧，"逸风哥哥，你这是要去做什么？"

莫逸风抬了抬手，终是轻轻地将手落在她的背脊上以示安慰："原本是要来找那秋娘。"

"秋娘？就是那个陷害容妃娘娘是青楼女子的老鸨？"柳毓璃双眸晶亮。

莫逸风点了点头："只可惜……已经被人灭口了。"

若影的心阵阵跌入谷底，原来她不知道的事情这么多，而柳毓璃知道的事情又是那么多，她和柳毓璃终究还是不能比的。当初在马车上，她问他来此做什么，他却答非所问，如今一想只觉自己当时太过痴傻。问一个不愿意对自己坦诚的人，多问也无用。

他们的话还在继续，可是她却再也不想听下去，转身正要离开，肩上突然一重，一件披风将她裹住。她转身一看，竟是阚静柔，而她的眼中不带任何情绪，只是示意她离开。

看见她，她再也止不住眼底的潮意，一瞬间泪水夺眶而出，挣脱肩上的披风抬起脚步立刻落荒而逃。

"若影姑娘！"阚静柔对着若影的背影喊了一声。

莫逸风身子一僵，转身望去，果然看见若影只着单衣慌乱地跑开了，因为跑得急，竟是将脚上的鞋子也掉在了石道上。

他脸色一变，急忙追了上去，柳毓璃正要拉住他，可终究晚了一步，那衣袖在她指尖瞬间划过。

看着莫逸风的身影消失在视线里，柳毓璃走上前扣住了阚静柔："你故意的是不是？"

阚静柔拧了拧眉心："柳小姐自重，我只是见若影姑娘穿着单衣就跑了出来，这才拿披风给她。"

"哼，你会这么好心？"柳毓璃轻哼。

阚静柔不以为意："在柳小姐心里，谁又是有好心的？"

柳毓璃脸色青白交加，咬了咬牙终是没有再说半句，推开阚静柔就朝莫逸风的方向疾步而去。而阚静柔看着柳毓璃满身的怒意，不以为意地欲拾起地上的披风，可一个人已经先她一步将披风拾了起来。

"多谢五爷。"阚静柔微微颔首接过披风。

莫逸行对她的客套很是不悦，却也不舍得说她，只是低声言道："你我之间不必这般客套。"

阚静柔弯了弯唇角，抚着手中的披风转身离开，而莫逸行则与她并肩而行。

方才的一切他看在眼里，他就知道他喜欢的女子是最善良的，无论若影对她说过什么做过什么，她都是以德报怨。思及此，笑容在他的唇角逐渐绽放。

莫逸风急急赶回房间，却发现若影并不在，停顿顷刻，他又立即奔去了她的房间，发现门被反锁着，门口的小丫头正不知所措地在徘徊着，看见他过来，立即跪倒在地。

"莫姑娘在里面吗?"莫逸风的脸上阴云密布，吓得小丫头全身都开始哆嗦，支支吾吾地回着话："回、回三爷的话，莫姑娘在里面，只是一回来便反锁了门，奴婢进不去……"

"影儿！开门！"莫逸风拍了拍门，生怕她出什么事情。

他不知道她在小花园驻足了多久，又听到了些什么，可是看她的样子肯定是把不该听的都听了进去。

不该听的?

莫逸风被自己心中所想惹得一愣，拍门的手僵在了门上，神色震惊。可很快他拉回了思绪，抬腿便踹开了门，而后慌忙走了进去。

然而房中的一切并非他所想，她并没有哭闹，反而静得可怕，床上的被子拱起了一团，是她躺在上面，即使他方才那般踹门而入，她都没有丝毫反应。

"影儿。"他走过去坐在她床边，伸手拉了拉被子，她却死死地蒙着头，好不容易将被子拉下来，却在看到她的容颜时呼吸一滞。

虽然她仍是阖着双眸，可是那脸颊上的泪痕却出卖了她。

"我知道你没睡。"莫逸风轻叹一声道。

若影仍是没有动静，甚至刻意地保持着一个动作，就是不愿意睁开眼朝他看去。

莫逸风抿了抿唇，视线落在脚边，这才想起她方才竟是赤着脚跑回来的。伸手掀开她脚边的被子，她正要将脚缩回去，却为时晚矣，他已经拽住了她的脚踝，看着她脚底上面渗着的血迹他的脸色越来越沉，抬眸朝仍是紧阖双眸却蹙了眉心的若影望去，终是没有说出责备的话，可手上却开始脱起了她的足衣。

直到看见她因为赤脚而被石子伤得比想象中更严重的脚底时，他再也没有像方才那般轻手轻脚，而是带着一丝愠怒地将她的脚放了下去，而后坐起了身。

若影心口一滞，听不到身后的声响，心头的委屈更甚，眼泪顺势而下。

"知道疼了?"莫逸风冷哼一声将药箱搁置在一旁，而后拽起她的脚踝，"真不知道你是不是药罐子，三天两头都在受伤。"

若影原是因为他并没有离开而一愣，而听到他的话后气得将脚从他的手中抽离，裹了被子就开始发脾气："疼死了也不用你管。"

莫逸风手拿药瓶愣怔了顷刻，而后不冷不热地开口道："你死了我岂不是要被世人说成不但知恩不报反而让救命恩人死在自己山庄的无情之人?"

若影闻言怒气更甚，骤然起身冲他吼了起来："如果只是因为我救了你一命你才这样的话，那你也救了我一命，我们已经两清了，谁也不欠谁，你堂堂三王爷不必这么纡尊降贵，我也不会成为你的负累，即使没有你三王爷，我也一样活得好。"

莫逸风因为她的失控再次愣忡也蹙了眉心，眸中一道寒芒乍现："影儿，不要再说这样的话，本王不会让自己的女人流落在外。"

若影扑哧一笑，带着浓浓的讽刺："你的女人？你的两个女人在外面，如果只是睡在一张床上都能成为王爷的女人，我还真要怀疑王爷的脑子是不是也受重创了……"

最后一个字尚未说出口，唇上一重，眼前已是一张放大的俊颜，他沉沉的鼻息喷洒在她的脸上，她用力伸手推拒，他却不留一丝余地，直到她的舌尖发麻呼吸渐渐被抽离近乎窒息，他这才将她缓缓放开，可是眼神却带着如狼一般的狠戾。

"影儿，不要考验我的耐性，你若是再这样，我可能等不到洞房花烛夜了。"莫逸风的呼吸仍未稳，可话音却低沉有力。

若影怔怔地看着他，一时间有些理不清思绪，直到她想明白他之前即使与她同床共枕都没有强行碰她身子的原因时，他已经在给她细细地上着药，脚底明明已经裂了口子，可是她却丝毫感觉不到痛。

"那……你为什么把我一起带过来？只是因为我有武功不会连累你吗？"她终是忍不住问出了口。

莫逸风看了看她，眼底带着不悦，低头之际轻启薄唇道："你觉得我身为当朝王爷会缺懂武功的人吗？"

他巧妙地用反问的语气回答了她的问题，而她也得到了想要的答案，于是又问道："那你带我此行又为了什么？"

莫逸风再次一顿，神色不似方才的锐利，可同时染上了一层黯然："这个山庄其实是我为已故的母妃所建，这里也是母妃的故居，曾经母妃是德妃的近身宫女，却因为被父皇看上而飞上了枝头成了嫔，后来有了我，便封了妃，称号容妃，可是恩宠不到几年光阴母亲就被陷害致死了。"

若影不知道他为何会突然跟她说起容妃娘娘的事情，却也没有转移话题，而是问道："容妃娘娘是被谁陷害的？到底发生了何事？你又是怎么知道的？"

莫逸风一边给若影小心翼翼地上药，一边神色凝重地开口："那个时候我还小，原本是不知道的，只是有一次贪玩躲在了南天殿内，却见到有人带来了一个青楼老鸨，她说自己叫秋娘，而我母妃……是她的姑娘。"

若影难以置信地噤声望着他，堂堂君王妃子竟是青楼女子出身，而众人之前皆不知情，容妃便是欺君，而身为皇子的莫逸风又岂会被待见。

"后来那秋娘被押入了大牢准备处刑，谁知在宫禁森严的天牢竟是被人劫狱，秋娘不知所终，我被寄养在了桐妃处，我母妃则被禁足在自己宫中。我以为事情会慢慢过去，毕竟父皇没有对母妃怎样，谁知道一年之后我母亲死在了寝宫之中，是他……他让人给母妃服毒了。"说到此处，莫逸风的声音带着哽咽，若影只感觉一丝沁凉在她脚背上蔓延，转

眸望去，竟是他的眼泪。

她想要开口安慰，却不知该如何做才好，几度张嘴，最后却只是问道："天牢被劫狱，想必是宫中人所为，究竟是出于什么目的？"

莫逸风摇了摇头："前段时日听说在此处发现了秋娘的踪迹，我以为找到了她就能给我母妃平冤，谁知道在你我昏迷那几日，秋娘也被杀人灭口了。"

他眼底的失落尽现，是她从未见过的沮丧，她抿了抿唇伸手擦去他的眼泪："我只相信山穷水尽疑无路，柳暗花明又一村。"

莫逸风转眸看向她，带着一抹难以置信，道："你何时这般有文采了？"

若影缩回了手没好气地移开视线："这世上又不是你的青梅竹马才会琴棋书画。"

她言语带着酸意，他却心情骤然豁然开朗地轻笑而起。可是当房门被轻叩了几声，若影在看见来人时脸色骤变，再度将视线移开，脚也不自觉地准备收回去。

"若影姑娘受伤了？我让丫头给你上药。"柳毓璃来到床前看着她的脚满是担忧的神色。

莫逸风没有回头，只是拉着若影的脚踝继续给她上药，却对着柳毓璃道："不用。"

柳毓璃身子一晃，差点没有反应过来，脸上血色尽失。眼看着他小心翼翼地帮若影上了药而后又亲自给她包扎，她总觉得有什么在从她身边失去。

若影也有些愣忡，她不知道为何莫逸风会有此转变，在柳毓璃跟前他不是一向习惯性避忌的吗？再看柳毓璃，她那美艳的容颜早已失了血色煞白一片。

"你好好在床上躺着，别再乱跑了，膳食我让丫头送进你房间。"莫逸风帮她盖好被子嘱咐。

若影闻言眼底一黯，转眸朝柳毓璃看了一眼后抿了抿唇不再说什么。

莫逸风看了看她，终是无奈一叹："等用膳的时候我再过来。"

"嗯？"若影错愕地抬眸。

莫逸风笑了笑问道："现在要不要出去，方才我看见许多花都开了，倒是极美，也不知道叫什么花名。"

若影点了点头。

而下一刻，莫逸风就在柳毓璃的注视中，一件一件帮若影穿着衣服，而后让丫头给她梳洗妆饰，最后抱着她走向小花园，那里已经摆了个躺椅，他便让若影躺了上去。

他的举动让若影根本反应不过来，刚才他说要让她在房中用膳时，她以为他是不想让柳毓璃看见她，怕柳毓璃生气，可是后来他却亲自为她更衣并命人给她梳妆，而柳毓璃就在她身旁看着，他却视若无睹，甚至还将她一路抱到了此处，这一切究竟是为什么？

"脚还疼吗？"他伸手捋了捋她的发丝柔声问。

若影一副懵懂的眼神摇了摇头，从他给她上药的那一刻，她便已经不疼了。

第18章 我怕失去你 | 205

莫逸风轻哼："这么快就不疼了，你岂不是会不长记性?"

"你在怪我?"若影一瞬不瞬地望着他，想要从他的眸中寻找答案。

"不怪你难道怪我吗?"他伸手轻叩了一下她额头，"以为寻回了记忆就聪明了，没想到还是那么傻，走路都能甩了鞋子。"

"是啊是啊，我蠢行了吧?"她气愤地移开视线不再看他，却在话音落下之际听到了他一声低笑："知道就好。"

若影语塞，没好气地瞪了他一眼后不再说话。

莫逸风正要说什么，柳毓璃身边的春兰却急急跑了过来："三爷，三爷。"

"何事?"莫逸风笑容微敛，却并没有回头。

春兰吓得身子一颤，小心翼翼地禀报道："小姐身子不适，正在凉亭等三爷过去。"

若影望向莫逸风，却见他紧抿了薄唇，脸上线条越发分明。

春兰以为他不会动身，正要说出柳毓璃教她的说辞之时，他却转头对若影道："你先休息一下不要乱动。"

看着莫逸风双手负于身后阔步离开，若影的心越来越沉，再看百花丛中的自己，只觉可笑至极。

柳毓璃若是真的不舒服，她早就去请大夫了，莫逸风又不懂医术，她叫他去何用，更何况身子不舒服还待在凉亭，岂不是前后矛盾了？像柳毓璃那样精明的女子，怎会让自己犯这么低级的错误，无非有两种可能：一是她太迫切让莫逸风过去，所以才随便找了个理由，第二则是故意让若影知道，莫逸风这般睿智，又岂会看不出她的伎俩？可是他还是去了，证明他的心里从来都只有她柳毓璃一人而已。

若影无力地躺在躺椅上，看着头顶的碧空，心也一下子空了。

才短短几个时辰，他就让她从天堂掉到了地狱，从地狱拉回天堂，最终还是让她留在了地狱。

凉亭

柳毓璃见莫逸风这么快就赶了过来，心里一阵庆幸，若是他不来，她真的不知道该如何是好。但是她知道他一定回来，因为她在他的心里从来都是最重要的存在。

"逸风哥哥。"柳毓璃高兴地迎了上去，正要拉住他的手臂，却被他巧妙地躲开。

"你不是身子不适？怎么不请大夫？"他掀开衣袍缓缓入座，这一个如谪仙般的男子无论怎样的举动都让人忍不住芳心暗动。

柳毓璃在他对面的位子坐下，见他始终望着某处，不由得将视线移了过去，可这一眼也让她的心更是不安。他看的不是什么风景，而是在那百花丛中的若影，可是从此处望过去，万花丛中一抹白裙果真是再美不过的风景。

"逸风哥哥，你的情还系在毓璃身上吗？"虽然不愿提及也不敢提及，却终究没能忍住。

莫逸风转眸看向她："那你还是我当初认识的毓璃吗？"

柳毓璃一愣："逸风哥哥何出此言？"

莫逸风目光一沉："在我的记忆中，你是个纯真善良的女子，曾经出现在我的梦中陪伴着我度过了一个最难熬的夜晚，还让我有了活下去的勇气，可是转眼间，竟然成了一个善于用心计谋算他人之人，而算计的竟是一个从未伤害过你的人，你说，你让我对你的情如何继续？"

柳毓璃脸色越来越苍白，置于腿上的手隐隐颤抖，目光微闪："逸风哥哥为何要冤枉我？我没有谋算他人。"

"是吗？"莫逸风微微转眸睨向她，眸中一道寒芒闪过，"难道你先前不是因为看见了影儿才故意问了那些问题？"

柳毓璃呼吸一滞，却听莫逸风又道："在你说那些话时，你早已看见了影儿不是吗？可是你却装作没看见，还故意说了那些话。"

"逸风哥哥是想说我故意让她误会是吗？"她抬眸看向他，眸中一片猩红，"可是，我说的不是事实吗？为何现在你会这么怕她因为我们的关系而伤心难过？那我呢？你就不怕我伤心难过吗？你故意亲自给她上药包扎，还亲自给她更衣，不就是要做给我看的吗？可是我难过你又感受到了吗？"

莫逸风一怔，眸中寒芒渐渐敛去，却仍是紧蹙了眉心："如果今日换作是影儿，她绝对不会像你这样耍这些伎俩去伤人。"

柳毓璃难以置信地望着他，他竟然在拿她和若影相比，结果还是她不如若影。心头一阵揪痛，指尖阵阵收紧。

忽然，莫逸风看见了什么，立刻起身准备离开，却被柳毓璃开口叫住："你以为我愿意耍这些手段吗？"

莫逸风脚步一顿。

柳毓璃的眼泪一颗颗掉落："我一直相信你曾经跟我说的话：我在你心里谁都无法替代，可是从什么时候开始，那个若影在你心里却越来越重，她不仅住在三王府和你朝夕相处，更是自由出入你的房间，你还因为她的喜好改变了自己的喜好，你甚至为了她不顾我的感受。我真的好害怕，我怕失去你，若是不能做你最爱的女人，我不知道自己该怎么活下去……"

莫逸风怔立在原地，脑海中不停盘旋着她的话。不久以前他也说过类似的话，那个时候他答应她，三王妃之位仍会留给她，可是现在……望着远处的娇小身影，他没了话语。

凉风习习，衣袂飘飘，如墨青丝随风而起，莫逸风的心却越来越清明。目光一凛，他抬起脚便疾步下了台阶，柳毓璃仍处在震惊中，却已经看见莫逸风正朝那女子赶了过去。

若影一瘸一拐地走到了几步远的石桌前，趴在石桌上用手指抵着石桌慢慢写着什么。石桌很凉，可是她的心却比这石桌的凉度更凉。

"不是说了让你别乱动怎么还乱走？不知道自己的脚受了伤吗？"

身后传来一道低沉浑厚的声响，吓得若影从白日梦中惊醒，正欲起身回眸望去，身子已腾空而起，入眼的便是他带着愠怒的俊颜，却让她的心骤然起伏不定。

"你怎么……来了？"她从未想过柳毓璃找他，而他还会记得她在此。

回想那日在十里香，也跟她说让她等他，可是他却追着柳毓璃一去不复返，她在那里等得心灰意冷。方才她以为他还是会把她遗忘在此，所以不停地在桌上写着究竟是留还是不留，走还是不走，可最终那个走字没有写完，他便出现在她的面前。

"难道我不应该来吗？"他明知故问，却惹得若影红了眼眶，环住他脖子的手微微一颤，终是将头埋在了他的胸口。

感觉到胸口丝丝沁凉，莫逸风呼吸一滞，拥住她身子的手紧了紧，抱着她转身朝她房间走去。

到了房间，莫逸风刚将她放在床上，她立刻用被子裹住了自己，将头埋在被子里。

莫逸风坐在床沿静静地看着她，他知道她在无声地哭着，也知道她为何会哭，可是他却不知道该如何开口，更因为她的反应而心起涟漪。将手伸到被子中，他将她的脚拉了出来慢慢揭开纱布，见上面又染了血，他略带责备道："这是不想要这双脚了吗？"

话虽这么说着，可他还是拿来药箱重新给她上药包扎，直到一切搞定，她还是不愿伸出头来看他，他拉了拉被子道："你打算这辈子与这床被子共度余生？"

只听被中传来"扑哧"一声，莫逸风也跟着勾起了唇角。她一向天真单纯，总是因为他而乐得不可开交，可是自从她寻回记忆后，她的笑容似乎少了许多。

见她不再像方才那样隐藏着情绪，莫逸风这才拉开被子，而若影却用手臂蒙着脸。

"你出去……"她低哑着声音开口道。

"做什么？"他满眼疑惑。

若影简直被他气死，她现在眼睛想必又红又肿，她只是不想让他看见她这副模样。

莫逸风见她如此，这才反应过来，抿唇沉默顷刻，视线始终落在她脸上，最后，他突然俯身将她抱起拥在怀中，惊得若影差点叫出声来，而他却紧紧地拥着她沉声道："哭完之后确实难看。"

"谁说我哭了！"若影还在极力争辩，却听莫逸风低笑一声后欲拉开两人的距离："哦？那让我瞧瞧。"

若影吓得急忙紧紧地抱着他，就是不让他看见她现在的样子。

"以后不准再哭了。"他轻轻地拍着她的背脊安慰。

若影点了点头。

她从来不是一个容易落泪之人，可是来到这里才发现，她的眼泪都是与他有关，她的心情也会因为他而起伏，从何时起她这般沉不住气了？

用午膳的时候，莫逸风问若影想要在哪里用膳，若影原本微微愣忡，可是一想起外面的那些人，她突然明白为何他会有此一问，便选择了在房间里用午膳。可是让她意外的是，莫逸风竟然留下来陪她。她真不知道今天是什么日子，为何他会这般待她，难道他不怕柳毓璃伤心吗？

"怎么不吃饭看着我？难道看着我也能饱？"莫逸风笑言，并夹了她爱吃的菜到她碗中。

若影夹起菜放进口中，唇边却止不住笑意，从不知最简单的菜会因为对面坐着的人，当时不同的心情而变得美味至极。

膳房内，柳毓璃听说莫逸风竟然在若影的房中用膳，气得没了胃口，随手拨动了几粒米饭到口中，终是气得将筷子用力置在桌上。

"小姐还是吃点吧，别把自己饿坏了。"春兰在一旁劝阻。

"不吃了。"柳毓璃瞪了对面的阚静柔一眼，气得蓦地起身。

而阚静柔却始终静静地吃着碗中的饭菜，对柳毓璃的一切言行举止视若无睹，这也更让柳毓璃有气无处发。

莫逸行看着柳毓璃的行为颇为担忧，转眸看了看阚静柔，却见她未有任何反应，他想了想，也终是埋头吃起了饭菜。

"春兰，把饭菜送我房里去。"柳毓璃说完便转身离开了膳房。

春兰却怔在原地，看着面前的正在用膳的两个人，他们一个是文硕郡主，一个是五王爷，她哪里敢从他们的口中夺食？可是她也清楚，若是她没有把饭菜带回去，她非掉一层皮不可。

咬了咬牙，她躬身站在了二人跟前，也不敢抬头看他们，只是小心翼翼道："郡主……五爷……"

阚静柔没有回应，继续吃着饭，而莫逸行看了一眼阚静柔，也继续吃着。春兰吓得额头冒汗，几度望向门外，就怕自己回去迟了。

"我吃饱了。"终于，阚静柔放下了碗筷站起身，而莫逸行也跟着站了起来随她走了出去。

春兰望着他们走出去的背影长长舒了一口气，可是刚将视线落在那些碗碟上，她便下得脸色青白。

虽然他们并没有将菜吃尽，可是每盘菜也几乎见了底，这让她如何是好？

春兰小心翼翼地提着食盒来到柳毓璃的房间，看见她正气得拿着枕头砸着床，春兰知道她是不敢让莫逸风知道她在发脾气，将食盒放在桌上，她咬了咬唇道："小姐，饭菜来了。"

"你想饿死我吗？"柳毓璃没好气地怒斥了她一声。

春兰垂眸不敢反抗，却在她走向食盒之时吓得身子发颤。

"怎么都是些点心？"柳毓璃转眸问她，语气很是不善。

春兰上前立刻跪倒在地："小姐莫要生气，奴婢只是不想让小姐吃郡主和五爷吃过的饭菜，所以才让厨房做了些点心拿过来。"

久久未听到柳毓璃的回应，春兰吓得瑟瑟发抖，自是不敢抬头，直到听到头顶上方传来吃东西的声响，她才悄悄抬眸望去，果真发现柳毓璃已经吃上了，心里委屈的同时也长长松了一口气。

翌日，莫逸风等人准备启程回业城，门口已经准备好了两辆马车和几匹骏马，那些马自然是莫逸风、秦铭和莫逸行骑的，可是两辆马车……

若影蹙了蹙眉，她自是不愿意与柳毓璃同乘一辆马车，而对阚静柔……她又心存着尴尬。之前她对阚静柔很是无礼，只因为她对莫逸风心存觊觎，竟是不顾男女之别亲自给他擦身，可是后来在她因为柳毓璃的到来而深受打击时，阚静柔竟是无声无息地给她披上一件披风，在她的眼中也看不到一丝嘲笑的意味，这让若影觉得自己和她果真是无法比拟。

男人三妻四妾本就是寻常之事，想必阚静柔对她也没什么敌意，可是她却像是一只刺猬，用自己身上的刺伤得她含泪逃出了房间。可是……她真的做错了吗？可惜的是，若时光倒流，她依旧不会纵容别的女子这般对待莫逸风。她承认自己很小气，即使再过多少年，她也无法跟别人共侍一夫。

柳毓璃看了阚静柔和若影一眼，率先走到了前面的马车，那里正站着莫逸风。在她踏上马车时将手伸向了莫逸风，也不知道是不是错觉，若影似乎看见莫逸风朝她这里看了一眼，可是当她见到莫逸风小心翼翼地将柳毓璃扶了上去时，心头骤然一紧，就连指尖也不着痕迹地微颤了一下。

阚静柔低垂着眉眼隐约传来一声低叹，而后提裙踏上后面的马车，莫逸行急忙上前扶了她一把，她看了他一眼，却并未言语。

若影看着他们之间的默契，心底有些可惜，若是阚静柔能够喜欢莫逸行，他们倒是天造地设的一对璧人，只可惜落花有意流水无情，她的心始终在莫逸风身上，否则在莫逸风扶柳毓璃之时她也不会有那一声低低的叹息声。

莫逸行将阚静柔扶上马车后便翻身上了马，或许是因为若影之前对阚静柔不太友善，所以他对若影便也少了一开始的热度。

若影的视线在两辆马车之间一个来回，蹙了蹙眉犹豫不决。就在她准备踏上第二辆马

车时，一道熟悉的气息环绕在鼻尖，而后便是一只大手呈现在她眼前。

她咬了咬唇没有理会，提裙径直踏了上去，莫逸风急忙扶住她的身子，却被她扬手甩开。

莫逸风一怔，看着空空的手心，心里一阵不适。

就在这时，不远处突然传来一阵马蹄声，由远及近急急传来。众人转身望去，发现竟是去义方县赈灾的莫逸谨。

不知为何，莫逸风下意识地转眸看向若影，而若影也在此时看清了来人，转眸见莫逸风正看着她，冷哼一声后立刻下了马车。莫逸风正要伸手将她拉住，却已迟了一步，她的速度从来是极快的，他即使反应再快也只擦过了她的衣角而已。

"二哥！"若影疾步迎了上去。

莫逸谨立刻勒紧缰绳翻身下马，见若影看到他时这般满心欢喜，他一时间竟是忘了此行的目的，满脸欣喜地上前道："影儿，想不到你也在。"

若影莞尔一笑点了点头。

"三弟在此影儿当然也在。"一声低沉的声音响起，惹得若影抽搐了唇角，这厮是越来越没个正经了。而莫逸谨也同时发现莫逸风竟是不着痕迹地将若影往身后拉了拉，目的只是让若影和他保持距离。

"我得知你们遇袭，便一路赶了过来，幸亏你们都没事。不过……三弟是越发容易打翻醋坛子了，莫非是因为此次遇袭受了惊吓？"莫逸谨也不顾周围谁在场，冲着莫逸风便是一句调侃，而后故意向若影伸出了手，"影儿过来，二哥有好东西给你，原本想要回去了再拿给你的，现在看见你竟是藏不住了。"

若影微微愣怔，眨了眨水眸缓缓伸出了手。

莫逸风骤然蹙了浓眉，一道寒芒朝若影扫去。若影身子一僵，转眸望去果真看见莫逸风警告的神色，原本想要缩回手，可是脑海中突然闪过一道他小心翼翼扶柳毓璃上马车的景象，便毫不犹豫地将手放入了莫逸谨的手心。

莫逸谨一喜，莫逸风则气得脸色青白，想不到这世上还有这般不知死活的女子，竟然将他的警告视若无睹。

"影儿！"莫逸风沉声低斥。

谁料若影看也不看他一眼，直接拉着莫逸谨问道："二哥有什么好东西要给我呢？"

一旁的秦铭看着莫逸风的脸色逐渐黑沉，吓得朝一旁又退了两步，以免这场无形的战役伤及他这条池鱼。

莫逸谨从胸口取出一个锦囊，小心翼翼地揣在手心内，却在送出去时开始犹豫起来。

"连个像样的锦盒都没有，二哥，你未免也太节俭了，怎么就给影儿这种不起眼的东西？"莫逸风酸溜溜地在一旁缓声开口。

第19章 必娶她为妻

莫逸谨面色一红，急忙向若影解释道："这是我在义方县的时候买下的，虽然不是价值连城，可这是我亲自挑选的，也不知道你喜不喜欢。"

若影没好气地瞪了莫逸风一眼，而后伸手接过莫逸谨手中的锦囊莞尔一笑："只要是二哥送的我就喜欢。"

莫逸风闻言呼吸一滞，面部不由得一阵抽搐。却见若影在打开锦囊时满脸惊喜："哇，真漂亮。"

莫逸谨见她确实喜欢，长长松了一口气，而后眉眼一弯，也跟着笑开。

看着莫逸谨的笑脸，莫逸风从来都没有觉得莫逸谨像今天这么不讨喜，恨不得在他脸上揍上几拳。

莫逸谨给若影买的是一对白水晶的耳钉，看似简单随意，可是那色泽十分玲珑剔透，伴着阳光竟还能散着五彩斑斓的光芒。

脑海中突然闪过一个景象，她突然笑容一敛怔在原地。

白水晶耳钉？这个……

"这……这是哪儿来的？"若影感觉自己的指尖都在颤抖，心悬到了嗓子眼。

莫逸谨疑惑地望向莫逸风，见他也是满腹疑云不明所以，转眸看向若影问道："怎么了？有什么问题吗？"

若影见他不回答，拉着他急问："告诉我，这个究竟是哪里来的？"

"这个……这是我在义方县的集市上看到的，看着特别就买回来了，老板娘说只有一对，是她无意中所得。"

"那个老板娘现在还在义方县吗？"若影目光一亮，仿若看到了希望。

莫逸谨和莫逸风二人再次面面相觑。

"嗯，还在义方县。"莫逸谨支吾道。

若影一喜，拉着莫逸谨便道："快带我去。"

"究竟怎么回事？"莫逸风一把拉住她问。

若影将手中的白水晶耳钉呈到莫逸风跟前："这个……这个是我的。"

莫逸风看着她紧张的神色冷哼："你不用说大家都知道，这个已经是你的了。"

望着他的神色，若影知道他是误会了，可是她也顾不得许多，转头对莫逸谨道："二哥，这个真的是我的，是我遗落的。"

这是她一直佩戴着的，可是自从那天醒过来，她就发现自己的耳朵上戴着耳坠子，问过紫秋，可是她却说从未见过她耳朵上戴过什么，在她开始伺候她时，她就一直戴着莫逸风让人给她买的首饰，她以为是丢在了别处，却没想到竟是被莫逸谨给得到了。

众人闻言一怔，秦铭上前看了看那白水晶耳钉疑惑道："这怎么可能，义方县和业城相差那么远的路程，若影姑娘人在业城，首饰怎可能出现在义方县？除非……"

"除非若影姑娘的家乡就在义方县。"

莫逸风蹙眉望去，见柳毓璃已经下了马车来到了他们身旁，而阚静柔在方才听到动静之后也走了过来。

"义方县？"阚静柔有些难以置信。

柳毓璃不着痕迹地勾了勾唇："的确，若影姑娘怎么会是义方县的人，那义方县连年灾害，每年都要靠朝廷拨款放粮才能维持生计，那种穷地方怎可能是若影姑娘的家乡呢。"

话虽这般说着，可是若影却听得刺耳，转眸望去，柳毓璃已是一副思忖的模样。

"不过……"柳毓璃咬了咬唇道，"也可能是若影姑娘当初是为了逃难才来到了业城，而后被逸风哥哥救起后在三王府暂时安置，这倒是说得通。若义方县果真是若影姑娘的家乡，那真要恭喜若影姑娘能重回故里了。"

"事情还没有弄清楚，柳姑娘不要妄下判断。"莫逸谨拧眉沉声开口。

柳毓璃脸色一僵，转头看向默不作声却脸色黑沉的莫逸风道："我……我只是猜测，没有别的意思，若是若影姑娘能知道自己家乡何处，也不至于无所归处。"

莫逸风看向柳毓璃，言语带着一丝警告："影儿何曾无所归处了？"

柳毓璃一噎，从未想到莫逸风会当着这么多人的面让她如此难堪，若是以前，她无论说些什么莫逸风从来都是顺着她的意思，可是自从有了若影，似乎一切都变了。

原本处于兴奋状态的若影在听到柳毓璃这一番话时也胸口一滞，她不是听不出来刚才柳毓璃说的话是何意。

在三王府"暂时"安置？不就是说她终究不是三王府的人，更不是莫逸风的什么人，莫逸风带她回府无非是出于一片怜悯之心罢了。

说她无所归处，无非是指三王府不是她最终归处，她应该回到自己该去之处，比如可能是她家乡的义方县。

而莫逸风，他方才的一句话虽然是替她说的，意指三王府从来都是她的归属，可是他始终还是没舍得数落柳毓璃，更别说什么责罚。想当初她不过是因为好奇而闯入了毓璃阁，他便将她施以家法，打得她几天都未能下床。

这或许就是喜欢与爱的区别。

可是她又能如何呢？她又何尝舍得怨恨他？柳毓璃与他青梅竹马十多年，感情自是在她之上。虽然这般想着，心里依旧难受至极。

"影儿。"见若影想得出神，莫逸谨担心地唤了她一声。

若影抬眸望去，挤出一抹笑："带我去看看吧，或许那里真是我家乡也说不定，能找到真正属于自己的去处该高兴才是。"

语音刚落，五指渐渐收拢，却发现被手中的耳钉扎得生疼，可是疼的却又不仅仅是手心。

果然她还是这样没出息。虽然这个时候的莫逸风心里最爱的不是她，可是她却已经将他埋在心底最深处。究竟是她太固执了，还是她太贪了？

就在这时，紧握的手心突然被一握，而后被人用力打开五指。若影怔怔地看向莫逸风，他却已经将她手心中的耳钉拿了过去。

"做什么？"若影一急。

莫逸风抿唇低哼："一起去。"

"三爷……"莫逸风的话让一旁的阚静柔都有些难以置信，而后一想，唇角生起一抹苦笑。

柳毓璃错愕地看向莫逸风，言语支吾："逸风哥哥也去？"见莫逸风点了点头，她有些不悦地鼓了鼓嘴略带娇嗔，"逸风哥哥，不是说要回去吗？都已经离家几日了，我爹该担心了。"

原以为他会陪着她一起回业城，却没想到莫逸风转头吩咐："秦铭，你送柳小姐回去。"

秦铭一怔，而后急忙道："是，属下一定护得柳小姐周全。"

"逸风哥哥，我要跟你一起。"柳毓璃扯了扯莫逸风的衣角，满脸哀怨。

"你不是说你爹会担心吗？还是快些回去吧。"莫逸风负手而立看着她。

柳毓璃闻言满脸委屈："逸风哥哥难道忘了吗，你去哪儿我便去哪儿，你在何处我便在何处。"

若影望着他二人心口一刺，原来他们之间还有这样的誓言，曾记得自己也跟谁说过这样的话，可为何想不起是在何时、何地？总觉得是在很久以前，久到她只记得自己说过什么，却不知道是对谁说的。更不知道是自己在梦中所言，还是在现实中对谁的安慰。

莫逸风被柳毓璃这般提醒，封存的记忆也映入了脑海。那个荷塘中的女孩，在他问她以后是否还能相见，她弯着眉眼笑言："逸风哥哥，你去哪儿我便去哪儿，你在何处我便在何处。"

回忆过往，分不清是梦是真。转眸看向柳毓璃，她原来还记得。只是不知是他变了还是她变了，总觉得她不似那个时候的小女孩。究竟是他多心了，还是……

心中暗暗否定自己的想法，他怎么可能认错人，当初的确是她第一个叫他逸风哥哥，从来没有人这般唤他，而且她还能说出他与那女孩之间的对话，这怎么可能会错？

深吸了一口气，他原本锐利的目光因为想起往昔而变得柔和，微叹一声，缓声开口道："义方县离此甚远，你离家多日该回去了。"

柳毓璃摇了摇头："既然决定与你不离不弃，我便不会再退缩了。"

莫逸风心头一动，却下意识地望向若影。

若影移开视线，感觉连呼吸都变得冰凉，抿了抿唇角转身走向莫逸风，伸手从他手里夺过了那一对白水晶耳钉，而后转身拉着莫逸谨道："我们走吧。"

莫逸谨怔怔地回过神来，愣忡地点了点头，见若影已经拉着马离开，他回头看了莫逸风一眼，急忙跟了上去。

"影儿。"莫逸谨赶上若影扣住了她的肩迫使她停了下来，转过她的身子朝她看去，倒是让他有些错愕。

"做什么？"她看着他语气淡淡。

莫逸谨讪讪一笑："我……那个……我还以为你在哭呢。"

若影苦涩地勾了勾唇："哭什么？这样的事情发生得还少吗？"

听她这般说着，莫逸谨敛住了嘴角的笑意，心头不由自主地一缩，见她又要继续向前，他又紧走了几步道："这马是用来骑的，不是用来陪它走的。"

"不会。"若影凉凉地丢出一句话。

"啊？"莫逸谨一愣，而后便是哭笑不得地看着她问，"那你牵马做什么？"

若影没有停留，只是睨了他一眼："马车被占了，只能把马牵走了。"

莫逸谨扯了扯唇："那为什么牵走我的马？"

若影望着前方语气淡淡："怕你不肯走。"

莫逸谨语塞，还真没见过这么直接的女子。望着她的背影，他突然无声笑开，脚步轻点，轻而易举地飞身上马。

若影一愣，抬头望去，莫逸谨已经跨坐在马上。

"来。"莫逸谨向她伸出了手。

若影抿了抿唇，终是将手放进了他手心。身子一轻，她已跨上了马，让她没想到的是，他竟然让她坐在他的前方，身后便是他炙热的胸膛。

"我……啊！"刚想要说她还是坐他身后去，谁知尚未来得及开口，他双腿一夹马肚，骏马已朝前飞奔。

"爷。"秦铭看着他们二人绝尘而去，转头带着一抹试探的眼神望着莫逸风，方才他们刚上前想要与莫逸谨和若影说他们一同前往，谁知莫逸谨就在这分毫的距离扬长而去。

莫逸风面部一僵，浓眉一蹙立即追了上去。

"唉……"秦铭望向紧跟莫逸谨他们身后的莫逸风，又回头看了看身后的两辆马车，果不其然柳毓璃正透着帘子朝他们望来，脸色青白交加。而后一辆马车，莫逸行一直一路相随，阚静柔也没有任何动静，也不知她是沉得住气还是不想参与这场感情上的战争。

秦铭没有追上去，因为他太了解莫逸风，此时他留下保护柳毓璃才是正确的。

莫逸风快马加鞭朝前赶着，可是莫逸谨却故意与他作对，不停地扬鞭，而若影出乎意料地并没有吓得尖叫，反而静静地靠在莫逸谨的怀中。

见此情景，莫逸风感觉心口一团怒气不停上涌，手臂上青筋乍现。抬手用力扬起马鞭，只听"啪"的一声骤响，烈马嘶吼一声朝前狂奔。

"能不能慢点？"若影紧紧地握着身前的马环，双眼不敢看前方的景色，虽然她以速度闻名，可是这样的策马奔腾还是让她背脊冒了冷汗。毕竟他们身上根本没有任何防护措施，若是当真摔落下去，恐怕是要伤残了。

莫逸谨偷偷望了就快靠近的莫逸风一眼，回眸笑言："怕了吗？"

若影抿了抿唇没有作声，感觉自己整个人都要被抛上天了。

见她没有说话，莫逸谨无奈缓了缓速度。

他原本就是马上功夫了得，与莫逸风是旗鼓相当，所以莫逸风赶了好一段路才追了上来。

"还不停下吗？"莫逸风瞪了莫逸谨一眼，见若影听到他的声音后反而转头面向别处，气得他脸色骤青。

莫逸谨略显失望地缓缓停住了奔腾中的骏马，而莫逸风也随之放慢了速度。

"影儿，过来。"莫逸风朝若影伸出了手。

若影蹙眉看了他一眼，却又无声地收回了视线望向前方。

莫逸风在若影处碰了个软钉子，郁闷又恼怒地望向莫逸谨，莫逸谨无辜地耸了耸肩道："三弟，这你总不能怪我吧？"

见他得了便宜还卖乖，莫逸风感觉自己心口就像是被棉花堵着，只得又对若影道："影儿，二哥奔波了一天，别累着他，过来。"

莫逸谨刚想说自己不累，若影却抢先开了口："三爷整日徘徊在三个女人之间岂不是更累？"

"噗！"莫逸谨实在忍不住笑出了声，从来没见莫逸风像今日这般吃瘪过，虽然想要同

情，可是此时他却更想笑。

见他幸灾乐祸，莫逸风冷哼："难道你不知道二哥整日还流连在百花丛中吗？也不知道那长春院的苏幻儿何时被纳入二王府呢？"

莫逸谨笑容一敛，没想到他会在若影面前提起他的过往，见若影难以置信地望向自己，他急忙解释道："影儿，我只是去看歌舞的，没有三弟所讲的那样，那个苏幻儿的确是长春院的姑娘，可是我没有跟她发生过什么。"

马蹄声此起彼伏，若影缓缓收回视线，望着天边的云彩渐渐失神。

听不到她的回应，莫逸谨心里更是发虚，他似乎怕极了她会误会他是浪荡子，以为他和那些纨绔子弟无异。莫逸风原本由于莫逸谨的紧张解释而有些震惊，因为莫逸谨从未在意过别人是如何看待他的，而当他看见若影有这样的反应时更是拿不定主意，不知道是她失望了还是根本没有放在心上。

当然，他希望是第二种，至少这样能说明她并没有喜欢上莫逸谨，可若是第一种，他又该如何？

"影儿。"莫逸谨担心地轻唤了她一声。

若影渐渐敛回思绪，深吸了一口气后淡淡开口："等到了集市我再去买匹马。"

莫逸谨心头一紧，她这是在嫌弃他了？觉得他沾染了那些脂粉气？

莫逸风也是微微一愣，须臾，更是沉了脸色，原来果然如他所料，她当真是喜欢上莫逸谨了，否则不会如此介意。

因为喜欢而介意？他被自己的想法当头棒喝，这不就是说她也是喜欢他的？

莫逸风骤然瞪大了眼眸，扯了扯缰绳将自己的马靠近莫逸谨的马，也不顾若影的反对，突然拉住她的手臂将她拽入自己怀中。

他的速度之快连莫逸谨都猝不及防，待反应过来之时若影已经在莫逸风的怀中。

"三弟，你何时成了蛮人。"从他手中夺人这种事情他也做得出，莫逸谨真是要对莫逸风刮目相看了。

莫逸风却是冷哼一声："我可从未说过自己是斯文人。"

说完，他双腿一夹马肚将莫逸谨远远丢在了身后。

"放我下来。"若影气得抬起胳膊撞向他胸口。

"别动，摔下去我可不管。"莫逸风沉声警告。

"谁要和你同乘一骑。"若影满脸的嫌弃。

方才和柳毓璃卿卿我我，现在又将她拥在怀中，即使他是王爷，她也不是一般的女子，更不稀罕荣华富贵的同时与人共侍一夫。

其实她心里明白，莫逸风并非是不负责任的男人，否则他大可以弃她于不顾，像他这样的男子怎会缺她这样的女子？只是……她无法说服自己"入乡随俗"而已。

莫逸风见莫逸谨没有追来，便缓下了速度，睨了若影的侧颜一眼后冷哼："不愿与我同乘一骑，难道想要跟二哥吗？不守妇道！"

若影扯了扯唇角低斥："谁是妇人！"

莫逸风闻言一顿，却很快反应过来，面无表情地凉凉丢出一句话："今夜就是了。"

若影沉默了顷刻都没有理清他是什么意思，可当她明白过来时脸色一红，双手紧紧地握着身前的马环闭着眼睛大吼："莫逸风！"

"嗯。"对于若影的暴怒，莫逸风的反应犹如蜻蜓点水，丝毫没有理会她已面红耳赤，那回应就好像是她叫了他一声，而他只是回答了她一句而已。

若影只感觉自己像是碰了一颗软钉子，气不过却又不知该如何反驳，脑海中百转千回，终是闷闷地丢出了一句话："你休想。"

"你喜欢二哥吗？"莫逸风沉默顷刻，极其认真地问出了一句话。

若影身子一僵。莫逸谨的确是对她极好，若不是因为认识莫逸风在先，他当真是可以托付终身之人，只可惜……

见她沉默，莫逸风呼吸一滞，原本只是试探一问，却没想到被他给说中了，扬手落鞭，骏马如离弦之箭般朝前冲去。

"慢点！停下！"若影吓得语无伦次，手心再次冒了冷汗。

莫逸风一想起她的伤，突然放慢了速度，虽然她的伤口愈合得挺快，可是经过刚才的一路颠簸想来也会扯痛到伤口，他在战场上受伤是常有之事，可是她毕竟是女子。

思及此，他压下了心头怒气让马儿缓步朝前走着。

感觉到骏马不再奔腾，若影这才缓缓睁开了眼眸，却惊魂未定，转头便朝莫逸风怒吼："你疯了？"

莫逸风心里更是郁结难纾，方才莫逸谨如此她也没这么生气，对他却总是横眉竖眼。

若影紧攥着马环，感觉背上的伤口隐隐作痛，原本以为已经痊愈，却没想到这般颠簸还是会扯痛，想来他也是会伤及伤口，而且他的伤要比她严重，可是他方才却像疯子一般不管不顾，真不知道他是不是不要命了。

"你当真喜欢上二哥了？"莫逸风酸溜溜地开口，却又立刻冷声警告，"你还是断了这个念想的好。"

原本就没有这般想的若影听他这么一说顿时心头烦闷，转眸便呛了他一声："你还不是喜欢柳毓璃？而且连毓璃阁都给她准备好了不是吗？龙凤花烛早已准备齐全，你又以什么身份来命令我？"

"我……"

"别说你是王爷就可以拿我任你摆布。"若影骤然截了他的话。她总想要好好与他相处，可是每当想到柳毓璃，她便无法冷静下来。

莫逸风闻言突然勒紧了缰绳，若影微微一怔，转头看向他，却见他的脸寒到了极致。这样的他让人有种无形的压力，满身寒气从他身上扩散，若影感觉连自己都被他的寒气所笼罩，心头顿时一颤。

"你是看轻了我还是小瞧了你自己？"莫逸风蹙眉凝视着她，不让她有丝毫闪躲。

若影心头一怔，咬唇咀嚼着他的话。当意识到他方才那句话的意思时，她目光微闪。

"可是你要娶她是迟早的事情不是吗？"她转眸望着天际缓声开口，不让他看见她忧伤的神色。

莫逸风揽过她的身子，突然俯首将唇落下，呼吸渐重。

她想要将他推拒却又极其不舍，她贪恋着他的温度，贪恋着他的声音，贪恋着他的胸膛，贪恋着他的一切。可惜残酷的现实告诉她，若是她选择继续，她也得接受他并非她独有的现实。

直到咸涩味钻入口中，莫逸风才缓缓将她放开，这才发现她已是泪流满面。他不知道她这一路来心里有多么挣扎才会决定留下，他也不知道她之前看见那一对白水晶耳钉之时是有多难以取舍，最后牵着马离开之时，她告诉自己，若是莫逸风追上来，哪怕真的能够回去，她也会留下。

所以她和他之间，到底谁会让步已经再明显不过，她终究是输在了一个情字上。

见她如此模样，他心头一刺，缓缓抬起她的脸让她靠在自己胸口，声音仿佛来自天际："影儿，我年幼时曾想过结束自己，若不是毓璃，恐怕我早已撑不下去，所以我承诺过必定娶她为妻。"

若影没有想到他还会有这段过往，若不是他提及，她根本不会想到像莫逸风这样的男子会有轻生的念头。不过而后一想，他说那是他年幼之时，年幼的他母亲被幽禁在宫中，最后被他的亲生父亲赐死，而后他又成了一个不受宠的皇子，除了秦铭之外就连宫中的奴才都未将他放在眼里，这样的日子别说是个孩子，就算是个成年人也难以承受吧？

思及此，她不由得替他心疼，即使是现在，玄帝也从未重视过他半分。在到达景怡山庄之前突然遇袭，来者都是一等一的高手，也不知道是不是跟玄帝有关。可是虎毒不食子，玄帝又怎忍心？

转念一想，帝王之家亲情本是淡薄，帝王为了保住自己的皇位从来都是不惜除去想要觊觎他宝座的任何人，包括自己的儿子，所以此事就算是玄帝所为也不会让人感到意外。

"影儿。"莫逸风见她不说话，心里有些担忧。

若影低垂了眉眼没有开口，一时间不知道该如何回应。

莫逸风也没有强求，只是静静地拥着她。他知道她并非一般的女子，从她的言行举止就可以看出，可是他就是喜欢这样真实的她。有时候他甚至会想，若是当初的那个小女孩是她该有多好。

每当思及此,他连自己都会愣怔,从何时起,她在他心里已经这般重了?

耳边渐渐传来马车声,若影如梦初醒,暗叹一声后她缓声道:"我去坐马车。"

莫逸风一怔,却没有要放开她的意思。

"我不舒服,想去马车内躺一会儿。"她淡声道。

莫逸风看了看她的背脊,想起她的伤口,这才停下了马将她抱了下去。

望着眼前的一切,柳毓璃抓着帘子指关节阵阵发白,见若影朝马车走过来,她又迅速放下了帘子。听到外面的脚步声微微一顿,而后又朝后面的马车而去,柳毓璃冷哼一声。

当若影在莫逸风的相扶下上了马车之后,阚静柔伸手扶住了若影的手臂,若影微微一怔,却也没有拒绝,躬身钻进了马车。

阚静柔迎上了莫逸风关切的神色,紧抿了朱唇,正欲放下帘子,却听莫逸风道:"影儿伤口疼,你好好照顾她,最好帮她检查一下有没有裂开,若是严重的话告诉我。"

阚静柔点了点头,而后缓缓放下了帘子。

她心里明白,莫逸风完全可以自己给她检查伤势,毕竟他们都已经同床共枕过了不是吗?可是他却让她给若影检查,无非是两个可能,其一是因为太过紧张若影,其二是因为顾及柳毓璃的感受。

可是无论是哪一种,似乎都与她无关,她不过是一个被他遗忘的人罢了。

听到马车边又多了马蹄声,她知道是莫逸风在一旁候着,她苦涩一笑,原来是第一种可能。

"若影姑娘,我给你检查一下伤口吧。"阚静柔看向若影莞尔一笑。

若影抬眸看向她继而点了点头。

就在阚静柔替她检查伤口时,若影原本是想要跟她道歉的,可是话到嘴边又咽了下去,因为阚静柔当时那般照顾莫逸风又将她支开是出于私心是事实,所以即使时光逆转,她依旧会那么做。

检查完她的伤势,阚静柔帮她拉上了衣服,在若影开口之前对着外面轻喊了一声:"三爷,若影姑娘的伤口稍微有些裂开,没有大碍。"

"裂开了?"莫逸风的声音骤紧,"都裂开了怎能说无碍?影儿,你再忍耐一下,马上到义方县了。"

听到莫逸风的责备,阚静柔顿时噤了声,莫逸行心疼阚静柔,便对莫逸风道:"既然静柔说无大碍,就一定不会有事,三哥不用太过担心。"

见阚静柔一瞬间猩红了眼眸却不作声,若影有些尴尬,转头打开一旁窗口的帘子对莫逸风道:"我休息一下就没事了,等到了客栈再上些药。"

"那你先睡一会儿,到了再叫你。"莫逸风道。

若影点了点头放下了帘子,马车内的气氛却顿时一片压抑。想来阚静柔也不太想要跟

她说话，若影便干脆躺下了身子，却没想到刚闭上眼睛，身上一重，一件披风盖在她身上。

"若是着凉了，三爷该怪罪我了。"阚静柔说得云淡风轻，脸上没有一丝生气的神色，可是在若影听来却不是滋味。张了张嘴，终是没有说什么，只是点了点头道谢后阖上了眼眸。

也不知过了多久，若影感觉自己的身子越来越冷，睡梦中好似被人抱起，而后一路颠簸后又被人缓缓放下，耳边不停传来细碎的脚步声，甚至有铜盆掉落和莫逸风的怒斥声。

她缓缓睁开双眼，感觉整个人就像是散了架。

"影儿你醒了？"莫逸风见她醒过来，立刻来到她床边，细细地用锦帕给她拭汗。

"发生了什么事？"若影还蒙在鼓里。

"你的伤口裂开了，所以一直在发烧，已经上了药，大夫说今晚要是不再发烧的话明日就能下床了。"莫逸风拉着她的手强制镇定地缓声安慰。

若影动了动身子，果然背后有些疼痛，但是也不知道是不是上了药的关系，伤口处还传来丝丝凉意。

"影儿……"莫逸谨缓步上前，看着她时满脸局促，"影儿，二哥不知道你受伤了，所以……"

若影刚醒来，脑子还有些糊涂，见他支支吾吾地说着，也听不明白他指的是什么，不由得问道："二哥想说什么？究竟是怎么了？"

她不知道为什么每个人都一副担惊受怕的样子，阚静柔更是时不时地看向莫逸风，满脸的惶恐。

莫逸谨刚要开口，莫逸风一声冷哼："大夫说你的伤口是因为剧烈颠簸才裂开的，否则都要痊愈了。"

若影恍然大悟，也难怪莫逸谨会满是歉疚的神色，听到莫逸风这般数落，他也不敢反驳。虽然莫逸谨年长莫逸风几岁，可是在别人看来莫逸风却是沉稳许多，两人就好像是换了身份，不知道的还以为莫逸风才是兄莫逸谨则是弟。

见莫逸风在怪罪莫逸谨，若影按住莫逸风的手背道："不是说明日就会没事了吗？又不严重，而且二哥也不是故意的，不要再说他了。"

莫逸风一怔，心里更是添堵，没想到这个时候她还心疼起别人来了。

莫逸谨见若影还在帮他说话，立刻上前趴在她床边看着她道："影儿，你真是太好了。你是不知道，自从你昏迷在马车里许久都不醒过来，三弟差点要把所有人都给杀了，若不是你及时醒来，恐怕我这个做二哥的就要死在亲兄弟手上了。"

莫逸谨虽然说得夸张，可是也八九不离十，自从莫逸风听大夫说因为骑马造成了伤口开裂，他就将他这个二哥骂得狗血淋头，而后又将阚静柔教训了一顿，说她没有及时告诉他若影昏迷，莫逸行想要帮衬，莫逸风也将他教训了一顿，说他不分是非黑白。他们随行的几人除了不相干的柳毓璃主仆之外，所有人都被他骂遍了，连进来送水的小二都没有被放过，只因为他送来的水太热了。

若影自是相信莫逸谨所言，因为刚才在昏迷中她便隐约听到了莫逸风在训斥的声音，虽然不至于要杀了他们，可是想必骂得他们根本没了脸面。

"好可惜。"她淡笑着开口。

"可惜？"莫逸谨原是一怔，蓦地又苦涩道，"影儿，难道你希望三弟把我杀了吗？"

若影摇了摇头莞尔一笑，转眸看向一旁沉着脸的莫逸风，缓缓收回视线看向莫逸谨道："好可惜没有看见那精彩的一幕，要知道三爷除了会大声骂我之外从未骂过别人，还以为就我是不招待见的主，现在也算是让我心里好受了些。"

"三弟骂你？"莫逸谨原本故作萌态的脸在听到若影的话之后立即紧蹙了眉心，带着一抹质疑望向莫逸风。

莫逸风一愣怔，支吾道："我何时骂过你了。"

若影也不看她，却是望着莫逸谨道："不仅如此，还把我打得几天下不了床，那些小惩罚更是数之不尽。"

莫逸风扯了扯唇角，没想到这丫头开始学会告状了。

"三弟，你居然这么虐待影儿，刚才还人模人样地教训我们大家，没想到最会欺负影儿的就是你。"莫逸谨怒斥着莫逸风，望着若影却满是心疼。

"我……"莫逸风算是百口莫辩。

若影轻笑，拉着了莫逸谨的衣袖对莫逸风道："那现在算是扯平了，你们谁也别说谁，我又没什么事。"

莫逸风望着若影，这才知道她说那些话的目的。

"可是……我是无心的，三弟是故意的。"莫逸谨还抓着不放了，恨不得回去之后就把若影接回他的府上。

就在莫逸风开口之际，若影说道："那我不计较了还不行吗？"

"影儿……"莫逸谨满眼哀怨。

"影儿要休息了，你还不快出去。"莫逸风冷哼。

"凭什么要我出去？你怎么不出去。"莫逸谨不服气。

莫逸风一道寒芒乍现，吓得刚端着热水进来的小二差点又要将水给打翻了。

"客官，您要的热水。"小二将热水放在床边的架子上，而后躬身站在一旁，虽然不知道他们是什么来路，可是一看就不是好惹的人，便也不敢多嘴。

"我给影儿换药，你们都回房歇着吧。"莫逸风在若影偷偷拉他衣袖时总算缓和了

语气。

阚静柔走上前小心翼翼地开口道："还是……我来吧。"

"不用。"莫逸风斩钉截铁地丢出一句话便不再理会她，而后缓缓将若影扶起让她靠在自己胸口，伸手从一旁的矮几上拿起药碗准备喂她药。

若影望着阚静柔委屈的神色，突然有种罪恶感，若不是因为她，想来莫逸风也不会这样待她。

可是因为她？突然一想，若是她与柳毓璃同坐一辆马车，莫逸风是否会像训斥阚静柔那般训斥柳毓璃呢？

想了想，她不禁苦笑，莫逸风又怎么舍得，若是换作柳毓璃在她的马车上，恐怕他会反过来说她不长记性了吧……

"喝药。"见她失神，莫逸风在她耳边唤了一声，若影这才发现房间里只剩下她和莫逸风两人。

抬眸看了看他，她暗自摇头。有些事情不去想便会活得自在，不去比较就会过得开心些。

当药喝完，莫逸风拉了拉被子帮她盖好，却依旧让她靠在自己的胸前。抬手捋了捋她的墨发，她独有的香气环绕在他的鼻尖。

"刚才在想什么？"他低声问。

若影弯了弯唇角道："没什么。"想了想，她又道，"不要怪文硕郡主了，她没有错，是我自己没有注意。"

莫逸风抿了抿唇轻叹，他知道跟阚静柔没关系，只是他当时太过紧张，所以才会怪她没有及时告诉他若影发烧的事情。阚静柔是聪明人，自是不会故意拖延时间不告诉他，而那个时候他也只是因为紧张而发泄。

见若影帮阚静柔说话，莫逸风道："若是再晚一点你就没命了，还在帮别人说话。"

若影苦笑着摇头："若不是我忘了伤口没有痊愈就不会这样了，我果然是不长记性。"

莫逸风手上一僵，垂眸看向她，见她好似在说着一句再寻常不过的话，他的心却像被一只无形的手攥紧。那个时候是他误会了她，以为她又是出于好奇才跑去了毓璃阁，所以他才说了那样的话。

"影儿，我……"想要说道歉话都哽咽在喉间。

若影自是感觉到了他的不自在，这才发现她竟是让心中的话脱口而出了。她从来不想让他心有歉疚，只是有时候想起过往会情不自禁地难受。

第20章　替她绾青丝

从被子中伸出手后将他的手握住，声音低低传来："若是我能早点遇到你，若是我来的时候是你和她尚未相识之时，你心底深处的那个人有没有可能是我呢？"

虽然是不现实的假设，可是她依旧怀揣着一抹希望，听他久久未回应，她的唇角再次溢出一抹苦笑。

看来她又痴了……

缓缓放开他的手，正要将手缩进被子中免得难堪，莫逸风却突然拽着她的手紧握在掌心。

"会。"他沉声一语铿锵有力，环住她身子的手臂越发紧了几分。

若影微微一惊，须臾，唇角生起一抹浅笑。

即使是安慰她的她也心满意足了，至少他还会花心思去安慰不是吗？

翌日，若影感觉自己睡了好久好久，可让她意外的是，待她醒来之时入眼的仍是莫逸风，她以为现在有柳毓璃在此他一定会避讳，却没想到他仍是陪了她一夜。

莫逸风感觉到动静，立即睁开了双眸，见若影已经醒来，上前探了探她的额头："总算是退烧了。"他长长松了一口气，转眸看向若影，"感觉好点了吗？能起身吗？"

若影一瞬不瞬地望着他，却没有言语。

"怎么了？是不是还有哪里不舒服？"见她不回答，他满是担忧。

若影张了张嘴，低哑着声音问道："你……一直都在吗？"

昨夜她似乎感觉到自己一直在发汗，而有个人便一直帮她擦身更衣，她不敢确定那个人是莫逸风，毕竟……柳毓璃在。

莫逸风闻言却是脸色一沉："是嫌我碍眼了？你想见谁？"

若影语塞，想明白他的话后不由得轻笑。

"还笑。"莫逸风一边将衣服放到她床上，而后扶着她起身，"真的没事了吗？如果不舒服的话再睡会儿。"

若影摇了摇头："没事了，我只是……没想到你会留下来照顾我。"

他闻言身子一僵，垂眸朝她望去，却见她已猩红了眼眸。抿了抿唇，他装作没看见，一边帮她更衣一边冷哼："哪次你生病不是我照顾你的？别在二哥面前说得像是我一直在不善待你一般，没见过这么没良心的。"

若影勾唇浅笑，在他的帮忙下穿上了衣服，却咬唇嘀咕了一句："可是今天她在，你不怕她生气吗？"

虽然她说得极轻，却字字入了他的耳，心骤然一紧。

沉默顷刻，他蓦地开口道："我好歹是个王爷，难道还要听一个女人的话不成？"

昨夜她的确是来找过他，说不喜欢看见他们这般旁若无人地亲近，她也的确是生气了，可是他却没有任何犹豫地选择留下照顾若影，不仅出乎了柳毓璃的预料，也出乎了他自己预料，从何时起她在他心里这般重要了？

若影听他这么一说，微微愣怔，须臾，她扬了扬眉轻咳一声道："我想喝水。"

"好。"莫逸风起身从桌上倒了一杯热茶送到她面前。

若影没有动，看了看茶盖又看了看他，他心领神会，伸手打开茶盖将茶杯送到她唇边，口中却嘀咕着："怎么还是改不了让别人喂你的习惯？"

若影淡笑不语，转而又道："帮我梳头。"

莫逸风这下为难了："这……这我哪会？"话音刚落，她已坐到了梳妆台前，而后将梳子递给他。望着镜子见他接过梳子一副傻愣愣的样子，若影突然觉得好笑。她几时见过他这个模样，局促不安得像个孩子。

他终是拿着梳子给她梳着如墨青丝，口中却道："我让丫头进来帮你梳。"

"我才不要别人的丫头。"她所指的别人自是柳毓璃，而莫逸风却感觉拿她没辙，长到如今的年岁也没给别人梳过头，她还真是帮他开了先河，可偏偏她的要求他却难以拒绝。

门口处，一双眼睛看着眼前的景象顿时气得差点控制不住想要推门而入，强压住怒气颤抖着身子退后了两步，却仍是难以置信。

他竟然给她梳头，他们果真是如她所料已经有了夫妻之实，而她又算什么呢？

转身疾步离开，将那刺眼的一幕抛在身后，春兰担忧地跟了上去，却不敢开口说一句话。

若影透过镜子将方才的一幕收入眼底，看来她的警觉和敏感度又回来了，方才只是听到细碎的脚步声，她便感觉出是女子，虽然垂眸把玩着胸前的秀发，可是余光却落在镜子内，直到看见柳毓璃气愤地离开，她心里好像舒畅了许多。

第20章 替她绾青丝 ┃ 225

看来她也开始变坏了,从何时起她也这般会动小心思了?

不过她倒是也有些惊讶,莫逸风竟然没有发觉,以他的内力不会没有察觉到门口处有人。

抬眼望去,却见莫逸风极其认真地在给她梳妆,甚至还在思忖着怎么给她盘发。

突然,她忍不住扑哧一笑,冲着镜子里的他摆了摆手:"好了好了,我跟你说笑的,你还当真了。"

莫逸风一愣,看着她轻笑他竟是面色一红。

若影扬了扬眉接过梳子道:"不是说好歹是个王爷,不会听一个女人的话吗?"

莫逸风一噎,这才知道他是被她给耍弄了,没好气地瞪了她一眼:"真是越来越不像话了。"

话虽这般说着,他倒也没有真的恼怒,而是站在一旁看着她梳妆。

"听说当一个女人嫁给一个男人后,她的头发只能让自己的丈夫绾起。"她想了想不由得苦涩一笑,"绾青丝……一个女人只能让一个男人绾青丝,而一个男人也只给一个女人绾青丝,还真是一个感人的故事。"

莫逸风看着她的侧颜失了神,她果真不是一般的女人,她的一言一行一举一动都透着一股与众不同,仿若来自一个世外桃源。

若影原是沉浸在自己的世界,手中却突然一空,抬眸望去,却见莫逸风接过了她的梳子再次给她梳妆起来。

"你……"若影疑惑地看着他。

莫逸风睨了镜中的她一眼,手上虽然轻轻地给她梳着墨发,言语却带着浓浓的警告道:"若是让我看见你让别人给你绾发,我就让你这辈子都没有头发可绾。"

若影冷哼:"若是让我看见你给别人绾发,我是不是要让你这辈子都没有手可绾?"

"好。"他回答得很是干脆,却把若影愣在原地。

他当然知道他刚才的那句话只是吓吓她的,而她也只是一句玩笑话,却没想到他极其认真地答应了。

他应该只是说笑的吧?

她这般想着。

在感情的世界里,谁先认真谁就输了,可是……她认真了。

唇角弧光点点,她竟是笑出了声音。

莫逸风心头一动,一瞬不瞬地望着她的眉眼,却被她看得有些局促,竟是率先移开了视线。身上一股燥热,他感觉哪里传来了异样,待他察觉之时,急忙转身离开。

"去哪儿?"若影见他带着慌乱的步伐走出去,急忙跟了上去。

"我回去梳洗一下。"他清了清嗓子立即打开房门,谁知刚走出去便撞上了送洗漱水的

小二。

"哎呀，客官，小的该死，瞧这一身水……"小二满头是汗地放下水盆给莫逸风擦拭起来。

而小二这么一撞，也撞来了秦铭等人。

"三哥。"莫逸行还是第一次看着莫逸风这般狼狈的样子。

"有没有撞到哪里？"若影上前给他上下检查着，见他身上被泼了水，急忙道，"快回房间把衣服换了吧。"

莫逸风点了点头。

"砰！"房门被重重关上，众人皆愣怔在原地。

秦铭有些无辜地看向若影，因为莫逸风进入的是他的房间，而若影也满腹疑云，刚才还好好的，怎么就突然发起脾气来了。

莫逸风靠着房门抚了抚额头，他突然发现自己一直以来的自制力竟是越发薄弱了，方才只是看着她的双眼，就有种想要将她吞噬入腹的冲动。

深吸了一口气，他走到桌前给自己倒了杯凉水，连饮了好几口才将心头的澎湃慢慢压下。

房门外，秦铭迟疑地朝若影看去："若影姑娘，这衣服……"

若影疑惑地看向屋内，而后试探地走向衣柜，果然见衣柜里有莫逸风的衣服，随手将衣服取出后给了秦铭。

当柳毓璃亲眼看见若影从房内取出莫逸风的衣服时，气得指尖发颤，紧紧攥着手中的锦帕，强自镇定地等到一行人都离开，这才看向若影道："若影姑娘当真是义方县的人吗？"

"不知道。"若影丢下一句话后便转身进房，就在关门之际，却听柳毓璃道，"就算是穷乡僻壤，也定会教子女何为礼义廉耻，今日当真要见识一下若影姑娘父母的庐山真面目了。"

若影关门的动作一僵，脸色瞬间下沉，见柳毓璃言语尽带讽刺，她深吸了一口气挤出一抹笑打量了一下柳毓璃道："原来柳尚书还教过柳小姐何为礼义廉耻啊？可真是让我长见识了。"

柳毓璃笑容一僵，看着门在她面前砰地关上，脸色青白交加，咬牙切齿地瞪了一眼紧闭的房门，转身气哼哼地离开了。

义方县

果真是贫瘠之地，处处都是行乞之人，处处都有饿死的百姓，虽然朝廷多次拨款赈灾，可始终救急救不了穷，而关键在于此处连年未降雨，庄稼蔬果不得收，所以才如此民不聊生。

若影看见这番景象，叫停了马车，心里很不是滋味。

"怎么了？"见她撩开帘子，莫逸风上前问道。

若影蹙眉看向周围，眸中沉痛："我想下去看看。"

虽然她心里明白自己并非出生于此，可是看着眼前的惨状却是感同身受，就仿佛自己曾经历过一般。

莫逸风看了看她，而后翻身下马。

阚静柔见若影下了马车，想了想后也走了下去，莫逸行急忙上前相扶，阚静柔看了他一眼，终是将手给了他。

柳毓璃看着莫逸风那般小心翼翼地将若影扶下去却没有管她，气得咬牙切齿。

"小姐，我们要下去吗？"春兰问道。

"你说呢？"柳毓璃沉着脸反问。

春兰不敢多说什么，急忙下了马车后朝她伸手……

若影和莫逸风正走在前面，突然听到身后一声惊呼，众人回头望去，见柳毓璃倒在了春兰的身上。

莫逸风一怔，转身走了过去将柳毓璃扶了起来，转眸蹙眉瞪向秦铭。秦铭满眼无辜地望着他，却不知该如何解释。方才他要去扶她，可是她却狠狠地瞪了他一眼，他自是不敢再多此一举，谁知道她会没站稳突然倒下来。

"有没有伤到？"莫逸风将她扶稳后问道。

柳毓璃摇了摇头："没事。"

莫逸风点了点头，转身见若影正朝他看来，他心头一紧，正要提步上前，却被柳毓璃突然拉住了手。

"逸风哥哥我要跟你一起走。"柳毓璃语带娇嗔。

莫逸风下意识地看向若影，却见她正好转过身朝前走去，脸上的神色他看得不明，却让他心里很不是滋味。

莫逸谨紧走了几步跟上若影，见她神色无异，便无声地跟随在一旁。

"二哥，你说那对白水晶耳钉是在这里买下的？"若影环顾了四周问道。

"白水晶耳钉？"莫逸谨一愣，而后想起给她的那一对东西，顿时恍然，"是啊，是在这里，就在前面的铺子，原本是想给你买些东西，却发现了这个特别的首饰，说它是耳环却没有坠子，你说叫'耳钉'，倒是贴切极了。"

若影点了点头，跟着莫逸谨往那铺子走去，一路上看着那些百姓衣衫褴褛食不果腹，心头越来越沉。

"二哥，谢谢你。"行至半路，若影转眸看向莫逸谨突然开口。

莫逸谨一怔："谢我什么？"

若影垂眸莞尔一笑："赈灾都能想到给我买礼物。"

莫逸谨被她这么一说倒是有些难为情，傻呵呵地笑了起来。

望着前面的一片融洽，走在后面的莫逸风始终蹙着眉心，每当想要上前，柳毓璃便总是拉着他，见她弱不禁风的模样，他便也没有弃她于不顾，可是看着若影和莫逸谨，他始终心里不是滋味。

"就是这儿了。"莫逸谨指着前方冷冷清清的首饰铺子说道。

"这里？"若影心头疑惑，却还是跟着莫逸谨走了进去。

"哟！二王爷！"老板娘一看见莫逸谨喜出望外，立刻迎上前招呼起来，"二王爷怎么才离开又回来了？"

众人跟着走了进去，柳毓璃看了看四周不禁蹙了眉心，这个地方哪里像有人光顾的样子。而老板娘在看见这么多身着锦衣华服的人进了她的铺子，顿时眉开眼笑起来。

莫逸谨看了看若影后说道："这次带朋友亲自来看看首饰，上次的那一对首饰我朋友喜欢得很，便嚷着让我带她过来再挑选几样。"

若影抬眸睨了他一眼，也不知道他为何要这般拐弯抹角，直接问她这一对耳钉从哪里来的不是更好？

不过她也没有打断莫逸谨的话，只是默默地站在一旁。

老板娘闻言顺着莫逸谨的视线望去，一见到若影，双眸顿闪金光："哟！这姑娘长得可真是水灵，我这还没见过像姑娘这般俊的女子呢。"

柳毓璃不屑地暗自冷哼。

老板娘则是又将视线落在莫逸谨身上，扬眉试探地问道："王爷，这是您的心上人吧？果然是郎才女貌，天造地设的一对璧人。"

莫逸谨闻言暗自窃喜，睨了若影一眼后更是心花怒放。

若影尴尬地扯出了一抹笑，转头瞟了一眼莫逸谨，为了这一对耳钉的来路竟然还被他吃了回豆腐。

柳毓璃听老板娘这么一说，心头的烦闷顿时散去。在这一路上她并不是看不出来，莫逸谨是喜欢若影的，而且是极其喜欢，若是他真将若影娶回门，倒是帮她除了个眼中钉了。

莫逸风在老板娘说到心上人之时心口一滞，负于身后的手渐渐收紧了指尖，眸中更是寒芒乍现。一旁的秦铭看着他的神色顿时冒了冷汗。

"二哥！"莫逸风冷哼一声来到莫逸谨和若影中间生生将他们隔开。

老板娘尴尬地看了他一眼，原本在疑惑为何他会如此胆大，可是刚才一听他对莫逸谨的称呼，想了想试探地问道："原来这位也是王爷。"

若影被莫逸风撞得差点站不稳，而莫逸风却不着痕迹地将她拉住后让她站在他一旁，冷冷睇了她一眼以示警告。若影脸色微沉，转眸不去看他。也不知道他有何资格用那样的眼神来警告她，他方才还不是一路陪伴在柳毓璃身侧？

莫逸谨见莫逸风的反应后轻咳一声，虽然心里很是不甘，但也没忘了正事，转眸看向老板娘转移了话题："老板娘，你还有没有一些像上次我买的那一对一样的首饰？"

老板娘张了张嘴讪讪一笑："王爷，这……实在是对不住了，只有那么一对，再也没有了。那东西民妇也是头一回所见，当初也正是看着新鲜才从别人那里买下的。"

"哦？不知道老板娘是从谁手里买下的那个首饰？"莫逸谨问。

"这个……"老板娘原本要摇头，突然脑海中一想，抬眸说道："对了，我记得当时她想让我买下她的这对首饰时说过她叫'苏幻儿'。"

"苏幻儿？"莫逸风和莫逸谨异口同声。

"苏幻儿？就是那个……"若影望向他二人问道，隐约间似乎听到过此人，却不太确定。

"就是……"

"就是那个长春院的花魁，二哥很喜欢的那个。"

莫逸谨想了想终是将后面的话咽了下去，谁知莫逸风却脱口而出。

"影儿，那个……不是这样的，我只是……"莫逸谨正要解释，却被若影生生打断了接下去的话，"早知道是苏幻儿之物，也不用特意赶来义方县了。"

若影临走睨了莫逸谨一眼，而后大步离开。

"若影姑娘不去问问这边的百姓是否认识你吗？"柳毓璃突然在门口叫住了她。

若影冷冷横了她一眼，语气疏离中带着讽刺："柳大小姐很希望我留在此处吗？"

柳毓璃一怔，脸上一阵尴尬，须臾，她笑言："我只是希望若影姑娘能及早寻回自己的亲人。"

"哦？柳小姐有心了。"若影轻笑，"子女出门在外，双亲翘首以盼，甚是悲凉，若是我能早日寻回双亲定会孝顺在侧，绝对不会抛下父母无故远游在外。"

当若影最后一个字落下的同时将视线定格在柳毓璃的脸上，柳毓璃的笑容顿时僵在嘴角。差点就要开口怒斥，终是在一道目光中收住了脾气，转眸望向莫逸风，眼带幽怨。谁知莫逸风的视线并非落在她的脸上，而是定在若影的身上，那幽深的目光带着一丝探究，一丝玩味，还有一丝让柳毓璃心悸的情愫。

若影并未多停留，冷哼一声径直走了出去。

"影儿……影儿……"莫逸谨不停地叫她，而若影却是丝毫不作停留，他也不清楚刚才她的那个眼神是在怪他没有提前问清楚那对耳钉的来路，还是因为他去那种烟花之地而恼他。不过无论是哪一种，他都不愿是啊。

见莫逸风正要离开，莫逸谨一把将他拽住："三弟！你、你是故意的是不是？"

莫逸风淡淡睨了他一眼后说道："我只是说了个事实而已。"

说完，他看也不看他一眼，负手跟上了若影。

"三弟……"莫逸谨气得差点要捶胸顿足，还真是第一次看见莫逸风竟然也有这么小人的时候。

可当他们来到门口时，若影听着不远处传来的锣鼓声愣怔，连年灾害百姓无处安生，怎还会有人敲锣打鼓地办喜事？

"这是怎么回事？他们是在做什么？"秦铭望着越靠越近的锣鼓队疑惑道。

老板娘站在他身旁望向不远处的锣鼓队道："哦，今天是每月一次的祈福日，祈求雨神能及早降雨。"

若影闻言定睛地看去，见每一个百姓在看见锣鼓队时都立刻朝地上趴下去双膝跪地不停叩首，口中不停喊着："老天爷给点雨吧，雨神请赐福于义方县吧。"

听着这样的话，若影的心头阵阵刺痛，该是怎样的绝望才会每月都有祈福日？该是怎样的绝望才会祈求老天祈求雨神？该是怎样的绝望明知希望渺茫却还是不停叩首相求？

"他们去何处求雨？"若影转眸看向老板娘。

老板娘闻言无奈叹息："去往东竹林的雨神庙，大伙宁愿饿着肚子都要每月省下鸡鸭鱼肉供奉给雨神，可是都已经快三年了，这里的百姓饿死的饿死，冻死的冻死，我虽然每月去最近的镇上做点小生意赚些小钱，可是……再这么下去终究不是长久之计。"

柳毓璃拧眉看向那些愚昧的百姓，不由得问道："这里都这样了，他们为何不去别处谋生？"

"'故土难离'这个道理柳小姐不懂吗？"原本也不想理会她，可是看着她掩着鼻子满是厌恶的神色，若影忍不住堵了她一句。

"人都快没命了，还想着故土做什么，难不成故土比命还重要？"柳毓璃不屑地睨了若影一眼。

若影没有看她，言语淡淡："那种绝望中想要寻求一丝光亮的心你又岂会懂。"

"你……"柳毓璃被她堵得一口气上不下下，转眸看向正带着一抹好似心疼的情愫的莫逸风，她鼓着嘴拉了拉他的衣袖，"逸风哥哥。"

莫逸风敛回思绪看向柳毓璃，垂于身侧的手缓缓负于身后，望着若影的背影沉声开口："百姓们祖祖辈辈都生活在此处，即使举家迁移也带不走已故的至亲，心中定是会不舍。更何况离了故土哪怕衣食无忧也无在自己家乡来得自在，陌生的地方陌生的人，想要将新的地方作为自己的归属，怕是难过心里这道坎。"

柳毓璃撇了撇嘴咕哝道："至少可以重新开始嘛。"

莫逸风抿了抿唇一瞬不瞬地望着一语不发的若影的背影缓声道："是啊，可以选择一个新的地方重新开始，没有试过又怎知新的地方不能成为自己的归属？"

见莫逸风赞同了自己的话，柳毓璃心中窃喜。

若影感觉手心一点点地冒汗，背脊僵硬得无法动弹。她不敢回头，就怕自己是自作多情，刚才是柳毓璃在问话，而莫逸风只是回答她而已不是吗？

可是，她终究还是没有控制住自己内心的渴望，试探地回过头去，却对上了一双灼热的目光，急忙收回视线，心跳已不受控制地乱了章法。

咬了咬唇抬步离开，却听身后莫逸风喊了过来："去哪儿？"

"雨神庙。"她头也不回地丢出一句话，而后疾步跟上了刚才消失在拐角处的锣鼓队。

来到雨神庙，他们作为外人原本是不能进入的，可是一看见莫逸谨，众人都认出了是当朝二王爷，而刚才莫逸谨无心的一句"三弟"也让老板娘知道了莫逸风便是三王爷，所以大家急忙让开了一条道让他们几人进入了雨神庙。

"两位王爷来了就好了，我们义方县降雨有望了。"义方县的知县杨大人带着众人连连叩首。

莫逸谨和莫逸风急忙上前将他们扶起，这才免得他们磕破了脑袋。

对于这些百姓而言，哪怕是一丝希望都能让他们感觉希望来临。若影望着众人不由低叹，若是老天真能在见到他们时便降雨，那还真是上天的福泽了。即使苦了先前的那些年岁，好歹能给他们接下去生的希望。

若影从一旁的百姓手中接过三支清香，不管雨神是否存在，她也要真心诚意地祈求上苍给予义方县一丝怜悯。

莫逸风看着若影提裙来到雨神前，而后跪在蒲团上诚心祈求着，他也从一旁的百姓手中取过三支清香上前跪在若影身旁。

"雨神真的能赐雨吗？"莫逸风低声问若影。

若影没有回头，只是手持清香望着雨神缓声开口："会。"

莫逸风闻言朝她看去，她依旧是极其认真的神色，他回眸勾了勾唇道："我也觉得会。"

"王爷说会下雨，王爷开了金口说会下雨啊！"离得最近的百姓听莫逸风这么一说，立刻大声欢呼起来，好似莫逸风的一句话便会成真。

其余的百姓听他这么一说，个个欢天喜地起来，那份喜悦瞬间感染到了每一个人，就连聚首在雨神庙外的百姓也开始欢呼着。

若影看了看周围的百姓，而后望向莫逸风，见他朝她弯唇一笑，她亦是浅笑盈盈。

两人跪在蒲团上双双叩首，手持清香闭眸祈祷，须臾，莫逸风扶着若影起身，并亲自将清香插在香炉之中。

"大家都去跪拜求雨吧。"莫逸风开口道。

几人跪拜之后，雨神庙的院中，杨大人取过红丝带来到二人跟前："王爷，请您和这位姑娘一起将红丝带系在这棵如意树上，以保佑雨神及早降雨至义方县吧。"

杨大人见若影心头疑惑，无奈低叹："每月一次的求雨，百姓就会将红丝带绑在如意树上，可是都近三年了，老天爷还是没有眷顾我们义方县，再这么下去……"

"一定会下雨的。"若影打断了杨大人的哀叹，她望着如意树莞尔一笑，"我相信雨神不会白白接受百姓们从口中省下的粮食，这雨一定会下的。"

"你说下就会下？你以为你是谁？"春兰低哼一声，也说出了柳毓璃的心头话。

可是偏偏这句话被莫逸风和离得最近的百姓们听见了，顿时议论纷纷更是横眉竖眼，莫逸风瞬间目光乍寒，吓得春兰和柳毓璃浑身一颤。而周围的百姓若不是顾及莫逸风等人在场，恐怕早已将她们丢出去了。

"春兰！不许乱说话，三爷说会下雨就一定会下雨。"柳毓璃训完春兰后朝莫逸风讪讪一笑。

若影不再去理会她们，抬步走向如意树，正要伸手去挂，却发现自己的身高根本够不到树枝，而莫逸风却轻而易举地便将红丝带系在了树枝上。

她看了看他，伸手将红丝带递给他，示意他一起系上。谁知他却负手立于她面前，完全没有要帮衬的意思。若影心头郁闷，冷哼一声正要一跃而起，谁知身子一轻，他竟是抱着她的双腿让她坐在自己的肩上。

这个举动不仅惊到了周围的百姓，也惊到了一旁的莫逸谨等人，柳毓璃更是不敢相信莫逸风会让若影坐在他的肩上，而且还是在大庭广众之下。

莫逸风见若影傻愣愣地望着她，轻启薄唇道："还不快系上？"

"啊？哦！"若影仿若如梦初醒，伸手将红丝带往高处，可是转念一想，双手往旁边一移，她将红丝带系在了莫逸风所系的旁边，两条红丝带紧挨在一起。

莫逸风微微一怔，而后唇角勾起了一抹笑。

"可以放我下来了。"见莫逸风不动，若影尴尬地低声提醒。

莫逸风看着她一笑，若影却霎时面红耳赤，只因为周围百姓的异样眼光。

她双脚刚着地，杨大人便笑着上前言语惊叹："想不到三王爷为了我们义方县的百姓不仅愿意纡尊降贵来雨神庙祈福，还会让一个姑娘家骑在您的脖子上挂祈福带。三王爷真是我们义方县的贵人啊！还有这位姑娘，您和三王爷真是郎才女貌，天造一对地设一双啊。"

若影暗暗扯了扯唇角，真想告诉他，她方才只是坐在他肩上而已，哪里是骑在他脖子上，这话说得也太……

而莫逸谨早已郁闷得脸色微沉，在卖首饰的铺子里，老板娘也用同样的话夸赞他和若影，如今同样的话又落在莫逸风和若影身上，真不知道是不是义方县的百姓都只会用这句话来形容一对男女。

　　杨大人为了感恩，再次带着众人跪在地上连连叩首。若影极其为难地想要将他们扶起，而他们似是不叩首叩足够便不愿起来一般。

　　可就在若影躬身要将他们扶起之际，手背上的一丝清凉让她顿时止住了动作，抬手端详，她错愕地捂唇差点惊叫而起。

　　"怎么了？"莫逸风见她这般神色，急忙上前问道。

　　若影伸出后背呈到他面前："看！真、真的……真的下雨了……是雨水……"

　　听她这么一惊呼，所有百姓都止住了声音，抬眸伸手试探，果然……

　　"下、下雨了！真的下雨了！"有百姓难以置信地高呼一声，所有百姓也纷纷回过神来，欢呼声此起彼伏，"下雨了！老天下雨了，雨神降雨了！"

　　整个雨神庙一瞬间陷入了欢欣雀跃声中。

　　雨越下越大，百姓们的心情却越来越澎湃，滂沱大雨之中，整个义方县的百姓都不是赶着回家避雨，而是在大街上高呼雀跃。

　　莫逸谨和莫逸行等人站在雨中难以置信，这个义方县连年干旱，却没想到竟是在莫逸风和若影系上祈福带后下起了大雨，究竟是巧合还是天意？

　　柳毓璃原本想要跑去避雨，可是见莫逸风没有动，她便也站在原地，心里却恨透了若影。

　　若影站在雨中见雨势越来越大，唇角的笑意渐渐浓了起来，伸出双手没一会儿就接住了好多雨水。

　　"我说会下雨的吧？"她看着手心中的雨水笑言。

　　"什么？"因为雨太大，莫逸风只看见她的唇动了动却没听到她说了什么。

　　若影转头向向莫逸风大声道："你看！我说会下雨的吧？大家都宁愿自己挨饿也要替所有百姓求雨，老天一定会看见的。"

　　莫逸风一瞬不瞬地望着她，她的善良，她的坚韧，她的固执，他都一一看在眼里。

　　伸臂将她拉入自己怀中，紧紧地靠在他的胸口，他感觉到她的心在猛烈地跳动着。

　　若影伸手环住他的脖子，就像以前那样拥着他，无论谁在一旁，她的眼里只有他一人。

第21章 当年的真相

　　义方县终于降了雨，在他们离开之时百姓们呼声阵阵。
　　"影儿，到了。"赶了几天的路总算是回到了业城，莫逸风下了马车后扶着若影下了马车。
　　"不是去长春院吗？"若影看了看三王府的牌匾后转头问莫逸风。
　　"不急，那苏幻儿一直在长春院，也不差这一时半会儿，你回房休息一下，等用过晚膳再去。"莫逸风说得隐晦，若影的心头却一片清明。
　　的确，哪个青楼是白天做生意的？
　　"影儿。"莫逸谨像个做错事的孩子，讪讪笑着来到若影跟前。
　　"二哥不先去看看老朋友吗？"若影凝眸朝他看去，莫逸谨的笑容瞬间僵在嘴角，见若影转身进了三王府，而莫逸风也随之走了进去，莫逸谨气得咬牙切齿。
　　莫逸风！你好样的！
　　他竟是将他的清誉毁于一旦，这下他自己更有胜算了。转身沮丧地翻身上马，整个人都失去了气力。

　　用好晚膳，若影急匆匆地等在房间里，却迟迟都没有见莫逸风前来，正要等不及出门之时，莫逸风提着一个包裹走了进来。
　　"你手里拿着什么？"若影疑惑地望去。
　　莫逸风来到桌前将包裹放在桌上，而后缓缓打开道："给你准备了一套男装。"
　　"男装？为什么要穿男装？"若影不明白莫逸风为何会有此一举。
　　莫逸风闻言负手站在她面前打量着她的服装道："你就准备穿这身去长春院？"
　　若影看了看自己的一身衣裙，抬眸满腹疑云："怎么了？"

看着她一副懵懂的样子，莫逸风觉得甚是好笑："恐怕你一进去就要引来那些豪客一掷千金了。"

若影怔怔地眨了眨眼，顷刻才明白过来他所言何意，急忙拿起那套衣服转身走向了屏风后。莫逸风看着她无奈摇头，缓缓入座之后等着她换衣服，抬眼望着面前的烛台，突然笑容一敛。

她到现在为止还是怕黑，每夜烛火不能灭，一到下雨天她就会头痛，即使她不说，他依旧能清晰地感受到她隐忍得难受。虽然一直在给她服用人参灵芝等补品，却还是不能治愈这些病，而这一切……都是他造成的。

抿唇伸手抚了抚上面的烛火，感觉不到一丝温暖，却让她有了依赖。

"走吧。"若影的声音自他耳畔响起，也拉回了他的思绪。

当若影一身男装出现在莫逸风眼前时，连他都为之愣住，若不是他知道她是女子，他定是会以为她不过是长得纤弱的书生，伴着她那一双穿上男装后越发锐利的双眸，他不禁暗暗赞叹：好一个翩翩公子。

"怎么了？不好看吗？"若影打量了一下自己问他。

莫逸风忙道："好看，一会儿那些姑娘想必都要往你身上扑了。"

若影一噎，好似看一个陌生人般看着莫逸风，没想到他竟然也会说笑！

"胡说什么呢，你这么仪表堂堂，俊朗非凡，别说那些姑娘，就算是老鸨和龟公都会对你怦然心动了。"若影理了理自己的衣服随意说了一句。

莫逸风闻言心头一喜："仪表堂堂，俊朗非凡，怦然心动？"他扬了扬眉望向若影，"那你呢？"

若影动作一顿，抬眸望去，对上的便是那一双灼热非常的黑眸，那里深不见底，只一眼便会让人深陷其中。

莫逸风见她愣忡，伸手将她拥入怀中，垂首便落下了一吻，炙热绵长。

若影被他突如其来的一吻惹得有些理不清思绪，可每一次她都会被他吻得难以自拔。

秦铭原本是要提醒莫逸风，莫逸谨已经等在了门口，谁知一过来便看见了这般血脉贲张的一幕，虽然若影是女儿身，可毕竟穿着一身男装，这么看去，就好似两个男人在相拥相吻。

踌躇了片刻，偷偷朝他们看去，见他们好似没有要结束的样子，秦铭终是上前背对着他们二人低咳了两声。

若影一听到有人咳嗽，急忙将他推开，脸瞬间红透，而莫逸风却没有要放开她的意思，双手依旧紧紧地将她拥在怀中。

"你到底去不去？"若影的声音极低，头根本就不敢抬起朝他看去，更是不敢朝外面的秦铭看去。

莫逸风满眼宠溺地捋了捋她的碎发，伸手又帮她理了理衣领，这才拉着她走了出去。

来到门口，莫逸谨看见莫逸风竟是拉着若影的手出来，扯了扯唇角上前道："男女授受不亲。"

莫逸风看向一旁的若影道："现在影儿是男人。"

莫逸谨看着一身男装打扮的若影，转头又看向莫逸风："两个大男人更不应该手拉手，成何体统，三弟难道对男人也感兴趣？"

在他的一再抗议下，若影终是挣脱了莫逸风的手，转身走向马车。

长春院

果然是业城第一大妓院，不仅外面很是气派，连里面都极为富丽堂皇，长春院内更是热闹非凡，丝毫不觉已是深夜。

而当若影四人出现在门口之时，长春院的老鸨眼前一亮，而后立刻迎了上来："哟，是什么风把四位这般俊俏的公子吹来我们长春院了啊，快请进快请进。"

他们刚一进去，那些姑娘就纷纷像花蝴蝶一样迎了上来，脂粉气瞬间扑鼻而来，若影忍不住打了几个喷嚏。

莫逸风若有似无地将若影护在身侧，却终是抵不住那些嫖客带着浓浓探究的目光。

莫逸谨与之对视一眼，让老鸨安排了包间。

"公子，这些是我们长春院最漂亮的姑娘了，诸位看看喜欢哪个就让她们留下。"老鸨眉开眼笑地看向他们四人道。

若影蹙眉看向莫逸谨，示意他不要浪费时间。

莫逸谨点了点头看向老鸨道："我们只想见幻儿姑娘。"

"啊？这……"老鸨有些为难，"公子是这里的常客，应该知道幻儿姑娘是卖艺不卖身的，就连一个客人都不会伺候，更何况是你们……四位呢。"

若影面色一红，看来这个老鸨是想岔了。可是听她这般一说，她不由得又将视线落在了莫逸谨身上，轻启朱唇从齿缝中溢出了两个字："常客？"

莫逸谨一噎，急忙解释道："纯粹是欣赏歌舞的，你也听到了，幻儿姑娘是卖艺不卖身的。"

若影转眸不再看他，无论是来做什么，终究是成了青楼的常客。

莫逸谨一阵懊恼，早知道他就不来凑这个热闹了。

"几位公子还是在这些姑娘里面挑几个吧，包君满意。"老鸨不停地说着，企图要说服他们几人。

莫逸风从袖中取出两锭银子放在桌上道："我们只是想要找幻儿姑娘说几句话。"

老鸨一看见这两锭大银子放在桌上，立刻眼冒金光，拿起银子便去找苏幻儿前来。

而若影看着那老鸨将银子拿走，视线一路跟了过去。

"看什么？"莫逸风看向若影问。

若影收回视线望向莫逸风，言语带着埋怨："果然是王爷，出手真是阔绰。"

莫逸风忍不住一笑："不过是两锭银子而已。"若是能了她心愿，两锭银子算得了什么？就算他是个不招待见的王爷，也不至于囊中羞涩了。

若影拧了拧眉，没有再说下去。

不多时，门被人从外打开，若影抬眸望去，目光一亮，果然是个绝色佳人，虽然不及阚静柔冷艳，不及柳毓璃倾城，却是妩媚得难以言喻，一双桃花眼足以惹人血脉贲张。只是这样的花魁竟是只卖艺不卖身，还真是让人难以置信。

"幻儿见过四位公子。"苏幻儿行至跟前款款行礼。

老鸨喜笑颜开地上前道："几位公子，这就是幻儿姑娘。"继而她又转身对苏幻儿道，"幻儿，好生伺候着四位公子。"

"是。"苏幻儿勾唇浅笑微微颔首。

待老鸨离开之后，苏幻儿上前一个个地给他们斟上美酒，那双美眸不动声色地环顾四周，最后停留在了若影的脸上。

"这位公子长得可真是俊俏。"苏幻儿淡笑而语，目光一瞬不瞬地落在她的双眸中。

那是一双她从未见过的清澈眼眸，不含一丝杂质，仿若整个世上都难以寻到第二双像她这般干净的眼睛。

若影被她看得面色一红，一来怕她识出了她是女儿身，二来又怕极了她这样的眼睛，总觉得她想要看穿些什么。

莫逸谨见苏幻儿一直盯着若影瞧，在莫逸风轻咳一声后急忙道："幻儿姑娘。"

苏幻儿缓缓敛回思绪，转眸看向莫逸谨后莞尔一笑："谨公子。"

若影蓦地朝莫逸谨看去，不知道他何时改名成了谨公子了。不过而后一想，他身为王爷自然不能让人知道他的身份，一个王爷逛青楼成何体统。

莫逸谨弯眸一笑，看了看若影，转头笑言："幻儿姑娘从不夸赞男人，今日还是第一次。"

苏幻儿微微愣怔，眼波微动，轻笑："这位公子也是幻儿见到的第一个干净的男子。"

若影望着莫逸谨扑哧一笑，莫逸谨面部微微抽动，而后干笑一声道："难不成在下不是？"

苏幻儿掩嘴一笑："幻儿所指可不是公子所想，幻儿是指这位公子的眼睛。"

眼睛？若影怔怔地看了看莫逸风和莫逸谨，见他们都朝她看来，急忙捧着面前的酒杯就往口中灌去，谁知被辣得满眼泪水，见苏幻儿笑着望她，若影更是面色一红。

莫逸风急忙接过秦铭递来的茶杯将茶水送到她唇边，她捧着茶杯喝了好几口，这才缓

了缓，莫逸谨又拿出汗巾给她擦拭着额头的汗水，顺势轻声问道："难不成你与幻儿姑娘一见钟情了？"

"胡说什么！"若影横了他一眼，甚是无语。

苏幻儿却是对眼前的景象疑惑之至，三个大男人竟然这般呵护着当中那位年纪稍小些的男子，只要当中的男子一开口，"他"两边的公子就会带着宠溺的笑，纵使她见过千千万万的男人，也没碰到过这般特殊的四个人。

若影见苏幻儿的眸中带着浓浓的质疑，伸手推了推莫逸谨。

莫逸谨将汗巾收回袖中后看向苏幻儿道："幻儿姑娘，我们这次前来是想要问你一件事情。"

苏幻儿疑惑道："不知公子想要问何事？"

若影取出腰间的锦囊，从中取出那一对白水晶耳钉问道："听说这个原先是幻儿姑娘的，不知道此物幻儿姑娘是从何得来的？"

苏幻儿上前看向她放在桌上的耳钉，错愕道："这东西怎会到了公子手中？"话音刚落，她转念一想，更是惊愕不已，"你们去了义方县？"

果然，她也去了义方县，却不知她是途经还是出生于义方县。

"是，我们去过义方县，看见此物甚是特别就买了下来，也不知道幻儿姑娘是从何得来的，若是还有的话不知能不能再卖给我一对？"若影淡笑开口，淡定自若，完全不像是一个急于要知道答案的样子。

对于这样的若影，莫逸风、莫逸谨和秦铭都心下佩服，感觉对于若影，他们要重新认识才是了。

苏幻儿摇了摇头道："没有了，只有这一对，当时我也是在一个偶然的机会经过一个幽谷之时捡到的，当日晴空万里，照得它闪耀着五彩光芒，所以才被我有幸捡到了，看着应该是戴在耳朵上的。只是后来我去义方县探亲，回来的途中盘缠用尽，才将这对首饰变卖了，倒是被公子有缘买下了。"

"幽谷？"若影试探问她。

苏幻儿想了想道："其实我也是第一次经过那处，虽然环境清幽，可是因为那里太过僻静，所以回来时我也没敢再往那处去，只知道那里有小溪，有花草，还有一棵看来有些年头的大树，而且说来奇怪，那幽谷只有这么一棵大树，旁边便只是一些花草。"

莫逸风想了想，总觉得她所描述的地方自己十分熟悉。突然，若影手中一颤，一杯茶尽数倾倒洒落。

"是……"

"幽情谷？"

若影正要开口，却听莫逸风低低呢喃，虽然旁人没有听到，她却清晰地听在耳朵里。

第21章 当年的真相 | 239

原来那个地方叫幽情谷，幽幽情深……有情谷。

心头原本的悸动在莫逸风开口之际就像被泼了一盆冷水，他和柳毓璃之间的情究竟深到何处？

深吸一口气，却觉凄凉。

莫逸风感觉一道目光盘旋在他的脸上，转眸望去，却见若影的眸中隐隐带着湿润，伸手想要去覆上她的手，她却及时不着痕迹地移开，拿着那对耳钉苦涩一笑："原来是在那里，果然是远在天边近在眼前。"

微微收紧指尖，须臾，将耳钉再次放入锦囊，在离开之前看向苏幻儿缓声问道："义方县如今风调雨顺，想必很快就会有收成，幻儿姑娘的亲人很快就会生活富足。"

幻儿闻言摇了摇头："来不及了，在我前几日去义方县的时候就已经死于非命。"

莫逸谨等人脚步一顿。

"死于非命？"若影心头一颤。

幻儿无奈苦笑："其实也算是解脱，善恶到头终有报，我已将她安葬，以后也不会去义方县了。"

若影蹙眉望着她，总觉得她好似有所隐瞒，更何况哪有一个人会说自己的亲人善恶到头终有报，她的亲人又究竟做了什么恶事才导致死于非命？

"你亲人叫什么？"莫逸风也隐隐感觉到了什么，拧眉开口问道。

苏幻儿一惊，未料到他们会有此一问，就在她支吾之时，若影试探开口："秋娘？"

"你怎么知道？"苏幻儿脱口而出。

果然！

莫逸风等人皆是一惊，他们千里迢迢赶去江雁镇，结果人证已被杀，以为再无翻案的希望，却没想到在此处找到了可能会有一丝线索的证人之亲，而且听她弦外之音似是知道得甚多。

原本苏幻儿是不愿说的，终是怕惹上是非，可是当莫逸风等人说出自己的身份之后，她这才在错愕之下说出实情。

秋娘本是苏幻儿的恩人，当初苏幻儿被亲生父母遗弃之后她便被刚巧路过的秋娘收养，原先秋娘打算将她养大后让她接客做花魁的，所以却对苏幻儿一直都是悉心栽培，从不让她被男人欺负，但是世事无常。

有一天有个达官显贵找上了秋娘，让她替他们做一件"小"事，若是不从则性命堪忧，秋娘自是怕死，于是被带进了宫中见到了当朝的德妃娘娘。

德妃命秋娘在玄帝跟前指证，说莫逸风之母容妃的身份并非像容妃所言是书香门第，而是秋娘的义妹，当初与她一同在青楼为妓，那些客人都叫她"容姑娘"。

玄帝原本半信半疑，便秘密找人去秋娘的青楼暗访，果真从嫖客口中听到关于"容姑

娘"的消息，玄帝派去的人也让那些认识"容姑娘"的人画出其样貌，竟与容妃十分相似。

可是事实上那"容姑娘"并非是容妃，而是秋娘手下的一个青楼姑娘，早在容妃进宫的时候因为寻回了亲人而回乡了，其长相也并非与容妃多么相似，那画出容妃样貌的"嫖客"根本就是德妃派去的人。虽然玄帝派去的人又拿着画像让别的嫖客指证，但是当时大家都已喝得酩酊大醉，只是看着画像相似就点头了。而后来那名真正的容姑娘早已被杀害，尸体沉入水中，捞上来时早已难以辨认面貌。

虽然秋娘照德妃的指示说了，可是她因为知道了容妃的"秘密"，终究还是不能留下，玄帝将她打入了天牢，下旨三日后处斩。却不知谁那般神通广大，竟是让人在押解途中劫狱了，从此秋娘便亡命天涯。

秋娘原本天真地以为是德妃救她出去，可是后来在逃亡中发现一直有两队人马搜查着她的下落，一队是玄帝所派，另外一队她认得出其中的一人，是德妃的人。她知道此时才后悔已为时晚矣，便只好不停地逃命，不过与苏幻儿还是时常联络，所以苏幻儿才会寻到义方县，却没能见上一面，只看见秋娘留下的一封书信。

秦铭原本想要让苏幻儿前去作证，可是苏幻儿毕竟是一介女流，若是惹上这等官司怕是难以活命，便只将信笺交给了莫逸风。

在回王府的马车上，若影和莫逸风同坐一辆马车，因为外面天色已晚，所以马车内一片漆黑。可即使是这样，若影还是在适应了黑暗之后看见莫逸风一直望着手中的信笺端详，明明看不见，却终是一直看着。

"我相信你母亲一定会沉冤得雪的。"若影伸手覆上他的手背，而后缓缓收紧指尖。

莫逸风转眸望向她，浅浅勾唇。

有时候若影真的希望他能将自己的情绪稍微扩大一些，也好让她知道他究竟是在担忧还是在高兴。

见他总是隐忍着自己的情绪，若影心有隐隐作痛，伸手环住他的脖子将他朝自己拉近，而后轻轻地将自己的唇覆上。她也不知道自己为何会突然有此举动，只觉得与他靠得近一些，感受着他的温度，她才会安心。

莫逸风原是因为她的举动而心头一紧，可当她正要离开之时，他突然环住她的身子重重地回应。

"爷，到了。"一声不合时宜的声音响起，莫逸风和若影差点逾矩的行为才戛然而止。

若影面红耳赤地坐在马车内，呼吸尚未调整过来，望向身上凌乱不堪的衣服，她慌忙理了理。转眸见莫逸风身上却依旧完好如初，脸上更是灼热一片，她闷闷地撩开帘子下了马车，头也不回地朝自己房间疾步走去。

待莫逸风下了马车之后，若影早已走得不见踪影，他望着三王府的匾额淡淡勾唇，这个冰冷的三王府，似乎有了她之后便不一样了。

翌日早朝过后，莫逸风想要去找玄帝告知他当年的真相，谁知终是晚了一步，宫人说玄帝正与莫逸萧在御花园中游赏。若是旁人，莫逸风定是会让人前去通报，可是对方是莫逸萧，即使有再机密之事玄帝也定会让莫逸萧陪伴在旁。

莫逸风不知道莫逸萧对此事是否知情，可他终究不敢冒这个险，此事毕竟关系到他母亲的清誉，若是当中有些变故，事情定会适得其反。

望着御花园的方向，他眸色幽深，十多年都等下来了，也不差这一时半刻。

玄帝与莫逸萧在御花园中游赏时见莫逸萧心事重重，玄帝心中早已明了，轻叹一声转眸望向他："你这孩子为何这般死心眼。"

"父皇说什么？"莫逸萧一怔。

玄帝沉声一笑："老四，方才想什么想得这般入神？"

莫逸萧垂眸不语目光闪烁。

玄帝轻叹道："你当真那般喜欢柳毓璃吗？究竟喜欢她什么？"

"父皇。"莫逸萧转眸蹙眉看向玄帝，神色认真，"儿臣从小就喜欢毓璃，只想娶她为妻。"

听他这般说，玄帝目光一黯，再看向莫逸萧时已是满眼歉疚："老四，你在怪父皇吗？"见莫逸萧不语，他抬手拍了拍他的肩，"你要知道那萧贝月是东篱国的长公主，她虽然是前来和亲，可是你若能娶到他，对你而言是件好事，你难道不懂父皇的心意吗？"

莫逸萧抿了抿唇移开视线："可就是因为如此，毓璃才不愿嫁给儿臣，毓璃虽然看着柔弱，可是性子刚烈得很，若是让她为小，她定然不会答应。"

"若是你当真想要娶她，父皇便下旨赐婚。当初你与老三得胜归朝时，父皇不能让群臣觉得父皇太过偏向于你，毕竟那一次的确是老三的功绩远胜于你，所以才没有应允你的要求，如今事情已经过去，你若还想娶，父皇便准了你。"玄帝对莫逸萧的疼爱溢于言表。

莫逸萧却摇了摇头："不是正妃之位，毓璃不会答应。"

"这……"玄帝有些为难，"永王妃毕竟是公主，怎能让公主做小？若是朕赐婚，想必柳毓璃不会抗旨不遵。"

"可是这么一来毓璃就会恨上儿臣，儿臣要的不仅仅是她的人，还有她的心，难道父皇不是吗？"莫逸萧反问。

玄帝闻言脸色一僵，幽深的双眸紧紧锁着莫逸萧，却见他带着质问的目光也同样望着他。

最终玄帝移开了视线，带着一丝心虚，一丝怀念，一丝怨恨。记忆又不由自主地飘回

了那个夜里，他站在暗处，看着她拿起毒酒，脸上带着浓浓的苦涩笑容举杯饮尽，在她咽下最后一口气的时候，他缓缓走到她跟前俯身将她抱起，看着她绝美的容颜，他的心疼痛不堪。

"父皇又在想她了？"莫逸萧缓声开口，不带一丝情绪。

其实他一直都知道，虽然他母妃备受恩宠，可是玄帝心里最深处依旧是那个女人。可是他又有些疑惑，既然深爱，为何当初会亲自将其赐死，而且死后不但不让其入皇陵，而且还将其火葬。要知道在朝阳国火葬就是灰飞烟灭，究竟要多深的恨才会有此残忍举动？最后骨灰还让人送回江雁镇，却不说给其立碑，最终骨灰落于何处谁都不知道，玄帝也没有问，当初负责将骨灰送出宫的冯德也只字不提。

就在莫逸萧沉思之际，冯德上前对玄帝耳语了几句，分明是不想让莫逸萧知道。玄帝原是因为莫逸萧提及了不该提的往事而心头不快，一听冯德所言，更是心烦意乱。

"不见。"玄帝毫不留情地低斥了一声。

冯德缩了缩脖子，急忙躬身退了下去。

莫逸萧见玄帝的反应，隐约觉得他现在的烦躁与他方才所提之事有关，不由得懊恼。有些人就不应被提起，有些记忆就该尘封，不过有些事情倒是值得提一提。

想了想，他转眸淡笑转移话题："父皇，听说若影姑娘早已恢复了记忆。"

他早就看出来玄帝十分喜欢若影，就连看她的眼神都带着连对他都没有的慈爱。

果然，在玄帝听到他所言之事时神色渐渐好转，眸色也柔和了几分，言语更是带着隐隐的急切："真的，那她有没有说记起了什么？她怎么没有进宫？她不是应该进宫见朕吗？"

莫逸萧因为他的反应而为之一怔，原本以为他只是会高兴，却没想到他会像现在这样激动。

"她……"莫逸萧想要说些什么，却发现不知该如何回答他的话，毕竟若影并非是皇族中人，更不是他的女儿，恢复了记忆为何要进宫？

玄帝也感觉自己有些失态，抬拳抵唇轻咳一声道："朕倒是许久没有见她，也不知她寻回了记忆之后是否还如先前那般。"

莫逸萧勾唇一笑："若影姑娘恢复了记忆后性子倒是变了许多。"

"那……老三对她如何？"玄帝一边走着一边问道。

莫逸萧目光微闪，顿了顿之后轻叹道："若影姑娘对三哥倒是极好，三哥对若影姑娘……"

"怎么，老三对她不好？"

如莫逸萧所料，玄帝听到这句话后立刻紧张起来，就好似自己的女儿被人欺负了一般，虽然莫逸萧不知道玄帝为何这般喜欢若影，可是有些事情倒是觉得现在说再适当

第21章 当年的真相 | 243

不过。"

　　他转眸顿住脚步看向玄帝，眸中带着一丝不忍："三哥对若影姑娘虽然说不上不好，可是也没有像若影姑娘对三哥那般。而且若影姑娘无论在失忆时还是寻回记忆后都一心想要嫁给三哥，可是三哥却在毁了若影姑娘清誉之后也不愿娶她，也不知道将来若影姑娘该如何自处。"

　　"他……他毁了影儿清誉？"玄帝难以置信地望着莫逸萧，虽然因为各种原因他对莫逸风有着防备之心，可是他也不敢相信他会去毁人清誉。见莫逸萧不像在说假话，他又问道，"他真的与影儿已经……"

　　莫逸萧抿了抿唇摇了摇头："那些私底下的事情儿臣是不清楚，只是有一次儿臣去三哥府上时见三哥和若影姑娘两人单独在书房，里面就连一个下人都没有，还听说有时候三哥会在若影姑娘的房中……过夜。"

　　若是没有真凭实据他定是不敢胡言，这些话也是他在三王府安插的眼线告知于他，原本想要将此事告诉柳毓璃，又怕她会不信，或者不愿意接受，毕竟莫逸风许诺过要娶她为妻，所以他一直将这些消息藏于心底，今日却是派上了用场。

　　他抬眸朝玄帝看去，却见他的脸色已是铁青，锐利的目光一闪而过，转眸看向莫逸萧问道："那他有没有说为何不愿娶影儿？"

　　莫逸萧目光一闪，低声开口："父皇也知道，三哥喜欢的是毓璃，而且若影姑娘非亲非故，即使三哥和若影姑娘有了什么却不负责，若影姑娘也无可奈何不是吗？"

　　他的言语中带着浓浓的不忍，好似若影受了天大的委屈，而莫逸风则成了无耻之徒。

　　玄帝拧眉望着前方一语不发，沉默良久都未曾言语，原本信心十足的莫逸萧见玄帝如此越发不敢确定此计可成。

　　蓦地，玄帝龙袍在莫逸萧眼前一闪，可走了几步之后他又顿住了，抿唇凝眸止住了想要去传召莫逸风的冲动，而是沉声下令让若影明日进宫。

　　莫逸萧心底隐隐不安，可想了想，唇角仍是勾起了一抹弧度。

　　莫逸风坐在马车内，心跌落到了谷底，望着手中的信笺眸色黯然地靠向车壁。他不知道自己做错了什么，他的母亲又做错了什么，为何那个高高在上的男人这般不待见他们母子？记得在很小的时候，那个男人曾经也给过他令人艳羡的宠爱，虽然记忆已经模糊，可是的确是真真实实存在过的。

　　将信笺再次收入衣襟中，他长叹一声，从未有过的无力。

　　就在回三王府的路上，一人骑着快马急急赶来，追上莫逸风之后，那侍卫下马拦住了莫逸风的马车，传了玄帝的口谕。

　　莫逸风自接到口谕之后一路上脸色都极为难看，他不知道玄帝对若影究竟是怎样的心

态，可总让他有种不适感。秦铭见莫逸风一路上心情低落，以为玄帝不相信莫逸风所言，即使拿出了证据也无济于事，心里也暗暗做了决定。

回到三王府，莫逸风径直朝若影的房间而去，可是紫秋却说若影独自出门了，也不让她们跟着，她虽是不放心，可是若影如今不似以前，根本就不听劝，至于去何处也不说，只是说会及早回来。

莫逸风得知后第一次发了大脾气，让月影阁的奴才们一个个都跪在门口，直到若影回来为止，而他则骑着快马立即出去寻找。秦铭想要跟去，他却不让跟，因为他已经知道若影去往何处。

幽情谷——每一次她想要寻找回家之路时必去的地方，而且苏幻儿也说那对耳钉是在幽情谷拾得的，想必她定是又去了那里。

果然，当莫逸风赶到幽情谷时若影当真在，而且正对着那棵参天大树探究些什么，他也没有去细想，下了马之后便疾步奔了过去。

若影因为想得入神，也没料到会有人前来，一边摸着树干一边自言自语："如果这里真的是我第一个出现的地方，应该能在这里找到回去的记忆才对，为什么就是找不到一点头绪？"

"回哪儿？"莫逸风站在若影身后突然开口，吓得若影浑身一僵。

"你不是进宫面圣了吗？"若影目光一闪问道。

莫逸风脸色越发黑沉，缓步上前眸中怒意迸发："所以你就趁着我进宫后来到此处想要离开？"

"我只是……来看看。"不知为何，面对他这般灼灼的目光，她心底有些发虚，明明没有做错什么，却还是不敢直视他的黑眸。

"你家中还有双亲？"他突然转移了话题。

若影未料他会如此一问，却还是摇了摇头实话实说。

"既无双亲，那为何非要回去？"他在她面前站定，高大的身躯给她造成了一种无形的压力。

"难道非要有双亲才能回去吗？"她移开视线反问。

莫逸风言语一滞，须臾，他脑海中突然盘旋，她若无双亲还非要坚持回去，那么只有一种可能，便是有至爱。

话到嘴边他终是没有问出口，深吸了一口气后道："下次不要单独出来，外面没有你想的那么安全，若是真要寻故乡，下次我陪你一起。"

若影震惊地抬眸看他，半晌都没能说出一句话来。

"回去吧。"他朝她伸出了手，而若影尚在震惊之中，久久之后回过神来，这才将手放进了他的掌心。他缓缓将她的手握住，而后紧了紧，仿若一松开她就会离开。

两人同乘一骑朝三王府而去，一路上莫逸风都极为沉默，若影却感觉自己的心越发不受控制。回头看了看他，他今日的心情似乎不太好，虽然他与平日里的差别不大，依旧是那冷若冰霜的俊颜，可是她却能用心感受到他的低落。

　　她不知道自己该如何去安慰他，思虑良久，她突然开口道："我以后不寻故乡的路了。"

　　因为哪里有他哪里便是她的故乡。

　　原本沉默中的莫逸风听她这么一说，心头一惊，低眸望去，却见她的唇角浅浅上扬。她终是放下了那个男人吗？

　　似乎惊喜太过惊喜，他一时间有些难以置信。

　　许久都未得到他的回应，她疑惑地转眸望去，以为他没有听见，或者没有懂她的意思，却在她回头之际撞上了他灼热的视线。她面色一红，急忙回过头去，他却比她先一步俯首下去噙住了她的唇。就在她想要将他推开之际，他又先一步放开。

　　"是你说的，不许反悔。"他低哑的声音在她耳畔响起。

第22章 玄帝亲赐婚

　　若影笑着点了点头未语，而莫逸风却觉得现在的若影比过往机灵甚多，有时候他甚至会感觉很难抓住她，也不知道她究竟在想些什么，所以总是有些患得患失。
　　莫逸风骤然敛回思绪，而后恢复了往日的淡然，浅浅勾唇，想到所接到的口谕，他道："父皇说明日让你进宫一趟。"
　　"明日？进宫？做什么？"她疑惑道。
　　莫逸风抿唇摇了摇头："不清楚，只说让你进宫见他，想必是他知道了你已经恢复了记忆。"
　　若影点了点头："好吧。"
　　对于玄帝，在她的印象中他对她极好，她也说不出个所以然来，也不知他为何会这般喜欢她，甚至超出了对莫逸风的父子情。
　　"也不知道父皇他想做什么。"莫逸风似是在自言自语，可是目光却时不时地瞟向一旁的若影。
　　若影原是垂眸想着摇了摇头，可是当她感觉到一道目光在她头顶盘旋之际，突然抬头望去，果然被她抓到了莫逸风试探的眼神。
　　"或许……皇上看上了我也不一定，那我是不是每天都会好吃好喝还有好多人伺候了？"她明知道莫逸风担心的就是这个，却还是故意这么一说，谁让他有话不明说偏要这么阴阳怪气的。
　　而在若影的话音落下之际，莫逸风骤然顿住了脚步，她扬了扬眉回头望去，却见他铁青着脸凝眸盯着她。
　　"三王府里没有给你好吃好喝吗？你还缺人伺候？缺多少人？"他负手而立沉声开口，却是字字冰冷。

若影暗叫不妙，他真是翻脸比翻书还快，不过是说笑的，他竟是当真了。

她咧嘴一笑走上前拉住他，满脸的讨好笑容："不过跟你开个玩笑而已，我怎么会稀罕进宫当金丝雀呢。"

"真的？"他还是有些怀疑。

若影点头如捣蒜："比真金还真，更何况……皇上都可以当我爹了，也太老了。"

"咳……"原本一脸正色的莫逸风在听到若影这么一说时忍不住咳嗽起来，见过胆大的，还没见过口无遮拦到这个地步的，抬手轻叩她的脑袋训道："想要讨家法吗？"

若影吃痛地摸了摸头，正要反驳他几句，却在他的无奈神色中知道了自己刚才的口无遮拦，这才吐了吐舌头讪讪一笑。要知道在这里一旦被人说诋毁君王，下一刻就要掉脑袋了。

"哎？皇上看了那封信笺之后准备怎么处理？"若影突然想起了这事，转眸望向莫逸风。

莫逸风看了看她转眸轻叹，目光悠远："父皇不肯见我。"

"为什么？"若影骤然蹙了眉心。无论玄帝和容妃之间发生了何事，莫逸风毕竟是他的亲生儿子不是吗？到底有多大的仇怨才会如此不待见他？难道只为了那老鸨曾经诬陷容妃是青楼女子吗？

莫逸风望着天际半晌都没有开口。

望着他难掩受伤的神色，若影转身走到他跟前面对他，而后轻轻地环住他的腰际。她不知道如何来安慰他，只想用自己的行动跟他说，无论发生什么事情，她一直都在他身边。

莫逸风垂眸看着她，伸手环住她的肩，下颌抵在她的发顶，她的淡香总是能让他的心渐渐安定。

"我去见父皇的时候四弟在与父皇游园。"

仅仅一句话，便让若影感觉窒息得难受，紧了紧手臂，让自己更加贴近他的胸口，良久，她道："明日我去见皇上的时候跟他说，你把信给我。"

"这……我担心父皇会迁怒于你。"莫逸风始终不放心，毕竟这是后宫丑事，无论真假作为当事人的玄帝都不会想让更多的人知道。

若影自是明白他的顾虑，故而笑言："不用担心，到时候如果皇上要一同见你，就由你来给皇上，若是皇上只要见我，我就说是你托我给他的，至于信中内容，我一概不知。"

莫逸风想了想，终是同意了她的提议，因为别无他法。

翌日清晨，若影和莫逸风坐在马车上一同入宫。莫逸风从昨日起便心事重重，而若影却因为昨夜想了一夜的应对方法，所以今日从上了马车之后便一直在打瞌睡。

马车一路颠簸去皇宫,若影便摇摇晃晃地在马车内打盹。

突然,若影身子一斜,只听"嘭"的一声骤响,她的头竟是重重地撞向了一旁的车壁,痛得她从睡梦中醒了过来。

莫逸风也同时拉回了思绪,转身便将其揽进怀中检查她的伤势。见没什么大碍,他这才松了口气道:"怎么坐在车子里都能撞到?"

若影睡眼惺忪地看着他,满脸无辜样:"太困了啊,为什么皇上要让我早上去见他?下午去不行吗?"

"皇上要召见人还要听从被召见人的意愿?"他笑着反问。

"可是……我现在好想睡觉。"她忍不住又打了个哈欠。

莫逸风无奈地摇了摇头,轻轻拍了拍她的脑袋后笑言:"早知道就换辆马车了,现在你先在我腿上睡一会儿,等到了之后我再提前叫你。"

若影眯着眼点了点头,身子一斜,半个身子都趴在他的腿上,没一会儿就呼吸均匀了。

看着她没心没肺的样子,莫逸风宠溺一笑,随后想到了玄帝,他的笑容又瞬间僵在了嘴角,甚至连目光都变得锐利起来。

偏殿

若影坐在一旁的座位上显得局促不安,以为玄帝是召见她和莫逸风,谁知是召见她一人,转眸偷偷朝玄帝瞧去,他也正好看了过来,她急忙收回视线,却显得更加不自然。

"影儿,听说你恢复记忆了?"玄帝总算是开了口。

若影想要起身,却被玄帝示意坐着回话,她这才道:"回皇上,民女已经恢复了记忆。"

玄帝不着痕迹地蹙了蹙眉心,而后又笑言:"影儿不愿叫父皇了?"

若影讪讪一笑:"民女不敢。"

对于皇宫礼仪,若影虽是不甚了解,可是也知道"父皇"二字并不能随意称呼,虽然玄帝赐了她皇家姓,她也觉荣幸之至,可是毕竟他从未对外说认她作女儿不是吗?

玄帝望着若影的容颜低叹一声:"朕倒是很想听你叫一声父皇。"

若影张了张嘴,父皇二字就在嘴边,却怎么都叫不出口,也不知为何。后来一想,也许这就是距离。

玄帝也不强求她,只是开口问道:"影儿,老三对你好吗?"

若影一怔,抬眸望向正拿起茶杯准备饮茶的玄帝,刚才那句话仿若是一句家常话,随意而言。

想了想,她回道:"回皇上,三爷对民女很好。"

听她这么一说，玄帝突然低声笑起："连对老三的称呼都改了，看来影儿的记忆是彻底恢复了。"

若影笑了笑，未语，心里却一直想着什么时候将袖中的信笺呈给玄帝。

见若影若有所思，玄帝放下茶盏望着她试探地问道："影儿，你在三王府已有一段时日了，可是你们毕竟不是亲兄妹，住在一起难免会惹人非议，不如父皇赐座府邸给你，你搬出来住如何？"

"啊？"若影闻言一惊，不但没有因为平白无故得了一座府邸而高兴，反而满脸惊慌，踌躇了半晌，她紧了紧指尖看向玄帝道："谢皇上厚爱，那个……民女在三王府也住惯了，而且……而且住在三王府的话和三爷也能有个照应……"

也不知道自己是不是心虚了，说到最后她的声音竟是越发低了下去。

玄帝看着她这个样子，突然失声笑起，惊得垂眸不知该如何劝玄帝不要让她搬出去的若影为之一怔。

"果然啊！如老四所言，影儿是真心喜欢老三的，否则有哪家姑娘愿意不求名分住在男子家中的？"玄帝看着极为高兴，可是那笑容却是不达眼底。

而若影也因玄帝的话很是不解，莫逸萧竟然会告诉玄帝这些，他究竟意欲何为？

须臾，玄帝突然一声轻叹道："也罢，既然影儿喜欢老三，朕就为你与老三赐婚。"

"赐婚？"若影震惊地看向玄帝，从未想过他会主动提出要给她和莫逸风赐婚，而且还是对她说而不是对莫逸风说。

"怎么，影儿不愿意吗？"玄帝见她并未大喜，心中也有些犹豫，以为自己估算错了。

若影本能地摇了摇头，又突然觉得自己的反应太过突兀，一时间不知道该如何是好，局促地绞了绞自己的衣袖，一瞬间面红耳赤。

见她如此反应，玄帝看向一旁的冯德扬了扬眉，轻咳一声道："既然影儿不愿意，那朕也不好强求，也罢，朕再给影儿另配良人。"

"我没有不愿意。"若影急得从座位上噌地跳了起来，当她看见玄帝的笑意之后，这才知道自己是入了玄帝的套，原本涨红的脸更是红到了耳根，不禁懊恼着自己刚才的反应，简直就像是迫不及待的样子。

玄帝看着她这般模样，顿时失笑起来，就连一旁的冯德也忍不住跟着笑起来。

走出偏殿，若影却心事重重。一方面是因为她将信笺给了玄帝之后，他看见信笺中的内容脸色骤变，虽然刻意压抑着情绪，可是若影还是敏锐地感觉到了他的怒气，也不知道是因为气莫逸风不听劝继续在追查，还是气当初陷害容妃之人。另一方面，她担心莫逸风得知玄帝赐婚后他心里会有种被逼迫的感觉，抑或会误会是她让玄帝赐婚逼他娶她的。

不过莫逸萧对玄帝这么说的目的她倒是明白了，无非是想要让莫逸风娶了她，而后柳

毓璃对莫逸风死心，这样他就能得到柳毓璃了。

正这般想着，眼前突然出现一个身影，她躲闪不及整个人都撞在他怀里。

"想什么这般入神？"莫逸风扶住她身子沉声问道。

若影站定后朝身后看了看，见没有人跟来，便跟着莫逸风往外走着，可是脸色却不是很好，满是心事。

"究竟发生了何事？"直到坐上马车后朝宫外而去，莫逸风见若影不说话，又开口问她。

"我把信给皇上了。"若影抬眸扯出一抹笑。

"父皇责怪你了？"他蹙眉看她。

她摇了摇头："没有，皇上打开信笺看过之后的确脸色不是很好，可是没有朝我发脾气。只是他也没有说什么，将信放好之后便让我离开了。"

莫逸风低眸沉思，始终猜不透玄帝的心思，若是此事他已经知晓，那么他的脸色不应该有变化才对，若是此事他并不知晓，那么她应该立即派人捉拿诬陷他母妃的德妃才对，可是他看过信之后虽然脸色有变，却什么都没有做，这让他百思不得其解。

若影转眸看向窗外，心里纠结万分，不知道该如何开口。

就在这时，莫逸风看出了她的异样，伸手将她的手裹在掌心："你有心事。"他并非是一句问句，而是十分肯定地说了这句话。

若影想了想，此时再拖也没有意义，毕竟玄帝开了口，说不定没多久就会宣旨了。

转眸朝他看去，垂眸暗叹，终是开了口："皇上说……要给我们赐婚。"

果然，莫逸风在听到若影说了这句话后指尖一紧，似乎并未料到玄帝会有此一举，担心之余她心里满是失落。正要将自己的手从他的手中抽出，他却再次紧了紧。

"原本就是要让父皇赐婚，可是父皇总是对我避而不见，今日他既然亲口允诺，倒也甚好。"他看着眸中略带惊愕的她浅浅勾唇。

若影微蹙娥眉，不知为何对于他这句话总是不能尽信。即使要让玄帝赐婚，他也该先求他与柳毓璃的婚事不是吗？怎会是她？

见她的脸上未见喜色，莫逸风的笑容一滞，扣住她的肩让她面对自己："你不愿意？"

若影未料他会有此一问，抿了抿唇牵扯出一抹笑容道："我跟皇上说怕你不愿意，所以此事还是作罢为好。"

"什么？你让父皇此时作罢？莫若影！你究竟在想些什么？"莫逸风气得脸色越发黑沉，指尖也不由自主地收了力。

"放手！"若影疼得用力挣脱了他的束缚，抚了抚疼痛的肩膀望着他低斥，"我没有在想什么，只是不想勉强你而已，而且也不想让你误以为是我让皇上给我们赐婚的，到时候你就要怪我死缠着你了。"

莫逸风越听越可气，对着外面就大吼了一声："秦铭，进宫。"

秦铭立即勒紧了缰绳，听到莫逸风的命令后疑惑道："爷，咱们要再进宫？"

"进宫做什么？"若影蹙眉问他。

莫逸风铁青着脸色道："别说得这么冠冕堂皇，你不让父皇给你我赐婚后又说了什么？是不是让父皇给你和那个男人赐婚？"

"你胡说什么啊？"若影简直无语。

他却冷哼一声道："不管你说些什么，我现在就进宫对父皇说，你我已经有了夫妻之实，看父皇会不会把你赐婚给别人。秦铭，还不快进宫。"末了，他又对秦铭吩咐了一句。

秦铭应声后立刻驾马朝宫中而去。

若影看着马车又回去了，急得立刻叫住了秦铭："秦铭，快停车，回三王府。"

秦铭再次勒住了缰绳，被他们二人惹得有些晕眩："爷，若影姑娘，这究竟要去哪儿啊？"

"宫里。"

"王府。"

两人异口同声，霎时难住了马车外的秦铭。若影转眸看向他，却见莫逸风亦是瞪大了眸子望着她，满眼的怒火。

此时的若影也顾不得许多，就在他的怒视之下平静地开口问他："那你究竟为何要娶我？给我一个理由。"

莫逸风闻言一怔，未料她会有此一问。眸中的怒火在她的问话中渐渐消退，思虑良久，紧抿的薄唇缓缓开合："不知道。"

她想过千千万万的答案，哪怕说只是有点喜欢，或者有种熟悉感，却没想到竟是"不知道"这三个字，失落之感油然而生，靠在车壁之上望着窗外静止的风景一片黯然。

莫逸风看着她如此，心里亦是像扎着一根刺，想要跟她解释，却发现无从说起。

事实上一开始看见她时只是因为她那一抹酷似柳毓璃的笑容，所以他才将她带回了府中，当然他不可能让她知道这个真相。而后来在相处之中，有她似乎已经成了习惯，即使是相处了十多年的柳毓璃，都没有给他那种习惯的感觉。

可是，他娶她的原因似乎又不是这些，可又说不出个所以然来，就是感觉她就该是他的，一旦想到她会成为别人的妻子时，向来喜怒不形于色的他就会无端怒气上涌，又感觉心里空落落的。

两人静默良久，秦铭想要再开口，却终是没有出声，只是在外面静待他们的决定。

"那柳毓璃呢？你要娶她的理由又是什么？"话一出口，若影就开始后悔，因为她又问了一个傻问题。他们从小青梅竹马，两人情投意合，他娶她也是情理之中的事情，她这般问无非是自取其辱罢了，而且他也不会告诉她实话不是吗？

莫逸风知道他刚才的回答惹恼了她，也知自己的回答太过不负责任，毕竟这是女人的一生，原本想要跟她说出自己内心的想法，可是又不知道该如何开口。而听到她后面的问话，他便也没有要隐瞒的意思。

"因为承诺。"他言语坚定。

若影苦涩淡笑，这就是区别，娶她的原因是"不知道"，而娶柳毓璃的原因是"承诺"。

见她目光一黯，莫逸风伸手拉住她的手道："影儿，我不想骗你。"

若影感觉自己的指尖越发冰冷，想要缩回，他却不许。

"影儿，我知道你有你的坚持，可是，你要说我自私也好，说我专横也罢，反正你只能是我莫逸风的女人。而对于毓璃，曾经的确是因为给过承诺。之前我也跟你说过，在我最无助的时候是她让我挺了过来，如果不是那夜的她，就不会有现在的我。"

"可是，你就不能认为那只是一个梦吗？"她不知道莫逸风为何这般坚持，只是荷塘中的一个影像而已，为何要给这么厚重的承诺。

莫逸风却摇了摇头："若只是一个梦，为何她会突然改口叫着那个小女孩才会叫的称呼？为何她能说出那小女孩对我说的每一句话？或许她现在的确变了，可是我相信她本性不坏，毕竟当初是她让我走出了困境。"

若影一瞬不瞬地望着他，对于他的执着和言而有信心头刺痛，因为他的这一切是对另外一个女人，不是她。她知道不能怪他，毕竟是柳毓璃先出现在他的生命中，而且他已经对她极好，无论在她失忆时还是寻回记忆后，他对她的照料是毋庸置疑的。

深吸了一口气，她望着闭上眼都不会忘记的俊颜失了神，伸手抚上他的容颜，她极为认真地问他："莫逸风，我问你，你爱的究竟是柳毓璃，还是那个儿时见到的小女孩儿？"

莫逸风眸中一惊，这个问题似乎他从未想过，因为那个小女孩儿不就是柳毓璃吗？他不知道她为何会有此一问。

"有区别吗？"他看着她问。

若影抿了抿唇，自己也不知道为何会这般问，只是潜意识里很想知道答案："就当我随便问的，你喜欢柳毓璃是因为你认定了她是那个小女孩儿？"

莫逸风凝眸望着她细想，神色认真，良久，他点了点头。

不知道为何，听到这样的答案若影的心里好受了一些，她想，或许她也应该努力才是，努力让自己在他的心中占据更多的位置，或许有一天，他会放下曾经的记忆。

"秦铭！还愣着做什么？进宫。"见若影沉思，莫逸风也不给她反悔的机会，立刻下令。

"停！秦铭，回府。"若影回过神来后急忙道。

莫逸风因为她的坚持而恼了："影儿！你把我的话当成耳边风了吗？"

若影睨了他一眼后淡淡道："皇上又没答应我的提议，你再去岂不是画蛇添足？"

"什么？"莫逸风微微一怔。

若影道："我是让皇上别赐婚啊，毕竟你心里只有柳毓璃，我硬要嫁给你，岂不是热脸贴冷屁股？"

"谁说我心里只有柳毓璃的？"莫逸风竟是脱口而出，说完之后两人皆为之愣住。见若影震惊地望着他，莫逸风脸色一红，也不知道为何每一次她说话总能让他情绪异常波动。

"你的意思是……你心里有我是吗？"她试探地低声问道。

莫逸风略显尴尬地低咳一声，若影一瞬不瞬地望着他，可是等了半天都没有听到他的答案，而他原本就黝黑的脸却是红到了耳根。

见他如此窘态，若影突然心情大好，有些话不必说得明白她也看得清楚，轻笑一声后伸手握住他的手，十指相扣。他低眸望向她，却见她勾唇一笑："这是不是叫'执子之手'呢？"

莫逸风微微愣忡之后唇角上扬了一个弧度，她的心他懂了，而他的心他也会试着让她慢慢去读懂。

"爷，若影姑娘，现在到底是要去哪儿啊？"马车外，秦铭无奈的声音试探着响起。

两人相视一笑，而后异口同声道："回府。"

翌日

在去金銮殿的路上，莫逸萧看见莫逸风后不似往日那般趾高气扬，反倒是冲他别有深意地一笑。

朝堂上，当玄帝宣旨将毫无身份的若影赐给莫逸风后，众臣一片哗然，只道是莫逸风多年的努力依旧白费了。有些人正要看莫逸风的笑话，却见他唇角轻扬淡然一笑。

他的处变不惊喜怒不形于色是众所周知的，却不知他到此时此刻还能这般淡然。只是，当莫逸风的视线与一旁的莫逸萧相撞时，却见他仍是别有意味地笑着，莫逸风突然觉得事有蹊跷。

即使玄帝要为他和若影赐婚，也不至于这般急促，而且莫逸萧的神色并未有一丝一毫的吃惊，反倒是像极了早已知晓了此事。

脑海中百转千回之时，耳边突然响起了玄帝的声音："老三，你不愿意吗？"

闻言，众臣倒抽了一口凉气，玄帝的语气透着浓浓的警告，若是他抗旨不遵，恐怕就要祸及整个三王府了。柳蔚站在一旁暗暗庆幸，幸亏自己的女儿没有嫁过去，否则这次可能难逃大劫。不过他而后一想，莫逸风是个聪明人，应该不会为了一个女人而毁了自己的前程，更何况多娶一个女人对于男人来说根本无伤大雅。

莫逸风闻言抬眸看向玄帝，突然想起来柳毓璃。看着玄帝不容他抗旨的神色，他心底

一寒。原以为他是考虑到了他的终身大事，终是想起了他这个儿子，却没想到他心里依旧在为他的另一个儿子盘算着。

将若影赐给他，而后再把柳毓璃赐给莫逸萧是吗？他终是怕他得到柳毓璃后也得到了兵权，从而更靠近了皇位，他在对他设防。

金銮殿中一片寂静，落针可闻。莫逸风原本的喜悦之情在猜测到玄帝的意图后犹如一盆冷水当头浇下，紧了紧身侧的手，他缓缓抬手抱拳请求道："父皇，影儿虽然承蒙父皇厚爱赐予皇家姓，可是毕竟至今尚未寻得双亲，若是直接坐上正妃之位难免惹人非议。"

他话音刚落，莫逸萧脸色骤变，转眸看向玄帝，满是慌乱。

而一旁的莫逸谨在听到莫逸风的一番话后脸色也瞬间铁青，他知道若影心里只有莫逸风，所以他才选择放手，可是莫逸风竟是在可以让若影成为正室的情况下请求让其做小，这让莫逸谨很是愤懑。

玄帝闻言思虑了顷刻，觉得莫逸风的话也不无道理，便应允了他的请求，若影则成了侧王妃。

退朝之后，莫逸风满是心事地往外走着，却突然被一个身影挡住了视线。

"三哥，果然深谋远虑啊。"莫逸萧言语带刺地站在他面前冷哼。

莫逸风抿了抿唇看着他道："事情未如四弟的意是吗？"

莫逸萧脸色一僵："我不知道你在说什么。"

"哦？难道不是你在父皇跟前说了什么，所以父皇才给我赐婚的？"莫逸风淡淡一语，却道出了真相。

"是又如何？你们本来就已经苟合了，难道三哥还想要赖账不成？"莫逸萧话音刚落，衣襟就被莫逸风一把抓起："莫逸萧，嘴巴放干净点！"

莫逸萧亦是愤怒地拽着他的手将其用力甩开，言语更是不堪："自己做了肮脏事还不想让人说了？你敢说你们没有孤男寡女共处一室还不分昼夜？"

话音落下，莫逸萧也为之一怔，刚才一时情急他甚至忘了有些话不该说，一旦说出了口就露了底。可是事已至此也无法挽回，只得理了理衣襟满脸怒容地丢下一句话后离开："别以为空出正妃之位毓璃就会嫁给你。"

莫逸风因着莫逸萧的话脸色铁青，可也因为他的话而让他知道自己早该娶若影入门，也不至于有那样的闲言碎语流出。可是，三王府的家教一向严谨，从来不会有什么话流到外面去，莫逸萧又从何得知他与若影共处一室不分昼夜？

思来想去也只有一个可能。

他目光一敛，寒芒乍现。

正要坐上马车，莫逸谨突然叫住了他："三弟。"虽是这般叫着，可是语气却不是很好。

莫逸风转身看去，莫逸谨已经站在了他的身后。

"何事？"他蹙眉而问。

莫逸谨抿了抿唇，终是开了口："你要空出正妃之位是为了柳毓璃？"

虽然心里已经有了答案，可是莫逸谨还是要替若影问个明白。

莫逸风沉默不语，看了看他转身想要离去，却被莫逸谨扣住了肩："三弟，影儿知道吗？"见莫逸风转眸看他，他又问道，"影儿知道你今日的行为吗？为了一个柳毓璃，竟然让原本能做正室的影儿做了侧室。"

"知道又如何？不知道又如何？"莫逸风说完这句话后转身上了马车。

莫逸谨心中气恼，对着窗子便训道："你不要因为影儿心里只有你，你就任意践踏她对你的情，若是让影儿知道了你今日的行为，你让她作何想？你一定要伤得她对你死心了才甘心吗？"

莫逸风坐在马车内听着莫逸谨的训斥后指尖骤紧，指关节瞬间泛白，微启薄唇淡淡一语："她会明白的。"

莫逸谨紧咬着牙质问："那你敢让她知道你今日的所作所为吗？你敢让她知道是因为你的请求才让她从正室变为侧室的吗？你敢吗？"

莫逸风沉默良久，轻哼一声后也不说任何话便出了宫门。

莫逸谨看着绝尘而去的马车，心骤然攥紧，若是若影的心里能有他的存在，他也不会像今日这般不知所措，除了替她鸣不平之外便毫无作为。

马车在三王府门口停下，莫逸风下了车后却站在府门口犹豫不决，耳边都是莫逸谨的质问。他问他敢不敢让若影知道真相，他本是不屑一顾，可是当到了王府后他才发觉他并没有自己想的那般将一切都不放在眼里。至少他害怕看见她的沉默，害怕看见她的失落，害怕看见她的强颜欢笑。

也不知从何时起，他竟是会怕她了。

秦铭看着莫逸风心事重重的模样低眸沉思，须臾，他上前道："爷，属下想出去一下。"

莫逸风回眸看了看他，而后点了点头。

他转身在门口静立了片刻，顺着游廊一路来到了月影阁，却见若影正兴致高昂地在跟紫秋学着什么，看见他过来时急忙让紫秋将东西收了下去。

"在做什么？"莫逸风坐下后问道。

若影笑着摇了摇头："没什么，只是跟紫秋一起学做些东西。"

"什么东西？"看着她一脸的喜气，他也跟着勾起了唇角，可是那笑容却是不达眼底。

若影缓缓敛住笑容，伸手拉住他的手问道："发生了什么事？你好像不开心的样子。"

莫逸风目光一闪，转而拿起紫秋呈上的热茶，缓缓送到唇边后饮了一口，而后道：

"我只是在想过几日成亲需要准备些什么,虽然父皇会派几位姑姑前来准备,可是有些事情还是自己着手才是。"

"可是……我不懂怎么办?"若影咬了咬唇看向他,心里多少有些歉意,若是她本就是此地之人,也有父母照应着,不会像今日这般无措。

莫逸风转眸看向她,放下茶杯轻弹了她的额头,笑意渐浓:"傻丫头,谁要你做什么了,到时候你只要乖乖地待在府中别临阵脱逃便是。"

若影被惹得轻笑而起,抬手给了她一记粉拳:"又不是龙潭虎穴,我有什么好逃的。"

紫秋看着若影高兴,自己也跟着高兴起来,可是一想起成亲事宜,她不由得为其担忧:"若影姑娘没有娘家,那迎亲之事该怎么办?"

若影闻言望向莫逸风,莫逸风想了想,道:"这不难,花轿从侧门出去,在整个业城绕一圈,而后再从正门进入到前厅拜堂。"

"爷想得真周到。"紫秋不由欣慰。

若影感激地看着莫逸风,心里的喜悦难以言表。

长春院

秦铭在房内等了良久,就在心急之时突然听到门吱呀一声被打开,抬眸便见苏幻儿对他盈盈一笑,媚眼如丝。

"幻儿姑娘。"秦铭的话刚一出口,苏幻儿便掩嘴低低笑起,"秦公子怎么还是如此见外?都来了这么多趟了,就不能叫我一声幻儿吗?"

话说着,她整个人都躺进了秦铭的怀中。

"幻儿姑娘自重。"秦铭吓得立刻站起身,在接触到她身子的那一刻,他的脸瞬间涨得通红。

"哈哈哈……秦公子好有趣,竟是对一个青楼女子说自重。"苏幻儿看着他面红耳赤的模样更是有了兴致,他要躲,她偏要贴上去,到最后秦铭竟是被苏幻儿压在墙上。

"幻、幻儿姑娘……"秦铭支吾着躲开她勾人的双眸,苏幻儿却伸手扣住他的下颌让他与她对视:"叫我幻儿。"

秦铭闭口不语,苏幻儿如娇似嗔地用指尖勾勒着他的唇线:"秦公子,难道你忘了多番而来的目的了?"

秦铭闻言身子一僵,抿了抿唇指尖一紧开口道:"幻、幻儿……"

苏幻儿满意地笑起,踮起脚尖轻啄了他的唇。而她的举动也让秦铭目瞪口呆,见她笑着终于放开了他,他抚了抚仍带着柔软触感的唇部愣忡。

她不是卖艺不卖身的吗?怎么会……亲他?难道这一吻不算是卖身中的一种?

"秦公子,不过来喝杯酒吗?"苏幻儿看着他呆愣的模样笑意更浓。

秦铭望了她一眼后垂眸脸色涨红，迟疑着走过去缓缓落座，却刻意与她保持距离，心却狂跳不止。

"幻儿姑娘……"秦铭刚开口，却迎来苏幻儿提醒的目光，立刻改口，"幻儿，请考虑一下在下这几日所言。"

苏幻儿不理会，顾自将酒杯递到他唇边："喝了。"

秦铭一怔，刚想要接过酒杯，却被苏幻儿抬手朝他口中灌去，他尚来不及反应，一杯酒已尽数入腹。

"美酒可香醇？这可是上等的女儿红，是我自己酿制的，别人可喝不到呢！"苏幻儿笑言。

秦铭看着她的笑容有些恼了，骤然起身道："幻儿姑娘，三爷如今正需幻儿姑娘出面协助，请不要再拖延时间了。那封信笺皇上根本不信，所以现在只剩下幻儿姑娘这个人证了。"

苏幻儿见他没了耐性，抬手掩唇打了个哈欠："的确不能拖延时间了，我们这里可是白日睡觉晚上做生意的，秦公子请自便，我要睡了。"

见苏幻儿朝床边走去，秦铭心头一急，立刻拦住了她的去路："你究竟要怎样才愿意帮忙？"

苏幻儿耸了耸肩道："秦公子，你这可不是求人的态度。"见秦铭瞬间手足无措，她低低笑起，转身走到桌前道，"若是秦公子喝了这三杯酒却能不倒，我便依了你。"

秦铭目光一亮："当真？"

第23章　醉卧长春院

"当真!"苏幻儿点了点头。

"好!一言为定。"秦铭心头大喜。虽然他不胜酒力,可是三杯酒还是难不倒他,若是能以三杯酒换得一个人证出面,他也不枉多番来长春院这种地方。

他刚要接过酒壶想要给自己斟酒,苏幻儿却按住了他的手,他指尖一颤急忙将手松开,苏幻儿笑着给他斟了满满的一杯酒:"秦公子请。"

秦铭干咳一声后一饮而尽,本能地想要去倒酒,却又立即将手缩了回来。

看着他憨憨的样子,苏幻儿心中甚喜。

三杯过后,秦铭放下酒杯起身道:"请幻儿姑娘随我……随我去……"

原本还头脑清晰的秦铭在起身的一瞬间眼前一片模糊,看着眼前的苏幻儿在不停地晃动,而她的娇媚模样也越来越近在眼前。

"随你去哪儿?"苏幻儿伸手将他扶住,早看出他不胜酒力,却不知他的酒力如此之浅。

"随我去……去……"秦铭感觉自己的意识越来越模糊,就连想要说的话也无法清晰地表达。

苏幻儿扶着左右摇晃的秦铭在他耳际轻吐兰气:"秦公子,不如我们去床上歇歇。"

秦铭此时早已没了意识,在苏幻儿扶着他躺到床上之后便倒头睡了过去。

苏幻儿趴在床沿看着沉睡中的秦铭,嘴角缓缓扬起一抹弧度……

三王府

午时,宫中传来一道圣旨,虽然若影早已知晓了玄帝要给她和莫逸风赐婚一事,可是当亲耳听到圣旨之时她还是忍不住地喜悦了,感觉心不停地朝自己的胸口撞击。可是,当她听到"侧王妃"三个字时,她的脸色骤然一僵,转眸朝莫逸风看去,他并未有一丝惊愕的神色,原来他早已知晓。

可是,为何是侧王妃?在她之前并没有别的女人嫁给莫逸风不是吗?

思来想去,忽然想到自己的身世,或许是因为她无父无母非亲非故,所以玄帝觉得赐她王妃极为不妥,所以才让她成了侧王妃是吗?那么莫逸风从宫中回来后一直郁郁寡欢,想必也是因为此事吧?

她想,应该是这样错不了。

待接下圣旨送走宣旨公公后,莫逸风蹙眉转眸望向若影,眸中不乏愧疚的神色。若影抬眸看向他莞尔一笑:"没事的,只不过是在王妃旁边加了一个字而已,你我不还是夫妻嘛!到时候你还是我的相公,我还是你的娘子不是吗?"

相公?

这个久违的称呼让莫逸风更是心头刺痛。可是,他做错了吗?

当初的决定从一开始的坚定到现在竟是迷茫起来。

"相公?娘子?"若影拿着圣旨若有所思地喃喃自语,而后转眸问道,"以后是这么叫的吗?还是我以后要叫你别的?"

莫逸风望着毫不知情的若影心中百味杂陈,沉默半晌,面部的线条因为紧绷而越发棱角分明,蓦地,他伸臂将她拉入怀中紧紧地拥着她。

"怎么了?"若影被他的反应吓得一怔。

"你想叫什么都好。"莫逸风低哑着声音道。

若影对莫逸风突然的举动很是不解,他从来都不会用这样的语气跟她说话,更不会在众目睽睽之下将她拥入怀中,他好像有心事,可是他若不愿意说,她再逼他也没用。

靠在他的怀中听着他的心跳,他久久都没有将她放开,而她的视线却落在了毓璃阁的方向,一想起那里早在很多年前就为柳毓璃准备的新房,她心里刺痛不堪。

咬了咬唇努力让自己不去想那些不愉快的事情,哪怕他们之间的时间只剩下一天,她也想要与他过好每时每刻。

未时,莫逸风已命周福提前采办了成亲时所需的物品,可是已经好几个时辰了,却终未见秦铭回府。这几日秦铭的行踪有些不定,似乎好几次在府中都不见踪影,也不说去哪儿,这似乎并不是他的作风。

"秦铭跑去哪儿了?"莫逸风问向一旁的周福。

周福看了看四周,躬身回道:"没看见秦铭出现过,应该还没回府。"

莫逸风蹙了蹙眉后转身朝王府外而去,却在这时听到了若影朝他喊了过来:"等我一下。"

转身望去，见她兴致勃勃地跑上前道："出府吗？我也去。"

周福见状急忙上前道："若影姑娘，三日后就要大婚了，从今日开始您和爷应该不能见面了。"

若影眨了眨眼看向莫逸风，而后对周福道："本来就住在一个屋檐下，难不成还要让我躲着不见吗？又不是猫跟耗子。"

一旁的紫秋闻言扑哧笑起，却见周福扯了扯唇讪讪一笑："这……若影姑娘应该待在房里才是。"

"待在房里三天？"若影面有难色，就算一天她都待不住，别说三天了。可是她也知这是成亲的规矩，大婚前一对新人是不准见面的，而女方更是应该三步不出闺房门才对，可是对于她来说这简直比登天还难。

望着若影求助的目光，莫逸风淡然一笑："随她去吧，信则有不信则无。"

周福张了张嘴，终是没有再强求，主子都发话了，他一个做奴才的还有什么可说的？

待若影独自跟着莫逸风出了王府的大门口，她忍不住问他："你刚才说什么'信则有不信则无'？"

莫逸风看了看她后沉声言道："长辈们说，新人若是在成亲前三天还在见面或者女方出了房门便是不祥之兆，两人难以白首。"

若影闻言脚步一顿，抬眸支吾道："那……那我先回房去待着。"

见她正要转身回去，莫逸风微微一惊，回过神来立刻拉住了她笑言："既然都出来了还回去做什么，这些都是老人家的迷信，听听就罢了。"

若影踌躇了顷刻，终是笑着拉住了他的手。可是忽然又想起在这里男女哪怕是夫妻都不能在大庭广众之下牵着手行走，她又急忙将手从他手心中抽出。

"怎么了？"他疑惑地看她。

她看了看周围后低声道："不是说男女授受不亲吗？"

莫逸风终是被她惹得沉声笑起："现在才想起这事？当初你失忆之时在大庭广众之下什么事情没有做过，这整个业城的人恐怕都已经对你的异常举动习以为常了。"

若影面色一红，也想起了曾经的确是有那么些时候，她缠着莫逸风要逛集市，可是累了之后又不想自己走，也不愿意坐马车，一定要莫逸风背着她回去，那个时候的莫逸风确实对她极好，虽是脸臭了些，可终究还是将她背了回去。

思及此，她唇角渐渐上扬，缓缓伸手又将自己的手塞入他的掌心，紧紧握住。

"想买些什么？"莫逸风望着一个个摊位问道。

若影却笑着反问："那你准备出来买些什么？难不成不买东西只是要会情……"

最后一个"人"字尚未说出口，她的脸色便为之一变，原本只是一句戏言，却发觉这未尝不是件可能的事情。玄帝赐婚一事想必柳毓璃已经知晓，而现在都快要用晚膳的时辰

第23章 醉卧长春院 | 261

了莫逸风还独自出来，难道不是为了要跟柳毓璃解释吗？

"我……我还是先回去吧，周叔说得对，这几天我们还是不要见面了。"她努力牵扯出了一抹笑容。

莫逸风望着她的反应身子一僵，见她的笑容渐渐在嘴角消失，原本紧握住他的手缓缓松开准备抽离，莫逸风反手一握。

"我让锦绣坊做了喜服，不知道做得如何了，所以想先去看看，正好你也来了就去试试大小，若是不合适还有时间改。"他的声音依旧温润得犹如六月春风，只一句话便融化了她原本被冻结的一颗心。

她抬眸朝他望去，有些难以置信："皇上不是今日才宣旨赐婚？你什么时候让锦绣坊做的？"

莫逸风一边拉着她往锦绣坊而去一边说道："几个月了。"

"几个月？"若影惊呼出声，又发觉自己的反应太过强烈，急忙捂唇朝周围环顾了一圈后惊愕地问道，"几个月前就定制了？你怎么知道皇上会赐婚？"

莫逸风轻笑："不管父皇会不会主动赐婚，你以为你逃得了吗？"

若影尚未回过神来，已被他带到了锦绣坊，锦绣坊的老板娘一看见莫逸风，急忙迎了上来。

"三爷怎么亲自来了？快请进。"老板娘满脸笑意，一片和善。

"喜服做好了吗？"莫逸风淡淡开口，言语不温不火。

老板娘急忙命人将喜服取了出来，而后道："三爷可真是赶巧了，两套喜服都正好在今日做好，都是我们锦绣坊最好的绣娘所制，三爷请过目。"

莫逸风看了看桌上用两个精致的箱子所装的喜服，虽未拿起便已知无论从衣料还是手工都堪称上等品，恐怕连宫中的绣娘都不及一二。

"试试看。"莫逸风将若影的喜服拿出来后在她跟前比对了一番。

老板娘看了看一旁的若影，这才确定了她的身份，立刻对若影道："这位就是未来的三王妃吧，三爷真是独具慧眼，姑娘这般好相貌怕是在整个业城都无人能及的。"

若影笑而不语，那些场面话她也听得多了，恐怕她就算是东施也会被老板娘夸成西施了。

试过之后，若影错愕地望向莫逸风，她从未来此量身，可是他让人给她做的喜服却大小正合适。

"你怎么知道我的尺寸的？"若影疑惑道。

莫逸风扬了扬眉反问："你说呢？"

那目光分明是透着某种讯息，若影即使再后知后觉也立刻意会，刹那间脸色涨红。

"越发没个正经了。"若影嗔了他一句，眸中带着薄怒，可是脸却是更红了几分。

莫逸风看着她如此娇俏的模样,一时竟是失了神。

"好看吗?"若影在镜子中来回照了照,望着镜中穿着霞帔的自己开口问。

老板娘上前正要回话,莫逸风却上前道:"好看。"

若影回眸望去,娇羞一笑:"真的?"

莫逸风负手立于她面前再次打量了她一番后笑着点头。可就在若影笑着打量着自己的喜服之时,莫逸风在看到镜中的人之后笑容一敛,而后又恢复如常。

"大小正合适,我进去换了。"若影柔声道。

莫逸风勾唇浅笑点了点头。

若影进了内室后,镜中的人越来越靠近,直到走到他的身后站定。

莫逸风微蹙浓眉缓缓转身:"有事吗?"

柳毓璃闻言面色一白,他以为他会跟她解释,谁知一开口竟是这三个字。她满是惊愕的眸中带着浓浓的伤痛,几度张嘴,却终是不知该说些什么。

莫逸风也知自己方才的话伤到了她,可是连他自己也不明白自己是怎么了,以前看见她时他总是满心欢喜,可是现在每一次看见她,总觉得心里有些压抑。也不知道是不是因为曾经的承诺,他在看见她的那一刻便有隐隐的烦躁。

可是他知道这一切都不能怪她,因为这是他许给她的。

深吸了一口气,他强压住心头的情绪淡然一笑:"来量身做衣?"

柳毓璃咬唇摇了摇头,她不想再这样猜下去,直言道:"皇上为你和若影姑娘赐婚了?"

莫逸风的笑容微微一敛,沉默顷刻后缓声道:"嗯。"

"就没有什么要跟我说的?你的确是跟我说过会负责娶她,可是没有说过是先娶她,那我又算什么呢?"柳毓璃的眸中泪光盈盈,压抑心头的情绪终是迸发。

内室的若影换下喜服后正要出去,却在听到柳毓璃的声音后顿住了脚步,老板娘见状也极为识趣地转身进去给他们沏茶,却在沏茶的时候看着若影的背影带着一抹同情之色。

莫逸风在听到柳毓璃的话后面部越发棱角分明,微启薄唇声音沉稳而低醇:"父皇赐封影儿的是侧王妃,影儿也没有要跟你争些什么。"

柳毓璃微微一怔,却又低眸苦笑:"她真的有那么好吗?"

莫逸风沉默不语,锦绣坊中一片寂静,而两个女人却同时等待着他的答案。

若影看着莫逸风的侧颜,他似乎在挣扎着要回答,却始终没有说些什么。而柳毓璃对于他的反应失望至极,若是以前,他定然会说别人没她好,可是现在,他竟是连哄她的心都没了。

她心里明白,现在放手还来得及,可是她的心却根本不受她自己控制,一颗心已经沉沦,又如何再交给别人?

良久，莫逸风道："她是很好。"

若影一怔，柳毓璃更是惊愕不已，她难以置信地一个趔趄，春兰急忙将其扶住。

"她很好？你果然爱上她了？她果然已经住进了你的心里是吗？"两行温柔之泪自脸颊滑落，她抬起泪眼凝望着他又问，"她很好？那我呢？难道她要比我好吗？"

柳毓璃话音刚落，若影便看见莫逸风负于身后的指尖骤然一紧。

莫逸风紧抿薄唇凝望着她，看着她在他面前哭着，他的心里也不好受，以前他从来不会让她掉一滴眼泪，若是她有何愿望，只要他能做到必定会让她如愿，可是现在，他竟然让她在他面前哭了，而他却迈不开脚步上去抱住她，他究竟是怎么了？

忽然觉得自己有些陌生，也越发不懂自己的心里究竟在想些什么，只知道身后有一双眼睛一直看着他，若是他上前，身后的那双眼睛必定会露出失落的神色。

他不想看见她失落的样子，他只想让她永远都像以前那样笑口常开无拘无束地生活着。

"毓璃，不要胡闹了。"他轻叹一声好言相劝，"别让人看了笑话，快些回去。"

柳毓璃感觉今日的莫逸风较之过往更加陌生了，刚才她亲眼看见他带着若影前来试穿喜服，两人不仅相谈甚欢，还满眼情意。她以为他的这双眼睛只会看她一人，哪怕以后还会有别的女人嫁给他，他最爱的还是她一人，可是她错了，从方才看到的那一幕，她便知他对若影并非只是负责而已，而是对她有情，且是浓烈的情。

她苦笑着转身往门口而去，莫逸风一直目送着她离开，却见她走到门口后突然转身问道："听说成亲之日是在三日后的黄道吉日，不知到时我能讨杯喜酒喝吗？"

莫逸风微微一怔，望着她苦涩的笑容，他终是点了点头。

柳毓璃离开后，若影在内室静了良久，却不知道出去后该如何面对，她终是怯懦的，方才没有去向柳毓璃宣示莫逸风是她一个人的，而她也终是理智的，知道自己此时在莫逸风的心中还没有这么厚重的分量。

直到帘子被打开，一道光亮射了进来，她身子一僵，捧着喜服愣怔地看向莫逸风。

莫逸风看着她淡然一笑，仿若刚才什么事情都没有发生一般，从她手中接过喜服之后还打趣道："怎么舍不得将喜服放下了？三日后便能穿了，到时候你要穿一整天都成。"

他将喜服递给一旁的老板娘后转身拉她往外走，若影却仍沉浸在莫逸风方才和柳毓璃的对话中。

他跟柳毓璃说她很好……他竟然会在柳毓璃面前说她好……

她有些难以置信，更是心头悸动。

走在路上，莫逸风见若影不说话，不由转眸望去："怎么了？"

若影抬眸，双眼已经蒙上了一层雾气，却又立刻展露出一抹灿烂的笑容道："我走不动了。"

莫逸风被她的反应惹得呼吸一滞，明明快要落泪的样子，可是她还是要对着他笑着。

"怎么会走不动了？伤到了？"莫逸风蹲下身子检查着她的脚踝，"哪只脚？"

若影看着他纡尊降贵蹲在她面前的样子，心头更是一热，突然上前几步到他身后趴在背上笑言："背我回去。"

莫逸风微微一怔，而后转眸道："自己走。"

若影却趴在他背上不仅不松手，反而压得更紧，莫逸风无奈，却终是将她背起，口中还责备道："真是越来越不像话了，下次再这样，我就直接把你扔大街上，看你能不能自己回去。"

若影低低一笑，水眸一转故作沉思道："不知道我头上插根稻草后跪在大街上的话有没有人会买我呢？"

莫逸风脸色一变，转眸扯了扯唇，而后闷闷地开口："手不能提肩不能扛，买回去岂不是只能当菩萨供着？"

"那么请问这位爷，你愿意买下我后把我当菩萨一样供在三王府吗？"若影靠在他肩上凑到他耳边柔柔低语。

一丝热风吹进耳畔，莫逸风的心口像有一根软软的羽毛在挠着，一时间竟是心痒难耐起来。勾唇一笑，轻哼道："勉为其难买回去替本王夜夜暖被。"

"暖被？"若影想了想，蹙眉道，"可是我怕冷，恐怕暖一夜都是冷被窝。"

莫逸风低笑而起："那就本王替娘子夜夜暖被。"

若影扑哧一笑："这还差不多。"可话音刚落，见莫逸风笑得别有深意，突然发现自己竟是入了套，反应过来后她伸手轻垂他肩嗔怒道，"莫逸风，你可恶，居然占我便宜。"

话虽这么说着，她的嘴角却难掩心底溢出的笑意。

"娘子？若是你将来娶了王妃是不是也这么叫她？"显然这是她的一句玩笑话，因为她知道自己的底线，若是真有那么一天，恐怕她的坚持也就到了终点。

莫逸风闻言脚步一顿，微微侧眸，却没有对上她的视线，指尖隐隐微颤，似乎察觉到了她的异样情愫。

他刚要开口，若影却偷偷地在他脸上轻啄了一口，言语略带警告道："不准这么叫别人，谁都不准。"

莫逸风又是一怔，再拾步往前时唇角扬起一抹浅浅的弧度。

申时，长春院

秦铭伸手抚了抚额头，一阵晕眩之后慢慢回过神来，可是当他刚坐起身时，眼前的景象吓得他面无血色。

熟悉而陌生的房间，淡粉色的帐幔，暧昧的气氛，还有旁边……苏幻儿！

他惊得差点要从被子中逃离出去，可是当他发现自己竟然未着寸缕之时又缩回了被子中，然而一缩回被子就碰到了苏幻儿细腻玲珑的身子，他的脸色又顿时一红。

纠结顷刻，终是准备起身穿上衣服偷偷离开，谁知腰间突然被一只手臂给轻轻揽住。背脊猛然一僵，缓缓回头朝一旁看去，唇便在下一刻被一副柔软的唇给堵住了。

未待秦铭将她推开，苏幻儿便放开了他，可双手仍是搂着他的身子半娇半嗔地轻启红唇："怎么，秦公子是要吃了不认账吗？"

"吃、吃？"秦铭已是惊得语无伦次。

"怎么，昨夜的事情秦公子当真忘得一干二净了？还是觉得幻儿是青楼出身就想抵死不认账了？"苏幻儿说到此处眸色渐暗。

秦铭尚未在昨夜模糊的记忆中回过神来，却见苏幻儿满脸哀怨，顿时心底愧疚："我、我是当真记不起昨夜之事了，昨夜……昨夜我只记得幻儿姑娘说只要在下喝下三杯酒就答应出面做人证，可是……可是后来的事情就当真记不起来了。"

苏幻儿苦笑："秦公子的记性可真是好。"

"我不是……"秦铭从未想过会有这么一天，更不是一个做了事情不负责的人，可是昨夜对于和苏幻儿之间发生的记忆实在是一片空白，一丝一毫都无法记起。

苏幻儿目光一闪，唇角勾起一抹媚笑，身子缓缓向他靠近："真的没有感觉吗？"

秦铭在她靠近之时整个人都僵硬不堪，整个人都开始热血沸腾起来。从来都没有过这样的感觉，就好像整个人都要炸开。

就在她以为他会沉沦之时，他却突然像被针刺一般甩开她的手立刻跳下了床，而后急急地穿上衣服像逃命一般逃了出去。

待房门关上的那一刻，苏幻儿的脸上笑容尽失。

不过也不能怪他，她是青楼出身，而他身家清白，他又怎会看得上她呢？

就在她沮丧之时，房门再次吱呀一声被人从外打开，她以为是秦铭去而复返，可当看见来人后顿时目光一黯。

"怎么，以为是他回来了吗？"长春院的老鸨凤四娘轻笑着上前。

苏幻儿提了提被子又躺了下去，望着帐顶苦笑道："他一定不会再来了。"

"不来？你把清白之身给了他，难道他想赖账不成？"凤四娘脸色一变，刚坐到床沿的身子又立刻站了起来，却在转身欲离开的同时手腕被立刻握住。

"也不能怪他，他是清白人家出身，而我……不过是青楼女子，怎能与他匹配？是我痴心妄想了……"苏幻儿缓缓放开她的手腕苦笑道。

"青楼女子怎么了？你可比那些所谓的大家闺秀小家碧玉干净得多了。"凤四娘气恼地重又坐在她床沿，"你虽然身在青楼，可是除了献出歌舞之外从未与任何男人有瓜葛，那些入宫的舞姬歌姬，还不知道被多少王孙贵胄亲过摸过甚至睡过呢。现在你把清白之身给

了那臭小子，他不来娶你，你难道就这么算了？"

"不算又能如何？"苏幻儿侧了侧身后伸出玉臂拉住风四娘的手道，"四娘，有时候我真想接客算了，好歹像你一样有钱傍身，老了也不怕穷死。"

听了苏幻儿的话，风四娘显然是恼怒了："住口！若是真要你接客，你觉得我还会让你这么多年还留着这具清白身子吗？我是当初没有办法才走了这条不归路，你给我好好选个人嫁了，别像我一样老无所依。"

苏幻儿心头一动，抬眸看向她的侧颜，抿了抿唇突然起身揽住了她："谁说你老无所依，以后等你老了我会好好照顾你的，就像儿子一样给你养老送终。"

风四娘又好气又好笑，伸手戳了戳她的头："你呀，虽然长着一张女人的脸，可是这骨子里还真跟个男人似的，若是你能改改自己的倔强性子，早就嫁给那些大官了。"

"我才不要嫁给那些满身铜臭的男人。"苏幻儿轻哼一声。

风四娘无奈地摇了摇头："那么那个秦公子呢？我让人打听了一下，听说他不仅是三王爷的近身侍卫，而且他爹还是禁卫军统领，为人耿直没有妻妾，现在还是孤家寡人，还以为你找到了一个好依靠，却没想到对方是个吃了不认账的畜生。"

苏幻儿惊愕抬眸，没想到秦铭居然还有这样的身份，她只以为他不过是三王爷的近身侍卫而已。

"不行，我要去问问他究竟想不想负责把你娶回去，若是他不愿意，我就让三王爷出面处理此事，听说三王爷会在三日后办亲事，想必也不会愿意在办亲事之时出状况。"风四娘打定了主意，只因为她心知苏幻儿真心喜欢秦铭，而且还是她第一次倾心的男子。

苏幻儿见风四娘要采取行动，立刻伸手拉住她："四娘，你别去，我跟他没什么。"见风四娘不信，她立即解释道，"我不过是用我亲自酿制的女儿红将他灌醉后拉到床上脱了他的衣服而已。"

"什么？这么几个时辰你们居然什么都没有发生。"风四娘错愕不已。

苏幻儿点了点头："他几次都不上钩，我只好出此下策了，谁知道他……"

想想还有些郁闷，她从未碰到过像他这样的男子，竟然在她的一再挑逗之下还能坐怀不乱，失望之余还是有些庆幸，至少证明她没有看错人不是吗？

"唉，真是个傻丫头。"风四娘无奈轻叹，对于苏幻儿，她的确是将她视如亲生，只因为她像极了她失散的女儿，总想着对她好一点，也能为自己的女儿积德，或许她的女儿也在好人家被人疼着。

秦铭回到三王府后发现三王府张灯结彩，心头猛然一惊，待问清之后才知原来是皇上下了赐婚圣旨，三日后若影便成了三王府的侧王妃，他方才还以为莫逸风知道了他与苏幻儿的事情。

不过仔细一想的确不可能，他已经极其快速地回到三王府，长春院中的人根本不可能这么快赶来报信。长松一口气之时，他抬头看着周围的一片喜庆，突然有种异样的期待。其实他也早已到了适婚的年纪，只是一直跟着莫逸风南征北战便耽搁了终身大事。

可是，他从来都没有过想成家的期待，今日也不知是因为苏幻儿还是因为看着周围的喜气，总觉得心里有些空落落的。

"去哪儿了？"

突然的一个声音吓得秦铭差点丢了魂，惊愕地转眸望去，却看见莫逸风和若影二人正用打量的眼光望着他。

"爷。"秦铭退后一步后躬身颔首道，"属下……属下出去办点事。"

"本王不记得有让你出去办什么事。"莫逸风不紧不慢地开口道。

听着这样的语气，秦铭感觉背脊发凉，头也不敢抬一下支吾开口："属、属下是……"

未等秦铭解释，若影笑着拉了拉莫逸风的衣袖道："秦铭跟你这么多年，你也别这么不近人情嘛，他也老大不小了，好歹让人家有些自己的事情做……"就在秦铭感激地看向若影之时，若影却是坏坏一笑继续道，"就比如和心仪的女子幽个会什么的。"

紫秋闻言脸色骤变，抬眸看向秦铭，见他满脸惊慌失措的模样，她瞬间红了眼眶，紧抿薄唇攥着自己的衣角一瞬间呼吸困难起来。

莫逸风一怔，疑惑地看了看若影，又看了看秦铭。

秦铭的脸瞬间涨红，手足无措地站在原地望向莫逸风和若影，不知道该如何解释，想要否认，可是看着若影的目光好像发现了什么，想要承认，可是若让莫逸风知道他因私去长春院，想必会受重责。

若影看着秦铭尴尬的脸色甚是好笑，见他投来求助的目光，她耸了耸肩道："都这个时辰了，肚子好饿，先去用晚膳了。"

"紫秋，走吧。"见紫秋还在发愣，若影伸手拉了拉她。

"啊？唉！"紫秋失魂落魄地跟了上去。

若影看了看紫秋，轻笑地低语道："我跟秦铭说笑的，你可别当真，瞧他那呆头呆脑的样子，怕是只有你这个傻丫头才会对他这般中意。"

紫秋闻言长长松了口气，可是反应过来若影的话，顿时红了耳廓。

若影离开后，秦铭更是无措起来。

"爷……属下……"秦铭被他看得局促不安，莫逸风轻咳一声后道："先回去把自己洗洗干净。"

秦铭愣了愣，却不敢违抗，急忙点头应声，以为他是闻到了他身上的脂粉气。

原本想要往自己房间而去，突然想到了什么，秦铭急忙跟了上去叫住莫逸风："爷，请留步。"

莫逸风转身凝眸望着他。

秦铭犹豫了顷刻，终是开口低声问道："爷，是不是两人有过肌肤之亲，或者……或者可能发生了些什么，哪怕是无意识的，也要负责娶了对方？"

原本他期待着莫逸风给他一个能让他做出决定的答案，谁知莫逸风突然脸色一沉，"秦铭！再让本王听到这样的话，本王就要考虑你是否还适合留在本王身边了。"

说罢，他一甩衣袖满是怒火地转身往用膳房而去。

秦铭呆愣愣地杵在原地，不知道自己方才究竟说错了什么，他不过是自己拿不定主意，然后打了个比方而已。

抬手挠了挠头转身往房间而去，却突然撞上了一个丫头，当看见小丫头手中的喜字之时他才明白过来莫逸风究竟为何会生气了，原来莫逸风是误以为方才他所打的比方是在说他和若影。

可是他接下去又该如何？不仅没有帮上莫逸风的忙，反而还让自己失了身。

自己失身？

当这个念头在脑海中闪过之后他抬手便敲了自己的头，男人也能叫失身吗？貌似失身的是苏幻儿才对吧？听说她一直都是卖艺不卖身，那他岂不是成了她的第一个男人？

思及此，他的脸又开始不由自主地烧红起来，深吸了一口气后急忙朝房间冲去。

第24章　暗藏的杀机

　　三日后的黄道吉日

　　若影在宫仪姑姑教导下一步一步地完成了相应礼仪，临上花轿前，她欲掀开红盖头想要看看莫逸风，却被紫秋急忙拦住。未到洞房便让人看见自己的面容便是不祥，虽然她不信这些，可是好歹要入乡随俗，便也没有再坚持，然而心里总是隐隐不安，总觉得今天会有什么事情要发生。

　　缓缓坐入花轿，直到感觉到轿子被抬出三王府的侧门，她的不安感越来越强。紧了紧手中的红锦帕，她缓缓勾起唇角。想来是自己太紧张了，才会如此心慌意乱。

　　按照莫逸风的示意，花轿要绕整个业城一大圈，她知道他的心意，他想要让整个业城的百姓都知道他娶了她，虽然只是个侧王妃，可是他并未亏待于她，否则他大可以直接拜堂，无需这些只有正室才能有的礼仪。

　　可是，她却不知道当初玄帝赐婚之时，是他让她失去了正室的资格。

　　心因为喜悦狂跳不止，脸越发烧得厉害，一想到今夜便会与他有夫妻之实，她便会难掩心头的悸动，不知为何，她总感觉自己等这一天似乎等了好多年。

　　伸手轻轻掀起红盖头，半点朱唇满面桃花，唇角的弧度从未消失。秋波微转，撩开一旁的帘子，听着阵阵锣鼓声，望向大街上每一处都挂着红绸带，她的笑意更是浓了几分，她知道这些都是莫逸风的吩咐。看着百姓们满是喜气翘首窥望，她满眼春色喜笑颜开。

　　即使没有亲人的祝福，即使没有娘家，即使自己的姓氏是跟随了莫逸风那又如何？

　　有他足矣……

　　她盈盈浅笑着正欲放下帘子，却被眼前经过的一幕惊得僵住了嘴角的笑容。刚才她分明看见柳毓璃在人群之中，她的眸中满是怒意，若影甚至感觉到了柳毓璃浑身充斥着杀气。

可是怎么可能？柳毓璃并不懂武功，又怎会有这么强烈的杀气？而在她与柳毓璃视线相撞之时，她又看见柳毓璃的唇角扬起点点弧光。

花轿颠簸着前行，若影却心中忐忑不安。从出了三王府的门开始，她的心就一直不安着，以为自己想多了，可是刚才看见柳毓璃的那一刻，不安感却越来越强烈。

就在这样的忐忑之中花轿一路往三王府而去，也不知过了多久，花轿终于缓缓落下，她急忙放下红盖头，手心却不停地冒着汗水。

宫仪姑姑将她背出了花轿，莫逸风伸手到她面前，她将自己的手放入他的手心，指尖微微一紧，虽然没有看到他的脸，但是即使闭上眼她也能分辨出这是莫逸风的手，是属于他的气息。

正当她以为她要从侧门而入时，却发现莫逸风拉着她往正门而去，看着面前的台阶，她脚步一顿，周围的人更是一阵唏嘘。

在之前虽然莫逸风也说过让她从侧门出正门入，可是宫仪姑姑却说这不合规矩，侧王妃必须从侧门而入，只有正室才能从正门迎娶过门。也不知道是不是莫逸风忘了，还是规矩有变。

莫逸风见她不动，缓缓俯下身子，她以为他要跟她说些什么，谁知他突然将她打横抱起，吓得她低呼出声。

"放我下来。"她靠在他肩头隔着红盖头对他低声道。

莫逸风微微动了动唇，面上浅笑依旧，用仅有二人才能听到的声音道："想要临阵脱逃吗？"

若影张了张嘴，在他的颠簸中低声道："这是正门。"

莫逸风闻言一阵沉默，就在她以为他当真是忘了祖制之时，他却道："嗯。"

又是一个字，似乎每次他沉默过后都是一个字的答案，可是为何每一次他仅仅一个字的回答便能让她感动得泪流满面？

也不知道自己是怎么拜的堂，怎么行的礼，直到莫逸风将她送入洞房坐在喜床之上，她还恍若在梦中。

"影儿，发生了何事？"莫逸风感觉她今日似乎有心事，即使隔着红盖头，他都能感觉到她心事重重。

若影抬眸隔着红盖头看向他，伸手过去，他将她的手裹于掌心。

"为什么让我从正门而入？明明……只有正王妃才能从正门而入不是吗？"她低哑着声音问他，即使已经刻意压抑着声线，还是难掩哭过的痕迹。

莫逸风紧了紧她的手，很想现在就掀开红盖头看看她，可是不可以，因为只有到了晚上行了所有的礼后掀盖头才能与她共携到白首。

感觉到她指尖的冰凉，他轻轻地揉搓着她的手，沉声言道："影儿，委屈你了。"

她根本不知道她原本就该从正门而入，若不是他因为自己的原因，她原本就能成为真正的三王妃。作为一个王爷，他根本不需要自责什么，可是不知为何，每一次看见她，他便难掩心中的愧疚，而当感觉到她因为他让她从正门嫁入三王府而感动之时，他心底的愧疚便更浓了几分。

若影在听到莫逸风说那句话时，指尖不由得一颤，勾唇浅笑，她反手将他的手握住，却始终说不出一句话来。

两人静默顷刻，房门外传来宾客的声响，其中还有十四皇子莫逸宏，嚷着要和莫逸风喝几杯，却被一旁的几个王爷和大臣们笑话了一通。而莫逸宏却是不服气地又大叫了几声三哥，想要让莫逸风替他做主。

莫逸风拍了拍若影的手道："若是饿了尽管让紫秋给你取些吃的来，别管那些受罪的祖制。"

若影笑着点头。

其实她何尝不知道莫逸风是顶着多大的风险让她受着这些正王妃才有的待遇？若是有人说他罔顾祖制不顾礼节藐视圣谕，想必他又要受罚了。

听着房门被关上，外面的喧闹渐渐远去，若影从袖中取出自己前几日亲自编制的两个同心结，一个上面绣着风字，另一个上面绣着影字。她一无所有，而这便是她想要送他的新婚之礼。转身将同心结放在鸳鸯枕下，只希望她真的能与君同心白首不离。

再要等到莫逸风进来想必是要戌时了，这段时间独自待着也甚是无趣，便让紫秋去取了些吃食，而后两人便闲扯起来。

紫秋见若影今日心情不错，想了想，终是忍不住对若影道："侧王妃，方才……奴婢看见柳小姐了。"

若影淡然一笑："我知道，当初在锦绣坊试衣时她来了，说到时要讨杯喜酒喝。"

紫秋拧了拧眉满是不悦："侧王妃，不知道是不是奴婢多虑了，总觉得她今日前来别有目的。"

若影手中动作一顿，须臾，轻笑道："她能有什么目的，无非到时候会找机会单独与三爷相处一下而后哭诉一顿。"

"今日可是您的大喜之日，若是她搞出什么花样怎么办？侧王妃还是小心为妙。"紫秋提醒道。

"嗯，我会的。"若影将一块糕点放入口中，心思却全在路上遇到柳毓璃时她眸中的杀意上。

戌时

莫逸风想要转身往新房而去，此时的他已经有些步履蹒跚，可是刚要起身，柳毓璃却

突然起身道:"逸风哥哥,毓璃还没有祝贺你喜得佳人呢,不知能否赏脸饮了这杯酒?"

一桌上的人都因为她的一句话而愣住,即使满含酒意,他们也听出了她心中的酸涩。

莫逸萧坐在她身侧看着她忧伤的神色脸色青白,抬起手将杯中的酒一饮而尽,伸手又向一旁的婢女取了酒壶,也不管之前喝了多少,自顾自地又倒起酒来。

萧贝月看着莫逸萧举杯消愁,心疼之余不由得心酸,他的所有情绪都是因为那个眼中只有莫逸风的女人,而她始终在他身旁他却视若无睹,她想要去阻止这几日身子欠佳的莫逸萧,却被他一个眼神给吓了回去。

"四爷,你这几日得了风寒,真的不宜饮酒。"萧贝月低声微颤着声音好言相劝。

莫逸萧紧握着酒杯转眸瞪向她,眸中杀气尽显,因着在外处的关系,莫逸萧克制着自己的愤懑情愫咬牙切齿地从齿缝中挤出一抹警告:"再说一句试试!"

萧贝月一瞬不瞬地看着他,双眸瞬间蒙上一层雾气。

坐于萧贝月身旁的阚静柔拉了拉萧贝月的衣袖,萧贝月转眸望去,却见阚静柔对她轻轻摇了摇头,示意她莫要多言由着他去。萧贝月抿唇紧了紧置于腿上的指尖,指甲深深嵌入掌心,缓缓收回视线垂眸噤声。

莫逸风望着柳毓璃手中的酒杯,静默顷刻后伸手从桌上拿起自己的酒杯,婢女为其斟满了美酒,他对着柳毓璃淡然一笑:"多谢。"

看着莫逸风将酒一饮而尽,柳毓璃心头刺痛不堪,即使她再怎么自欺欺人,也无法无视莫逸风由衷的喜悦之情。

她暗暗深吸了一口气后对莫逸风笑言:"既然三爷这般高兴,不如饮了毓璃所敬的三杯酒如何?"

阚静柔凝望着柳毓璃不语,或许此时也只有她懂柳毓璃的心境吧?

不过柳毓璃比她要好,至少莫逸风心里是有她的,从他看柳毓璃的眼神就能看出,他心里多少是有内疚之情,只是她不明白,莫逸风如此爱着柳毓璃,为何会为了一个若影伤了自己的青梅竹马。

秦铭微含酒意地上前劝道:"爷,您不能再喝了。"

作为近身侍卫,他有义务替莫逸风挡酒,可是怪只怪他自身酒量有限,所以他从头到尾就饮了两杯,其余的酒都是莫逸风一人去接下的,而今日的莫逸风也的确心头高兴,所以众人前来敬酒他都是来者不拒。

莫逸风有些晕眩地抬起再次盛满美酒的酒杯,静默顷刻后终是连饮了三杯酒。

望着跟跟跄跄离开的莫逸风,柳毓璃的整个心都跟了上去,在众王之中,莫逸风的确是人中之龙,每一次看见莫逸风,她都会不由自主地忘记自己想要的是什么,似乎只想要待在他身边而已,可是这个从小将她呵护在手心的男人,如今却是娶了别的女人,而他的心也似乎渐渐地从她身上消失了。

目光一寒，她放下酒杯抬步想要跟上去，却被莫逸萧突然拉住了手腕。她心头一惊，许是带着酒劲，她猛然甩手挣脱了他的束缚，力道之大让莫逸萧都为之踉跄。

萧贝月急忙上前扶住难以站稳的莫逸萧，却又被莫逸萧推至一旁，若不是有阚静柔在一旁扶着，想必早已摔在地上。

"我身子不舒服，先回去了。"萧贝月再也不堪这样的耻辱，对阚静柔说了一句之后便转身离开了。

莫逸萧也不顾萧贝月离开时的伤心欲绝，走上前看着满是怒意的柳毓璃压低着声音怒问："人家要去洞房，难道你也要跟去吗？"

柳毓璃脸色一白，转眸瞪向他低沉怒道："不用你管。"

说完，她带着春兰离开了宴席朝莫逸风的方向而去。

莫逸风来到月影阁时酒劲上涌一阵晕眩，在秦铭的搀扶下先在院内的石桌旁坐了下来，而不胜酒力的秦铭却是一个踉跄摔在地上，莫逸风转眸朝他看去，沉声笑着朝他挥了挥手："你先回去休息……本王……一个人进去。"

"爷，属下没事。"秦铭吃力地从地上站起开口道。

"叫你回去就回去。"莫逸风低声呢喃，显然酒意渐浓。

秦铭也实在是体力不支，便应声退了下去。

没一会儿，莫逸风身边又响起了脚步声，他抬手抚额道："不是叫你下去休息？怎么又来了。"

"逸风哥哥。"柳毓璃的声音自耳边响起。

莫逸风心头一怔，缓缓睁开惺忪的眼眸，隐约看见了柳毓璃的身影，不由问道："毓璃？"

柳毓璃低声苦笑："还好……逸风哥哥还能认得我。"

莫逸风目光微闪，低声道："夜深了，早些回去吧。"

柳毓璃心头一酸，深深吸了一口气，也不知是天气的关系还是心境的关系，她感觉心越来越紧越来越凉。缓缓坐在他跟前，她轻笑一声道："的确夜深了，不能扰了逸风哥哥和侧王妃的好事，不过今日我备了一份薄礼想要亲自献给侧王妃，送完我就走。"

莫逸风微微一惊，须臾眉心一拧沉声言道："有心了，去给周福吧，改日我会带影儿一同酬谢。"

柳毓璃听到"影儿"二字后指尖骤然一紧，抿了抿唇从春兰手中接过一个锦盒，打开锦盒后呈到莫逸风面前，伴着月色，一个精美的玉镯闪着淡淡白光，上面镶嵌着各种大小不一但颗颗饱满的珍珠，是去年除夕玄帝赏赐给她的，她一直都未舍得戴，却不料会拿来送与若影。

"这……"莫逸风错愕抬眸，柳毓璃却淡笑而言："是我的小小心意，我也知道之前我

做了许多不对的地方,也不知道侧王妃是不是还在生我的气,所以借此机会向侧王妃赔礼,希望能得到她的原谅。"

见莫逸风带着探究的目光望着她,她咬了咬唇缓缓盖上锦盒,静默顷刻后缓声说道:"我不知道逸风哥哥的心里是否还有我的存在,可是我心里只有逸风哥哥一人,不管将来如何,我只希望侧王妃能不计前嫌,所以才想在这喜庆之日求得侧王妃原谅,否则以后……怕是再也没有机会了。"

莫逸风自是觉得今夜让柳毓璃见若影实在欠妥,可是看着这样的她,他似乎又找不到理由拒绝,而且他也不希望将来若影对她一直有着怨恨,所以思虑良久之后终是答应了,毕竟他就在房间外的院子内,而且周围也有隐卫,不可能会有任何差错。

在柳毓璃去找若影之后,莫逸风立刻运气逼走酒气,否则一会儿别说洞房,怕是连喝合卺酒都有问题了。

可是说来奇怪,他越是运气越是感觉头昏昏沉沉,耳畔更是嗡嗡作响,也不知是不是自己太过心急,总有些力不从心之感。深吸了一口气,他隐隐听到柳毓璃站在新房门口对若影说着赔罪的话,便开始全心逼着酒气。

若影没有想到柳毓璃会在她的洞房之夜出现,周围的几个宫仪姑姑更是面面相觑。她蹙了蹙眉站起身掀开红盖头走到门口,却见莫逸风正背对着她坐在院内,看来是莫逸风同意了柳毓璃来找她。可是今夜是他们的新婚之夜不是吗?他究竟想要做什么?

心头疑惑的同时更是像扎着一根刺,难受至极。

原本不想理会她,可是柳毓璃却似乎下定了决心不等到她开门便不离开一般,而莫逸风也没有要来阻止的意思。若影心头一横,气愤地坐到桌前。

紫秋见状也是气恼不已,上前便道:"侧王妃,奴婢去把她赶走。"

若影原本默许了,可是突然一想,看着周围宫仪姑姑的异样目光,她又不得不吞下了这口气道:"既然三爷都同意了她过来找我,我又怎能避而不见?"

紫秋踌躇了顷刻,终是去开了门。春兰见紫秋挡在门口,便用身子撞开了她,紫秋虽是气恼,却也无可奈何。

"侧王妃,毓璃祝贺侧王妃与逸风哥哥喜结良缘。"柳毓璃莞尔笑着上前将手中的贺礼呈上,见若影蹙了蹙眉,她咬了咬唇满是委屈,"侧王妃生气了吗?请不要怪逸风哥哥,是我说想见侧王妃,逸风哥哥才让我进来的。"

若影闻言胸口一堵,若是柳毓璃没有这么说旁人还不会往那方面想,可是她这般一说,周围的人无疑会觉得她这个侧王妃善妒,而宫仪姑姑虽然从头到尾都未曾说些什么,可是从她们的眼神中能看出她们皆流露出了那样的看法。

紧了紧指尖,若影微微抬眸淡然一笑:"柳姑娘哪里的话,我与三爷能走到今日便不会因为这种小事起争执,三爷的心我自是清楚,有人要亲自给我道喜三爷定然比我还高兴，而我的心三爷也明白，否则三爷也不会同意柳姑娘进入我与三爷的新房不是吗？洞房之夜一个未婚女子不顾旁人的闲言碎语也要给我送上贺礼，我当真是铭感五内，多谢柳姑娘。"

若影的一番不温不火的话语说得柳毓璃的脸色青白交加，她以为自己已经做好了万全准备，却没想到还会受此奇耻大辱。想要好好平复自己内心的波涛汹涌，却发现指尖止不住地颤抖。视线不由得落在周围的宫仪姑姑身上，而后者果真紧蹙着娥眉凝望着她。

狠狠握了一下粉拳，柳毓璃努力挤出一抹笑容："侧王妃不必客气，我与逸风哥哥从小青梅竹马，你是逸风哥哥的亲人，便是毓璃的亲人，这个玉镯是皇上去年除夕之日赐给我的，听说每日戴着能保身子康健，还望侧王妃能收下。"

若影紧了紧牙关，看着一脸无害的柳毓璃暗暗哼笑，说什么青梅竹马，说什么她是莫逸风的亲人，却不愿说她是他的夫人，无非是想要跟她说莫逸风只将她视作亲人并非心上之人罢了。

她转眸淡淡睨了玉镯一眼，笑容不达眼底："甚是好看，还是皇上所赐，果真是珍品。"

柳毓璃扫了眼周围的人，回眸看向桌面淡然一笑："这新房怎么还备了这么一大壶酒？方才我敬了逸风哥哥三杯酒，不知道能否敬侧王妃几杯，也沾点喜气。"

若影看着她不语，却见她已经给她和自己斟满了酒，举起一杯道："侧王妃，不知道可否赏脸？"

若影蹙了蹙眉："我不会饮酒。"

柳毓璃笑着摇头："那可不行，一会儿等逸风哥哥来了，侧王妃还要喝合卺酒呢。"

话音刚落，她已仰头喝尽了杯中酒，再望向若影之时眸中带着恳求的神色："侧王妃，有一事……我不知道当讲不当讲。"

若影目光微闪，也知她此行并非送礼这般简单。她倒是要看看她究竟要耍什么花样，反正莫逸风就在门外，想必她也不可能明目张胆地对她做什么。

思及此，她让紫秋带着众人先在门外等候，紫秋虽是不放心，却也没有抗命。

待一行人出去之后，若影敛住笑容问道："想说什么？"

柳毓璃的笑容却是加深了几分，然而并非方才的神色，此时她的眸中带着隐隐寒芒。

"你就不想知道毓璃阁中究竟藏着怎样的秘密吗？"柳毓璃低声笑问。

若影闻言背脊一僵，抬眸看她，不知道她为何会在今日提及此事。脑海中百转千回，终是猜不透，见她一脸看好戏的神色，若影压抑住心头的情愫淡声问："你想说什么？"

柳毓璃缓缓站起身环顾着整个新房，口中淡淡道："果然他还是没有告诉你。"

说这句话时她满脸的得意。

"柳毓璃，我没时间跟你耗着，若是没有什么可说的就请出去。"若影似乎有些没了耐

性,特别是看着她趾高气昂的模样,更是不愿再多看她一眼。

谁知柳毓璃却是轻叹一声,指尖微动,慢慢走到她身后站定看着她的背影低声道:"如果我不出去又不想告诉你,你能奈我何?"

若影顿时感觉一口怒气瞬间迸发,猛然站起转身怒道:"你给我出……额!"

就在若影转身的一刹那,柳毓璃突然伸手朝她心口击了一掌,她捂着心口闷哼一声,好似有一根针扎入了她的心脏一般,她张嘴想要大喊,却被身后的春兰捂住了口,而她却发现自己根本动不得一丝真气。

柳毓璃笑着对她摇了摇头,压低声音满眼的警告:"你可千万别动,知道刚才为什么心口疼吗?那是冰蚊针,纤细如丝,只要入体便这辈子都无法取出,且每月十五痛不欲生,只要你不动真气就能继续活下去,只要一动真气,冰蚊针就会刺穿你的心脏,久而久之……你应该知道后果了。"

若影气恼之下挣脱了春兰正要一掌击去,谁知心口骤然刺痛,她竟是痛得连声音都无法发出丝毫。

"都说了不要动了。"柳毓璃掩嘴一笑,见她正要往门外而去,柳毓璃伸手便点住了她的穴道,见她难以置信地望着她,她却是笑意更浓。若影想要开口喊,却怎么都动弹不得,一时间额头沁满了冷汗,只希望莫逸风能快点进来,可是也不知道莫逸风为何在外面这般久,难道他当真是在等柳毓璃自己出去吗?若是她不出去他就不进来吗?

还有,柳毓璃究竟何时会武功的?又是谁教的?难道是莫逸风?

想了想又觉得不对,若是知道柳毓璃懂武功,上次他也不会带着她和阚静柔去江雁镇,他定然会带上柳毓璃不是吗?

柳毓璃看着若影的错愕神色再次开口道:"觉得好奇我为什么会懂武功?"她笑着示意春兰,春兰将若影背到了床边,而后开始解开若影的一身喜服,在若影满是惊愕中,她继续道,"其实我从小就习武,那是四爷教的,他怕我被人欺负,又怕我爹会阻止,所以就偷偷教我武功,只是那冰蚊针可不是四爷给我的,而是我偷偷在他那里拿的,他若是知道我有今天的行动定然是不会同意的。"

她解开了自己的衣服后又穿上了属于若影的喜服,在戴上凤冠的那一刻,她看到了若影眸中的期盼,伸手抚了抚她的脸颊,又道:"今夜你是等不到他的,因为他会和我洞房花烛共度春宵。"

若影闻言脸色惨白一片,而柳毓璃看到她这样的神色却是更加高兴了,一边给她整理原本属于她的衣服,一边凑到她耳边说了一个真相:"知道吗?其实我从小就懂水性。"

此时若影恨不得将她碎尸万段,可无奈又动弹不得半分,就在她以为柳毓璃会将她安置在一个能亲眼目睹她和莫逸风春宵帐暖处时,却见她突然目光一敛,伸手再次点了她的穴道,而她便瞬间失去了知觉。

第24章 暗藏的杀机 | 277

房门被重新打开,春兰扶着看似烂醉如泥的"柳毓璃"走了出去,见到众人都守在门口,春兰说道:"我家小姐和侧王妃多喝了几杯,有些醉了,我扶小姐回去。"

紫秋望了她们二人一眼后气愤地冷哼一声,方才也不知柳毓璃和若影说了些什么,她即使侧耳倾听都听不真切,只知道柳毓璃一直在说话。

可是当她们进入新房之后,发现里面一片漆黑,宫仪姑姑疑惑道:"侧王妃为何熄了灯?"

借着月光走向床畔,却见连帐幔都被落了下来,若不是隐隐看见有个人坐在床沿,她们定是以为她已经睡下了。

"侧王妃……您怎么熄灯了?"紫秋知道若影就寝从来都不会熄灯,一旦灭了烛火,她便会从噩梦中醒来。

隐约间她似乎感觉到了什么异样,伸手打开帐幔,却见"若影"静静地坐在床畔,也不答她的话。

宫仪姑姑蹙了蹙眉道:"莫非是因为柳小姐前来所以侧王妃生气了?"

"应该不会吧?侧王妃这不还戴上了柳小姐送的玉镯吗?"另一位宫仪姑姑道。

紫秋凝眸望去,果真看见"若影"的手腕上戴着柳毓璃送的玉镯,方才"若影"的反应让她觉得好像换了个人,可是看见这个玉镯,她又觉得自己多疑了,但是话说回来,若影又怎会愿意戴上这个玉镯?

紫秋越想越不对劲,伸手便要去揭开红盖头,宫仪姑姑见状急忙制止:"你这丫头,新娘子的红盖头你怎能去揭开?"

"我去掌灯。"紫秋也觉得自己唐突,对宫仪姑姑讪讪一笑后转身去掌灯,谁知刚拿出火折子,突然手中一空,火折子和蜡烛竟从她手中被一股强力挥落在地上。紫秋回眸看去,却见"若影"仍然坐在床畔,而周围也没有人,刚才使得她手中的火折子和桌上的蜡烛掉落在地上的外力又是哪里来的?

"侧王妃……"紫秋支吾着开口,而"若影"仍是一声不吭地坐在床沿,仿若对周围的一切都无心理会。

"看来侧王妃是当真生气了。"宫仪姑姑道。

就在这时,房门被从外打开,见里面一片漆黑,下意识地紧了几步上前:"怎么回事?还不快掌灯。"

说话时,他已将坐在床畔的若影揽在胸口,生怕她会因为黑暗而惧怕。可是怀中的人在他拥着她时明显一僵,而后似乎暗暗深吸了一口气后靠在他胸口不言不语。

宫仪姑姑急忙上前躬身一礼:"三爷。"

莫逸风借着光线看着地上的一片狼藉呼吸一滞,垂眸看向怀中的人,无奈轻叹了一声,他似乎又做错了,方才不应该同意柳毓璃进来与她说话,明知道她抗拒,他却想着让

她能解开先前的心结。

而刚才他以为自己能很快逼走酒气，却没想到他越是要逼酒气，酒气便越是朝头顶上涌，以至于到刚刚才好转了些，否则也不会这么久才进来而惹恼了她。今夜是他们的洞房花烛夜，他却姗姗来迟，也难怪她会生这么大的气了。

只是他以前也会饮酒，但从未碰到过这样的状况，而且就算是现在，他也还是昏昏沉沉，眼前的景象时不时还会有些朦胧。

"算了，不必掌灯，你们都出去吧。"莫逸风轻抚着"若影"的背脊对众人道。

宫仪姑姑为难地面面相觑："可是……这礼尚未成……奴婢们回宫不好交代。"

莫逸风蹙了蹙眉："这堂都拜过了，难不成你们想要看着本王与侧王妃入洞房吗？"

宫仪姑姑面色一红，忙道："三爷误会了，奴婢们没有这个意思，三爷和侧王妃还没有喝过合卺酒，等这一切结束了，奴婢们立即就回宫里去。"

莫逸风抿了抿唇缓了语气："本王不会落下这些，你们都出去。"

宫仪姑姑仍是有些犹豫，紫秋看了看她几人，率先带着丫头们福了福身子出了门，宫仪姑姑见状也只得随之走了出去，就在关上房门的那一刻，紫秋的目光依旧定在那一身喜服的若影身上，总觉得哪里不对劲。

待房中又恢复了一片沉寂，莫逸风缓缓坐在床沿，见"若影"不与他说话，他伸手拉住她的手满是歉意："影儿，刚才是我有欠考虑，不应该让她进来找你。"

"若影"依旧沉默不语。

莫逸风一时之间不知道该如何是好："我刚才……刚才怕一身酒气地惹你不高兴，所以才想着在外面将酒气逼出，却没想到……今日也不知是怎么了……"

一想到她没有说要掌灯，莫逸风有些诧异："影儿，你何时不惧黑了？"见她不回答，他也没有再逼她，只是目光不经意落在她的左手手腕上，更为错愕了几分，"这玉镯……你戴了？"

始终得不到她的回应，莫逸风这才发现她还盖着红盖头，忍不住沉声自嘲一笑："瞧我，都糊涂了。"

说着，他伸手将红盖头缓缓掀开，借着朦胧的月光，他隐约看见一张含羞带怯的容颜，浅浅勾唇，不由自主地抬手抚着她的眉眼。

她因为他的触碰而呼吸一滞，看着他越来越凑近的俊颜，她心如鹿撞地闭上了双眼。

就在她以为他要吻上她时，他突然一顿，继而又低笑道："真是糊涂了，你我还没喝过合卺酒呢。"他伸手从一旁取过两杯酒，一杯递给了她。

第25章 洞房花烛夜

她闪了闪目光，不知道此时究竟该不该接手。咬了咬牙，终是做了决定准备喝了合卺酒后与他共度春宵，谁知莫逸风手中的酒杯在此时突然落在地上发出一声脆响。

"你不是影儿！"一声低怒的同时她手中的酒杯也被他愤怒地挥落在地，刚要质问她究竟是何人，当看清楚她的面容时，莫逸风更是难以置信，"毓璃？怎么是你？影儿呢？"

柳毓璃目光微闪，却依旧一动不动地坐在床沿。

莫逸风感觉不对劲，试探地伸手在她穴道处一点，柳毓璃一声闷哼过后缓缓抬眸看他。

"逸风哥哥……侧王妃点了我的穴后就跟我换了衣服，还威胁春兰掩护着我出去了。"原本想着能生米煮成熟饭，可是人算不如天算，事到如今也只能出此下策。

莫逸风闻言脸色骤变，转身便朝门外而去。

"逸风哥哥。"柳毓璃急忙拉住了他，谁料莫逸风伸手将他用力甩开后质问道："你究竟跟她说了什么？"

她亲口说愿意嫁给他的不是吗？为何会突然离开了？而且刚才他在院内时一直听到柳毓璃似乎在说些什么，可是他却听得不真切，而且若不是柳毓璃对她说过什么，她怎会在今天这个日子离开？

洞房花烛夜，他在前几夜还因为想到今夜而兴奋得失眠，却不料竟是等来了这样的结果。

柳毓璃被他甩得一个趔趄，她从未想过莫逸风会这般对她，若是以前，他都是将她捧在手里护着，对她别说动手，就连重话都舍不得说一句。

咬了咬牙，她对着要冲出去的莫逸风怒喊道："她分明就是有心要离开，否则也不会布下这个局了，难道你看不出来吗？"见莫逸风顿住脚步，她缓缓走上前继而道，"我进房

的时候就看见她在收拾包袱，原本我该是高兴的，可是一想到你会因此而伤心，所以我才一直好言相劝，可是没想到她竟然会利用我来拖延时间，好让她早些离开。自从她重拾记忆后，她便没有真心要跟你在一起，否则也不会故意在今夜离开了。她知道平时自己没有机会，只有今夜这个好时机。"

莫逸风听得青筋暴起，脸色更是铁青得瘆人，站在门口月光倾洒而下，他的身上笼罩着淡淡银光，却散发着浓浓的寒气。

眯眸望着前方，他仿若看见了若影慌乱逃跑的模样。从她"醒来"的那一天起，她便一直想着要离开，后来的她的确是没有再说过那样的话，他以为她早已断了念头，却没想到她根本就是筹备多时，等着一个最佳逃离时机。

"逸风哥哥，算了吧，强扭的瓜不甜，不如就让她离开吧！"柳毓璃站在他身旁柔声道。

莫逸风目光微敛，几乎是咬牙切齿："离开？哼！让她等下辈子。"

柳毓璃闻言面色一白，尚未反应过来，他已走出了房间，转眼间整个三王府的护卫和隐卫都聚集在了前院，又在转眼间消失于无形，而莫逸风亦是飞身出了三王府。

周福听到声响后尚未来得及穿好衣物，披上一件外衣便慌慌张张赶了过来，而紫秋原本就未曾入睡，方才听到莫逸风的声音后便匆匆忙忙地踏出了房门。当他们一行人来到若影的房门口时，顿时惊得瞠目结舌。

"柳小姐？"紫秋看着身穿喜服的柳毓璃后第一个反应过来，上前便抓着她追问，"为什么是你？侧王妃呢？你把侧王妃藏哪里去了？"

"新、新娘子为什么变成柳小姐了？"周福以为自己是老眼昏花了，揉了揉眼睛看清果真是柳毓璃时，这才支吾着开口，打量着她一身的行头，更是满腹疑云。

柳毓璃在莫逸风动用了全府的护卫和隐卫去寻若影的时候便知道了自己之前一直活在自我蒙蔽中，紧了紧指尖愤然推开抓着她质问的紫秋，低眸打量着自己的一身喜服，顿时觉得可笑至极，伸手将凤冠从头上取下之后摔在地上，又脱了身上的喜服踩在脚底下。

他变心了是吗？他想要跟那个女人白头偕老是吗？他说那个女人想要离开他等下辈子是吗？那么，她就让他的这些想法也等到下辈子再如愿吧。

莫若影，如今她的心口中了冰蚊针，哪怕神医在世也休想将针取出，那种针一旦入了体即使割开身子恐怕也难以寻到，而且每月十五那针就会在体内发出刺骨的寒凉，让全身的血液都像凝固了一般，使人痛不欲生。

在那日去江雁镇的路上，玄帝派人阻止他们去寻真相，她便派人混在玄帝的人中去杀了若影，谁知道她竟然会武功，而且不但不能看出她何门何派，还发现她的功力十分深厚。

而那天她也发现其中有另一拨人竟然是冲着莫逸风去的，她知道一定是莫逸萧所为，除了他没有别人。玄帝虽然不待见莫逸风，可是他们毕竟是亲父子，所以玄帝都未曾有过杀了莫逸风的念头，这也是她从自己父亲那里偷偷听到的。

三王府中的人全都出去寻找他们的侧王妃了，整个王府都显得空荡荡的，又或者其实是她的心已经空了。

在出了三王府的大门后，她一个人犹如游魂一般在大街上走着，心里却还是期待着莫逸风能回过头来寻她，可是，她知道这是不可能的。

今天的她就像是一个笑话，当她踏出三王府的那一刻，她知道身后的那几双眼睛露出了怎样的神色，即使她没有回头也知道他们的眼中充满了厌恶、鄙夷、耻笑。

笑吧，尽情地笑吧，总有一天她会让这些曾经欺负过她的人连笑的力气都没有，连哭的权利也失去。

莫逸风骑着马像疯了一样到处寻找着若影的踪迹，可是已经寻了整整两个时辰，无论他怎么努力都是徒劳。她有心要离开，又怎会让他寻到？

可是他不会允许她离开，他之前就说过，是她选择要留下，那么离开就由不得她了。

他骑着马几乎要将整个业城翻个底朝天，也顾不得旁人会在背后议论他的侧王妃竟是趁着洞房花烛之夜逃婚，他的颜面将会尽失，此时的他只想要将那个说愿意与他共度一生却最终离开他的女人抓回去，不管她愿不愿意，她只能是他的。

月色下，若影被一颗石子击中了胸口，随后迷迷糊糊地从睡梦中醒来，可是，当她睁开双眼的那一刻，她整个人都慌了。环顾四周，她竟是身处在密林之中，依仗着背后靠着的竹子站起身，周围一片迷茫，根本分不清方向。手中像是拿着什么东西，定睛一看，竟是一个包袱，而里面装着的全是她自己的衣服。

她怎么会在这里？为什么她随身带着包袱？

伸手抚了抚额头努力回想，记忆一点点地进入脑海，她记得莫逸风允许了柳毓璃来到他们的新房，她记得柳毓璃竟然会武功，不但点了她的穴，还在她心口击了一掌，她说她送了她一根冰蚊针。可是，冰蚊针究竟是什么？

她试着想要动真气，但是结果就如同柳毓璃所言，一旦动真气就痛得她像是去了半条命。

不能动真气，不能动武，此生无法取出……

柳毓璃，她真狠。

好不容易调节了一下呼吸，她忍着心口的疼痛想要回三王府，可是，无论她如何做记号，如何靠着天上的北斗星辨别方向，她依旧只能在原地徘徊。

难道她要死在这里吗？

今天是她和莫逸风的新婚之夜，若是他发现她不见了一定会着急吧？

如此想着，她更想要快些逃离这片像迷宫一样的竹林。可是没走几步，她突然脚步一顿，脑海中有一个念头突然闪过。

新婚夜，他明明就在前院，可是他却只是静坐在院内任凭柳毓璃来到属于他们的洞房之中，若只是因为柳毓璃借着送礼之名要亲自前来，她也就不再计较了，可是柳毓璃在他们的洞房之中何止停留了送礼的时间，可是他却还是没有及早进来，似乎根本不担心柳毓璃会对她做什么，对柳毓璃是极其地纵容。

这究竟是柳毓璃在他心里从来都是极其善良且谁都无法替代的原因，还是这一切根本就是他们预谋的？玄帝不同意他们成亲，所以他们就出此下策，生米煮成熟饭后再让玄帝赐婚，而她则成了他们促成良缘的替代品？

一阵寒风吹过，若影忍不住地打了个寒战，竹林因为深秋的夜风发出嗖嗖的骇人声响，若影却整个人开始清醒了几分。

他不会这么对她，她不能这么误会他，若是他不愿意娶她，他又怎么可能对她这么好？感觉是骗不了人的，这一切一定是柳毓璃一人所为，而他让柳毓璃进来送礼，说不定只是单纯地想要让她接受别人的祝福而已。

这般想着，她的心里也好受了几分，深吸了一口气，她看了看周围的地形，借着月色从地上拾起一块石子在身边的竹子上做了记号，她要早点回去，他一定会认出如今在洞房内的人不是她，他不会和假扮她的柳毓璃做什么，一定不会！但是，她要快些回去，若是他找不到她一定会很担心，就像之前找不到她时那样，不顾自己是王爷的身份，骑着马就来找她了。

可是走了几圈，她发现自己竟然又回到了那个被她做了标记的地方，她当真是走不出这里了。

柳毓璃！一张伪善的脸之下包藏着的究竟是怎样恶毒的心？

她气恼地狠狠踹了竹子一脚，却在此时听到了身侧响起了脚踩竹叶的声响，由远及近。

谁？究竟是敌是友？

就在她心头不安之时，一道红色的身影慢慢从月色中走来。

莫逸风！究竟是梦是真？

但是她宁愿相信这是真的，果然还是他第一个发现了她。

正当她欣喜地想要迎上前去之时，却发现莫逸风的身上散发着阵阵寒凉，就犹如从地狱而来前来索命一般。他一步一步地靠近，满身寒气伴着瑟瑟秋风直逼得若影本能地倒退了几步。

"怎么不逃了？迷路了？找不到逃走的路了？"直到在她的一步之遥，他才负手于她面前站定，带着锐利的寒芒微启薄唇俯视着她的每一个表情变化。

若影抬眸看着他，原本的喜悦情愫在他的一句话后消失殆尽。刚要准备开口解释，却见莫逸风抬手抚上她的脸，带着薄凉的温度轻轻地摩挲着，她能清晰地感觉到他指腹的粗糙，还有刻意装出的柔情。

他明明是生气了，可是他的手却异常轻柔地像平日一般轻抚着她的面容，方才黑沉的俊颜此时渐渐露出了一抹笑意，可是那笑却不达眼底，甚至透露着让人恐慌的寒意。

"知不知道今天是什么日子？知不知道今夜是什么日子？"他笑着柔声问她，却是字字寒凉。

我……

若影刚张嘴想要说话，可是接下去的情况让她猛然一惊，她竟然无法发出一丝声响，她的声音竟然……消失了。

看着她无辜的双眸，看着她慌乱地摇头退缩，他突然伸手将她揽进怀中，伸手抬起她的下颔，当他的薄唇慢慢凑近她的半点朱唇之时，他眸中迸发阵阵寒芒，口中却是缓缓低叹一声："影儿，爱玩也该有个度，你居然玩逃婚。"

若影闻言瞪大了眼眸，他竟然以为是她逃婚，可是她明明是被人带到这里来的，等她醒来的时候她已经在这个林子里了不是吗？而且她有试图寻找回去的路，但是她根本找不到出路，为何他认定了她是逃婚？

她想要跟她解释，可是无奈嗓子根本发不出任何声响，就连一丝一毫的声音都无法发出，她不知道自己是怎么回事，也不知道是不是跟她心口的冰蚊针有关，抑或她之前动了真气，所以才会导致失声了。

银白的月光下，他高大的身躯笼罩下一团阴暗，就仿若他此时给她的感觉，让她有种毛骨悚然之感，她忍不住想要往后退去，却被他的手臂紧紧固定了身子，丝毫动弹不得，想要开口跟他说明真相，可是无奈除了摇头表示自己从未想过要逃婚之外，她根本无法开口说话。

望着莫逸风狠戾中带着受伤的目光，她的呼吸仿若渐渐消逝，而她的心也跟着疼痛起来。

"影儿，就连话都懒得跟我说了？"他轻轻覆上她的唇，缓缓辗转温柔之至，只有她心里知道，此时的他恨不得将她整个人都撕碎了，因为他那只揽住她身子的手臂在不停地收紧，如同要将她糅进自己的身子。

她试图将他推开，可是一切都是徒劳，他根本不给她任何逃离的余地。

他拥着她颤抖的身子将她轻轻抵在她身后的竹子上，他的鼻尖与她相触着，明明是情意绵绵的动作，可是此时的他却让人从骨子里透着寒气。

"你还没有回答我，今夜是什么日子。"他淡淡勾唇轻阖着双眸问她。

再次与他四目相接的那一刻，她的心猛然一怔。

她当然知道今夜是什么日子，在柳毓璃见她之前，她还掺杂着激动、喜悦、期盼和紧张的情愫，可是从他允许柳毓璃进来的那一刻，她的所有情愫都被打乱了。更何况，他为何那般肯定是她逃婚了，而不是柳毓璃设计代替了她的位置？难道直到现在他还只相信柳毓璃一人吗？

为了不让他误会，她抬手想要跟他比画说个清楚明白，可是他却不给她任何动弹的机会，见她要抬手，他以为她又想将他推开，便更用力地固定住了她的身子。

"好，你不说也没关系。"他带着危险的笑容缓声开口，"你不说我来说，今夜是我们的洞房花烛夜，而你却不喜欢新房喜欢这里，你说，我接下去该怎么做？"

若影闻言瞪大了双眸，看了看周围，心头惶恐之至，再也顾不得其他，就在他要伸手解开她的衣带之时，她突然伸手给了他胸口一掌，可是他似乎早有防备，迅速扣住了她的手腕，在她出手袭击他的那一刻，他嘴角的笑容消失殆尽。

"还没放弃要逃走吗？"他微眯了双眸散发着浓浓的警告。

她不想伤他，可是此时的他被冲动笼罩住了理智，她不能任由事情这么发展下去。就在他质问她的那一刻，她灵活地将手腕从他手中脱离，而后一个回旋腿飞身朝另一侧走去。

哪怕是在另一处迷路，也好过在他不理智的时候发生不该发生的事情，哪怕他们已经拜堂成亲是夫妻，她也不希望在此时此刻发生那种事情。

可是，她越是逃走就越是激怒已经被冲动的情愫所充斥的莫逸风，只是在若影从他手中逃离的那一刻，莫逸风也心头一怔，他见过她对当初的那些黑衣人动武，可是没想到她的身手竟是那般矫捷。

不过再矫捷又如何？她今夜不可能再从他手中逃脱。

两人几招过后，她终是败下阵来，她步步后退，他步步紧逼，知道她身后再次撞向竹竿退无可退，他才凑到她耳边道："时间不多了，想必一会儿找你的人都来了，若是你喜欢让人看，我倒也没什么意见。"

若影背脊一凉，抬眸朝他看去，她仿若看到了一个陌生人。他的言语，他的神色，他的每一个动作都不像是她平日里认识的莫逸风。

一阵风吹过，周围的落叶被随风吹起，如霜的月色下，他那血红色的喜服格外耀眼，发顶的红绸带也被风带起，仿若谪仙，又仿若来自地狱。

看着他轻轻地解开她腰间的衣带，她的身子不住地颤抖，伸手拼命地反抗，可终究是徒劳。

无尽的疼痛自心口蔓延至四肢百骸，她不知道自己究竟还能坚持多久，到最后，他们又是谁会先放手？

翌日，天边渐白。

若影感觉整个人都像散了架，身子在不停地摇晃着，隐约觉得自己是在马车上，可是她已经无力睁开双眼，掀了掀眼帘后又沉沉睡去。

莫逸风静静地坐在她身侧，让她的头枕在自己的腿上，看着她沉睡的侧颜，他伸手轻轻捋着她的发丝，可是他的眉却始终紧蹙着，眼中寒芒未退。可是他的动作又是那般温柔，生怕自己吵醒了正在沉睡中的若影。

目光落向她的发簪，昨夜若不是看见这个发簪发出的夜光，他可能还不会想到她会在密林，更不会这么快就找到她，若不是这个发簪，或许她已经逃出了业城，又或者直接会死在那个密林。

一想到这个可能，他的额头便暴起了青筋。她当真是为了离开他想尽了一切办法，甚至连命都不要了。

那时看见她拿着包袱用石头不停地在竹子上做记号，又因为无法逃离而灰心丧气，他就恨不得想要将她掐死。

他从何时起这般容易冲动了？这根本就不像他，就连他自己都觉得陌生至极。可是她就是能触动他的每一根神经，只要想到她总是在想方设法离开他，他就控制不住自己的怒意。

马车外，秦铭听不到马车内的动静，便只是静静地驾着马车。

从昨夜开始，整个三王府的护卫和隐卫都去寻找若影的踪影，到后来连莫逸风都没了踪迹，最后没想到会在密林外看见了莫逸风的坐骑。而当他发现莫逸风和若影之时，竟然看见若影躺在莫逸风的怀中沉睡着，而莫逸风却是静静地徒手在给她绾发。

他和手下的护卫看着这样的情景都难以置信，而莫逸风分明知道了他们站在他身后，可是他还是帮若影继续细细地绾着发髻，就好像是一种宣誓，一种证明她已经成为他的女人的宣誓。

回过神后，秦铭立即让手下去安排马车，而后他也转身离开了密林，知道莫逸风抱着若影从密林中出来，又抱着她坐进了马车，可他从头到尾都没有说过任何话。

到了三王府，若影依旧未醒，莫逸风抱着她顺着回廊朝月影阁而去，可目光却始终涣散着。

三王府的下人们因为昨夜的事情今日都议论纷纷，洞房花烛夜新娘子离奇失踪，而柳毓璃却李代桃僵出现在洞房之中，究竟是若影不愿做侧王妃而逃离，还是她半夜被采花贼掳走了？若是前者也就罢了，若是后者……这身为夫君的三王爷以后该如何自处？那样的侧王妃他还会要吗？

可是，当原本还在怀疑昨夜若影可能失贞于他人的下人们在看见莫逸风亲自抱着已绾了发髻的若影回来时顿时噤了声。

若是她昨夜失贞，身为三王爷的莫逸风怎么可能还会亲自抱她回来？而从若影的发髻看来，昨夜他们虽然没有在三王府圆房，可是事实证明他们已经在别处圆了房，虽然不合礼法，可是总好过洞房花烛之夜新娘子依旧是清白之身。若是那样，恐怕身为侧王妃的若影会在三王府难有立足之地了，别说三王府，就是在众王妃前也难以抬头做人了。

"爷，老天保佑，终于找到侧王妃了。"紫秋看见莫逸风带着若影一起回来时，差点就要对上天三跪九叩了，昨夜她还在自责，若是她不怕死地掀开那个红盖头证明自己的疑问，恐怕若影也不会被带走了。

莫逸风没有理会，只是径直抱着若影回到房中，而后将她放在床上，看着她身上属于柳毓璃的衣服，他沉声吩咐道："给侧王妃把身上的这套衣服换下送回柳府，等她醒了之后给她换上进宫的衣服。"

紫秋怔怔地张了张嘴，回过神后急忙转身走向衣橱。

"一会儿去把马车内侧王妃的包袱取过来。"莫逸风一瞬不瞬地看着若影对紫秋道。

紫秋闻言立即照办，却见莫逸风极显疲惫，而他身上还是一身的喜服，便上前劝道："爷还是回房休息一下吧。"

她话音刚落，莫逸风的一道寒芒便直直射去，她尚未知悉自己说错了何话，莫逸风便微眯了双眸反问："回房？"

紫秋心头一颤，脑海中迅速翻转，这才扑通一声跪倒在地："奴婢知错了，奴婢这就把这衣服送回柳府去，爷在此好好休息。"

"滚！"莫逸风一声低斥，吓得紫秋连忙站起身瑟瑟发抖地退了出去。

她真是糊涂了，这是他和侧王妃的新房，她刚才竟然让他"回房"休息。而刚才他说让她把马车内侧王妃的包袱拿回来，分明就是承认了若影是趁着昨夜逃出了三王府，而并非是被歹徒掳走了。而她刚才的"回房"二字无疑是在火上浇油，也难怪他会如此气恼。

不过好在昨夜他们还是成了有名有实的夫妻，这样的话无论是三王府的人还是别的王室妻妾，都不会怀疑她的贞洁了。只是莫逸风的话便难免会落下一个笑柄，自己的侧王妃在新婚夜逃婚，恐怕此时也已经传到了玄帝的耳中。

思及此，紫秋还是难免担心稍后他们进宫面圣时玄帝会对他们一番苛责，抑或直接对若影动刑。看着手中属于柳毓璃的衣服，紫秋只觉得扎手又刺眼，将手中的衣服裹了裹，匆匆地朝柳府而去。

柳毓璃拿着紫秋送回来的衣服，心狠狠地被揪起。

物归原主？

她不知道莫逸风只是单纯地想要将衣服还给她，还是他已经在怀疑些什么，可是看见眼前的这件被若影穿过的衣服，她就会想到昨夜他竟然中了她的迷香还能在黑夜中分辨出她并非是若影的情景。他对若影的熟悉度远远超过了她心底所想，而他在失去若影时的反应也远远超乎了她所想,可是,她不甘心,十多年的相处,她怎会输给一个才与他相识不到一年的人?

伸手从桌上拿起一把剪刀,对着衣服便狠狠地剪了下去。

"毓璃,你在做什么?"柳蔚原本要找她询问昨夜之事,走到门口便看见她这副模样,立刻紧走几步一把夺过了她手中的剪刀。

柳毓璃紧紧地攥着手中支离破碎的衣服目光涣散:"他真的变心了,爹,我真的好没用。"

柳蔚将剪刀递给一旁失魂落魄的春兰,长叹一声坐到她面前:"毓璃,你为什么这般死心眼呢?他真的是你想嫁的吗?"

"爹,十多年来,我和他是十多年的青梅竹马,他以前对我那么好,只要是我想要的,他哪怕低声下气也会去向别人讨要来,可是……为什么那个女人来了就一切都变了呢?"柳毓璃泪眼婆娑地望着柳蔚,难以接受这个事实。

柳蔚拧了拧眉简直恨铁不成钢,可是他就这么一个女儿,又怎忍心她受了委屈?

"毓璃啊,那个莫逸风有什么好?四爷对你可是一往情深啊,若是你嫁给四爷的话,即使做了侧王妃又如何,四爷一定会对你全心全意啊,更何况皇上对四爷是那般器重,他将来必定是储君人选。"说到后面,柳蔚压低了声音,仿佛事情已成定局。

柳毓璃却是摇了摇头:"不会,三爷才是人中之龙。"

"可是四爷对你是真心实意的啊。爹希望你嫁给四爷的目的并非只是因为皇上器重四爷,更因为爹看得出来,四爷是真心对你好,你若嫁给他,将来一定不会吃亏的。"柳蔚苦口婆心好言相劝,只希望柳毓璃不要再执迷不悟。

柳毓璃却是蓦地起身走到门口,望着院内的那棵大树,想到了他们的幽情谷,那是属于他们的定情之处,在那里,有他们最美的誓言。

"爹,你不要再劝我了,我是不会输的,我也会让所有想从我手里掠夺的人付出惨痛的代价。"

柳蔚望着自己的独女,看着她眸中流露出来的狠戾,心便隐隐不安起来。

莫逸风睡下去没多久就又醒了过来,睁开眼立刻朝旁边看去,见她还在沉睡着没有离开,心也安定了许多。起身出了房门,见紫秋等在外面,便吩咐她给若影擦身。

早上回来时只是帮她把柳毓璃的衣服给换下了,见她没有醒来便让她继续睡一会儿,却还没给她擦洗身子,她又极爱干净,若是醒来发现还没沐浴,想必又该恼了吧。

紫秋拿着热水进了房间,看着若影依旧沉睡着,心底却满是疑云。昨夜在她离开后究竟发生了何事?可是她肯定一定是柳毓璃搞的鬼,虽然她不清楚为什么柳毓璃会有这个能耐调包,但她还是不愿相信若影是不愿意嫁给莫逸风的,否则当初她也不会花了好几天的

功夫学做同心结了。

褪下她的单衣给她细细地擦身，紫秋发现她身上几乎遍布青紫，亵裤上更是血迹斑斑，就好像是昨夜经历了一夜的惩罚，望着这些痕迹，紫秋指尖一颤，很难想象这是平日里沉稳内敛的莫逸风的行为。她很难想象若影在昨夜是怎么熬过这些痛楚的，也难怪她会沉睡到现在都未醒。

帮她擦净了身子之后将脏衣服放在盆中，刚走出房门，她尚未来得及将门关上，娇小的身子就被一道阴影笼罩，抬眸看去，却见莫逸风望着盆中带血的衣裤苍白了脸色。

紫秋蓦地蹙眉，抿了抿唇后言道："奴婢这就去找大夫前来给侧王妃诊治。"

莫逸风指尖一颤，而后缓缓负于身后紧抿了薄唇，就在紫秋离开几步时，他突然叫住了她："等等。"紫秋疑惑转眸，以为他不允许她去叫大夫，而他在沉默顷刻后却道："你好好照顾她。"

看着莫逸风往外走去，紫秋怔怔地站在原地。

从医馆回来的路上，莫逸风的脸还有些烧红，恐怕他要好长时间才能忘记大夫在他说出所需的药时那种异样的目光，可是望着手心的药盒和几包药，他又觉得安心许多。

回到月影阁，若影果然在发烧，他急忙将药给了紫秋让她去煎，大夫说这种情况她会发高烧，果然如此。

看着她整张脸被烧得通红，莫逸风担心地一边帮她擦汗一边唤着她："影儿……"

刚开口说了一句，他突然又噤了声，下意识地竟然在担心她醒过来后会再次选择离开。

"唔……"若影似乎迷迷糊糊地有了知觉，浑身的疼痛让她不禁低哼起来。

"疼吗？"莫逸风又是一阵喃喃自语之后拿出了药膏，挣扎顷刻，终是掀开被子为她上药。

若影隐隐感觉到身下散发着一丝丝凉意，方才的疼痛似乎也在慢慢减轻，缓缓睁开双眼，却见莫逸风竟然在给她上药，她无力地躺在床上紧攥着指尖怒吼了一声："滚！"

当一个字丢出去后，她发现自己竟然能开口说话了！这究竟是怎么回事？难道是因为冰蚊针被取出了？

她试探地运了运气，可是心口依旧传来针扎般的疼痛，脸色顿时苍白不堪。

"怎么了？"莫逸风上前来到她身侧，将捂着心口的她从床上抱起揽在怀中，却被若影伸手用力推开挣脱了他的束缚，抬眼凝视他的眸色更是满满的恨意："不要碰我！你不要碰我！"

莫逸风抿唇静静地看着她，努力压抑着心头的怒气开口道："我给你上药，否则一会儿就不能去宫里给父皇请安了。至于离开……你还是放弃这个念头吧。"

若影闻言猛然从他手中夺过药盒往旁边砸去。

"谁要你管！"他从头到尾都没有信过她，从来都没有。而他会穿着喜服便出来找她，想必是在与假扮她的柳毓璃行房之前发现了真相，可是即使是这样，他还是选择相信柳毓璃是无辜的，从始至终他都没有怀疑过她半分。

莫逸风俯身从地上捡起地上的药膏，转身再次来到她跟前，却见她用被子挡着自己的身子，眼中全是恨意。他面无表情地坐到她床头，突然伸手点了她的穴道，而后轻轻地扶着她躺下，又转身坐到床尾，伸手掀开被子继续给她上药。

也不知过了多久，他帮她穿好寝衣，而后又是一瞬不瞬地看着她。

隐约间，她听到了他的一声轻叹，而后他却许久没有言语，静默顷刻后他终是点开了她的穴道，可是她却还是闭着眼睛不去看他。

莫逸风紧紧地凝视着她，不知道事情为何会演变成这样，明明在成亲之前还好好的，怎么到了晚上就一切都变了？见她不愿睁开眼，他缓声开了口："午时前如果你能起身的话我们要进宫一趟，若是无法起身，我就派人去跟父皇说一声。"

若影心头一怔，若是她到午时前还不起身，也不知旁人会怎么看她，思及此，她的指尖不由得紧了紧。

许久没有听到莫逸风的声音，她以为是她想得太过入神，所以才没有听到他出门的声音，谁知刚睁开眼，便看见莫逸风还在她的床边坐着，目光仿佛从未离开过她的脸。

她心中有气，在看见他的那一刻又将视线移到了别处，虽然被解了穴，可是她知道自己的身子，此时根本不能坐起身，更别说走路了。

可是，他究竟有多恨她？

若说昨夜是他和柳毓璃的阴谋，他不会来找她，若说他心里没有她，他不会又把她带回来，思来想去，终是理不出头绪，只觉心口剧烈疼痛着。

将近午时，若影与莫逸风坐在马车上往宫中而去，可是从三王府出门到现在，向来多言的若影却从始至终都没有开口说过一句话，撩开帘子望向外面的景象，看着离皇宫越来越近，她的心也越发安定了。不是说有多喜欢宫中，而是希望早一点结束与他独处。

"想从这里逃出去是痴心妄想。"就在快到宫门口时，莫逸风凝视着一直望向外面的若影凉凉一语。

若影闻言心头一惊，转眸狠狠瞪了他一眼，而后愤然甩了帘子靠在车壁上一语不发。

见她情绪波动得厉害，他却是蹙了蹙眉后也靠在车壁上阖眸假寐。

经过了几道宫门，两人终于来到了南天殿，宫人们给他们上了茶和点心，若影见是她喜欢的，便伸手拿了几块。即使再生气也不能饿了自己，就算要离开，也要等吃饱了才有力气。

莫逸风见她总算是愿意吃东西了，这才隐隐松了一口气，先前在三王府，无论紫秋如

何劝她，她对他命人送上的膳食一概不动，虽然没有大吵大闹，可是那种不声不响的冷战更是让他无力。

他不明白，做错事的明明是她，可是为何她的表现像是他做错了什么。

"皇上驾到……"

随着一声尖细的嗓音响起，若影猛地一噎，那糕点直接呛到了嗓子眼，咽不下又咳不出的，几乎让她有窒息之感。就在这时，眼前突然出现一杯热茶，她接过之后急忙喝了下去，这才缓和了，而背脊处也有人给她轻拍着，在她喝过茶之后一双手给她亲自擦拭着唇角的茶水。

若影一怔，回过神望去，果然看见是满眼担忧的莫逸风，她下意识地就要将他的手推开，却见玄帝已经来到了他们跟前。她急忙将手中的茶杯放下，跟着莫逸风站起身。

玄帝在经过若影身前时唇角若有似无地带着浅笑，仿若刚才的那一幕愉悦了他。

莫逸风伸手拉过失神的若影，在玄帝走向龙椅之后两人随之来到殿中，在玄帝落座之后若影也就跟着莫逸风缓缓双膝跪地，虽然身下早已上了药，可是每走一步还是十分艰难，特别是跪下的那一刻，因为双脚要先后落地，她痛得指尖微颤。

莫逸风上去扶她，却被若影不着痕迹地避开了。

"儿臣给父皇请安。"两人齐齐开口道。

"怎么，才成亲就闹别扭了？"玄帝显然是看到了刚才若影避开莫逸风的一幕。

莫逸风淡淡一笑："回父皇，儿臣和影儿没有闹别扭。"

"是吗？"玄帝淡笑着反问，"那昨夜又是怎么回事？"

若影身子一僵，没有想到玄帝会得知昨夜之事，转眸看向莫逸风，他似乎对玄帝的质疑没有半分诧异，好像早已预料到一般。可是而后一想，玄帝能得知此事也并不足为奇，她听紫秋说昨夜莫逸风派出了全府的人去寻，连隐卫都动用上了。

但是玄帝的语气好像并不是问昨夜发生了何事这般简单，他看向莫逸风的眼神带着浓浓的质问，仿佛要让他给一个交代。

若影有些刺痛地挪了挪身子，可是毕竟是跪着，再怎么挪动身子还是疼痛不堪。抬眸看向玄帝，却见他的目光也朝她凝过来，她慌忙地垂下头，如同一副做错事的模样。

"起来回话吧。"玄帝道。

若影又是一惊，没想到他竟然没有责怪她不知礼数，抬眸朝玄帝偷偷瞧了一眼，让她错愕的是玄帝的眼中竟然满是担忧。

莫逸风落座之后沉声回道："回父皇，昨夜是儿臣的不是，影儿担忧儿臣的身子不许儿臣饮酒过量，可是儿臣却喝得酩酊大醉，还出言不逊气走了影儿，所以才有了昨夜之事。"言语不卑不亢，却满是歉意。

若影面色一白，就算他想要维护柳毓璃，他也不该让自己陷入这般境地，明知道玄帝

第25章 洞房花烛夜 | 291

对他很是不满，他还要这样说，岂不是自寻死路？不过顷刻之后，她又苦涩一笑，柳毓璃在他心里本就重要，他把她看得比自己的命还重，也难怪会将罪责揽上身了。

可是这个想法仅在顷刻之间便消失殆尽，因为脑海中再次闪过他在三王府时对她的警告之言，他分明就是肯定了一切都是她想要离开三王府所为，那么他刚才的言语分明就是在袒护她不是吗？

思及此，她不由得呼吸一滞，转眸看向莫逸风，他全然一副认罪的模样，再看向玄帝，他的脸上写满了怒意。

"真是这样吗？"虽是这般问着，可是他的神色根本就是信了他的这个说法，似乎在他眼里莫逸风就是这样的人。

若影心头一慌，急忙开口道："皇上……不，父皇，不是这样的。"

莫逸风正要阻止，却已是来不及，若影已站起身面对玄帝开了口："父皇，昨夜是我自己要离开三王府的，跟三爷没有关系。"

莫逸风闻言面色一变，诧异之色却稍纵即逝。

玄帝目光一闪，问道："哦？为何？"

若影睨了面不改色的莫逸风凉凉言道："因为儿臣后悔了。"